AHİRETTE 45 GÜN

Yaşanmış Gerçeküstü Bir Hadise

- MİSTİK ROMAN -

ISBN: 978-605-151-340-9
Sertifika No: 44968

Hayat Yayınları : 713
Edebiyat : 113
Kitabın Adı : Ahirette 45 Gün
Yazarı : Mehmet Ali Bulut
Yayın Danışmanı : Yaşar İliksiz
Yayına Hazırlayan : Rahime Demir
Yayın Editörü : Erol Şahnacı
Kapak ve İç Tasarım : Hayat Yayınları
Kapak Görseli : João Marcos
Baskı Yeri & Tarihi : Ankara, 2021
Baskı & Cilt : Ertem Basım
Başkent Organize Sanayi Bölgesi 22. Cadde
No: 8 Malıköy-Temelli / Ankara
Tel: (0312) 284 18 14
Sertifika No: 48083

Hayat Yayın Grubu

Molla Gürani Mahallesi, Oğuzhan Caddesi No: 15 Kat: 3
Fındıkzade - Fatih / İstanbul
Tel: 0212 613 11 00 Gsm: 0530 290 99 78 Faks: 0212 613 11 55
www.hayatyayinlari.com - e-posta: hayat@hayatyayinlari.com
twitter.com/hayatyayinlari - facebook.com/hayatyayinlari.com

MEHMET ALİ BULUT

AHİRETTE 45 GÜN

Yaşanmış Gerçeküstü Bir Hadise

- MİSTİK ROMAN -

Hayat

Mehmet Ali Bulut

1954'te Gaziantep'in Islahiye ilçesinin Kerküt köyünde doğdu. İlkokulu ve liseyi Gaziantep'te tamamladı. 1978 yılında İstanbul Üniversitesi Edebiyat Fakültesi Arap ve Fars Dilleri ve Edebiyatları Bölümü'nden mezun oldu.

1979 yılında Tercüman gazetesine girdi. Tercüman Kütüphanesi'nin kurulması ve kitapların tasnifinde görev aldı. Birçok kitap ve ansiklopedinin yazılmasına ve hazırlanmasına katkıda bulundu.

Daha sonra gazetenin farklı servislerinde çalıştı; Hızır Acil servisini kurdu ve köşe yazarlığı yaptı.

1991 yılında haber koordinatörü olarak Ortadoğu gazetesine geçti. Bu gazetede beş yıl köşe yazarlığı yaptı. Yeni Sayfa ve Önce Vatan gazetelerinde günlük yazıları ve araştırmaları yayımlandı.

1993 yılında haber editörü olarak İhlas Haber Ajansı'na girdi. Daha sonra dört yıl boyunca İHA'nın haber müdürlüğünü yaptı.

1999 yılında başladığı BRT televizyonunda haber editörü ve program yapımcısı olarak çalıştı.

2001 Mayısı'ndan itibaren İstanbul Büyükşehir Belediyesi Basın Danışmanlığı'nda üç yıl süre ile görev yaptı.

2007-2008 yıllarında bir buçuk sene kadar Bugün gazetesi Yurt Haberler Müdürlüğü görevini yürüttü.

2008-2017 yılları arasındaki gündeme dair yazıları haber7.com sitesinde yayımlandı.

Çeşitli dergilerde yayınlanmış çok sayıda makalesi, şiirleri bulunan Mehmet Ali Bulut, yazı hayatını şimdilerde kitap çalışmaları ile sürdürüyor.

Evli ve bir kız babasıdır.

İletişim: editor@hayatyayinlari.com

... Ona (Muhammed'e) verdiğimiz bir öğüt
ve apaçık bir Kur'an'dır. Diri olanları uyarması için.
Yazık ki kâfire söz sabit oldu (ki inanmayacak).

Yasin Suresi, 69-70

İTHAF

Boyabatlı Halil Akbaş

ve

babam İsmail Bulut'un anısına...

TEŞEKKÜR

Bu alem sahnesine çıkan her bir eserin, her bir kitabın kendi hikâyesi vardır, bilinci vardır, kaderi vardır. Belki "bir ruhu dahi vardır" denilebilir. Bu kitap da öyle... Normal bir seyir ile olsaydı yazdığım ilk kitap bu olmalıydı. Yazmak için en az üç kere teşebbüs etmeme rağmen hep birtakım maniler çıktı ertelenmesi için. Bunun sebebini kitabı ikmal ettiğim zaman anladım. Daha önceki teşebbüslerimin hangisinde kitap yazılmış olsaydı eksik kalacakmış, ham kalacakmış!

Öncelikle babamın bu yaşadıklarını kaleme almam hususuna ilk dikkatimi çeken rahmetli *Ömer Lütfü Mete*'ye, sevgili dostum *Ahmet Tezcan*'a, *Adnan Erdoğan*'a, sanat camiasının yetiştirdiği en iyi yönetmen addettiğim, güzel ahlaklı kardeşim *İsmail Güneş*'e de teşekkür etmeliyim. Bu eserdeki kırk beş günün bir kısmı onların teşvikiyle yayımlandı.

Galiba eserin ikmal edilmesine ve bir kitaba dönüşmesine hizmet eden kimselerin de sahneye çıkması gerekiyormuş. Onların da nasibi varmış ki bu eserin teşekkülüne katkıda bulundular. İlk teşebbüste bu hatıratı bir kitap olarak yazabilseydim sevgili dostum, güzel insan rahmetli valimiz *Zübeyir Kemelek* işin içinde olmayacaktı. Keza *Halil Akbaş*'ın ailesini bulmamı sağlayan sevgili valim *Köksal Şakalar* ile henüz tanışmamıştım, bu metni okuyup beni hem teşvik eden hem de uyaran sevgili valim *Ali Kaban* ile bu kadar yakınlaşmamıştık. O yüzden hikâyenin tamamlanmasında bana verdikleri destekten dolayı önce onlara teşekkür etmem gerekiyor.

Bu hikâyenin baş kahramanı Halil Akbaş'ın ailesinden damadı rahmetli *Dursun Akbaş* ve torunu *Emrullah Akbaş*'a yıllar sonra da olsa ulaşabildim. Onların anlattıkları ile hikâye tamama erdi, babamın hatıratının, askerlik sonrası kısmı netliğe kavuştu. Şahsım ve okurlarım adına teşekkür ederim.

Hem hocam, hem dostum, hem de *"ahiretliğim" İlker Çolak*'a da bir teşekkür borçluyum, değerli fikirleriyle metnin tashih ve tamirine katkıda bulundu. Sevgili dostum *Haluk İmamoğlu* ile *Ramazan Can* ve *İrfan Dinç* de yazdıklarımı baştan sona okudular. Her birine yürekten teşekkür ederim.

İlk eserimde olduğu gibi bu eserimde de sevgili kardeşim *Yaşar İliksiz*'in desteğini unutamam. Bu tür özgün metinleri okumada, yorumlamada maharetli kardeşim, bu eserime de dikkatli okurların gözünden kaçmayacak özgün bir sunuş yazdı. Müteşekkirim.

Değerli eşim *Rahime Demir Bulut*'u da minnetle anmalıyım. Bu hatıratın böylesi bir kitap hâline gelmesinde hakikaten kıymetli yorumları oldu; "babamın ve yazarın iç sesi"ni kitaba yansıtmamı sağladı; hatıratı bir romana çevirmemde rehberlik etti.

Yayıncım *Hayati Bayrak, Necati Bayrak* ve *Ali İhsan Bayrak* kardeşlere de teşekkür ederim. Bu hatıratı her anlattığımda ısrarla yazmamı söylediler; ta en başından beri mesailerini, gayret ve himmetlerini işin içine koydular. Kitabın yazım safhasında her ne ihtiyacım varsa koşturdular. Ve tabii yayınevinin kıymetli yayın ekibi başta *Erol Şahnacı, Fatıma Zehra Bayrak, Betül Osmanoğlu, Öznur Çokcanlı, Zeynep Bayrak* ve *Sedanur Özcan* metnin okunup kitap hâline gelmesine büyük emek verdiler. Yayınevimizin genel müdürü *Yuşa Şen* ve Anadolu'nun her noktasındaki kitap dostları da bu eserin okuruna ulaşmasının aktörleri. Eserin yazarı ile okuru arasındaki köprü olan tüm bu dostlar olmasa zincirin en önemli halkası eksik kalırdı. Her eser sahibi gibi ben de onlara minnet borçluyum.

Burada iki insana daha teşekkür etmeye kendimi mecbur hissediyorum. Biri, metnin yazılması esnasında ara ara okuduğum bölümleri merakla dinleyen ve sürekli "Ne zaman bitecek?" diye eserin tamamlanmasını bekleyen ve ne yazık ki metnin yazımını bitirmemden tam üç gün sonra rahmet-i Rahman'a kavuşan bilge insan *kayınvalidem Hacer Demir*'e... Öyle ki vefatına birkaç saat kala bile "Mehmet Ali ne yaptı, kitabı bitirebildi mi?" merakıyla eseri tamamlamamı teşvik etti, *ilk okurum, ilk dinleyicim* oldu.

Ve her eserimi kendi işi bilip okuruna ulaşması için gayret eden sevgili kardeşim; kalbi bedeninden, himmeti çapından büyük *Mesut Sevgili*'ye teşekkür etmeliyim.

Ve sen ey sevgili *"okur"*! Aslında her kitabın muhatabı, tek tek nihai okurudur. Sen olmasan "yazar" kendini yazar olarak hissedemezdi. Bir yazar olarak okurumdan almış olduğum şevk ve geri dönüşler, beni her seferinde yeniden yazmaya sevkediyor. İyi ki varsın.

Burada adını anamadığım emeği geçen daha nice dostlarıma teşekkür ve muhabbetlerimle...

Mehmet Ali Bulut

Kasım 2020/Sivas

SUNUŞ

Günümüzde vücudunun hücreleri laboratuvarlarda DNA'larına varıncaya kadar didik didik edilen, inançlarının "kökleri" on binlerce yıl gömülü kaldığı topraktan milim milim kazınan "insanoğlu"nun ruhu, evrende hâlâ sırrı çözülemeyen en büyük bilmece olmayı sürdürüyor.

Bu kitap; her çağda ve her koşuldaki "keşif" ve "kurguları" ile ruh bilim uzmanlarını dahi hayretler içerisinde bırakan insan ruhunun "yaşadığı" ve yaşadığına inandırdığı olağanüstü "anıları" içeriyor.

İnançsal alanda ulaşabilen her bilginin hurafeye dönüştürüldüğü, ilahiyatçıların bile gerçekle kurguyu ayıramaz hâle geldiği garip çağımızda bu "yaşanmışlıkların" psikolog, psikiyatrist ve nörologlar açısında da "Parafeni" veya "Aldatıcı Hafıza Sendromu" teşhisi ile geçiştirilebilecek türden travma olmadığı ve daha kompleks analizler istediği tartışılmaz.

20. yüzyıl Anadolu İnanç Kültürü açısından sosyolojik ve folklorik olarak büyük önem arz eden metinleri derleyen, rivayet halkalarını takip ederek "anıların" sahibini bulmayı başaran ünlü araştırmacı yazar Mehmet Ali Bulut; gerek ilahiyatçıların, gerek ruh bilimi araştırmacılarının, gerek yeniçağ akımlarına ilgi duyanların, gerekse fizikötesi meraklılarının üzerinde uzun uzun düşüneceği konuları gündeme taşımayı başarıyor.

Daha önceki kitapları ile hem günümüz bilim ve teknolojisini yakından takip eden bir bilim adamı hem dinsel konularda derinleşmiş bir âlim hem kadim sırların ve sembollerin gizemlerini çözebilen bir sembolller okuyucusu hem el attığı konuyu didik didik ederek gerçekleri gün yüzüne çıkartamadan rahat edemeyen bir gazeteci hem de kalemi güçlü bir yazar olduğunu defalarca kanıtlayan Mehmet Ali Bulut'un bu eseri de inanıyorum ki ellerden düşmeyecek ve insanlarca birbirine tavsiye edilerek tüm zamanlarda çok satanlar listesindeki hak ettiği yeri alacaktır. Çünkü inansın ya da inanmasın bilgi seviyelerine ve yaşam tecrübelerine göre sarsılacak ve uzun uzun düşünecek insanlar görecekler ki bu "sağaltıcı metin", edebi açıdan kuşkusuz ki Gazali'nin cehennem tasvirleri ile de yarışacak güce sahip.

Yaşar İliksiz / Tarihçi - Yazar

İşbu tenin tertibi od ve toprak, yel ve su,
Yunus sen gör özünü, suda toprakta mısın?

YUNUS EMRE

SÖZE BAŞLARKEN

Büyük ihtimalle inanmayacaksınız ama ben size cidden yaşanmış bir olaydan söz edeceğim. "İnanmayacaksınız" diyorum çünkü anlatacaklarım öyle pek de rastlanır türden şeyler değil. Belki vicdanınız hissedebilir; o da size kalmış.

Zekânıza güvenmediğimden değil inanmayacaksınız demem. İnsan bir zanda bulunurken çoğu kere kendi iç dünyasını ele verir ya... Ben bunu söylerken aslında size demiş oluyorum ki; ben de birilerinden duysaydım "Hadi canım!" der geçerdim büyük ihtimalle. Yaşananlar, şahit olunanlar, aktarılanlar, cidden de akıl kârı değil ama siz hemen öyle demeyin, biraz sabırlı olun. Belki size fantastik bir roman kurgusu gibi gelecek fakat bunlar sahici, yaşanmış bir olayın levhaları...

Bu anlatacaklarım, bir yönüyle de babam İsmail'in hikâyesi. Onu kozasından çıkarıp ipekli bir kumaşın atkı iplerine dönüştüren bir değişimin hikâyesi. Soğuk kış gecelerinde, bir de çocukluğumun en uzak ve derin köşelerinde kalakalmış, gece yarısı uykudan uyanıp sahur yemeğinin ardından dinleyip sonra sıcacık yataklarımıza gömüldüğümüz zamanlara ait bir hatıra... Bazen sabahın ilk ışıklarına kadar devam eden, bazen uyuklamaktan içerisine rüyalarımızın da katıldığını sandığım, çoğu kere aynı zamanda korkutucu ve ürkütücü masalları andıran bir hikâye. En eski versiyonu öyle kalmış aklımda. Babamın sık sık tekrarlanan "Sakın ha bunları hayal sanmayın!" tembihleri arasında, bastıran uykuya inat gözlerimizi fal taşı gibi açıp dinlediğim çocukluk anılarım arasında tazeliğini -belki de ürkütücü oldukları için unutulmadılar- korumuş hatıralar!

İlk çocukluğumda bu hikâyeyi her ramazanda babamdan baştan sona dinlerdik. Daha sonraları babam, yaşadığı, karşılaştığı bazı hâllerde etrafındakilerin de ibret alması için parça parça anlatırdı. Sonraki zamanlardaki bu anlattıklarından bende kalanlar daha anlaşılır ve hatırlanabilir şeylerdi. Ben çok sonraları, babamla bir arkadaş gibi takıldığımız zamanlarda fark edecektim ki bunlar aynı zamanda babamın askerlik anıları imiş. Hepsi bir arkadaşının başından geçmiş. *"Ede"* dediği -ki ben onu bayağı bir isim sanırdım- bir adam yaşamış ve onlar da geceler boyu onun yaşayıp anlattıklarını dinlemişler. Babam bu şahit olduklarını her anlatışında "Keşke o zamanlar o sesleri kaydedebileceğimiz bir aletimiz olsaydı da kayda geçirseydik..." diye hayıflanırdı.

Babamın bu anlattıkları çocukluğumun korkutucu masalları gibiydi. Büyüdükçe korkutuculuğu kalmamıştı ama bu sefer de yaşamın kendisini ürkütücü hâle getirmişti. Çünkü her yapılanın ceza veya mükâfat cinsinden bir karşılığı vardı. İnsanın her hareketinden sorgulanacağı fikri, gençlik dönemimiz için çook ağır bir yüktü! Sonra benim aklım da ermeye başlayınca bende anlatılanlara karşı kuşku da uyanmıştı. Birer şizofrenik sanrı olabilirler miydi acaba? Ama ben onlara nasıl şizofrenik sanrı diyebilirdim ki! Öyle olsa babam niye onları ciddiye alsındı ki?

İçimden birileri dürterdi, babanın her söylediği niye doğru olsun ki diye...

Ben de o iç sesime itiraz eder; "Niye doğru olmasın, babam yalan söylemez ki!" diye karşılık verirdim. "Sen zihnimi bulandıramazsın, babam yalan söylemez." der ve onu sustururdum. Fakat yine de içimde bir yerlerde uzaktan seslenen biri şöyle derdi:

"Babanın tanıklık edip ciddiye aldığı ve etkisinde kalarak hayatını değiştirdiği o anlatıları git bir psikoloğa, psikiyatriste anlat bakalım; sana diyecek ki adam şizofrenmiş."

Doğrusunu söylemek gerekirse benim de kalbim o tarafa meyletmiyor değildi. Fakat şizofrenik birinin sanrıları da olsa babam onlarla kendisine bir yol çizmiş ve örnek gösterilir iyi bir adam olmuştu. Bu iyi adamı iyileştiren şeyleri niye küçümseyeydim ki!

"Hem zaten psikolog ve psikiyatristlerin kaç tanesi başkalarını sağaltacak kadar işinin ehliydi? Kendi nefislerini sağaltamamış birileri başkalarının sağlıklı veya hasta olduğuna nasıl karar versin ki canım!" diyen, çoğu kere de haklı çıkan bir adam daha vardı içimde.

Sonra içimdeki o farklı farklı konuşan adamların çoğunu tanıdım. Nasıl oluyordu da aynı konuda bu kadar farklı düşünebilen bunca insanı içimde bir arada barındırabiliyordum? Yavaş yavaş her birinin niyetini anlamıştım. Biri vardı, "Gençliğinin tadını çıkar." diyordu. Biri vardı, sürekli korkutuyordu. Biri vardı sürekli, "bu doğrudur" dediğim şeylerin aksini söylüyordu. İşte öyle zamanlarda gençliğimin ilk dönemlerinde hep vicdandan yana tavır alan içimdeki o diğer adama teşekkür ederdim. İyi ki içimde benden başka birileri daha varmış diye şükrederdim.

Sahi, siz de hiç içinizi dinler misiniz?

Ben sıklıkla dinlerim. Ve içimde dört kişinin -yanlış duymadınız, en az dört kişinin- yaşadığına inanıyorum. Biri var ki çok ısrarcı; illa da bana istediklerini yaptırıyor. İnatçı bir şey. Biri var hep iyi şeyleri söylüyor ama çok ısrarcı değil. O bana iyi bir şey yapmamı söylediği her seferinde hemen yanı başında, sesi daha gür çıkan biri, "Boş ver ya, sana mı kaldı âlemi düzeltmek..." diyor ve genellikle beni caydırıyor. Biri de var ki -ki o geceleri ben yalnızken beni yakalayıverir- ağlatıncaya kadar üstüme gelir ve bana altından kalkamayacağım sözler verdirir. Bir daha şunu yapmayacağım bunu yapmayacağım diye sözler verir, sonraki günlerde verdiğim sözlerden pişman olurum. Sonra da o içimdeki sesin beni yakalayıp sorgulamasından korkarım.

Bir gün babamın anlattıklarına "uydurma şeyler" diyesim geldi. İçimdeki o iyi adam, "Bak" dedi, "sen çok akıl ekseninden bakıyorsun. Aklını da gözüne indirmişsin. Akıl elbette sana lazım ama akıl neyin iyi, neyin kötü olduğunu kendiliğinden bilmez. Birinin ona bir şeyler söylemesi, iyinin ne, kötünün ne olduğunu belletmesi lazım ki akıl onu bilsin. O sadece bir düzenek. Aklın, sana şu trafik lambasının kırmızı mı yeşil mi sarı mı olduğunu söyler, o kadar. Kırmızıda ne yapacağını, yeşilde ne yapacağını o bilemez. Sen kendindeki iyilik tanımlarından hareket edersen babanın sana iyi şeyler anlattığını göreceksin. Bir bilginin görevi insanı iyiye götürmesidir. Götürmüyorsa o bilgi azdırır."

Doğru söylüyordu içimdeki ses. Onu dinlemeye karar verdim. "Bak" dedi, "bu zamanda eskinin hangi iyilikleri değer görüyor ki... Sen aklını karıştıracak sesi dinleme. Çünkü kadim hakikatlerin büyük bir kısmı çağımızın hâkim düşüncesi tarafından masala dönüştürüldü. Birileri bunu kasten yaptı. Onlara aldanma. Bak, birileri Allah'ı da yok sayıyor. Sen de mi öyle yapacaksın? Hayır. Sen nasıl indireceksin Rabbini laboratuvara? Git Rabbine dair hissedişlerini bir psikoloğa, bir psikiyatriste anlat bakalım, sana 'Kafayı yemişsin!' demeyecek mi?"

Verdiğim cevap "evet" olunca içimde konuşan o ses daha da cesaretlenerek bana şunları söylemişti o zamanlar:

"Bu çağ garip bir çağ. İnananlara bile ahiret hayatı yokmuş gibi hissettiriyor. Elinizdeki her bilgi hurafeye dönüştürüldü. Kalbî hatıralarınızın, keşiflerinizin referans noktaları silindiği için geçmişin hakikatleri efsane olup çıktı.

Şimdi kim inanıyor Kafdağı'na ve Kafdağı'nın müstesna kuşu Anka ve Simurg'a? Hızır ile Musa'nın yolculuğuna; bir solukta güneşin battığı yere gidip sonra dönüp güneşin doğuşunu izlemek üzere doğuya yönelen, orada kısa zamanda Yecüc ve Mecüc'ün taşkınlıklarını durdurmak için koca bir duvar ören, yüz yılda yapılacak işleri birkaç güne sığdıran Zülkarneyn'e? Kim inanır, bir saatin içine bin saati sığdıran, bin saati bir an içinde gezdiren Allah dostlarına, zaman gezginlerine? Zamanı bir yay gibi büküp bir defter gibi düren, geçmişle beraber geleceğin hadiselerini okuyup gelen ve masalsı bir dille bize anlatan Behlüllere?

Bu yaşananların, hikâye imiş gibi anlatılması, yaşananlara haksızlık elbet. Ama üzerinden bunca zaman geçmiş bu hadiseleri anlatmaya da dilin kabiliyetleri ancak bu kadar yetiyor. Ya, işte böyle."

...

Onu dinlemekle iyi etmiştim o zaman. Ve bu hatıranın peşine düşmeye asıl o zaman karar vermiştim.

Bize masal gibi gelen bu anlatıların kahramanı, babamın *"Ede"* dediği Boyabatlı Halil Akbaş'tı. İsmi çocukluğumdan beri hafızama âdeta kazınmış Boyabatlı Halil Akbaş. İnsan bazen bilmemeli bir hikâyenin aslını diyorum. Ama illa da düşeriz hepimiz gerçeğin peşine. İçimizde konuşan o adamlardan bize bunun hakikat olduğunu fısıldayanı haklı çıkarmak isteriz. Ama yine de insan bazen bilmemeli bir hikâyenin aslını derim ben. *Aşan Bilir Karlı Dağın Ardını* türküsünün bende çok etkili bir hikâyesi kalmış mesela. Sonra o anlatılanların türkü sözlerinden mülhem bir kurgu olduğunu öğrendim ama ben kendimdeki hikâyeyi korudum. Çünkü o türküyü ancak öyle bir hikâye anlatabilirdi. O acıyı, o hasreti, o beklentiyi ve hüznü...

Hikâyeler insanı kemale erdiren sırlar barındırır içinde. Babam da kendini kemale erdiren bu hikâyeyi bizlere baştan sona birkaç kez anlatmıştır. O kırk beş günün hadiselerinin bir kısmını da dost meclislerinde yeri geldikçe paylaşırdı. Kahramanı Halil Akbaş'ı hep saygıyla anar, ondan bir ermişten söz eder gibi bahis açardı. Niye saygı duymasın ki? Adam yaşadığı hâllerle onun varlığını kendi külünden diriltmiş. Hatta ezberindeki *Kulhuvallahuehad* suresinin okunuşundan hareketle Arapça harfleri ve sonra Kur'an okumayı öğrenmiş, hem de hiç *Elifba* bilmeden. Halil Akbaş'ın o tecrübesi sayesinde hayatında bir başka sayfa açılmış.

Babamın hayatında derin izler bırakan hadiseyi, o ikisinin bir daha kesişmeyen hayatlarının izdüşümlerini bilmeden anlatan biri olarak kendi hikâyemi de zaman zaman araya sokuşturacağım ki bu eserin, onu kaleme almam için beni nasıl da zorladığını göresiniz. Bu hikâyede bir arayüz dil gibi işlev gördüğüme inanacak hâller yaşadım. Çünkü tam da Halil Akbaş diyebileceğim biriyle tuhaf bir şekilde karşılaşıp birlikte çay içtiğimi kırk yıl sonra öğrenecektim.

Evet bu hadiseyi babamdan dinleyen ve yazan kişi olarak zaman zaman ana hikâyeyi bölüp araya gireceğim. Babamın ve Halil'in, koğuş arkadaşlarının ve benim bu yaşananlardan neler çıkardığımızdan da bahsedeceğim ki tüm bunların asker koğuşunda kalmış bir hikâyeden ibaret olduğu zannına kapılmayasınız.

Sizin de içinizdeki o kötü adamlardan biri devreye girer de -tıpkı ileriki sayfalarda tanıyacağınız Onbaşı Hüseyin'in yaptığı gibi- "Adamın birinin huyu tutmuş!" diyecek olursanız, ben de size babam İsmail'in uyarısıyla "Sakın ha!" derim. Hüseyin'in başına gelenleri de anlatacağım elbet ama burada ikazımı yapayım ki vehim ve vesvese sizi yolunuzdan etmesin. Duyacaklarınız bazen canınızı sıkılabilir, bazen acı gelebilir... Buruk, acı, tatlı, ekşi... Ama hepsi o hikâyeden hayret verici izler...

Elbette ki ben kimsenin ağzını düremem. Kimsenin ağzı mendil değil ki dürülsün. Böylesi gerçeküstü bir hadiseyi kaleme alan birine illa birileri de laf edecektir. Bu insanoğlu, Rabbinden gelenlere bile laf etmiş, şüpheyle bakmış, dudak bükmüş, onları inkâr etmiş, yalanlamış. Babamın aktardıklarına da dudak bükenler çıkacaktır. Olsun, ben yine de anlatayım. Babamın dediği gibi deyip geçeyim: "Hayat öylesine akan bir ırmaktır. Kıymetini bilen olur, bilmeyen olur. Sen o ırmaktan yararlanmaya, yıkanmaya bak; insanlar şöyle demiş böyle demiş mühim değil."

Bir gün yine anlattığında -benim de artık aklımın erdiği zamanlardı- hem içindeki kendi itirazına cevap vermek hem benim içimde oluşacağını sandığı itirazlarımı gidermek için, kendince makul bir savunma yapmak üzere şöyle demişti:

– Sen aldırma ne derlerse desinler. Halil'in bu yaşadıklarına ister huy tutması, ister uğru, ister manevi bir seyahat desinler, aldırma çünkü bunlar yaşandı ve ben orada idim.

Ona,

– Bu manevi seyahat dediğin, astral -üniversiteliyiz ya, illa biz de bir şeyler öğrendiğimizi göstereceğiz- bir seyahat olmasın, diye sordum.

Babam gözlerini açıp:

– Nedir o, diye sordu.

– Tıpkı uykudaki gibi bedenini bir yerde bırakıyorsun... Ama ruhun yükseliyor, gidiyor, bir yerlerde geziyor, görüyor, geliyor ve anlatıyor.

Açık olan gözleri daha da bir açılmıştı, işte buldum der gibiydi:

– Ha işte bu! Çünkü Halil ranzasında öyle yattığı yerde gördüklerini bize anlatıyordu. Gittiği yerlerde ona azap da uyguluyorlardı. Canının yandığını, bedeninde morluklar oluştuğunu gözlerimizle görüyor, acısına şahit oluyorduk.

Sonra biraz duraklamış, önemli bir şeyin altını çizer gibi şöyle devam etmişti:

– Sen bu anlattıklarımı kale almalısın. Dikkatle bakarsan bunlar hikmetten birer sızıntıdır. Kimin ne düşündüğü çok da önemli değil. Zaten bu âlem, bakanın kendi zannında var ettiklerinden ibaret. Ha rüyada kendini zengin görmüşsün ha hayatta zengin olmuşsun. Biri gözünü açınca kayboluyor, diğeri güzünü kapatınca. İnananlar için her şey bir ibrettir. İnanmayanlara peygamberler bile bir şey yapamadı...

Yıllar sonra, babamın kahramanının başına gelenlerin, çevresindekiler üzerindeki etkisini görmek ve Halil Akbaş'ın askerden sonra da öyle şeyler yaşayıp yaşamadığını öğrenmek için hikâyenin peşine düştüğümde görecektim ki damadı Dursun Akbaş da onun yaşadıklarını "huy tutması" diye anlatıyordu. Buna şahit olunca o an, babamın o zamanki tembihinin ne kadar da önemli olduğunu bir kez daha anlayacaktım. Eğer babam beni tembihlemeseydi, "Aaa, tüm yaşananlar bir huy tutmasıymış meğer..." diyecek; belki de bu hikâyeyi yazmaktan vazgeçecektim. İçimden babama teşekkür ettim, beni ta o zamanlardan, "Bu yaşananları sakın hayal sanma!" diye uyardığı için. Hatta babamın söylediklerinden kuvvet alarak Dursun Akbaş'ın kayınpederi hakkında söylediklerini garipsemiş, "Babamın anlattıkları bir huy tutucunun sanrıları değildi" diye itiraz etmiştim.

Onun hakkında bildiklerimi teyit etmek, bilmediklerimi de öğrenmek istiyordum. Halil Akbaş'ın hanımı, halasının kızıydı. Babam öyle demişti. Buradan, onların da bildiği hakikatlerden başlamıştım sormaya:

– Halil Akbaş'ın karısı, halasının kızı değil miydi?

Bunu bilmiyordu. Belki o anda hafızası onu hatırlamaya yetmedi, bilemiyorum. Allah'tan yanımızda oğlu da vardı. Sonra düşündüler ve "Evet ya öyleydi galiba!" dediler.

O zaman bir kere daha emin olmuştum ki benim Halil Akbaş'ın yaşadığı bu ilginç tecrübeye dair bildiklerim onlarınkinden daha sağlamdı. Hatta o yüzden içimden Halil Akbaş'ın ailesinin bunları bilmemesine üzülmüştüm. Mamafih, benim itirazım üzerine damadı Dursun Akbaş;

– Ha, diyecekti, bize de acayip şeyler aktarırdı. *Eriş* dediği, bizim görmediğimiz biriyle konuşurdu zaman zaman. Ama biz onu başka türlü değerlendirirdik. Huy tuttu der, söylediklerini dinlemezdik bile. Ben bir iki kere dinlemiştim, baktım anlattıkları korkutucu şeyler. Ben Kur'an'ı okurum ve anlarım; o ise okuması ve Arapçası olmadığı hâlde sanki Kur'an'ı okuyor ve anlıyor gibiydi. Her söylediği de doğru olurdu amma neticede o, 'emmim Güpçü Halil'di. O hâllerde anlattıkları da bize hezeyan gibi gelirdi. Ama evlat şunu bilmelisin ki o çok haysiyetli, yalana tenezzül etmeyen bir insandı!

Damadı ile konuşmalarım bana babamın bir ikazını hatırlatmıştı. Babam gençliğimizde bizlere hep "Buralardan gidin, bu köyde kalmayın, burada hiçbir kıymetiniz olmaz, ev danası öküz olmaz!" derdi. Demek ki peygamberler de bu yüzden çoğu kere kendi yurtlarını terk edip başka yerlere hicret ediyorlardı. Kendi halkları onları hep küçümser, dinlemez diye...

...

Babam, kendi hissiyatını da katarak bir hikâye tadında aktarırdı Halil Akbaş'ın yaşadıklarını. Halil Akbaş'ın "Ben bu yaşadıklarımı nasıl anlatacağım?" diye bir derdi olmamış tabii. O yaşamış. Onu yaşadıklarını kelimelere döküp anlatmak, onun acılarını ve sevinçlerini dışarıdan izleyen müşahitlere/gözlemcilere düşmüş. Yani babama!

Babam o müşahitlerden biriydi. Benim açımdan ise babam tek gözlemciydi. O yaşananların başka anlatıcıları olmuş mudur, olmuşsa da etrafındakilerin onları ciddiye almış mıdır doğrusu bilmiyorum. Babamın yüceliği, Halil Akbaş'ın bu tecrübesinden kendine yeni bir hayat tarzı çıkarabilmesiydi. Eşi dostu sıklıkla askerden geldikten sonraki değişimini anlatırdı.

Babamın söylediği gibi o zamanlar açlık var, sefalet var, dünya yanıyor, kim dinler, Akçadağ Karakolu'nun o mütevazı koğuşunda her gece uğru tutan bir erin hezeyanlarını(!) Mamafih varsa bile beni ilgilendirmiyor çünkü bu hikâyeyi size anlatmama bir katkıları yok. Dolayısıyla benim için de sizin için de yok sayılırlar. Öyle değil mi?

Tabii yaşananların üzerinden çok vakit geçti. Anlatılanlar belki tazeliğini kaybetti ama emin olun bu hadise de geçmişin kadim hikâyeleri gibi anlatılmaya değer. Babam eski masal anlatıcıları gibi, bazen meddahlık da yaparak, muhakkak ki anlatılması zor bu hadiseyi aktarmak için dile kendinden de bir şeyler katarak yaşadıklarını anlatır, anlatır, anlatırdı. Ben de babam İsmail'i ve o olayın kahramanını anlatırken hikâye dilini kullanacağım. Zaten, o yaşananları size aktarmak için hikâye dilini kullanmaktan başka bir çarem de yok. Hem böylesi bir tecrübe, onu yaşayıp da bize aktaran babamın anlatışından daha güzel nasıl anlatılır bilemem ki. O yaşamış, bana hikâye etmiş; ben de size hikâye ediyorum. Ben bir aktarıcıyım, ancak bende kalanları aktarabilirim, o kadar.

Elbette onun aktardıklarının tamamı birebir aklımda kalmış olamaz. Dolayısıyla da yer yer araya girip kendimden de bir şeyler ekleyeceğim. Ama bunlar yine de o hatıranın çağrıştırdığı cinsten, o hikâyeden izler taşıyan eklemeler. Çünkü bu yaşananlar, benim aklımın bir kurmacası, zihnimin bir düzmecesi değil. Bana anlatılanların zihnimin damağında bıraktığı tatlar... Bende bıraktığı izler çerçevesinde ve babamın aktardığı diyaloglar ekseninde bir tür canlandırma yahut cümlenin eksik kelimelerini uygun biçimde tamamlamakla sizlere olan biteni aktarmaya çalışacağım.

...

Baştan da dediğim gibi çocukluk yıllarımda babamın anlatılarından bende kalan ilk intiba korku idi. Bir düşünün, tam kırk beş gün boyunca her akşam üç dört saat boyunca ancak öldükten sonra gidip göreceğiniz bir dünya var, babanız da dünyadan ürkütücü hâlleri size anlatıyor. O zamanki idrakimle, babamın anlattıkları evet, sonradan okuyacağım binbir gece masalları veya bitmeyen hikâye gibi sonu gelmez hikâyelerdendi ama aynı zamanda dehşet ve korku içerirdi... Babamın o bitimsiz anlatımları arasında bazen yorganın altına girip saklanmak isterdim. Öyle ya burada yaptıklarından dolayı orada ceza gören insanların yaşadıklarını dinlemek bir çocuğun masum ve her şeyi tozpembe gören dünyasına sığacak şeyler değildi.

O yıllarda galiba zihnim bu anlatılanlar arasından ancak yufka yüreğimin katlanabileceği türden olanlarını detaylarıyla muhafaza edebilmişti. Diğerlerini, taşımaya yüreğim katlanamadığı içindir ki zihnim teferruatıyla kaydetmemişti. İnsan bazen unutarak, bazen yok sayarak, bazen de hafifleştirerek kendisini korkutan şeylere karşı savunma bariyeri oluşturur ya, öyle işte. Benim zihnim de çoğu detayı zamanla silmişti. Bu da normaldi. Baş edemeyeceğin sorunu zihin silerdi. En rahatı o çünkü.

Mahallenin çocuklarının Cafo adını taktığı bir komşumuz, bir Cafer abimiz vardı. Çocukluğumda, Kerküt'ün sıcak yaz gecelerinde Zaho (Zeliha) teyzenin damına yataklarımızı serdirirdik. Mahallenin on beş yirmi çocuğu yataklarımıza girerdik ve Cafo bize masallar ve hikâyeler anlatırdı, gökyüzünün, pervasızca gözlerini bize dikmiş, sanki yüreğimize girmek istercesine kıpraşan yıldızları altında. Cafer çocuk değildi, mahallenin delikanlısı ve abisi idi. Hikâye anlatışı muhteşemdi. Nasıl da uydururdu, olayları birbirine yakıştırarak. Tabii korkunç olayları da işin içine katarak yaz gecelerinde mütemadiyen anlatır, anlatırdı. Biz çoğu kere onun ne zaman hikâyesini sonlandırdığını bilmezdik, çünkü sabaha uyandığımızda o çoktaaan gitmiş olurdu.

Cafer'in, içine kasıtlı olarak uyku kaçırtacak cinsten maceralar kattığı *"beş kuruşluk adamın hikâyesi"*ni hiç unutmam. O beş kuruş, iki yaz süren hikâyelerinde hiç bitmezdi. İnanın Halil Akbaş'ın başına gelenler Cafo'nun hikâyelerinden bile daha korkunç gelirdi bana. Bazen aklıma takılır ve Allah'a kızardım, niye böyle yapıyor diye...

Cafo'nun anlattıkları sonuçta uydurma şeylerdi ve telafi edilebilir sonuçları vardı. Hem Cafo isterse kendi uydurduğu bu hikâyelerin sonunu değiştirebilirdi de! Ama babamın anlattıkları, günahların nasıl bir acı ve işkence şeklinde insanın önüne çıkabileceği gerçeğine dayanıyordu. Hiç de dayanılabilir şeyler değildi. Acı, korku şöyle dursun, insan havsalasının almayacağı türden şeylerdi. Üstelik ölmüyorsunuz, ölüp kurtulmak istediğiniz hâlde... Burada biri size işkence etse ihtimal ki sonunda ölür ve kurtulursunuz. Orada o da yok. Bedeniniz ateşten kavlıyor; sonra size hemen taze ve acıya daha duyarlı bir beden daha giydiriliyordu! Aman Allah'ım! İnanın biraz aklım erince ve Rabbimin sonsuz merhametinin her şeyi kuşattığı gerçeğine ulaşınca o cezaların biraz abartılı olduğunu düşünmüştüm. Kendi kendime demiştim ki *"İnsanlar herhâlde o yüzden yok sayıyorlar ahiret hayatını!"* Yoksa insan onları bilse günaha, zulme, haksızlığa elini bile uzatamazdı. Çünkü karşılığında göreceğiniz ceza müthişti. Ve üstelik birçok insanın işlediği ve yaparken de o yaptığından dolayı azap göreceğini aklına bile getirmediği işlerdi. Yani pekâlâ siz de o adamın yerinde olabilirdiniz. O yüzden bazen iliklerime kadar ürperirdim yatağın içinde.

Hani çocuklarını uyutmak için nineler, anneler veya babalar masal anlatırlar ya. Onlarınkisi çocuğu rahatlatmak ve uyutmak cinsinden şeylerdi. Fakat Halil Akbaş'ın başına gelenler, dehşet vericiydi.

Bir düşünün... Adamın biri her gece düpedüz öbür tarafa götürülüyor, yaptıkları sorgulanıyor ve bütün bir koğuşun gözü önünde adamın işlediği tüm hatalar ve günahlar ortalığa dökülüyor. Adam jandarma. Kaldığı karakolda komşu kızına âşık olmuş! Onunla yaptıkları, bir koğuş dolusu yaşıtlarının önünde herkesin duyacağı şekilde itiraf ettiriliyor, ağır bir sorgulamadan geçirilip işkence ediliyor. O esnada yapılan işkencenin izlerini bedeninde herkes görüyor. Kendinizi o adamın yerine koyun bakalım bir. Üstelik ertesi gün kalkıyorsunuz, bazen, ne anlattığınızı dahi bilmiyorsunuz ama kimileri yüzünüze ne kadar da zavallı diye bakıyor, kimileri de "Ooo sen de ne haltlar çevirmişsin be kardeş!" der gibi... Düşünün garibimin hâlini. Herkes öyle merhamet duyuyor ki ona daha sonraki günlerde nöbet dahi yazdırılmıyor.

Biz her seferinde, ilk defa duyuyor gibi ve tabii her seferinde korkarak, ürpererek, tüylerimiz diken diken olmuş vaziyette dinlerdik babamı. Kendisi de korkardı sanırım. Veya o cezalandırılan hâller kendisinde de vardı ki çoğu kere içinden *"Estağfirullah ya Rabbi!"* dediğini hatırlıyorum.

Babam olayı aktarmada, anlatmada zahmet çekmezdi. Yaşanan ve izleyici açısından birçoğu sanal olan o olayları çocuklarının anlayabileceği hâle getirmek için temsiller ve canlandırmalar yapardı. Anlatımına görsellik de katardı zaman zaman. Yüz mimikleriyle, vücut diliyle acıyı, kederi, şaşkınlığı yansıtırdı. Sohbette görsellik büyük rol oynadığı için anlatım zorluğu çekilmez malum. Şimdi düşünüyorum da hakikaten başarılı bir anlatım dili varmış babamın.

Ama benim işim zor. İşte görüyorsunuz, size olayı hikâye edeceğim diye bin dereden su getiriyorum. Üstelik üzerinden yıllar yıllar geçmiş bu garip hadiseyi kelimelerle, bir kitabın satırlarıyla anlatmak ve aktarmak da hiç kolay değil. Acıları kelimelere nasıl dökeceksiniz? Sancıları hangi renkler ve kelimelerle tasvir edeceksiniz? Adamın bedenine vurulan görülmeyen kırbacın veya sopanın, vücudunda bıraktığı izleri, yaraları, görülmeyen darbelerle mosmor kesilen birinin yaşadığı ızdırabı size nasıl anlatayım? Babam bunu yaşayan insanın hâllerini bizzat görmüştü. Bize hikâye edişinde de el kol tasvirleriyle bedenin nasıl kararıp çürüdüğünü hissettirirdi. Bense bu hadiseyi üçüncü kişinin dilinden, okuyanlarda da babamın anlatısı gibi bir etki bırakacak tarzda nasıl aktaracağımı inanın bilmiyorum. Keşke iyi bir söz ustası, maharetli bir romancı olsaydım da babamın zengin anlatısını bozmadan, tadını kaçırmadan, olan biteni bütün teferruatıyla sizlere aktarabilseydim.

Bir şairimiz *"Güzel tasvir edersin hatt u hâl-i dilberi amma/ Füsûn u işveye geldikçe ey Behzad neylersin?"* diyerek döneminin ünlü ressamı Behzad'a, resim yoluyla işveyi, edayı aktarmanın mümkün olmadığını hatırlatır ama haksızlık eder. Çünkü bazen bir kare fotoğraf, binlerce kelime yerine geçebiliyor. Onun bize göre sanal bir dünyada yaşadığı acıların, bedenine indirilen darbelerin dünyevi bedeninde bıraktığı izlerin bir resmi elimizde olsaydı pekâlâ çok şeye şahit olabilirdik. Ama yok. Yani keşke elimizde görsellik de olsaydı diyeceğim ama nafile.

Babam bir meddah -bugünün tabiriyle, bir standupçı- edasıyla onun yaşadıklarını anlayabilmemiz için her şeyi yapardı. Yüzünü buruşturur, acı çeken insanın hâlini yüzüne yansıtır, çocuk hâlimizle işin ciddiyetini anlayabileceğimiz bir üslupla anlatırdı. Ben de elimden geldiğince bu ustalığı kelimelere dökmeye çalışacağım.

İtiraf edeyim bu kitabı düzeltecek editörün işi de zor... Bilmiyorum işin içinden nasıl çıkacak. Ben isterdim ki bu eseri basıma hazırlayan herkes kendinden bir şeyler bulsun, hatta isterse bir şeyler de katsın. Ta ki yaşananları tasvir ve tersim etmede yardımları olsun.

...

Halil Akbaş'ın o âlemde yaşadıklarını anlatmanın bir başka zorluğu daha vardı. Babamın da dikkatini çekmişti, Halil diğer âlemde birkaç kişiyle aynı anda muhatap oluyor, onların her birinin dediklerini ve kendi sorularını birbirinden ayırt ederek bu tarafa aktarıyordu. Babam hikâyeyi işte böyle, onun bu ilginç anlatımıyla aktarmaya çalışırdı.

Bir zaman, Azerbaycan televizyonunda daha önce izlediğim bir Amerikan filmini seyretmiştim. Azeri lehçesi çok hoşuma gittiği için bir de bu çevirisiyle izlemiş, bir tarafıyla da oldukça komik bulmuştum. Çünkü filmdeki tüm karakterleri tek bir erkek ile tek bir kadın seslendiriyorlardı. Mesela ortamda dört tane erkek varsa hepsini aynı adam seslendiriyordu. Tabii kelimelerine ve sesine farklı renkler katarak...

İşte bizim kahramanımız Halil Akbaş'ın anlatımı da âdeta dört kahramanlı bir dizinin aynı şahıs tarafından seslendirmesi gibi bir şey. Ama kullandığı dil -siz de ilerleyen sayfalarda göreceksiniz ki- yeterince anlaşılır bir anlatım. Çünkü dört kişinin konuşmasını izleyicilerin ve dinleyicilerin anlayacağı bir üslupta aktarmak maharet ister. Asıl metni okuduğunuzda eminim siz de ilginç bulacaksınız...

İlk etapta anlaşılması zor gibi görünse de bir tarafı ürkütücü olan bu hikâyede son derece renkli diyaloglar olduğunu da itiraf etmeliyim. Babam da çok ustaca anlatırdı yaşadıklarını. Olayı aktarırken hatırlayabildiği kadarıyla olayı canlandırmayı da ihmal etmezdi. Ortam bir karakol, küfretmenin sıradanlaştığı bir dünya... Ama ben edebe mugayir bu küfürlerin çoğunu ...... şeklinde boş bırakmak durumunda kaldım.

Babam kimi hadiseleri anlatırken belli bir noktadan sonra hep duygulanırdı. Bazen ağlardı da. Biz ağlamazdık, daha çok korkardık.

Halil Akbaş'ın yaşadıklarını tasvir ederken; anne ile oğul, oğul ile doktor ve hoca arasında geçen konuşmaları aktarırken, babam da kendinden bir şeyler katar mıydı bilmiyorum ama biz onun anlatımından çok net anlardık o an kimin konuştuğunu... Şimdi düşünüyorum da edebiyat fakültesi bitirmiş, üç dilin edebiyat numunelerini görmüş, okumuş, kendisi de roman yazmış biri olarak, itiraf etmeliyim ki babamın aktarımları oldukça ustaca imiş... Korku ve merak duygusuyla dinlediğimiz, içine rüyalarımızın da karıştığı, bir geçmiş zaman masalı gibiydi.

Fakat bu, evvel zaman içinde kalbur saman içinde diye başlanan cinsten bir masal da değil. Hem zaten üzerinden fazla bir zaman da geçmiş değil. Şurada, burnumuzun dibinde, İkinci Dünya Savaşı'nın dünyayı kasıp kavurduğu, ölüm, açlık ve fakirliğin kol gezdiği, etrafa sefaletlerin savrulduğu günlerde yaşanmış bitmiş bir olay! Olay desek mi? Ama değil! Uygun kelime bulmakta zorlandığımı kabul etmeliyim. "Evvel zaman içinde..." diye başlasam iş kolaylaşacak fakat öyle yaparsam yaşananlara haksızlık etmiş olurum. Belgesel tadında gerçeküstü bir hikâye diyeyim de siz gerisini anlayın.

Göğsünün içinde yürek taşıyan, kulağı olup da duyan herkes için anlatacaklarım hakikaten ibretlik! Gökteki iki sevgilinin yani çoban yıldızı ile sabah yıldızının kavuşumu kadar ilginç ve heyecan verici...

Buyurun birlikte dinleyelim...

Ama söze önce hikâyenin şahidi olan babamın hikâyesiyle başlayacağım.

'Âşık gönlinde çok yol var o yolda bin dürlü hâl var
Kimse bu yolı anlamaz küfr ü îmân satmayınca

YUNUS EMRE

Birinci Bölüm

BABAMIN HİKÂYESİ

Eskiler kendilerini, filan kabileden filan oğlu filan oğlu filan diye tanıtırlardı. Veya bir lakabı varsa onu anarlardı. Bilinmeyenler, bilinenlere kendilerini nispet ederlerdi. Anlayacağınız, birkaç nesillik şecerelerini sıralarlardı ki insanlık ağacının dalındaki yerleri bilinsin. Toplum da o daldaki meyvelerden birini illa ki tanırdı...

Soyadı kanunu çıkmadan insanlar, nesep, lakap, künye ve aile isimleri kullanarak kendilerini tanıtırdı. Eskiler beni görüp de *"Sen kimlerdensin?"* diye sorduklarında "Molla Hüseyin'in torunuyum." derdim ama çoğu kere de *"Ali Hocalar"*danım demem yeterdi. Babamın babası dedem Ali Hoca, bölgeye hocalık yapmak için gelip kalmış Molla Hüseyin'in elinde büyümüş ilk torunu. Ali Hoca babasını hiç tanımamış. O, Anadolu'dan çıkıp uzaklarda yitip tükenen yüz binlerce asker evladından biri. Yemen'e veya Filistin cephesine gittiği biliniyor, o kadar. O zamanlar, Osmanlı'nın, coğrafyasını artık kontrol edemediği devirler...

Yani Molla Hüseyin, esasında Ali dedemin dedesi. Uzun yaşamış. İlk iki eşi ölünce ömrünün geç döneminde tekrar evlenip çoluk çocuk sahibi olmuş. Bu yüzden çocuklarından bir kısmı torunlarından daha küçüktü. Torunları gibi torunlarının çocukları bizler de Molla Hüseyin'i dede diye anardık.

Molla Hüseyin'in ilk torunu dedeme Ali Hoca dendiğine bakmayın, öyle hoca falan değil. Hatta okuma yazması bile yok. Hoca olan Molla Hüseyin... Bu ilk torun Ali; *Hocanın Oğlu* olarak da biliniyor. Gençliğinden beri namlı biri. Dürüst, cesur, özü sözü bir adam. Derler ki etrafındaki arkadaşları için onlarca kız kaçırmış. Kızı kaçırılan dua edermiş ki inşallah kızımı kaçıranların başında Ali vardır. Anlayacağınız o kadar güvenilir bir genç. Tarafları buluşturmadıkça kızı kendi uhdesinde muhafazaya alırmış. O zamanlar çoğu evlilikler zaten öyle.

Ali bu şekilde nam ve ün yapmış; lakabı da zamanla hoca olmuş. Malum çok eskilerde insanlar, yaptıklarıyla bir lakap alamamışlarsa *adsız* diye anılırlarmış. Dedemiz Ali Hoca diye anılmış; bizler de Hocalar sülalesi olarak... Ali Hoca veya Molla Hüseyin; bilmiyorum hangisinden dolayı bize Hocalar denmiş ama bizim bu yeni köydeki aile ismimiz Hocalar olmuş işte. Hocalar mazbut adamlar, düzgün adamlar, barışçıl adamlar. Kimsenin hışında kışında değiller. Mamafih esasında başka türlü de olamazlardı çünkü bölgeye sonradan yerleşmiş muhacirler.

O yüzden de babamı size, Molla Hüseyin oğlu Ömer oğlu Ali oğlu İsmail ya da bilinen lakabıyla *Simo* diye tanıtmam lazım. Simo! Yerleştiğimiz bölge bir Kürt bölgesi ve malum Kürtlerin âdetidir lakap takmak. İsmail'e bazen Simo derler. Babama da öyle demişler. Simo! Sonraları *müftü* de diyeceklerdi. Ve tabii *sofi!* Bu lakapları hak edişinde askerde yaşadıklarının da payı büyük elbette.

Neden bunlardan söz etmeliyim? Tabii ki macerayı birinin anlatması lazım. O da babam olduğuna göre hikâye onun üstünden anlatılacak. Ben ondan dinledim, size aktarıyorum. O zaman onu da tanımanız gerekmez mi?

Bu kitabın konusu olacak hadiseleri, olayları bana anlatan odur. Öyle ya Halil Akbaş'ın etrafında onca er ve erat varken, onun, ahiret yurduna dair anlattıklarını ciddiye alıp hayatını ona göre tanzim eden biri çıkmış! İbret almak, onu kendi hayatı için bir örnek hâline getirmek bir nasip işi elbet. İşte babam o nasibi kapmış!

Sizi temin ederim, babamın o duyarlılığı olmasaydı belki de -belki değil muhakkak- bu hikâye anlatılmayacak, dolayısıyla bize de intikal etmeyecekti. Yaşanmış ve unutulmuş milyonlarca hatırat gibi yok olup gidecekti. Veya birilerinin bilinçaltında kara kutu olarak kalacaktı.

Ama şükür ki bu hikâye babamdan başlayarak hafızamızda bunca yıl korundu ve artık okuruyla da buluşmaya hazır...

...

Babamın bu anlattıkları, askerlik yaptığı İkinci Dünya Savaşı yıllarında geçiyor.

Olayın sahnesi ise Akçadağ Jandarma Merkez Karakolu. Hatta karakolun koğuşu.

Hadisenin yaşandığı günlerde o karakolda kaç kişi vardı bilemiyorum. Gidip o dönemin askerî arşivlerini inceleyip o karakolda kaç jandarma eri veya çavuşunun yaşadığını belirlemek mümkündü ama sanki bunu yaparsam hadisenin büyüsünü, tılsımını bozacağım gibi geldi bana hep. Onları bilmek istemedim. Babamın aktardıklarıyla ve bu hadiseye tanıklık edenlerle sınırlı kalsın istedim. Peşine düştüğüm tek husus, Halil Akbaş'a veya ailesinden birilerine ulaşmak oldu, o kadar...

Acaba koğuştaki diğerleri de şahit oldukları bu ilginç hâlden babam kadar etkilenmişler miydi? Onlar da o hadiseyi babam gibi yaşamına çekidüzen vermenin bir vesilesi yapmışlar mıydı? Onlar da çocuklarına anlatmışlar mıydı? Kim bilir... Belki bu kitabı onlardan biri okursa böyle bir şeyin olup olmadığı da ortaya çıkar.

Malatya'nın o zamanki Akçadağ (artık şehirle birleşmiş durumda) nahiyesi merkez karakolunda yaşanan bu olay vukuat defterine geçirilmiş miydi? Kim bilir belki ondan da güzel bir hikâye çıkardı. Jandarma karakol komutanı, çavuş, onbaşı, erler... Her birinin gözünden olaya bakmak belki de ne hikmetler açığa çıkarırdı. Veya aksine komik, gülünç, matrak şeyler... Muhakkak ki herkes kendi payına düştüğü kadarını almıştı. (Nitekim Hüseyin Onbaşı sürekli "Bu adam bizim aklımızla oynuyor." diye küfür edermiş.) Tıpkı Papaz Kierkegaard'ın İsmail/İshak'ın kurban edilişini değişik bakış açılarıyla masaya yatırdığı misillü bu olay da koğuştaki diğer şahitlerin gözünden farklı farklı anlatılabilirdi eminim. Bu da yapılabilirdi ama bu başka bir iş olurdu ve bu ibretlik hadise, herkesin bakış açısına göre şekillenmiş gerçeküstü bir kurguya dönüşürdü. Benim niyetim ise bu değil. Ben, olayın bir şahidi olarak babamın bana anlattığı kadarını aktarma peşindeyim. Kurgunun değil... Yaşananları ne kadar aslına yakın aktarabilirsem kendimi o denli başarılı addedeceğim.

Hadisenin seyri gereği elbette Halil Akbaş'ın hikâyesindeki aktörlerden de söz edeceğim ama dediğim gibi bunların rolü babamın şahitliği kadar olacak. Yoksa Hüseyin gibi şahitlerin yaşadıkları da ilginç ve Hüseyin de hikâyenin önemli bir unsuru. Babam, Halil Akbaş'ın yaşadıklarına itiraz vazifesini koğuşta Hüseyin'in üstlendiğini anlatırdı. Hüseyin'in iddialarının başına ne işler açtığını biliyoruz ama sonuçlarından haberdar değiliz. Ama bizim hikâyemizde bakış açısı -sinema diliyle söylersek kamera- Hüseyin'in ya da bir başkasının gözü değil babamınkisi olduğu için bu hikâye aynı zamanda biraz da babamın hikâyesi olacak. Aralarda babamın sorgulamalarını ve hadiselerin ona yaşattığı dönüşümün seyrini de göreceksiniz.

Bu hatıratı, siz okurlarımla paylaşmaya karar verdiğimde merak ettiğim bir husus da olayın kahramanı Halil Akbaş'ın çocuklarıydı. Acaba çocukları olmuş muydu? O da çocuklarına başından geçen bu macerasını anlatmış mıydı? Onlar da benim gibi bu ilginç hadiseyi merak ve korkuyla dinlemişler ve kendi paylarına düşen hisseyi almışlar mıydı? Yoksa Halil Akbaş, tüm bu yaşadıklarının ardından daldığı derin sessizliğini, hayatı boyunca sürdürmüş müydü?

Hadisenin nasıl yaşandığı veya tam da babamın aktardığı gibi olup olmadığı artık bizim için bir gayb. Babamın askere giderken yaşadığı aşk travması, hayata karşı duruşu gibi kendi özel hayatındaki hususlar, tüm bu yaşananları anlamada ona ne tür avantaj sağladı veya dezavantaj oldu bilemiyorum. Onu da bilmek zor ama neticede bu ilginç hadiseyi ve yaşananları babamın gözünden dinlerken Halil Akbaş'ı, koğuştaki diğerlerini ve bu gözlemi yapan kişi olarak sık sık babamın hikâyesini de okuyacağız.

Babamın böyle bir olayla karşılaşması bir yazgı mıydı? Bu ibretlik dramayı mukadderat, Halil için mi hazırlamıştı yoksa çevresinde onun yaşadıklarına tanıklık eden jandarmalar için mi? Veya belki de bunu dinleyene, bana bir mesajdı. Yahut ey dostlarım, siz ey bu kitabı okuyanlar; belki de sizin için bir ibret levhası olacaktır. Kendi nefsime ve şu satırları okuyan siz dostlarıma, ahiret yurduna dair hazırlıklarımızı vaktinde ikmal etmek için gönderilmiş bir ilahî mesajdır! Ve onun taşıyıcısı da babam vasıtasıyla ben olacaktım.

"Kâinatın satırlarını, (önüne çıkan hadiseleri) ibretle oku, çünkü onlar sana Mele-i A'ladan gönderilmiş hususi mektuplardır." diyerek her hadiseye bir ilahî boyut katan sofiler şahı İbnü'l-Arabi'nin dediği gibi bu mektup belki de bana ve size gelmiş; bizlere teslim edilmek üzere babama emanet bırakılmıştır, kim bilir...

Kur'an-ı Kerim'de Yasin suresinde anlatılan ve bir rivayete göre Antakya olması gereken o beldeye gelen o üç elçiyi düşünün! Mesajlarını belde halkına bir türlü anlatamamışlardı. Sonra şehrin kenar semtinde oturan bir garib(an) insan gelip onları bulmuş ve dinlemişti de hemşehrilerine; *"Yahu"*, demişti, *"Bu adamlar sizin kötülüğünüzü istemiyorlar ki? Neden bunlara düşmanca yaklaşıyorsunuz?"*

Ve sonunda başının vurulmasına sebep olacak şu sözleri sarf etmişti: *"Söylediklerine karşılık sizden bir ücret de istemiyorlar. Size hakikati anlatmaya çalışıyorlar. Sizi bekleyen dehşetli bir sınavdan söz ediyorlar. Neden onları dinlemeyi reddediyorsunuz? Bırakınız konuşsunlar. Yalancı iseler yalanları size zarar vermez, reddedersiniz. Doğru iseler belki işinize yarayacak bir ibret alırsınız."*

Ama yazık ki elçileri reddedenler, o zatı da öldürdüler. Hakikatin cilvesidir bu. Ancak nasibi olan duyar, nasibi olan dinler, nasibi ve niyeti olan aldığıyla amel edip hayatını güzelleştirir. Nasibi olmayanlar ise hakikat ışığını söndürmek isterler.

Halil Akbaş'ın başından geçenler de bu türden şeyler. O kırk beş gün boyunca da bu yaşadıklarını reddeden de olmuş, ibret alan da... Okuyanlar arasında da bu anlatılanları gerçeğe aykırı bulanlar ve itiraz edenler olacaktır. Benim açımdan, babamı dönüştüren bu ibretlik hikâye, kaleme alınmaya değerdi ve ben de öyle yaptım. Başka kime veya kimlere ibret olur bilemiyorum ama babamın bu yaşadıkları âdeta onu başka biri yapmış; askere gidişi ile dönüşü arasında dağlar kadar fark oluşmasına hizmet etmiş.

Küçük amcam -ki o moderndi, babam gerici- "Baban sonradan sofu oldu, önce böyle değildi." diye yakınırdı hep. Amcam aslında "Her gün ajans dinleyen, dünyanın nereye gittiğini bilen bir adam olarak diyebilirim ki baban, gerici olmayı sonradan seçti!", demek istiyordu. Çünkü kendisi moderndi. Onun gözünde ben de ilericiydim; üniversite tahsili görüyor, dünyayı anlamaya çalışıyordum ama şimdilik babamdan korktuğum için fikrimi tam izah edemiyordum(!)

Babamın askerden sonraki dönüşümü büyük amcamın da dikkatini çekerdi: "İsmail sonradan değişti." derken o babamı küçümsemez, aksine gıpta ederek anlatırdı.

Babam da askere gitmeden önce herkes gibi sıradan biriymiş. Bir zamane Müslümanı yani. Ahireti bilir, haram helale inanır ama istediğini yapmaktan da geri kalmazmış. Hâlbuki sonraki yaşamında babamın haram ve helal konusundaki titizliği, dillere destan olmuştu. Herkesin "sofi" veya "müftü" diye lakap takmalarına yol açacak bir titizliği vardı. Bu titizliğinden biz çocukları da nasibimizi alırdık.

Gerçi babam İsmail, ta baştan itibaren iyi yürekli, düzgün bir insanmış. Halil Akbaş'ın başından geçen ve bugün rahatlıkla sanal diyebileceğimiz o hâlleri, kendisi için, ibret alınacak bir kıssaya dönüştürmüş ve hayatını bu tecrübesine göre tanzim etmiş. Ömrünün sonuna kadar da bunu sürdürdüğünün şahidiyim. Bu açıdan ben onun bir evladı olarak şimdi yine araya girip "Elhamdülillah!" desem ayıp olmaz değil mi? Şükredecek çok şeyim var elbet ama öncelikle bir babanın evladına bırakabileceği en güzel mirasa, güzel ahlakla bezenmiş temiz bir geçmişe sahip olduğuma inanıyorum.

Ha, kabul etmeliyim ki "kendini beğenmişliği" varmış biraz. Yakışıklı sayılması ve iyi güreş tutuyor olmasından dolayı akranları arasında övündüğü biliniyor fakat insana, kurda kuşa, çevreye bir zararı yok!

Cuma namazlarını kılarmış ama ibadetin henüz idrakinde değil! Bildiği bir iki namaz suresinden öteye gitmeyen, yani örfe dayalı bir ibadet ve Müslümanlık!

Şimdi de kimi insanlar vardır ya... Namaz kılar, oruç tutar, her yıl umreye gider de bunlar ahlakî ve vicdani yapısında ciddi değişimler yapmaz! Yaptığı ibadetler, ruhuna bir kemal, olgunluk katmaz; fiillerinde bir düzelmeye yol açmaz. Niyeti düzgün olsa da fiillerini de Allah'ın rızasına uygun hâle getirmeye önem vermez! Din ve Müslümanlık, onun için artık bir örfün, bir geleneğin yaşanmasından ibaret hâle gelmiştir. Babam da gençliğinde o türdenmiş sanırım! Muhafazakâr yani!

Gönül İşleri

Babam İsmail'in dönüşümünde büyük payı olan gençlik aşkından söz etmezsem bu hikâye eksik olurdu. İçinde kadın, sevgi, aşk, ayrılık olmayan bir hayat olur mu? İsmail'in de macerasının içinde böyle bir şey olmalıydı. Onu kendi dilinden anlatması için zorladığım vakitler olmuştu ama galiba onu çözmek için benim de o yollardan geçmiş olmam gerekiyormuş ki ancak vakti geldiğinde açmıştı gönlünün bu sayfasını.

Gençliğinin baharında, bölgede ağa sayılacak birinin kızına âşık olmuş İsmail. Başından ve çapından büyük bir işe kalkışmış anlayacağınız!

Variyetli, köyün nerede ise yarısına sahip bir kimsenin kızını sevmek, bir rençperin oğlu için büyük bir iş. Davul bile dengi dengine demişler. Üstelik *maraba* olmasa da İsmail'in babası onun topraklarında icara çalışan bir çiftçi.

İsmail'in sevgisi karşılıksız kalmamış tabii, kız da ona meyletmiş. O günler, babamın "muhteşem" dediği günler. Seviyor ve sevildiğinin farkında. Âdeta kanat takmış uçuyor. İnsanın, ne olursa olsun sevdiğine kavuşacağına, kavuşması gerektiğine inandığı çağları! Her istediğini elde edebileceğini sandığı yaşlar! Ama henüz "hayatın gerçek tatları"nı tatmamış! Henüz "mukadderat" denilen ekşi suratlı, demir yumruklu, onaylamadığı sevgilere balyoz gibi inen, ağır faturalar yazan, acımasız bedeller ödeten feleğin, "cırnağı demirden kuşu"yla karşılaşmamış!

Aşkı ise -bildiğimiz türden despot bir ağa olmasa da- ağanın kızı. Kızın da gönlü İsmail'den yana olunca büyük ihtimalle aile de durumu fark etmiş olmalı ki bir gece kızı ansızın alıp götürmüşler, bir başka ağanın oğluna yâr etmişler! Bu oldu bitti karşısında genç İsmail, cünun arafında kalmış uzunca bir süre.

Sevdiği kızın, neden bir gecede apar topar götürülüp bir başkasına verildiğine; hiç tanımadığı bir adamın karısı yapıldığına akıl sır erdirememiş ama yapabileceği bir şey de yokmuş.

İsmail, insanın her sevdiğini elde edemeyeceğini, insan yüreğinin haraç mezat pazarlanabileceğini, sevginin pratik hayatta bir değerinin olmadığını işte o vakitler öğrenmiş. İnsanların sınıf sınıf olduğunu da ilk o zaman idrak etmiş!

Yakışıklı olmanın yetmediğini, iyi güreş tutmanın insana olgunluk ve değer katmadığını, bütün bunların kişinin statüsünü değiştirmeye kâfi gelmediğini acı bir şekilde anlamış muhacir ve rençper Ali Hocanın oğlu İsmail!

Tabii aşkın kavurucu ateşini o an tatmış ama "gönül yangınının aynı zamanda bir simya gibi insanın kimyasını hayvaniyetten âdemiyete dönüştürdüğünü" de anlamış şükür ki. Kendi deyimiyle, bu hâli yaşamasaymış ham kalacakmış. Zaten aşk bunun için varmış.

Bu hadiseden sonra sessizliği öğrenmiş, bakışlarını kendi iç dünyasına çevirmeyi bilmiş. Baba-oğul dertleştiğimiz bir seferinde, "İyi ki de öyle yapmışım, iyi ki de kavuşmamışım." demişti uzun bir suskunluğun ardından...

"Sevmek güzeldir. Kavuşmak da güzeldir. Ama kavuşamamak, daha semerelidir. Aşk acısı insanı, kâmil insan etmese de yüreğini genişletir. Her şeye karşı daha duyarlı kılar." demişti başını sallayarak... "Görmüş geçirmiş olanlar, hikmet ehlidir; iftirakten içi yananlardır."

Aşk, insanı olgunlaştıran en etkili simyadır, en etkili iksirdir, tecrübedir, büyüdür derler ya, sanırım babam da o nasihati almış ve ondan bir bilgelik çıkarmış olmalı ki "Allah huşyâr (diri) ve zinde kalpleri o ökse otuyla yakalarmış oğlum." demişti bana. Ben de Sadi-i Şirazi'den esinlendiğim bir ifade ile "Allah, aşk ile avlanamayan kalpleri de büyük acılar ve musibetlerle kapısına getiriyor." diye devam etmiştim söze. O da görmüş geçirmiş, hayatın meyvelerinin sabırla devşirildiğini öğrenmiş bir insan olarak başını sallayarak beni tasdik etmişti.

Bir *ayette "De ki Allah'*ın yazdıklarından başka bir şey bize isabet etmez. O bizim *Mevlamızdır* (sahibimiz, koruyucumuz, hep hayrımızı ve iyiliğimizi isteyen efendimizdir). Öyleyse mümin olan, inanan, Allah*'a tevekkül etsin. O kusurları bağışlayan, hatadan dönmek isteyenlerin de mazeretini* (tövbesini) *kabul edendir."* (Tevbe, 5) buyrulur. Tam da ayette geçtiği gibi babam İsmail, başına gelenler karşısında şikâyet etmemeyi öğrenmiş; yaşadıkları için Rabbine tevekkülü seçmişti.

Evet bu hâlin, babamın yüreğini kavurduğuna, onu olgunlaştırdığına inanıyordum ama yine de onu, o bilindik iyi insan olarak anılmasına götüren şey salt aşk olmamalıdır diye düşünüyordum. Öyleymiş meğer. Onun ruhunu, kendi tabiriyle "secdeye vardıran", aşk değil, şu kitaba konu ettiğim, Halil Akbaş'ın yaşadıklarına şahit olmakmış. Aşk dahi onu, askerde gördüklerine ibret gözüyle bakmaya hazırlayan bir ökse otu imiş!

Anlattıklarından aklımda kalanlardan sezdiğim şuydu ki, babam böyle bir aşk yarası ve yenilgisi ile askere gitmeseydi, Halil Akbaş'ın yaşadıkları, onu bu kadar etkilemeyecekti. Belki o da diğerleri gibi arkadaşının hâllerine *uğru* veya *huy tutması* deyip geçecekti.

Bu benim kendi yanımdaki bir zan da olsa yabana atılmayacak bir tespittir. O yüzden de önce onun bu yarasından, aşk acısından söz etmeliydim sizlere. Ta ki babamın, tüm bu şahit olduklarından diğer herkesten daha çok etkilenmesinin sebebini anlatabileyim! Onun sonraki dönüşümü, Halil Akbaş'ın yaşadıklarından çok etkilendiğinin bir timsali idi. Sanki Halil Akbaş ile birlikte babam da ahiret yurduna gitmiş, orada ödenen bedelleri görmüş de gelmiş gibiydi. Arkadaşının yaşadığı bu garip hâli bizlere hikâye ederken sanki her günahın karşılığının ne olduğunu o da görmüş de öyle anlatıyor zannederdiniz. Onun ruh hâlini anlamadan, onun bu kadar etkilenmesinin sebebini anlamak zor olurdu diye aşkından söz ettim. Yoksa bu kitabın konusu babamın gençlik aşkını anlatmak değil elbet. Bu da diğer detaylar gibi esas hadisenin bir parçası.

Kıssadan Hisse; Ama Kime?

Babamın bize anlattıkları hakikaten bir *kıssa* tadındaydı. Eski bir metinde bu olaylar hikâye edilirken nasıl bir üslup kullanılır idiyse öylece anlatırdı. Uzun kış gecelerinde sesli okunan *Muhammediye*'nin şiirsel anlatı dilini hatırlatır bir edayla babam da sahurla sabah namazı arasında bir vakitte anlatır anlatırdı. Şimdiki zaman (muzari) kipini hiç kullanmaz; di'li geçmiş zamanla hikâye ederdi.

Bilirsiniz, kutsal metinlerde yaşanmış veya yaşanması mutlak hadiseler, di'li geçmiş zaman kipiyle anlatılır; "Kıyamet koptu" denilir mesela Kur'an'da. *"Ay yarıldı"* denilir. *"Dağlar dağıldı, yıldızlar döküldü, denizler kaynadı, güneş dürüldü..."* Bizim için gelecek diye anılan hadiselerin çoğu, evrenin yazgısını yazan Kudret açısından olmuş bitmiştir çoktan! Malum, önce ölüm vardı, dirilik sonradan oldu.

Halil Akbaş'ın başından geçenler de esasında her insanın muhakkak gideceği ahiret yurdundan yansımalar olduğu için önünde sonunda karşılaşacağı şeylerdi! Belki de o yüzden di'li geçmiş zaman kipi kullanılmalıydı onun yaşadıklarını anlatmak için... İbretlikti; kıssa dememin sebebi de bundandır. Ama sadece kıssa değil, yaşanmış bir hadiseydi. Mamafih kıssanın salt bir kurgu olduğu düşüncesi, modern dönemlere ait. Dinî metinlerde geçen kıssalar hem yaşanmış vakalardır hem de tüm zamanlara tatbik edilebilecek nitelikte bir model gibidir.

Bu olay da o yüzden kıssa diye adlandırılmayı hak ediyor. Bir daha vuku bulur mu onu da bilmiyorum ama bir insanoğlunun bu dünyada iken tecrübe edebileceği, yaşayabileceği ve şahit olabileceği en tuhaf olaylar kategorisine rahatlıkla girer Halil Akbaş'ın yaşadıkları.

Bu anlatacaklarıma şahit olan babam İsmail'in hayatı da bir kıssa tadında. Madem ki kıssalar, tüm çağların ibret alınmasına yeter bir dil ve üslup içerirler, ben de size bu yaşananları üçüncü şahıs olarak anlatırken kıssa dilini (o tadı vermek için) kullanarak aktarmaya çalışacağım. Kıssalar, herkes ondan hissesini kendi kabı nispetinde alsın diye anlatılır. Belki siz de bu anlatıdan etkilenecek ve bir sonraki nesle aktaracaksınız. Ve bu böylece sürüp gidecek...

Ahiret hayatının varlığı, öldükten sonra dirilmek şöyle dursun, ben o çocuk aklımla oraları, yani ahiret âlemini, gönlümde ve zihnimde elle tutulur derecede bellemiştim. Öyle ki ahiret yurdu Gaziantep'in, Adana'nın, Antakya'nın varlığı kadar sahiciydi. Benim için ahiret yurdu bir iman meselesi olmaktan çıkmış, âdeta görmeyi çok istediğim bir şehir gibi zihnimde yer etmişti. Tabii cehennem tarafına gitmemek şartıyla... Oranın suları insanın derisini kavlatıyordu!

İlk romanım Fardipli Sinha'nın kahramanı Bilge'nin yaşadığı ahiret tecrübesi, o dönemden kalma levhalar ve hissedişlerimden hayat bulmuştur. Bendeki ahiret inancımın temelini itiraf etmeliyim ki o anlatılar oluşturdu. Ahirete dair özlemlerim, bir insanın çocukluk dönemini geçirdiği ama bir daha gidemediği olağanüstülüklerle dolu bir şehrin ya da masallarda dinlediği o büyülü şehirlerin bilinçaltında bıraktığı idealize edilmiş hatıralara ve tatlara benziyor. Sanki yaşadığım, bildiğim ama bir daha görme fırsatım olmamış efsaneler çağı gibi içimde öylece duruyor babam anlatırken benim gönlümde canlandırdığım o resimler...

O hatıraların daha sonra okuduğum hadis kitaplarında ve kadim metinlerde de anlatıldığına şahit olunca o yurda özlemim daha da pekişti ama korkum da çoğaldı. Ya cennete gitmeyi başaramazsam... Öyle ya neticede benim burada yapıp ettiklerim hangi menzile gideceğimi belirleyecekti. Ben insanları incitmemeyi başaracağımı, Rabbimi kendimden razı kılıp kılamayacağımı bilmiyordum ki...

Şimdi Halil Akbaş'ın yaşadıklarının bana ibret olmadığını söyleyebilir misiniz?

Hayır!

Babam gibi biz de bu hadiseden bir ibret alırız da ta ki bir gün muhakkak gidip göreceğimiz o yurda dair sanal bir tecrübemiz olur. Ahiret yurduna hazırlıklı gitmenin rehberliğini yapar. Malum, bir insan bir şehre, bir ülkeye gitmeden önce araştırma yapar; güncel bir harita edinmeye çalışır. Göreceği, karşılaşacağı tarihî eserler ve coğrafya hakkında bilgi edinir ki oraya gittiğinde çok yabancılık çekmesin.

Elbette başta Kur'an ve kutsal metinler de aynı üslubu sergiliyor. İnsanların diriltildikleri gün çekirge sürüleri gibi perperişan ve dağınık bir hâlde sağa sola savrulacakları haber veriliyor. İnanmamış, ahiret yurduna hazırlık yapmamış olanlardan o gün haberlerin gizleneceğini, onlara bilgi verilmeyeceğini aktarıyor. Fakat o metinler mutlak bir dil içeriyor. Bu mutlak dil, kimi zaman çevirenlerin kendi kavram eksiklikleri yüzünden araya sıkıştırdıkları birtakım tanımlar veya yanlış tasvirler yüzünden üzerimizdeki etkisini kaybedebiliyor. İnsan o uyarıları okurken kendisini akıbetten kurtarabilecek bahaneler uydurabiliyor. Çoğu kere Allah'ın merhametine olan itimat, uyarıların etkisini azaltıyor. Ama şu tür olaylar bazen insanı yeterince uyandırabiliyor. Şu ayete bakın: *"O gün onlara karşı bütün haberler kapanmıştır. Birbirlerine de soramazlar."* (Kasas-*kıssalar*-, 66). İnsanların o gün o sahnede yaşayacakları paniğin boyutlarını vermek için bunu aktarır Kur'an. İnsanın, olup bitenlerden habersiz kalmasının o gün ne büyük bir dehşet olduğunu bugün kaç kişi hissedebiliyor? Ben bir haberci olarak bunu anlayabiliyorum ama herkesin anlamasını bekleyemezsiniz. Fakat bir insanın sergüzeştinde okuduğunuz bir hatıra, sizi daha derinden etkileyebiliyor.

Babamın dinî tahsili de normal tahsili de benimkinden azdı. Ama bizi tanıyan herkes bilir ki o benden çok daha muttaki ve dinin emir ve yasaklarına uymada benden daha titizdi.

Hadi burada araya gireyim ve bir şeyler söyleyeyim. Bilgiçlik saymayın e mi?

Babam okur-yazardı ama esasında ümmi idi. O yüzden de gerçek bir mümin idi. Allah söz konusu olduğunda gayba iman etmeyi tercih ederdi; "O ne diyorsa odur." derdi. Ben ise bilgiye dayalı bir inancın esiriydim. Determinist bir anlayış içinde yetişmiş ve sürekli sebep sonuç ilişkilerini gözeten, bu anlayışın müsaade ettiği kadar inançta ilerleyebilen ve o yüzden de "O dilediğini yapar!" ayetini, "ama"sız anlayamayan bir zihne sahip olmuştum, yazık ki:

O Allah'tır amma usulünü bozmaz...

Sen çalışacaksın ki Allah versin...

Sen ekeceksin ki ektiğini biçesin, gibi insan aklının selameti için Yaratıcı'nın kendisi ile eşya arasına koyduğu perdeleri, O'nun kudretini sınırlayan bir zorunluluk yapıyorduk. En azından bizim hatırımız için bunu yapıyordu. O koyduğu kuralları ha bire bozsa ilim mi olur, tabii ki bozmayacaktı ama bozdukları da vardı. Hz. Adem'in hem babasız hem anasız, Hz. İsa'nın babasız doğduğunu düşündükçe "E canım, o mucize" deyip zihnimin teslimiyetine de hep mani oluyordum. Babam ise, "O isteyince kayadan deve çıkar." derdi. Mamafih Hz. Salih'in devesi kayadan çıkmıştı sahiden de. Benim inancımda ise bunu yapan Yaratıcı, yine de aklın icaplarına uyardı.

Evet *sünnetullah* dediğimiz kanunlar mevcut. Bu, bizim evrene uyum sağlamamız içindir. Ama yazık ki zihnindeki bilgi/bilgin; o sınırları aynı zamanda Allah'ın tasarrufunun sınırları kılıyor zihninde. Yani akıl kendini sınırlayacağına, ilahî kudreti sınırlıyor.

Hakikaten de belli bir merhaleden sonra eşyaya dair zahiri bilgi, kişi ne kadar mümin olursa olsun, onu gerçek bir imandan alıkoyuyor. İnsanı sınırlıyor, o yüzden de bir din âlimi bir ümmi kadar mütevekkil olamıyor ve gönlünde tam bir teslimiyet gerçekleştiremiyor. Ha, bu sözüm sizi, âlem kitabını incelemenin ehemmiyetsiz olduğu fikrine götürmesin. Âlem kitabı her satırıyla bize Rabbimizi tarif edip tanıtıyor, anlatıyor ama biz onu, O'na perde ediyoruz. Hâlbuki âlem kitabının esrarıdır ki insanı *mufassal imana* götürüyor.

Babam İsmail ise ümmi veya yarı ümmi diyebileceğimiz biriydi ve şu ibretlik tecrübeyi yaşamış biri olarak "Allah dilediğini yapar"ı ta yürekten benimsemişti. Hiçbir kural O'nu bağlamazdı. O Allah'tı, istediğini yapardı. Kaderi bile, "O yazdığına göre" istediği zaman değiştirebilirdi. Bir gün şöyle yapmışsa öbür gün tam tersini de yapardı ve yapabilirdi.

...

İşte, isminin anlamı dahi *"Allah'ı dinleyen, O'nun emir ve yasaklarına riayet ederek yaşayan adam"* olan 'İsmail'i de sizlere anlatmalıydım ki iş kararına otursun. Bizzat kendisinin hayatını anlatmasını istemişliğim olmuştur. Ama buna pek yanaşmazdı. Sessiz kalmayı tercih ederdi hep. Aşkını, yaşadıklarını hiç anlatmazdı. Sadece çok hüzünlendiği zaman kendi kendine *"Dere kenarında bir ev yapmışım/Kerpicim tükenmiş naçar kalmışım"* türküsünü mırıldanırdı...

Bazen de -belki sıklıkla demek gerekir- içten *içe "Gel biz bahre dalalım/ Balıklar uyanmadan/Tez cevherin alalım/ Balıklar uyanmadan"* diye bir ilahi söylerdi. Tuhaftır, o ilahiyi kendisinden başka hiç kimseden duymadım. Belki de bizim o diyarın son velilerinden Mustafa Necati Ak'tan dinlediği bir vesile-i necattı... Çünkü hayatı o kadar fani buluyordu ki buraları yani dünyayı asla uzun vadeli kalınacak, imar edilecek, hele dünyayı kendisi için kavga edilecek bir yer saymazdı.

Fakat sonuçta bir yuvası vardı ve bir babaydı. Çocukları muhanete muhtaç olmasın ve kimsenin bağına, bahçesine, malına, mülküne imrenmesinler diye hakikaten kahraman gibi çalışırdı.

Hayatı hiç terk etmeden, ama ahireti de kalbinden çıkarmadan yaşanabileceğini ben babamdan öğrendim. Öğrendim ama onun kadar titizlikle yaşadığımı söyleyemem. O ise yaşıyordu. İkisini nasıl da bir arada tutabiliyordu! Bir şey paylaşacağı zaman daima çoğunu karşısındakine verirdi.

İlk intibada mutaassıp sayılacak biriydi. Hakikaten de dışarıdan bakanlar için bağnazlık denecek hâlleri vardı. Ama o kendince sadece mümindi. Yaptıkları yanlış da olsa o doğru sandığı için yapardı. Çünkü cehennemi görmüştü. Öyle olmasa, ahirette hangi günaha nasıl bir ceza tatbik edilebileceğini nasıl anlatacaktı? Davuldan, zurnadan, insanı kendinden taşıran müzik aletlerinden bile korkardı...

İnsanların onun hakkında böyle düşünmeleri için gerekçeleri vardı, anlayacağınız. Bir gün Payas'tan uzak akrabalarımızdan bir gelin almak üzere yola çıkılmıştı. İki otobüs hâlinde. Düğün, babamın amcasının oğlunun düğünü idi. Sorumlu ve kafile başı babamdı. Çoğu kimse babamın bulunduğu otobüse binmek istememişti. Beni mi merak ettiniz? Tabii ki ben de dâhil! Çünkü babam eğlenceye karşı diye bilirdik. Zaten düğünlerin eğlence faslına katılmaz; çocuklarını da mümkün mertebe göndermezdi. Davullu zurnalı düğünlere karşı idi! Dolayısıyla babamla düğün sıkıntılı olabilirdi. -Sonradan bildim ki babam eğlenceye, davula, zurnaya değil; onları bahane ederek içki içilmesine, taşkınlık yapılmasına karşı imiş. İnsanların düğünleri emir ve yasakları delmeye vesile yapmalarına imiş itirazı.-

Yola çıktık. Otobüste çıt yok. Sanki cenaze törenine gidiliyor. Babam kalktı, "Hanımlar, gençler... Düğüne gidiyoruz, düğüne... Eğlenin, türkü söyleyin!" diye insanları teşvik etti. Sonra otobüste öyle bir cümbüş oldu ki herkes keyifli bir yolculuk yaptı. Ben de dâhil...

Onun karşı çıktığı şey günahtı. Günah her bir yanımızı sardığı için babam sanki hayatın tüm eğlencelerine karşı imiş gibi görünürdü. Öyle değildi ama biz bile çok sonra öğrenmiştik!

Babam, günahın kendisinden değil, günah fikrinden bile titrerdi. "İnsanların çoğu Allah'tan korktukları için günah işlemezler. Ama nefislerinde onu işlemek için daima büyük bir iştiyak taşırlar. Ben ise günahtan; Allah'tan korktuğum ve günahın neye mal olduğunu, insana neler yaptığını bildiğim için sakınıyorum." derdi.

Onun bu hâli doğrusu, ilk gençlik yıllarımda bana da biraz tuhaf ve anlaşılmaz gelirdi. Sıkıcı ve mutaassıp sanırdım. Ne zaman ki günahların, sadece ahirete intikal eden ve cehennemde yanmaya neden olan şeyler değil, aynı zamanda dünya hayatımızı da mahveden birer yıkım olduğunu, kişiye isabet eden türlü bela ve musibetin anne-babaların, dede ve nenelerin yaptıkları günahlar ve hatalardan kaynaklandığını öğrendim, o zaman babamın neden bu denli titizlendiğini de bildim. Halil Akbaş'ın macerası, günahı işlemeden günahların akıbetlerine tanıklık etmesine vesile olmuştu.

30'lu yaşlarımda iken bir gün bana "Ben hayatta iken sizlere bir şey olmaz inşallah, ben gittikten sonra da Allah gafur u rahimdir." demişti.

O yıllardan hafızama kazınmış bu sözünü vefatına yakın -ki o zamanlar ben de altmışıma merdiven dayamıştım- kendisine hatırlattım ve sordum:

– Haklı çıktın baba, sen uzun bir ömür sürdün ve hakikaten de hiçbirimize bugüne kadar bir şey olmadı elhamdülillah. Bunu neye dayanarak bu katiyetle söyleyebildin?

– Ben kimseye zulmetmedim oğlum. Eşyaya, hayvana, bitkiye, taşa, toprağa da... Sen iman etsen ve eşyaya layık olduğu şekilde davransan, Allah sana bela, azap ve musibet verip eline ne geçirecek ki, demişti. Âdeta yıllar sonra dikkatimi çekecek olan *"Siz şükredip iman ederseniz, Allah size azap verip de ne yapacak!"* (Nisa, 147) ayetini hayatıyla tefsir etmişti.

İşte ona bu inceliği ve hassasiyeti kazandıran; Halil Akbaş'ın kırk beş gün boyunca her gece gidip geldiği ahiret yurdunun hâllerine şahit oluşuydu. Ahirette kırk beş günü Halil geçirmişti; babamın ise bu hadiseden en büyük nasibi, kişinin günahlarının akıbetini görmek olmuştu. Sanki Halil ile birlikte her gün babam da ahirete gitmiş; Halil acı çekip tövbe ederken o da kendindeki o tür günahlara bir daha işlememek üzere nedamet etmişti.

– Bir yasak öpmenin, bir haram lokmanın, hakkın olmayan bir kaçamak bakışın, birinden karşılıksız bir şey almanın, sırada birilerinin önüne geçmenin insana ne tür bedeller ödettiğini, sevgilerin bile teraziye çıkarılıp tartıldığını gördüm, derdi.

Yaşadığı hayat şahididir ki babam İsmail, Halil Akbaş'ın kıssasından kendi payına düşeni alabilmiş şanslılardandı.

Allah rahmet eylesin. Güzel insandı hakikaten! Bana göre mırıldandığı o ilahideki gibi kimseyi uyandırmadan (kimseyi rahatsız etmeden), bu bahrin cevherlerini toplayıp gitmiş bir er kişiydi. Ölümüne yakın vakitlerde birçok insan onun kuş olup uçtuğunu görmüşlerdi rüyalarında. İnşallah öyledir.

Evet babam İsmail, İkinci Dünya Savaşı'nın o yangınlı günlerinde, jandarma olarak askeri görevini yapmaya çalıştığı Malatya'nın Akçadağ nahiyesinin jandarma karakolunda yaşadığı o ilginç hadiseden sonra, kendine ciddi bir çekidüzen vermiş. Hayatını baştan tanzim etmiş.

Bu hadiseden sonra ezbere bildiği birkaç namaz suresinin yazılışından hareketle kendi başına çabalayarak Kur'an-ı Kerim'i yüzünden okumayı öğrenmiş. Ondan sonra da ahiret ağırlıklı bir hayat yaşamaya karar vermiş. Kendi ifadesiyle artık tek amacı varmış:

– *Temiz bir Müslüman olarak yaşamak ve çocuklarını da ona göre yetiştirmek!*

İçinden çok arzu edermiş ki beş oğlu olsun. İlkine Peygamberimizin adını, sonrakilere de sıra ile dört halifenin isimlerini vermeyi ve çocuklarını onlara yakışır şekilde yetiştirmeyi murat edermiş!

Onun takvası ve dinî konulardaki titizliği, aile içerisinde de meşhurdu. Dediğim gibi, askerden gelince bu sebeple akrabalar ona "*sofi*" demeye başlamıştı. Daha sonraları dinî konularda kendini yetiştirdikçe köyde de "*müftü*" diye anılmaya başlanmıştı. Yakın çevresi ona *sofi* der, halk arasında da *müftü* olarak çağrılırdı. Hâlbuki ne bir tarikata mensuptu ne de dinî bir eğitim almıştı...

Namaz, haya ve hak hukuk konusunda bugün "aşırı" diyebileceğimiz bir titizliği vardı. Sözgelimi bana hiç bıkmadan ve usanmadan her namaz vaktinde namazı kılıp kılmadığımı sorardı. Öyle ki kaçamak mümkün olmazdı. Ya her seferinde yalan söyleyeceksiniz, kılmadığınız hâlde kıldım demek için... Ya da o sormadan kılmış olacaksınız ki o istintaktan kurtulasınız.

Namazdan asla taviz vermezdi. Çok zorunlu bir hâli olmadıkça namazı, yarım saat bile geciktirdiğine şahit olmadım. O namazı ya camide kılardı ya da ezanla birlikte hemen kılardı. Ezan okunmadan önce kesinlikle abdest hazırlıklarını tamamlar ve namazı beklerdi. Hayat içinde en birinci önceliği namazdı.

Babam asla cimri biri değildi. Aksine cömert denecek kadar ikramkâr biriydi ama hak hukuk konusunda aşırı denecek kadar titizdi. Bizim bir dükkânımız vardı ortaklı. Çocukken sık sık burada çalışırdık ama bir bisküvi, bir lokum, bir zeytin tanesi alıp ağzımıza atamazdık. İkrah ederdim dükkâna gitmekten. Çünkü dükkândasınız, güya dükkân sizin, her bir şey var, ama alıp tartmadan, deftere yazmadan hiçbir şey yiyemiyorsunuz. Her seferinde tartıp deftere yazıp yemek insana zor geldiği için dükkânı beklemek çile gibi gelirdi bana. Oruçlu gibisin yani hep...

Bir gün küçük kardeşim açık duran lokum kutusundan bir lokum alıp ağzına atmış. Daha dört beş yaşında. O ne bilir ortaklık nedir, hak hukuk nedir. Babasının dükkânında canı bir lokum yemek istemiş. Babam ona öyle bir çıkışmıştı ki korkudan dudağı çatladı.

Çok korktuğunu görünce de bu yaptığına üzüldü... "Sen lokum yediğini bana söyleyecektin sonra değil mi oğlum?" diyerek hem onun gönlünü aldı hem de bir daha habersiz bir şey yememesini sağlamış oldu.

Tabii onun titizliğini bizim o yaşta anlayacak hâlimiz yoktu. Daima sıkı sıkı tembih ederdi. "Bir şey yemeyin içmeyin demiyorum, canınız bir şey çekerse onu tartın, deftere yazın öyle yiyin diyorum."

Görüyorsunuz ya böylesi bir tecrübeyi yaşamış ve bunu kendi nefsinde uygulamış bir babanın çocukları olmak öyle pek de kolay değildi. Dükkân ortaklı olduğu için azami titizlenirdi. Tabii ki aklımız erince onun titizlenmesinin gerekçesini de anladık ama o çocuk aklımla ben dükkândan hiç hoşlanmazdım. Hem orada çalışır hem de babamızın dükkânı gibi davranamazdık! Biraz da çocukluğumu yaşayamamanın getirdiği acıyla hep "Kapansın şu dükkân!" diye dua ederdim. Mamafih benden sonra fazla devam etmedi. Ben Gaziantep'e okumaya gidince dükkân da eski satvetini yavaş yavaş kaybetti ve ardında büyük bir alacak yekûnu bırakarak kapandı. Ortağının hakkını verdikten sonra bize içinde tahsil edilemeyen binlerce liralık alacak bulunan defterler kalmıştı! Babam, daha sonra alacakların peşine düşmeyelim diye o defterleri de yaktı. Dükkân maceramız öylece sona erdi.

Belki birçok insanda olabilecek hâlleri neden sadece babama teşmil ettiğimi aklınıza getiriyor olabilirsiniz. Size diyeyim... Çocukluğumda ailemizde, köyümüzde ve çevremizde helal haram ve dinî emirler konusunda onun kadar titizlenen birini görmemiştim. Ondan bize intikal eden bu hassasiyet, zihnime kazınmıştı. Çocuk sayılabilecek bir yaşta evden çıkmış; ortaokul ve lise yıllarımı yatılı okumuştum. Hayat algım babamın bu bakış açısıyla şekillenmişti. Bu, onun Halil Akbaş'ın sanal bir dünyada yaşayıp aktardığı hadiselerden ne kadar etkilendiğinin en açık delili idi.

Bu dünye bir bâzârdur sûretler olmış dükkân
Bu dükkâna girüben oldur satan bu kânı
YUNUS EMRE

İkinci Bölüm

BENİM HİKÂYEM

Babam İsmail'in kendi hikâyesini bana anlatması için benim de büyüyüp başıma onunkisi gibi hâllerin gelmesi gerekiyormuş!

Gençliğimin ilkbaharında, babam gibi benim kalbim de çetin bir sınava tâbi tutulmuştu. Yer gök hep sevdiğimle dolmuştu. Ruhum sevgiyle kanatlanmışken öğrenecektim ki benim sevdam, olacak bir şey değilmiş! Ve acıları da göze alarak ondan ayrıldım. Her şeyi ardımda bırakarak bir daha dönmemek üzere İstanbul'u dahi terk ettim. Bir aylık bir avarelikten ve nereye gittiğini bilmez bir "alıp başını gitmek"likten sonra -galiba param da bittiği için- memlekete dönmüştüm.

Dönmüştüm ama ne kalbim benimle birlikte gelmişti, ne de aklım! Ne aklıma söz geçirebiliyordum ne gönlüme! Varlığım âdeta ardımda, onunla kalmıştı. Baktığım her şey onu çağrıştırıyordu, her mekânda o vardı ve sanki zaman ona "Git artık!" dediğim ânın içinde donakalmıştı. Bulutlar onun ismini yazardı. Rüzgâr estiğinde onun saçlarının rayihasını etrafa yayardı. Her kadında ona benzeyen bir taraf vardı. Kimisi edasıyla oydu, kimisi gülüşüyle, kimisi bakışıyla... Kapımın zili her çaldığında o geldi sanırdım. Huzura durduğumda dahi zihnimi bir saniyeliğine de olsa onun tutkusundan kurtarıp Rabbime yöneltmeğe mecalim kalmazdı. Secdelerimde istiğfarım ile talebim birbirine karışırdı.

Bu içimdeki çıkmazlar, dışıma da yansıyormuş ki babam bir gün namaz kıldığım odaya girdi ve kapıyı arkadan kilitledi. Tek bir soru sordu ama tüm cevapları isteyen bir soruydu:

– Neyin var oğlum?

– Bir şeyim yok, dedim ama o üsteledi. Tebessümle baktı:

– Gizleyemiyorsun oğlum, sen konuşmasan da hâlin ortada. Söyle de konuşalım, der gibiydi.

Sabırla anlatmamı bekledi. Baktı ki ben açılmaya niyetli değilim, söze o başladı. Hem de uzak bir geçmişten başlayarak...

– Biz, dedi, biliyorsun bu köye sonradan gelmeyiz. Molla Hüseyin dedemiz buralara imamlık yapmak üzere çağrılmış, tarihin fi zamanlarında. Geldiğinde genç bir molla imiş. Babası, komşu köyümüz Haltanlı'dan "Alkiti" lakaplı Ali adında biri ile arkadaş imiş. Alkiti, "Bizim buralarda dini bilen yok, hoca yok, halk cahil, ne olur senin oğlanı bize gönder de biraz din diyanet öğretsin bize." deyince Molla Hüseyin'in babası "Olur kardaşlık" demiş ve oğlunu göndermiş. İşte büyük dedemiz Molla Hüseyin'in bu topraklara gelmesi böyle olmuş.

– Aslen Türkmeniz. Amanosların öbür yakasında yaşarken bizimkiler devletin bir kervanını vurmuşlar, Osmanlı da onları alıp dağın doğusuna, sonradan kurulan Hassa civarlarına zorunlu iskân etmiş. Daha sonra burada Hacılar ve Söğüt diye iki köy kurmuşlar. Molla Hüseyin de Söğüt'ten gelmiş İslahiye'nin bu mıntıkasına. Tahminen 1860'lar...

– Önce gelip Alkiti'nin köyü Haltanlı'ya yerleşmiş Molla Hüseyin. Bakmış ki Haltanlılılar ark suyu içiyor, *"Ben ark suyu içmem, kaynağından göze suyu içerim!"* diyerek Haltanlı'dan ayrılıp köyümüz Kerküt'e gelmiş. Buralarda kalmak niyetinde değilmiş ama kader onu buralarda tutmuş.

– Kerküt'te itibarlı bir kadın olan Zenik Hanım (Zeynep), çocuklarına Kur'an öğretmesi karşılığında ona büyükçe bir bahçe vermiş, su gözesinin hemen altında. O da Kerküt'te kalmaya karar vermiş.

Evlenme zamanı gelince Molla Hüseyin, ayrılıp kendi memleketine gitmek ve orada yakınlarından biriyle evlenmek istemiş. Köylüler onun memleketine yerleşmesini istememiş: *"Git evlen ama geri gel!"* demişler. Memleketinde amcasının kızıyla evlenen Molla Hüseyin eşiyle Kerküt'e dönmüş.

Müsaadenizle burada bir parantez açacağım. Babamla bu konuşmamızın ardından yıllar sonra, Molla Hüseyin'in ilk karısı yani dedem Ali'nin nenesi hakkında malumat edinmek için çok uğraşmıştım ama işin sonuna varamadım. Çok güzel bir kadın olduğu, hiç Kürtçe konuşmadığı söylenirdi. Ama adı dahi hatırlanmıyordu. Biri bana adının *Tanşuk* olduğunu söylemişti, o kadar. Tanşuk; yani tanrı armağanı... Adı o olmasa bile sanırım Molla Hüseyin ona tanrıdan armağan gibi davranırmış. O tür kadınlar çok yaşamaz zaten. O da çok erken ölmüş. Ama köyün diğer kadınları gibi ağır bir hayatı olmamış.

– Amcasının bu kızından üç oğlu olmuş: Ömer, Halil ve İsmail! İsmail -ki benim adım onun adıdır- erken ölmüş. Halil, Kürtçeye hiç alışamamış ve hep Türkçe konuşmuş. Türk Halil dedikleri bu oğlu da genç yaşta ölmüş. Ömer'e gelince, Molla Hüseyin, oğlunun askerlik zamanı geldiğini görünce "Önce evlendireyim, bir döl alayım, öyle gitsin askere... Ne olur ne olmaz!" diye onu Tesbih köyünden *Base* diye biriyle evlendirmiş. Bir Kürt beldesine yerleşen Molla Hüseyin, hep Türk kızlarıyla evlenmiş. Üç kez evlenmiş ve üçünden de çocukları olmuş. İlk gelini Base ise aslen Ermeni olup da sonra İslamlaşmış olduğu söylenen Tesbih köyündenmiş. Base, Kürtçe konuşan bir kız. Sonradan "oğlum" dediği ilk torununa da Fate Base -ki o da bölgeye sonradan gelmiş bir ailedendir- adında bir kız almış. Kendisi hep Türk kızları ile evlenmesine rağmen çocukları için bu kaygıya düşmemiş olması bana hep ilginç gelmiştir.

– Hakikaten de Ömer, karısı hamile kaldıktan kısa bir süre sonra askere gitmiş ve bir daha da dönmemiş. Bilinen, Yemen veya Filistin cephesine gittiği...

– Molla Hüseyin, torunu Ali doğduktan bir süre sonra gelinini -dul kalmasın diye- Hasanlök köyünden, okuma yazması olan düzgün -o da hocaymış- biriyle evlendirmiş. Ali'yi, yani babamı da kendisi büyütmüş. Ali, babasını hiç görmediği için Molla Hüseyin'i baba bilmiş; o da ona torunu gibi değil bir oğlu gibi davranmış.

– Hanımı ölünce Molla Hüseyin yeniden evlenmiş ve ondan da çocukları olmuş. Torunu Ali yani babam, nispeten büyük olduğu için bütün işlerini ona gördürürmüş. Ali, malı mülkü olmayan Molla Hüseyin'in yetim torunu... Onurlu biri, çalışkan biri... Kimseye muhtaç olmamak için gece gündüz çalışmış. Bağı yok, bahçesi yok, tarlası yok, babası yok, annesi yok. Başkalarının tarlasını alıp kazancı paylaşmak üzere çift sürmüş senelerce. Kimin tarlasını alıp çalıştırsa ondan memnun kalmışlar.

– Sonunda Deli Ağa -babam onun adını anarken durmuştu. Çünkü o sevdiği ama alamadığı kızın hayatında büyük role sahipti. Adı Ahmet'ti ama "Deli Ağa" derlermiş. Düzgün, cömert bir adammış-, Ali dedene *"Gel bizim tarlalarımızı da ek biç. Bana çalış, seni mağdur etmem."* demiş. Öyle de yapmış. Deli Ağa sözünün eri bir adam. Onu hiç incitmemiş. Hep değer vermiş babam Ali'ye. O dönemlerini ben de hatırlıyorum.

Burada yine araya girmem gerekiyor. Çünkü o konuşmamıza babamın, kendi hikâyesini ta dedesinin babasından başlatmasına bir türlü anlam verememiştim. Ama aile hikâyemizi hep merak ettiğim için de bir şey sormadan, sözünü kesmeden dinlemiştim. Konu sevdiği kıza gelince neden kendi hikâyesini Molla Hüseyin ile başlattığını da anlamıştım. O babasının bir *maraba* olmasını hazmedememişti ama başka çaresi olmadığını da bilmişti...

Babam bundan sonrasını anlatmakta zorlanıyordu. Çünkü artık kendi hikâyesine geçmişti. Hâlâ saygılıydı sevdiği isme ve onun akrabalarına karşı. İsim vermekte zorlanıyordu. Daha doğrusu isimleri vermekten utanıyordu. Ama kimden söz ettiğini anlıyordum!

Hikâyesinin gönle dokunan ve anlatmakta zorlandığı bu kısmı ben aktaracağım:

Babam İsmail, çocukluktan itibaren babası Ali'ye yardım etmiş. Leçe'de, Yassıpınar'da ağanın tarlalarında çalışan babasına azık götürür getirirken ağanın kızına da gönlünü kaptırmış. O da bu sevgiyi karşılıksız bırakmamış.

Ha bu arada şunu hemen söyleyeyim. İsmail, kendi döneminin en yakışıklı genci diye bilinir ve sevilirmiş köyde.

Rivayet odur ki -tabii Zeyno (Zeynep) yengemin aktarımıyla- bir gün komşu köyün ve bizim köyün kızları çeşme başında *"Sizin köyün gençleri mi yakışıklı, bizim köyün gençleri mi?"* tartışmasını yaparken babam İsmail çıkagelmiş. Kerküt'ün kızları *"Hah işte bizim köyün bir genci!"* deyince Haltanlının kızları, itiraz etmişler. "O hariç hem o Zaten Kerkütlü değil ki. O Hocalardan ve Hocalar önce bizim köye gelmişler sonra size... Sonradan gelme biri o, Kerkütlü sayılmaz..." diye itiraz etmişler.

Dolayısıyla böylesi yakışıklı bir gencin sevgisinin karşılıksız kalmadığını tahmin etmek zor değil.

Bu masum, sade ve saklı bakışmalardan ibaret olan sevgi, zamanla kızın ailesinin de dikkatini çekmiş mi bilmiyorum. Ama eğer olmuşsa ağanın, "Olur da kendi tarlalarında maraba olarak çalışan Ali gelip kızı oğluna isterse ne yaparım?" diye düşündüğünü tahmin edebiliyorum. Ağa iyi yürekli, Ali'yi de oğlunu da seviyor ama ağalığın da bir raconu var ne de olsa. Bir marabaya nasıl kız versin!

Derken önemli bir fırsat çıkmış önüne. Ağa Osmaniyeli bir başka ağadan yüklüce para almış. Vaktinde de ödeyememiş. Araya uzun zaman girmiş, artık işler sertleşmeye doğru gidiyormuş ki Osmaniyeli ağa adamlarıyla gelip Deli Ağanın döşeğine oturmuşlar. "Kızını oğluma istiyorum!" demiş. O da bunu nimet bilmiş. Kızını bir gecede Osmaniye'de bir başka ağanın oğluna vermiş. Ve bir gece kızı alıp gitmişler! O zamanlar öyle evlilikler de vardı.

Babam İsmail, bir sabah, sevdiği kızın evlenmek üzere başka memlekete gönderildiğini öğrenince yıkılmış tabii. Uzun müddet suskun kalmış. Zaten kim ne yapsın ki onu? Bir rençperin oğlunun hâlini kim takip etsin?

Babam günlerce gizli gizli ağlamış. Ağıtlarını annesinden bile saklarmış ama anne durumun farkındaymış. Kadının yapacak bir şeyi de olmadığından bilmezlikten gelmiş. Babam İsmail derdini kimselere de anlatamamış. İçin için ağlayıp durmuş. Bir gün dönüp gelir diye tam sekiz yıl beklemiş!

Kardeşi kendisinden önce evlenmiş ama o hep beklemiş. Sonra İkinci Dünya Savaşı çıkmış. O da hemen askere gitmek için yazılmış. Savaş çıkar da ölürüm veya unuturum/unutulurum diye askere gitmiş.

Babam İsmail biraz da yüreğindeki acıyı unutmak için askere gitmeyi seçmiş. Öyle bir dönemdir ki bu, dünyanın durumu da İsmail'in kalbinden farklı değildir. Onun yüreği aşkla kavrulup kaynarken, dünya da birtakım kalplerin ihtirası yüzünden başlatılmış cihan harbinin toz dumanı içinde acılarla ve ölümlerle kaynamaktadır, savrulmaktadır. Türkiye savaşta değil ama bulaştırılması an meselesi...

Babam İsmail işte bu ortamda askere gitmiş. Bin dokuz yüz kırklı yılların başı. Yüreğindeki acı, ölümü arzulatacak cinsten çünkü... Silifke'deki acemilik döneminden sonra Malatya'nın Akçadağ nahiyesinin merkez karakoluna jandarma olarak gönderilmiş.

Kırk beş gün boyunca her akşam ahirete gidip gelen Halil Akbaş ile de işte burada, bu ruh hâli içinde tanışmışlar.

...

Babam bu serencamını anlattıktan sonra hâlime uygun uzunca bir nasihat etmişti. Onun gönül yaramı sarmak için ettiği nasihatine geçmeden önce iki hatırasını daha aktarmak isterim. Bunlardan biri dedem Ali'yi her seferinde ağlatan, babamı da hüzünlendiren bir askerlik hatırasıdır. Diğeri ise ben üniversiteyi kazandığımda ettiği ve yıllar boyunca aklımdan çıkmayacak ilk nasihati...

Yine bir parantez açayım: "Sık sık araya girip esas hikâyeyi erteliyorsun. Bu ara sözlerin, hatıraların hikâyemize katkısı ne ola ki!" dediğinizi duyar gibiyim. Durun, hemen itiraz etmeyin. Derdim, bu garip hadiseyi yaşayan ve aktaran herkesi etraflıca tanımanızı sağlamak. Hem baştan dedik ya bu bir kıssadır diye. Kıssalar, işte böyle yan hikâyelerle genişler, alınacak hisseler artar. Hem anlatacaklarımız o dönemin hâllerini anlamaya da bir nebze katkıda bulunur.

Malum İkinci Dünya Savaşı tüm hızıyla devam etmektedir. Savaşın yarattığı derin kararsızlık ve keşmekeş, beraberinde dünyayı kasıp kavuran bir kıtlığı da getirmiştir. Çok ağır bir cihan harbinden mağlup çıkmış, 13 milyon kilometrekarelik imparatorluk toprağını kaybedip üçüncü sınıf bir ülke derekesine düşmüş; her kıtada bir ciğer paresini bırakmış bir ana yüreği gibi kavrulmaktadır o zamanlar Anadolu ve onun bağrında kurulu Türkiye. Tam bir acılar ummanı. Bir savaşı daha kaldıracak durumda değildir ama dört bir yanından yükselen savaşın alevleriyle sarılmıştır. Doğal olarak açlık ve kıtlık bu toprakları da pençesine almıştır.

Ali, evlat hasretiyle yüreği yanan, evladının yürek yangının da farkında olan hanımı Fate'nin de zorlamasıyla bir keçisini satar. Parasıyla bir miktar un alır. Un o kadar kıymetlidir ki bir çebiş verseniz ancak iki kıyye un alabiliyorsunuz. Öyle yapar. Fate, bu unun hepsiyle hamur yoğurup bazlama pişirir. Eve bir tane bırakmadan hepsini bohça edip verir Ali dedemin koltuğunun altına; "Bunu İsmailime götür!" der. İsmail Silifke'de ve Silifke Mersin'in bir ilçesi. İslahiye'den sabah erken kalkan tren ancak akşam karanlığında Mersin'e varıyor. O yıllara göre pek uzak sayılmayacak bir mesafe.

Ali dedem alır ekmek bohçasını, gecenin yarısında kalkıp yaya yürüyerek İslahiye'ye varır, ilk trene biner ve Mersin yoluna koyulur.

Tren de mübarek gitmek bilmez, hatta Ali dedem düşünür ki benim boz eşeğim bile bundan hızlı gider. Bazen tünellere girer, bazen çıkar düz ovada saatlerce gider de gider. Nihayet ta akşamüzeri Mersin'e varır. Ertesi gün ver elini Silifke.

Silifke'de acemi kışlasına ulaşır ve oğlu İsmail'i ziyarete geldiğini söyler. Aksilik bu ya İsmail de tam o sıralarda uzak bir noktada nöbettedir. Haber salarlar gelsin diye. Bu arada İsmail'in hemşehrileri, yakın arkadaşları, babanın geldiğini duyarlar ve onu görmeye gelirler. Ali ister istemez bazlama bohçasını çıkarır. Bunca aç gence "Bir bazlama da İsmail'ime bırakın!" demeye dili varmaz, yüreği tutmaz!

Onlar da İsmail de yesin diye düşünemezler ve beş dakika içinde bohçada ne var ne yok süpürürler. Hepsi aç. Aç olmasalar bile kıtlık mevsimi hâkim olduğundan hiç kimsenin doyması mümkün değil.

Bir saat sonra İsmail gelir. Babasıyla sarışırlar, o da aç ama anlar ki babasının getirdiği bazlamalar kapışılmış ve kendisine bir parça bile bırakmamışlar arkadaşları. Birisi de kendi köylüsü Mahoni Ömer. Ona sitem eder ama yapacak bir şey yok. Ali hüngür hüngür ağlar. On beş bazlamadan bir tanesini bile bırakmamaları, içinden başka şeyler de sorgulatır Ali dedeme ve babam İsmail'e!

Babam İsmail o bazlamadan yememiş. Babası Ali de bunu, karısı Fate Base'ye söylememiş. Nasıl desin ki "Götürdüğüm bazlamaları İsmail'in arkadaşları kapıştılar da senin oğluna bir parça bile kalmadı!" diye. Nasıl desin? Dememiş tabii ki. Ta oğlu askerden dönüp de bir şekilde bazlamalar konusu açılınca kadın anlamış ki oğlu için yaptığı bazlamalardan oğlu bir lokma bile yiyememiş!

İsmail'in dostluk ve arkadaşlık anlayışının oluşmasında bu olayın; yani babası Ali'nin, kendisi için getirdiği bazlamaların, arkadaşları tarafından tümünün yenilip bir parçasının bile kendisine bırakılmamasının etkisi var mıdır bilmem. Muhakkak vardır. Çünkü o dostu, "Seni kendisine tercih edendir." diye tarif ederdi.

Şimdi gelelim babamın ilk nasihatine...

1970'li yılların başında köyümden ayrılıp okumak üzere İstanbul'a geleceğim günün gecesinde de babam yine uzunca bir nasihatte bulunmuştu. Hayata dair o dört uyarısı ömrüm boyunca kulağıma küpe olacaktı:

– Artık *sen seni* idare edeceksin, kanatların çıktı ve kendi başına uçacaksın. Her kuş kendi cinsiyle uçtuğu için sen de kendi mizacına uygun dostlar seçmelisin. Öyle yaparsan yolunu şaşırmazsın. Kaderin sana yüklediği vazifeyi yapabilirsin. Ama bu her daim kolay değildir. Birbirinin sesini taklit eden kuşlar olduğu gibi aslında seninle aynı yaradılışta olmadığı hâlde senden yararlanmak için öyleymiş gibi görünecek arkadaşların da olacak. Onlar ile gerçekten sana dost olabilecekleri ayırt etmen artık senin işin. Malum babalar bazen çocuklarını arkadaşları konusunda uyarırlar. Ben de seni birkaç kişi hakkında uyardım hatırlarsan, onunla arkadaşlığını bitir diye. Artık bunu ben yapamayacağım, bundan böyle dostlarını kendin seçeceksin. Bundan sonra benim sana katkım ancak babalık hakkım ve şu yaşa kadar sana anlattıklarımı hatırlayıp hayatına uygulaman olacak.

– Şimdi sana dört tembihte bulunacağım. Kulağına küpe edersen kötüler etrafında barınamazlar. Gelmezler demiyorum, senin yanında uzun süre barınamazlar. Bunların ilki, dostunu tanıman için sana vereceğim öğüttür. Arkadaşların olur, onlar eğlenceliktir, onları kastetmiyorum. Ben gerçek dosttan bahsediyorum. Sofranı, ekmeğini, elindeki bir tek lokmanı, elindeki son kuruşunu, evini, hatta bazen yatağını paylaşabileceğin dost. Çünkü o seni aziz de eder batırır da. Çünkü dost gökten sana sarkıtılmış ip gibidir veya seni cehennem çukuruna indirecek merdiven gibidir. Velhasıl, sana ilk öğüdüm, "Dostunu iyi seçmelisin!"

Burada yeniden araya gireceğim ve diyeceğim ki o bazlama olayını hatırlayın. Babam her sene çok uzaktaki dostlarını arardı. Ama arkadaşlarını toplayıp dedesinin getirdiği bazlamaları bir çırpıda tüketen Mahoni Ömer ile acemilikte arkadaş oldukları hâlde irtibatları, aynı köylü olmaktan öteye gitmedi.

Dostlarımı nasıl seçeceğim hususunda hikmetli ve uygulaması kolay bir formül de vermişti:

– Bir gün mutlaka bir şeyleri bölüşmek zorunda kalırsın. Eğer bir arkadaşın bir şeyi bölüştüğünde bilerek ve bilmeyerek daima fazlasını sana vermiyorsa bil ki o dostun değildir. Arkadaşın olabilir. Ama fırsat ona düştüğünde sana insaf etmez, demektir. Dost, sen kusurlu iken bile gidip sığınacağın kimsedir. Buna özellikle dikkat et. Çok basit bir ölçü, dostun daima çoğunu sana verir. Sen de ona aynısını yapmazsan sen iyi bir dost olmamış olursun! O zaman onu terk et ki seni dostu bilmesin.

– Sana ikinci öğüdüm ise Allah'a gıyabında dost olmandır. Sen O'na gıyabında dost ol ki O da her yerde seni kollasın, korusun.

Ben babamın bu nasihatinin ne anlama geldiğini ancak kırklı yaşlarımda hissedecektim. İlk söylediğinde "Allah'ın gıyabı mı var ki..." demiştim içimden ama çok sonraları Allah'ın gıyabının, dostun gıyabı olduğunu derk ettim. Biri senin yanında dostunu eleştiriyor ve sen itiraz etmiyorsan, Rabbine olan itimadın, Peygamberine olan saygın, dinine karşı ciddiyetin sahtedir. Dostunu savunamayan, en azından onun aleyhinde konuşulmasına itiraz edemeyen dinini de davasını da gereği gibi savunamaz. Senin dostunun aleyhine konuşulduğu hâlde, sen ya korku, ye menfaatine zarar gelmesin ya da o ortamın sağladığı avantajı kaybetmeyesin diye susarsan, dostunun aleyhine konuşulmasına izin verirsen, işte o zaman Allah'a gıyabında dost olmayı terk etmiş olursun. Ben bunu çok geç öğrendim ve bu konuda hatalarım da oldu. Allah'ım affetsin.

Babam üçüncü öğüdüyle devam etmişti:

– İnsanı yanlışa sürükleyen şeylerden biri de "E canım herkes yapıyor!" sözüdür. Sen herkes yaptığı hâlde yanlış olduğunu bildiğin bir şeyi yapmayacaksın.

Sonra kulağıma eğilip köylü argosuyla;

– Herkes .... veren olsa sen de mi olacaksın, diye sormuştu da şöyle biraz kendimi geriye çekip kulaklarıma kadar kızarmış ve "Hayır tabii ki!" demiştim.

– Dördüncü öğüdümü hiç aklından çıkarma. O yüzden onu en sona sakladım. Çünkü bunun ihmali, insanı felakete sürükler: Şüpheli alandan uzak dur ve yar başında yürüme! -Bu yâr kelimesinin ne yaman bir sözcük olduğunu ah anlatabilsem! O ne ölümcül bir uçurumdur.- Bin kere yürürsün bir şey olmaz ve yine bir şey olmaz sanırken birden yardan uçarsın ve parçanı bile toplayamazlar.

– Bu ne demektir bildin mi?

Tabii ben bilmiş gibi görünmemiş olacağım ki,

– Yasaklardır yasaklar, demişti. Dinin yasakladığı işlerin civarında yürüme. Hafife aldığın her yasak, seni dönülmez yollara sürükler. Mubahı bile çok kullansan bir zaman gelir mekruh sana normal görünür. Mekruhları işlesen, önünde sonunda o haram fiili de işlersin. O haram fiili işlediğinde, bir gün gelir, "Keşke bu haram olmasaydı." dersin. Sonra gün gelir "Kim demiş canım haramdır diye.." der ve sonra da kendini ateşin halkı yaparsın. Aman ha aman! Yar başında yürüme...

Yâr sevmenin de yar başında yürümek gibi yıkıcı ve yakıcı âfetlerden olduğunu hayat bana öğretecekti ama nelerden sonra...

...

Babamın hiç aklımdan çıkmayan diğer nasihati de işte perperişan köye döndüğümde kendi aşk hikâyesi üzerinden beni düştüğüm vartadan çıkarmak için yaptığı nasihatiydi. Artık gönlünün ayrılık acısıyla kavrulduğunu fark ettiği oğlunu bu yangından sıyırabilmenin derdindeydi:

– Sevmek güzel bir şeydir. Ama giden sevgilinin ardında takılıp kalırsan hayatı ıskalarsın. Sevmek, kalbin kalaylanmasıdır. Hayat içinde karşılaşacağın acılara ve sıkıntılara dayanma azmi kazandırır insana. Her acıya dayanmayı öğretir. Zaten kavuştuğunla aşk olmaz. Aşk, kavuşmadığın sevgilinin hiç burnundan eksilmeyen kokusu, yüreğindeki sızısıdır. Sevip kavuşmamak acıdır ama insanı büyüten, olgunlaştıran, bilge kılan bir hâldir bu. Hatta tahsilden çok daha kestirme yoldan hikmeti kavramayı sağlar.

– Tabii ki insan sevdiğine kavuşmak ister. Seni anlıyorum ama bir gün tüm şartların senin arzu ettiğin gibi değişeceğini, düzeleceğini umarak birini beklemek çoğu kere hayatın diğer imkânlarını kaçırmana sebep olur.

– Hem hiç meraklanma oğlum. Bir şey sana ait ise maniler olsa da gelir seni bulur. Gelmişse gitmez. Ama sana ait değilse onu tutamazsın. Hiçbir tedbir takdirde olmayanı var etmez. Giden gelmez. Yaşananlar da nispeten unutulur ama fani ve değişken olan birini bekleyen hayal kırıklığı yaşar, harap olur. Gelse bile geldiğinde o artık eskisi gibi olmayacaktır! (Nitekim haklı çıktı. Yıllar sonra gelmişti ama ben, artık olmaz, demiştim!)

– Kimdir, necidir bilmiyorum bu sevdiğin. Birbirinizden niçin ve nasıl ayrıldınız onu da bilmiyorum. Zaten çok da mühim değil. Çoğu insan için aşk, Allah'ın insanı olgunlaştırmak için yazdığı bir yazgıdır, bir kapandır yürekleri avlamak için. İnsanlar her sevdiklerini elde edebilselerdi yeryüzünde anılır bir hatıra kalmazdı.

– Eğer bir gün dönüp gelirse veya sen kabul etmek istersen, ben onun kim ve ne hâlde olduğunu sorgulamam. Sevgi çok şeyleri örter... Ayıplı hâlleri de olabilir, toplumun hoş karşılamayacağı biri de olabilir... Sen onu sevdiğin için kapıma getirirsen ben ona hayır demem.

– Fakat bir şeye çok dikkat etmelisin. Münasebetlerinde, Allah'ın tayin ettiği sınırları aşma. O sınır içinde kal! O senden ayrılıp gitmişse onu, sana dönmeye zorlama. Bırak kalbi karar versin. Çünkü insan bu dünyada bir sınavın içinde. Bırak başına gelecekler, onun kendi seçimi olsun. Onu zorlama; zorla iş yapanın yaptığı tüm yanlışların bedeli zorlayana döner! Tarumar olursun da sebebini bilemezsin.

– Yok eğer sen onu göndermişsen kalbini yokla. Haksızlık etmişsen muhakkak helallik almalısın. Onu, sana karşı yaptığı bir hatadan dolayı göndermişsen verdiğin karara bak; dinin hak hukuk kurallarına uyuyor mu, uymuyor mu? Uyuyorsa korkma. Uymuyorsa sıkıntı var. Aşkın daha taze iken, şartlar, sevgilinin ayıplarını görmene mani iken, seni ondan ayrılmaya karar verdiren sebebi asla unutma. Onu hep canlı tut. En çok sevdiğin bir zamanda, seni, sevdiğin insanı terk etmeye zorlayan sebep önemlidir. Onun ne olduğunu unutma. Sen hayata sarıl. Ayakta kal!

– Gelen seninse kalır, gitmez. Giden sana aitse muhakkak dönüp gelir. Gelmezse zaten sana ait değilmiş, bil. Gelmesi de gerekmez. Sen onu, sana yaşattığı o güzel hatıralarıyla, edindiğin tecrübelerle an!

– Hayalin hep olsun ama sen o hayali beklemeyi iş edinme. Bir hayali beklerken sonunda ömrün de heba olabilir. Ben hayallerin olmasın, hayalinin peşinden gitme demiyorum. Gitmiş ve senin için hayal olmuş şeyden söz ediyorum!

– Ben sana "Ayağa kalk ve hayata sarıl!" derim. Onun sana dönmesini istiyorsan da bunu yapmalısın. Hayat karşısında yenilgiyi kabul etmiş insanın zaferleri ve başarıları olmaz. O zaman -sevdiğin dâhil- insanlar da sana rağbet etmez. Çünkü hayat karşısında düşüp mağlup hâle geldiğinde elindeki sermaye kendine acımak olur. Kendine acıyana, giden sevgililer bile dönmez. Yeryüzünde kendine acıyan insan kadar zavallı kimse yoktur.

– Kendine acımakta, nefsin hoşlandığı bir taraf var. Sakın sakın bu hisse mağlup olma, ona aldanma. İnsanın kendine acıması, aslında nefsin bir kibridir ki âdeta Allah'ı, iş bilmemekle itham etmek gibidir! Sen kaderine razı ol. Verileni al, hayret etme, verilmeyeni almak için de ısrar etme. Bazen sevdiğin, belan olur; bazen istemediğin, gözünün aydınlığı! Yar kelimesine dikkat et, yar sevgilidir ama aynı zamanda uçurumdur. Uçurumdan düştün mü telafisi olmaz, geri dönmesi de.

Ben sustukça o konuştu. Onun yaşadığım her şeyi biliyormuşçasına anlatıp durması yavaş yavaş benim dilimin ve gönlümün düğümlerini çözmüştü. Ona ta baştan itibaren yaşadıklarımı, sonra neden her şeyi bırakıp yollara düştüğümü anlattım. Hâlimi anladığını, gözlerinin içindeki o parıltıdan anladım. Hatta sanki böyle bir işe kalkıştığım için biraz gururlandı...

– İnsan, sevgisi için fedakârlık etmeli. Ama hayatını ve ahiretini de harap etmemeli, dedikten sonra biraz durakladı. Her zamankinden daha ciddi bir edayla devam etti:

– Allah büyük intikam sahibidir. En çok da kalbin meşru olmayan alakaları yüzünden kulundan intikam alır. Ben Halil Akbaş'ın meşru olmayan o sevgisi yüzünden neler çektiğini ömrüm boyunca aklımdan çıkarmadım.

Sanki çocukluğumda anlattığı o hikâyeyi hatırlamama mühlet vermek istercesine biraz durakladı. Sonra üstüne basa basa tekrar etti:

– Ben sekiz yıl bekledim, gelir diye. Şuna inan oğlum, giden gerçekten gitmesi gerektiği için gider. Gelirse sana aittir. Gelmezse kısmetin değildir. Bunu hazmetmelisin. Hazmedemezsen, pişmeden yanarsın. İnsan pişmeli...

Yüzüne baktım ve sordum:

– Seni o aşk mı pişirdi? Askere gitmeden de bunları düşünüyor muydun?

– Hayır. Aşk insanı olgunlaştırır fakat haram helali, sana ait olanı ve olmayanı öğretemez. İnsanı yanlışından caydıramaz aşk. Hatta bazen nameşru olanı bile sana meşru imiş gibi gösterir aşk. "Ben seviyorum nasıl olsa..." dersin ve ileri gidersin, sınırı geçersin. Bilemezsin. Sınırı geçtiğini bilmemek, ceza çekmene mani değildir. Bir zaman birinin şöyle dediğini duymuştum: *"Gayrı meşru muhabbetin neticesi insafsızca azap çekmektir."*

Uzunca bir vakit sustu. Söylediklerini hazmetmemi bekler gibiydi. Sonra önemli bir şey söylediği vakitlerde yaptığı gibi biraz arkasına çekildi. Sedirde, oturduğu yerde her zaman yaptığı gibi bacağını bacağının üstüne attı ve ellerini başının arkasında kavuşturdu. Başını sallayarak biraz düşündü; sonra gözlerime bakarak konuşmaya devam etti:

– Hayır dedi. Hayır, beni aşk değil, Halil Akbaş'ın ahiret yurdunda yaşadığı hâller pişirdi. Aslında pişirmedi, korkuttu. O korkular içinde yaşamak beni pişirdi belki de. Tabii pişmişsem... Aşk, sadece o hadiseleri ve yaşananları ciddiye almamı sağladı. Aşkı yaşamadan askere gitmiş olsaydım, yaşananlar benim için belki bir eğlenceden ibaret olurdu!

– Dünya dediğin zaten bir oyun ve eğlence değil mi oğlum! Ona duyduğum hasret ve yenilmişlik, hayata bakışımı etkilemişti, doğrudur. Hassasiyetimi ve dikkatimi arttırmıştı. Hayata bir anlam yüklemek zorundaydım, aksi takdirde o acıların bir anlamı olmayacaktı.

– Ha, askerde bu hadiseden ne mi öğrendim dersen söyleyeyim sana... Dinin insan ömründeki kıymetini anladım. Daha doğrusu işin ciddiye alınması gerektiğini fark ettim. Allah'ın emir ve yasaklarına karşı titizlenmeyi öğrendim. Yani beni askerlik, daha doğrusu orada iken yaşadığım o hadise olgunlaştırdı. Sahurlarda uyumamanız için bunları size anlatırken Halil Akbaş'ın çektiklerini, yaşadıklarını hatırlar; o hâle düşmemek için yapmam gerekenleri düşünürdüm hep. Beni, hayat hakkında farklı düşünmeme sevk eden, o güzel insanın yaşadıkları ve çektiği acılardı!

Çocukluğumuzda bize bağnaz görünen babamın dönüşümünü bu vesileyle öğrenmiş ve sormuştum:

– Gençken bu kadar dindar değil miydin yani?

– Pek değil. Eğer dindarlık sadece ahlaklı olmaksa, sayılırdım ama din sadece ahlaklı olmak değil. Dolayısıyla gençken de dindardım diyemem. Askere gidinceye kadar günah denilebilecek işlere bulaşmışlığım vardır. Ama kimseye haksızlık etmedim, vicdansızlık etmedim, hak yemedim, zulmetmedim, hainlik etmedim... O zaman da nasılsam öyle olmaya gayret ettim.

– Zaten deden Ali'nin oğlu olmak böyle yaşamayı zorunlu kılardı. Hem biz burada muhacir olduğumuz için iyi olmak zorundaydık. Çevren, güvenebileceğin kimse yok ki taşkınlık yapasın... Böyle şartlarda insan daha barışçı, daha düzgün oluyor, dedi gülerek. Başka şansın yok çünkü.

– Peki o acılardan sora annemle evlenmeye nasıl karar verdin? Annem aşk acısı çektiğini biliyor muydu?

– Her gencin yaptığı yanılgıya başlangıçta ben de düştüm. Âşık olduğum, sevdiğim biriyle evlenmeliyim diye düşünürdüm. O olmadıktan sonra bütün kadınlar birdi. İnsan sevdiğine kavuşamayınca tüm kadınlar aynı değere düşüyor gözünde ama değil. Benim de evlilikte önceliğim aşktı. İnsan ancak âşık olduğu -sevgiyi kastetmiyorum, insan evleneceğini sevmeli, hem de herkesten çok, o ayrı bahis- biriyle mutlu olur sanıyordum, herkesin zannettiği gibi... Âşıksan onun altını üstünü araştırmazsın. Kusurunu görmezsin. İleride bu duygu fırtınası dinip de her şey normale döndüğünde nelerle karşılaşabileceğini dikkate almazsın. Öyle değil mi?

Bu soruyu babamın benim fikrimi merak ettiğinin bir işareti saymış ve "Öyle!" demiştim. Öylesine söylediğim bu "öyle!" sözü, önüme fatura olarak çıkmıştı ve güç bela kendimi o vartadan kurtarmıştım!

Yine uzun bir sessizlik olmuştu. Bir nefes aldı ve;

– Ben sana şunu söyleyeyim oğlum, dedi. Eşler arasındaki sevgi ve saygı, eşlerin Allah korkusu, aşkın en büyük olanından daha mutlu edicidir. Haberin olsun! Allah'tan korkan eş, ne güzel dosttur! Evlilik, aşktan ve âşık olmaktan çok daha ötede, çok daha önemli. Aşk insanı değiştirir, sevecen ve babacan kılabilir. Ama evlilik insanı abad da edebilir berbat da. Âşık olmaktan çok daha yüksek kıymette! Aşk samanlığı seyran eder diyorlar ama değil. Ben bunu askerde fark ettim. O zaman sevdiğim o kız gibi birisiyle evlenmekten korkmaya başladım. Evleneceğim kadının en büyük değeri; güzelliği ve asaleti değil, ruh temizliği, iffeti ve Allah korkusu olmalı diye düşündüm. O hadiseden sonra evleneceğim kadının güzelliğinden çok, ahlakı ve karakteri, çocuklarıma anne olmaya liyakati daha önemli gelmeye başladı. Hele Halil Akbaş'ın o hâllerine tanık olunca, helal bir sülbün, mümin bir annenin insanın dünya ve ahiret hayatı için ne kadar önemli olduğunu anlamıştım.

– Evet, annenin insanın hayatındaki rolünün ne olduğunu o sayede anlamıştım. İnan oğlum, annenin insan hayatındaki rolünü tam idrak edemiyoruz. İman edip etmemende bile annenin payı vardır!

– Halil'in ailesi nasıldı bilemiyorum ama annesi çok temiz bir kadındı, evliya gibi biriydi. Öyle bir kadının oğlu ancak öyle temiz ve saf olabilirdi... O beni çok etkilemişti. Evlilikte asaleten ve dinen temiz bir kadın, ayağını yerden kesecek kadar sevdiğin, âşık olduğun birinden daha mühim, fikrini Halil Akbaş'ın annesiyle konuşmaları ve yaşadıklarından anladım.

– Hatırlıyorsan, Halil, âşık olduğu kızdan dolayı çoook azap çekmişti... İşte o zamanlarda ben, artık âşık olacağım kadını değil, bana temiz evlatlar doğuracak, günahları az, bedeni de ruhu kadar temiz, vücudunda başka nefesler ve izler barındırmayan bir kadını aramaya başladım. Benim bu iç değişimlerimi anlayabilecek, beni bu hâlimle anlayıp taşıyabilecek ve gönlümde yaşamayı düşündüğüm hayatı kendisiyle yaşayabileceğim iyi bir yol arkadaşı aradım kendimce.

– Köy yerinde öyle evlenmeden kalamazsın. Askerden dönünce evlenme gerçeği ile yüzleşeceğimi biliyordum. Daha fazla kaçamazdım bundan. O yüzden, her gece, köydeki bütün kızları, anne-babaları ve dine karşı tutumları da dâhil, bütün bunları göz önünde tutarak her kızı her gece teraziye çıkarır indirirdim. Sonunda annen zihnimde öne geçti. Babamın, anneleri ayrı amca kızıydı ve küçüktü ama evlenme çağına gelmişti... Sonraki gelişmeleri zaten annenden duymuşsundur. Evlendik işte...

Birlikte gülüştük. Keyiflendiği zamanlarda yaptığı gibi hafifçe alt dudağını ısırdı ve devam etti:

– Bak kötü mü oldu! Sizin gibi pırıl pırıl evlatlarım oldu. Allah'tan korkmak önemli bir özelliktir. İnsanın fıtratı uygun olmalı. Bu da ancak temiz bir geçmiş ve temiz anne ile mümkün olabilirdi. Boşuna "Cennet annelerin ayakları altındadır." denmemiş. Temiz ve insanı hayata karşı doğru hazırlayan bir anneden daha kıymetli bir varlık yoktur insan hayatı içinde. O yüzden de tercihimi aşktan çevirip ahlaka ve temiz fıtrata yönelttim... Halil Akbaş'ın annesiyle olan o konuşmaları, evleneceğim kişiyi seçmede âdeta gönlümün içini yeniden dayayıp döşedi.

...

Babam, bana hayat hikâyesini anlatmaktaki asıl maksadına ulaşmıştı. Beni kendi derdimle ilgili konuşturmayı başarmıştı.

Bu konuşmanın bende netleştirdiği bir şey daha olmuştu. Eğer babam, Halil Akbaş'ın yaşadıklarına tanık olmasaydı, kesinlikle bizim hayatımız ve ömrümüzün seyri başka olacaktı. Belki annemizle evlenmeyecek ve bizler de olmayacaktık. En azından din, hayatımızın içinde bu kadar etkin bir unsur, rol belirleyici olmayacaktı. Allah korkusu, en büyük sermayemiz olmayacaktı. Çünkü amcalarımın hayatında din evet, vardı ama ağırlıklı değildi.

Babam bize sadece bir anne seçmemişti. Allah'tan korkan temiz yürekli bir kadını bize anne yapmıştı. Onun en temel ilkeleri şöyleydi: Namaz kılacaksın, yalan söylemeyeceksin, haram yemeyeceksin, çalmayacaksın, kötü söz söylemeyeceksin, kimsenin bağından bahçesinden bir şey koparmayacaksın, ihtiyaç sahiplerine yardım edeceksin...

Eğer askere, acıları tatmış bir yürek ile gitmeseydi, belki babam da diğer askerler gibi Halil Akbaş'ın yaşadıklarını bir huy tutması kabul edecek, ona acıyıp geçecekti. Ondan kendine bir ders, bir ibret çıkarmayacaktı. O hadiselere yanmış bir yürek ile bakmasaydı belki bu kadar net fark da etmeyecekti.

Müşfik bir baba edasıyla aşkın gayesini de özetlemişti:

– Sevmek güzeldir. Kavuşmak da güzeldir ama kavuşmamak çok daha verimlidir. İnsanı olgunlaştırmakla kalmaz, hayata karşı gözeneklerini açar... Tabii eğer ayrılık acısı seni kör etmemişse... Hırs küpü yapmamışsa... Kadere rıza göstermeyi bilmişsen... Aksi takdirde hem sevdiğinden olursun hem hayatını tüketirsin bir hiç uğruna...

Sonra iç çekip şöyle demişti:

– Senden ricam evladım, dön İstanbul'a ve işinin başına geç!

O günkü sohbetimiz bu cümle ile bitmişti:

– *Dön İstanbul'a ve işinin başına geç!*

Bu talep beni fazla etkilememişti fakat babam kararını vermişti. Beni tekrar İstanbul'a gönderecekti, hayata tutunmam için.

Hakikaten de babam o günün ertesinde şehre inmiş. Çalıştığım gazeteyle irtibat kurmuş, durumu anlatmış, dönersem işimi hazır bulacağımı anlamış ve İstanbul'a bir otobüs bileti alıp gelmişti... Bana da tekrar İstanbul'a dönmek kalmıştı, kırk gün aradan sonra...

Babam, gönlünün macerasını, beni konuşturabilmek için anlatmıştı. Ben ise bunu, onun Halil Akbaş'ın yaşadıklarından neden bu kadar etkilendiğinin gerekçesi gibi algılamıştım. İki taraf da elde etmek istediği neticeyi almıştı...

Cevherîler katında kâ'ide böyle durur
Kadrini bilmezlere göstermedi gevherin
YUNUS EMRE

Üçüncü Bölüm

HALİL AKBAŞ'IN İZİNDE

İstanbul'a dönüp kendimle baş başa kaldığımda babamın askerde yaşadığı bu ilginç hadiseye artık daha farklı bakıyordum. Halil Akbaş'ın bu kırk beş günlük macerası, çocukluğumda dinlediğim ürkütücü bir hikâye olmaktan çıkmış, babamın hayatındaki dönüm noktasını teşkil eden ibretlik bir vakaya dönüşmüştü. Olayın detaylarını da merak etmeye başlamıştım. Halil Akbaş kimdi, babam hâlen onun anlattıklarını çocukluğumuzdaki gibi günbegün hatırlıyor muydu?

Galiba gazeteci olmam da bu soruların peşine düşmemde ve onu hatırasının baş aktörünü araştırmamda rol oynamıştı.

Birkaç ay sonra bayramda babamı ziyarete gittiğimde askerlik yıllarını ve Halil Akbaş'ın ahirette geçirdiği bu kırk beş günü ona tekrar anlattıracaktım.

Halil Akbaş'la babamın yolları Malatya Akçadağ'da askerlik esnasında kesişmiş. Babam Silifke'den o da Darende'den Akçadağ'a gelmiş. Darende'den önce de bazı yerlerde görev yapmış amma babam onları pek anlatmazdı.

Babam askerde yazıcı imiş, o yüzden biliyormuş kim kimdir, kim nereden gelmiş. Halil Akbaş Boyabatlı imiş. Bilmezmiş babam o zamanlar Boyabat neresi. Sonra öğrenmiş ki Karadeniz'de bir nahiye imiş Boyabat. Halil Akbaş, Boyabat'ın cevizleri bol bir köyündenmiş.

Onunla barışıkmış ruhları. Daha ilk gördüğünde sevmiş onu. Kendi hâlinde sessiz, problemsiz bir askermiş. Zaman zaman küfredermiş ama dil alışkanlığı işte. Küfür olsun diye değil. Zamanla daha da yakınlaşmışlar; öyle ki birbirlerine *"Ede!"* (Kardeş) diye seslenmeye başlamışlar.

Babamın bir asker arkadaşı daha varmış. O da oradaymış. Onun, Hacı Davut amcam olduğunu da bu konuşmamızda öğrenecektim. Hacı Davut amcamız bizim aşağı köyden, babamın can ciğer dostuydu. Beni de çok severdi. Babamla birbirlerine o kadar düşkünlerdi ki ben uzun zaman onu gerçek amcamız sanmıştım. Değilmiş. Komşu köyden bir asker arkadaşıymış babamın. O da Akçadağ'da imiş bir zamanlar. Ve babamdan önceki yazıcı o imiş. Babam oraya gittiğinde onu kollamış, hemşehricilik çok kuvvetli imiş o zamanlar askerde. Herkes hemşehrisine sahip çıkarmış. Hacı Davut amca da babama sahip çıkmış ilk günlerinde, acemilik ve zorluk çekmesin diye. Fakat Halil Akbaş olayı yaşanmadan önce Davut amca -ki babam ona da *Ede* derdi- teskeresini alıp ayrılmış. Ayrılırken de üstlerine babamı iyice sevdirmiş ki onu yazıcı yapsınlar. Öyle de yapmışlar. Babam da kendisini sevdirmiş.

Dediğim gibi, Halil Akbaş Sinop'un Boyabat ilçesinin cevizleri bol bir köyündenmiş. Belki babam köyünün ismini de biliyordu ama ya bize söylemeyi ihmal etmişti ya da biz unutmuştuk. Sonradan köyünü de bulacaktım ama uzun yıllardan sonra...

Elhasıl babamın anlattığı adam, çocukluğumuzda bize Kafdağı'nda yaşayan bir hayal kahramanı gibi gelirdi. Onun gerçek bir insan olduğunu derk ettiğimde ve kimliğini belirlemenin peşine düştüğümde artık çok şey için geçti, bunu biliyordum.

Babamın anlattıklarını neden kayda almadığıma yandığım kadar, bu hikâyeyi detaylıca kaleme almak için neden bu kadar beklediğime de yanarım. Yaşadıklarını tekrardan anlattırdığımda babamın kayıtlarında da bazı detaylar silinmişti besbelli. Ben de o vakitler onu tekrardan uzun uzun dinlemiş, sıcağı sıcağına bir kayıt almayı ya da yazıya geçirmeyi galiba akledememiştim. Aslında 70'li yıllardan itibaren kayıt cihazı bizim köylere kadar girmişti. Ancak babamın genelde, musiki ve aletlerine karşı son derece tepkili olmasından dolayı bu kayıt işine karşı çıkabileceğini zannederek teklif bile edemediğimi itiraf edeyim. Şimdi düşünüyorum da acaba, "Baba şu Halil Akbaş'ın hatıralarını kaydetmek için bir teyp alsak..." deseydim kabul eder miydi ki?

İlk gençlik yıllarımda böyle bir teklifte bulunamazdım. Babam bu konuda hassastı. Çok sonradan işittiğime göre ben tahsil için köyümü terk ettikten sonra kardeşlerim babamın bu yasağını delmeyi başarmışlar. Teyp, hatta televizyon bile aldırmışlar babama.

İlk erkek evlat olduğum için aile içinde geçerli bütün kurallar önce benim üstümde uygulanmıştı. Anadolu'nun, yaşıtım olan bütün büyük erkek evlatları bu tecrübeden geçmiştir eminim. O dönem öyleydi. Eğitim amaçlı yani. Bol dayak yerdik. Evladını sisteme teslim etse başkalaşıyor, dine yabancılaşıyor. Eğitimsiz bıraksa olmaz. Bildiği tek eğitim yolu dayakla disipline etmek!..

Her dayağı ben yedim. Yasaları ve yasakları dibine kadar ben yaşadım. Yüksek sesle gülmek bile sıkıntılı idi o zamanlar. Dolayısıyla "Baba, sesini kaydetmek için bir teyp almalıyım." diyemezdim. Zaten aklıma da gelmedi. Esasında o zamanlar henüz babamı da tam tanımamıştım ve o da kendi tabiriyle o zamanlar için "Ne kadar da cahil davranmışım..." diyecek olgunluğa gelmemişti daha. Ahirete dair titizliği, zaman zaman makul davranmasına dahi mani oluyordu. Bunları şimdi niye anlatıyorum, tabii ki Halil'in hatıratını ilk dinlediğim vakitlerde neden kaydetmediğimin bir mazereti olarak. Eskilerin tabiriyle, demek ki nasip değilmiş!

O hatıraların kıymetini idrak ettiğim vakitlerde ise artık babam da çoğunu unutmuştu. Halil Akbaş'ı bulma fikri ise çok daha sonraları aklıma gelecekti.

Babamdan tekrar dinledikten sonra bu hikâyeyi dostlarıma daha sık anlatmaya başlamıştım. Bir gün o hatıralardan sevgili dostum, hatırası hâlâ içimde yaşayan güzel insan rahmetli Ömer Lütfü Mete'ye bir iki aktarım yaptım. Gözleri fal taşı gibi açıldı, "Yaz bunları!" demişti, "Yaz bunları kaybolmasın!"

Nitekim o zaman bir kısmını kaleme almıştım. 90'ların başıydı. Ömer Lütfü Mete, Ahmet Tezcan, Adnan Erdoğan... birlikte Çağrışım adında bir dergi çıkartıyorlardı. Yayın ekibi sık sık bir araya gelir; keyifli, şenlikli, çiğ köfteli akşamlarda uzun uzun sohbet ederdi. Ben de onlara takılırdım, sıra gecesi yerine sıra dışı Kur'an tefsirleri yapardık o gecelerde. Her cumartesi tam bir şenlik olurdu. Aynı zamanda da Çağrışım dergisini çıkartıyorlardı. Kadirî şeyhi Abdülkadir Şaşmaz'ın irşat faaliyetlerine hizmet olsun diye...

Ben de zaman zaman yazardım o dergiye. Gerçi ben müntesip değildim ama neticede hepimiz Hakka hizmet ediyorduk kendimizce.

Rahmetli Ömer Lütfü Mete'nin teşvikiyle, Halil Akbaş'ın ahirette geçirdiği günlerin bir kısmını ilk defa Çağrışım dergisine yazmıştım. Her sayıda birkaç günün özetlendiği bir yazı dizisi olmuştu.

Hikâye daha o yıllarda çok ilgi gördü ve merak uyandırdı. Ama yine de tüm olan biteni bir kitap hâline getirmek fikri bende o zamanlar canlanmamıştı. Sonraki dönemlerde romancı, senarist ve yönetmen arkadaşlarım da "Çok güzel bir hikâye, kayda geçir." demişlerdi ama meseleye hep edebî metin olarak bakıyorlardı. Oysa benim için o anlatılar, edebî bir metinden çok ahiret yurdundaki hâl ve gidişatın belgeleriydi, anlayacağınız, sanatsal boyutundan ziyade itikadi bir mesele idi benim için.

2010'lu yılların sonlarına doğru o hatıraları bir kitap hâline getirme fikri bende yeniden canlandı. Ancak bu sefer de anlatacaklarımın Kur'an ve sünnete mutabık olup olmadığı meselesi beni düşündürmeye başlamıştı. Çünkü hem cennete hem cehenneme dair ilginç aktarımlar vardı... O kırk beş gün boyunca, babamın tabiriyle "ahiret yurdundan" aktarılan hâllerin acaba ne kadarı o diyarı yansıtırdı? Ahiret hâllerini anlatan eserlerde Halil'in bu yaşadığı türde vakalar olup olmadığını araştırmaya başladım. Halil'in cennete dair anlattıkları arasında cennette çarşı pazar olmadığı konusu da vardı ve ben bu anekdotun benzerine, ahiret hâlleri üzerine yazılmış eserlerden birinde rastlamıştım! Halil'e, cennette çarşı pazarın olmadığı söyleniyordu. İhtiyaçların gidip bir ağaçtan meyve toplar gibi alındığını görmüştü. Ve cennette genç yaşta ölen yeğeni Abdurrahman ile dolaşırken bozulan araçlarını gidip bir ağaçtan almışlardı! Bu yaşanan hâl, ahirette kırk beş günün bende en derin iz bırakan kısımlarından biriydi. Babamdan ilk dinlediğim zamanlarda benim için cennet, masalsı bir diyar olduğu için garip gelmemişti. Ama büyüdükçe bu tür bilgiler bize masal gibi gelir. Ben de araştırmama bu garip anekdotun teyidi ile başladım. Cennette çarşı pazar olmadığını ve ihtiyaçların ağaçlar vasıtasıyla -Tabii artık olabilirliğini biliyorum. Çünkü burada da tüm ihtiyaçlarımızı Rabbimiz bereketli toprağın eliyle veriyor- sunulan meyveler gibi ikram edildiğini öğrenince, Halil Akbaş'ın anlattıkları bende daha bir kıymete bindi ve bu hatıraları kitap hâline getirmek için derin bir iştiyak duydum.

Artık, Halil Akbaş'ın askerlikten sonraki hâllerini bilmeye ve varsa eğer ailesiyle tanışmaya can atıyordum.

Acaba askerlikten sonra da öyle hâller yaşamış mıydı? Bu bir psikolojik hâl miydi yoksa bir kere yaşanmış bir olay mıydı, merak ediyordum. Çünkü annesi, o hâlleri yaşadığı günlerin sonunda yani kırk beşinci günde ona, bu "huy" denilen hâlleri yaşatan sebeplerin ortadan kaldırıldığını, onun, -psikiyatristlerin çekinmeden halüsinasyon diyebilecekleri- bu hâlleri yaşamasına ve görmesine sebep olan veya onu oraya buraya götürüp türlü hâller gösteren/yaşatan varlıkların hapsedildiğini, artık böyle hâller yaşamayacağını söylemişti.

Acaba gerçekten askerlik dönüşünde bu hâlleri geçmiş miydi? Yoksa az da olsa o hâlleri yaşamaya devam mı etmişti? Çevresi bunu nasıl karşılamıştı? Askerlik sonrasındaki dinî ve ahlakî yaşamı nasıldı? Yaşadığı o travmatik durumdan sonra büründüğü sessizlik ve zararsızlık hâli devam etmiş miydi yoksa değişmiş miydi?

Bu sorular, ancak ailesine ulaşırsam cevap bulacaktı.

Elimde bir iki veri vardı. Bunlardan biri adıydı. Kahramanımızın adı Halil Akbaş'tı.

Sinop'un Boyabat ilçesinin bir köyünden gelmişti. Ve bu köyün geçim kaynakları içinde ceviz önemli yer tutuyordu. Cevizleri bol bir köydü burası.

Ve tabii, 1941 ve 43 yılları arasında Malatya Akçadağ'da jandarma eri olarak askerliğini yapmıştı.

Yakın dostlarım bilirler, babamın bu ibretlik hatıratından parçaları yeri geldikçe paylaşırım. Kimisi gençlere, kimisi yöneticilere ibret olacak pasajları bir vesile ile anlatırım. İşte bunlardan biri de sevgili dostum, güzel insan, *ağabeyim* diye hitap ettiğim dönemin Sivas Valisi rahmetli Zübeyir Kemelek'ti.

Ben bu verileri ve bu hatıratı yazma niyetimi ve zihnimdeki soruları paylaşmış ve aileye ulaşma konusunda kendisinden yardım istemiştim. Niyetim kahramanımızın askerden sonraki hayatıyla ilgili ipuçları yakalamaktı. Yaşadıkları babamın hayatına bir yön çizmişti, acaba onun hayatında nasıl bir tesiri olmuştu? Merhum dostum askerî kayıtları inceletmiş, Halil Akbaş'ın yaşayan iki evladı olduğunu tespit etmişti. Onunla birlikte Boyabat'a gidecektik.

Kendisi bu meseleyi iş edindi ve kısa bir müddet sonra bana döndü:

– Mehmet Aliciğim, Senin Halil Akbaş'ı buldum. Kendisi çoktan vefat etmiş ama iki kızı yaşıyor. Vaktin olursa gel Sivas'a, seninle birlikte Sinop'a geçeriz, hem vali dostumuzu ziyaret ederiz hem de istediğin bilgileri alır döneriz, demişti.

Fakat yazık ki ömrü vefa etmedi güzel valimizin. Bir müddet sonra hastalandı ve sevgili Zübeyir Kemelek ağabeyim hakkın rahmetine yürüdü. O sıkıntılı günlerinde "Bilgileri bana ver, ben kendim takip edeyim..." demeyi kendime zül addettim. İyileşir ve beraber gideriz diye düşündüm, bekledim. Yazık ki umduğumuz gibi olmadı. O güzel insan altmışlı yaşların başında rahmet-i Rahman'a kavuştu. Ben de onun kimlerle irtibata geçtiğini bilemediğim için onun açtığı kapıdan giremedim ve bulduğu izi süremedim. Sinop'a gitme işini bir kenara bıraktım.

Aradan üç beş yıl geçti ve ben bu arada başka kitapların yazılmasına öncelik verdim. Ta ki bir gün sevgili dostum Köksal Şakalar'ın Sinop valisi atandığı haberini alana dek...

Köksal Şakalar, kaymakamlığından beri tanıştığım, sevdiğim, gayretli bir kardeşim. Kahramanmaraş, Elbistanlı. Ona muhabbetimde bunun da payı vardır desem yalan olmaz. Neticede İslahiyeliler ile Maraşlılar aynı ovanın çocukları. Coğrafyamızın dışına çıktık mı hemşehri sayılırız.

Kaymakamlık yaptığı dönemlerde, bağlı olduğu illerde düzenlenen kitap fuarlarına katıldığımda ziyaretime gelirdi. Yazılarımı takip eder, kitaplarımı okur, yorum ve görüşlerini paylaşırdı. Fuarlarda gelir beni bulur, teşehhüt miktarı da olsa sohbet ederdik. Mütevazılığı ve engin gönüllülüğüyle gönlümde yer etmişti. En son 2016 Isparta kitap fuarında ziyaretimize gelmiş ve birlikte sohbet etmiştik. Sohbet sırasında ilmi sima bilgime dayanarak kariyerinde bir yükseliş olacağına dair bir tahminde bulunmuştum: "Hemşehrim, hazırlan, galiba vali oluyorsun!" diye takılmıştım. O da "Bak seni ciddiye alırım hocam..." demiş ve kahkahayı basmıştı: "Aman, o iş için sıra bize zor gelir hocam!"

2018 yılı valiler kararnamesi açıklandığında görevden alınan bazı valilerimiz münasebetiyle üzülmüştüm. Kararnameden bir iki hafta sonra Köksal Şakalar aradı ve "Hocam" dedi "dediğin gerçek oldu, ben Sinop valisi oldum!" dedi.

Tam bir şok içinde idim. Söylediğimin bu kadar kısa süre içinde tahakkuk etmesine mi şaşırdım yoksa onun Sinop valisi olduğuna mı, şimdi tam karar veremiyorum.

Müthiş bir sevinçle birkaç kere "Allahu ekber!" dediğimi hatırlıyorum. Zira tam da o günlerde gerçekten babamın Halil Akbaş'tan aktardığı ahirette kırk beş günün hikâyesini yazmayı tekrardan gündemime almıştım. Bunun için de yayınevi sahibimiz Hayati Bayrak kardeşimle birlikte bölgeye gidecek, Halil Akbaş'ın izini sürecek, ailesini bulmak için çare arayacaktık. Bu telefon görüşmemiz, yazmak için âdeta *ilahî bir işaret* olmuştu benim için.

Sevgili valimiz, üst üste birkaç kere "Allahu ekber!" dememe şaşırdı ve "Hayırdır hocam" demekten kendini alamadı. Evet, onunla konuştuğumuzdan kısa bir müddet sonra vali olmasına çok sevinmiştim ama en çok da onun Sinop valisi olmasına sevinmiştim. Çünkü derdimi Sinop Valisi kolayca çözebilirdi! Ondan Halil Akbaş'ı bulmamda yardımını rica edebilirdim ve ettim de.

Kısaca olayın hikâyesini anlattım ve ondan bana Halil Akbaş ile ilgili malumat bulmasını istirham ettim.

Hay hay deyip telefonu kapatmasından sadece yarım saat sonra tekrar aradı:

– Hocam senin hikâyenin kahramanının izini buldum ama çok önceden vefat etmiş. İki kızı varmış Ayşe ve Hatice. Onlar hayatta imiş. Daha önce Boyabat nüfusuna bağlıymış Halil Akbaş'ın köyü Aşağı Alınca(k). Durağan ilçe olunca oraya bağlanmış...

Çok sevinmiştim.

En kısa zamanda gidip onları ziyaret edecek ve Halil Akbaş ile ilgili birinci elden bilgi alacaktım. Bu çok muhteşem olacaktı.

Birkaç gün gözüme uyku girmedi. Keşke yaşıyor olsaydı, keşke görebilseydim ama ölmüştü. Dünya işte, üstündeki her şeyi bir gün sırtından atıyordu. Rabbim dünyayı *"Küllü men aleyha fân"* (Ondaki her şey fanidir/ geçicidir) diye nitelemiş. Halil Akbaş da gelip geçmişti işte. Daha önce gelen herkes ve her şey gibi.

Şükür ki kızları vardı ve onlarla görüşebilecektim. Kim bilir neler neler anlatacaklardı. Kim bilir onlar neler yaşamıştı...

Merakım yine depreşmişti. Acaba, bir jandarma kışlasında yaşanan o ilginç ve garip hâller, daha sonra da olmuş muydu? Yoksa o kapı tamamen kapanmış mıydı? O kapı ki kırk beş gün boyunca oradan geçip öbür âlemlerden, insanlığı bekleyen hâllerden haber getirmek, oraları yaşarcasına görüp anlatmak için bir geçit olmuştu.

Sevgili valimizin telefonla aktardıklarını not ettim ve en kısa zamanda hem valimizi tebrik etmek hem de Halil Akbaş'ın ailesiyle tanışmak için Sinop'a gitme planları yaptım.

Bir şeyi unutmuştum. Plan yapmayacağıma dair O'nunla (c.c.) yapmış olduğum eski bir ahdim vardı, yine unutmuştum! Hayatımın yirmi dördüncü kışında boyumdan büyük bir işe kalkışmış, sonra bağışlanmam hâlinde bundan böyle hiçbir şey talep etmeyeceğime söz vermiştim. Plan yapıp mukadderatın içindeki kuşları aklım ve irademle tuzağa düşürmeyecektim. O ne isterse o olacaktı ve ben razı olacaktım!

Başlangıçta çok zorlanmıştım bir şey istememe ahdine. Ne zaman ki ona uyabildim, her iş olması gerektiği şekilde kolaylıkla olmaya başlamıştı. İşte o kuralı ihlal ederek yine kesin bir plan yapmıştım. İşler tekrardan aksi gitmeye başlamıştı. Mamafih biz

Şarklı toplumların işlerine, planlarına, mukadderat denilen gizli bir el hep karışır, işleri hep karıştırır!

Benim planıma da âdeta görünmez bir el karıştı ve Sinop'a gitme işini sürekli ertelemek zorunda kaldım. Peş peşe gelişen birtakım zorunlu hâller yüzünden o günlerde Sinop'a gidemedim.

Sonunda bir gün Hayati Bey,

– Hazır ol seninle Samsun'a gideceğiz, önce Sinop'a uğrarız seninle, deyince ilk başta anlamamıştım. Biz Samsun'a kitap fuarına gidecektik. Neden Sinop'a uğrayacaktık ki... Meğerse o kendi yanında plan yapmış, o gün Sinop işini, yani Halil Akbaş'ın ailesini bulup tanışma işini hallederiz, oradan da Samsun'a geçeriz diye düşünmüş.

Maalesef plan yine tutmayacaktı!

Ben plandan uçağa binerken haberdar oldum. Bu ilk sürprizdi. O gün bir dizi ardışık sürpriz aksilikler oldu. Sayın valimizin daha önce verdiği bilgileri telefonuma not almıştım. Telefonum çalındığı için her şey kaybolmuştu. Mahcup bir şekilde, utana sıkıla sayın valimizi aradım ve meramımı yeniden anlattım ve notlar duruyorsa bir kere daha lütfedebilirler miydi, diye sordum.

– Hele sen bir gel, deyiverdi.

Sayın valimiz, o notları doğal olarak silmişti ve her şey yeni baştan araştırılacaktı.

Sevgili valimizin makamına girdiğimizde yoğun bir trafik başladı. Kısa zamanda adrese ulaştık ve Boyabat yoluna koyulduk. Boyabat kaymakamımız Fatih Aksoy bizi sevgiyle karşıladı. Biz vardığımızda, sevgili valimizin talimatıyla işin büyük bir kısmı tamamlanmıştı bile. Ama yazık ki Aşağı Alınca(k) köyü sandığımızdan çok daha uzak imiş. Boyabat nüfus müdürü devreye girdi ve Duragan nüfus müdürü ile iletişime geçip Halil Akbaş'ın ailesinden ulaşabileceğimiz isimleri bulmamıza yardımcı oldular.

Telefonla bağlantı kurduğumuz torunlarından biri, Halil Akbaş ile ilgili en iyi bilgileri, yaşlılığında onunla ilgilenmiş bir diğer torunu Laleli Camii emektar imamı Emrullah Akbaş'tan alabileceğimizi söylemişti. İlk başta hatırıma gelmese de Emrullah Hoca ile öteden beri tanıştığımızı hatırladım. Soyadını bilmediğimden ilk başta uyanamamıştım. Hocalara soyadı pek de sorulmaz zaten. *Hocam,* zaten güzel bir hitap aracı. Birbirimize git hocam gel hocam diyorduk. Bu ilginç tesadüf beni bir kez daha sevindirmişti. Emrullah Hoca dostumuzdu, hiçbir yardımı esirgemezdi. Laleli esnafından müşterek dostlarımız da vardı. Defalarca muhabbet etmiştik. İkincisi ve daha mühimi, Halil Akbaş'la ilgili bilgileri tanıdığım birinden, bir dostumdan alabileceğim fikri beni sevinçten uçurmuştu.

Var din îman gerek ise, iyi diril bu dünyada,
Yarın orda bitmez işin, bugün burda bitmeyince.
Yunus Emre

Dördüncü Bölüm

HALİL AKBAŞ'IN HİKÂYESİ

Artık rahattım. En kısa zamanda onunla buluşacak ve konuşacaktık. Nitekim de fazla sürmedi Emrullah Akbaş ile irtibat kurmamız. O da "şanslı olduğumu, çünkü dedesi Halil Akbaş'ın büyük damadı olan babası Dursun Akbaş'ın şu sıralarda İstanbul'da kendisinin yanında kaldığını" söylemişti.

Uygun oldukları ilk fırsatta ziyaretine gitmiştim. Ama Halil Akbaş'ın büyük damadı Dursun Akbaş artık oldukça yaşlı ve hastaydı. Üstelik çok şeyi de hatırlayamıyordu! Benim bahsettiğim hâllerine âdeta şaşırmıştı: Her cümlesinin sonunu "Halil emmim herkesin yanında haysiyetli bir adamdı" diye bağlıyordu.

Dursun Akbaş, aynı zamanda Halil Akbaş'ın abisinin oğluydu. "Babamlar üç kardeşlermiş." diye söze başlamıştı. Çok eski, tarih ve takvimlerin kayıt tutmadığı devirlerden bahseder gibi anlatıyordu. Halil Akbaş'a dair kayıtlarının da bu uzak geçmişte çok kuytularda kalmış olabileceğini düşünüp endişelenmiştim. Çünkü insan zihni yaşlandıkça çok şeyi siliyor; eskileri iyi hatırlıyor ama bugüne doğru geldikçe hatırladıkları azalıyordu.

Ben ve oğlu Emrullah Hoca, ateşi harlamak için maşa ile süsmek gibi onun zihnini uyandırmaya çalışıyor, bildiklerimizi sora sora zihninin kayıtlarına erişmeye çalışıyorduk.

Biraz aradan sonra devam etti:

– En küçükleri Mehmet, Diyarbakır'da askerde iken ölmüş. Huya yakalanmış ve ölmüş. Babamı (yani Halil Akbaş'ın abisi) da huy tutardı. Üç kardeşin de öyle hâlleri vardı. Küçük amcamız "Gılik" emmim (Mehmet) türkü çığırırdı. Onu hayal meyal hatırlıyorum. Eskiden askerlere, şubede askerî elbise giydirirler öyle gönderilirdi. O amcam da Boyabat'ta, şubede askerlik elbisesini giyip gelmişti. Geldiğinde ben dedemin yanında oturuyordum. Dedemin evi. Sonra o ev yıkıldı. Gılik emmim o elbisesiyle daha da bir heybetli olmuştu. Evin kapısından zor sığdı.

– İkinci gün köylü toplaştı. Yerlik dediğimiz yerde onu askere uğurladılar. Onunla beraber 340'lı birkaç kişi daha vardı. Köylüler onları uğurladılar. Şimdi de bizim köyde hâlâ uğurlama var. Herkes hüzünlü idi. Mehmet amcam ise neşeliydi. Türkü söyleye söyleye gitti. Sevinçli idi. Diğerleri ağladılar. Gılik emmim ağlamadı. Türkü çığıra çığıra gitti. O zaman köylüler dediler ki "Bu çocuk askerden dönmeyecek!"

– Hakikaten de Gılik emmim, askerden dönmedi. Diyarbakır'da askerlik yaparken huy tutmuş ve ölmüştü. Haberi köye geldiğinde ben küçüktüm.

– Gılik emmim askere gittiğinde Halil emmim de askerdeydi. Esasında üç kardeşin üçü de aynı zamanda askerdelerdi. O zamanlar askerlik dört beş sene sürerdi. Harp zamanı. Babam en büyükleriydi. Biraz da geç gitmişti sanırım askere. O askerde iken diğer kardeşlerini de askere almışlardı. Sonra Halil emmim askerden döndü. Zaten evliydi, dedem o askere gitmeden evlendirmişti, babamı ve onu askere gitmeden evlendirmişti.

– Halil emmim herkesin yanında haysiyetli bir adamdı. Merhametli bir adamdı. Öyle ki Sünnisi Alevisi kavga ettiklerinde aralarında bir niza çıktığında insanlar gelir, ona meseleyi arz eder, çözmesini isterlerdi. O da hiç adaletsizlik yapmaz ve hakkı teslim ederdi. Böyle bir adamdı. O yüzden, onu zorla mıhtar yaptılar. İstemeye istemeye iki dönem mıhtarlık yaptı. O istemiyordu ama halk ondan memnundu.

Dursun Akbaş, emmisi/amcası ve kayınpederi Halil Akbaş'ı anlatırken, zihnim, sıklıkla eskilere gidiyor; babamla onun hayatı arasında paralellikler kuruyordu. Her seferinde hayret ediyordum. Onun hâlleri babamı hatırlatıyordu. Ahlakları nasıl da birbirine benzemiş diyordum. "Bu adam, babamın kendi köylerindeki versiyonunu anlatıyor." demekten kendimi alamıyordum.

O da babam gibi toplum nezdinde güvenilir, yanlış yapmaz adam diye bilinmiş. Sevilmiş babam gibi. Güvenilir bulunmuş.

Halil Akbaş'ı zorla köye muhtar yapmışlar, iki dönem de muhtarlık yapmış. Fakat sonra vazgeçmiş ve bir daha da o işe yaklaşmamış. Babam da askerlik dönüşünde zorla aza yapılmıştı. İki dönem sonra "Ben böyle bir sorumluluk üstlenmek istemiyorum." deyip bırakmış ve bir daha da o tür işlere girmemişti. Teklif edenlere de "O işlerin vebali ağırdır." derdi. Ama yine de çok iyi hatırlıyorum bütün hayır işleri, imece işleri, cami ve köy sandığı için toplanan paralar getirilip babama teslim edilirdi, yed-i emin diye.

Damadı Dursun Akbaş anlatırken bir şey daha fark ettim... Onun anlattığı Halil Akbaş ile babamın anlattığı Halil Akbaş arasında dağlar kadar fark vardı. Evet, karakter olarak benzer yönleri çoktu ama anlattığı Halil Akbaş, sıradandı. "Kırk beş gün boyunca ahirete gidip gelmesini sanırım ondan hiç dinlememişler..." diye düşündüm.

Belki hatırlamasına yardımcı olur diye "huy tutması" dediği bu hâline askerde babamın şahit olduğunu, tüm koğuş arkadaşlarının kırk beş gün boyunca onun ahirete gidip gelişini ibretle izlediğini anlattım. Yaşadıklarından örnekler verdim.

Bir şeyler hatırlar gibi olmuştu. Bir müddet düşündükten sonra:

– Haaa evet, ona benzer hâllere ve konuşmalarına ben de şahit oldum. Bir huy tutması sırasında annesinden bahsetmişti ve annesinin iki ön dişinin çoook büyüdüğünü anlatmıştı. Annesinden büyük bir âlimden, bir veliden söz eder gibi söz ederdi, dedi.

Sonra birdenbire aklına gelmiş gibi tekrarladı:

– Doğru ya, doğru annesine çok tazim ederdi. Ondan bahsederken çok yüce bir mertebeden konuşurdu. Biz fazla kale almazdık ama o annesine çok saygılı idi. Korkardı annesinden, çook, dedi.

– Ben çocukken Alınca'da, köşk önünde tuvalete gittiydi bir keresinde. Orada iken huy tutmuş ve kaçmıştı. Ulupınar'a kadar yalınayak, kış gününde gitmiş. Oradan getirdiler babamgil. Ayakları yanmıştı. Oraya nasıl gittiğine, ayaklarının nasıl yandığına kimse akıl sır erdiremedi. Öyle işte, zaman zaman huy tutardı.

– Haram helal konusunda nasıldı, diye sormama Dursun Akbaş yine tereddütlü bir ifade ile,

– Haram helal konusundaki tavrı nasıldı tam bilemem ama amcam çok cömertti. Herkesin ikramını da kabul etmezdi. Kendisinin meyve ağaçları vardı. Ürünlerinden çok dağıtırdı. Meyveleri boldu. Heybesini meyvelerle doldurur, yayla yolunda dağıta dağıta giderdi. Öyle bir hâli vardı. İkramı bol bir insandı. Ama kendisi herkesin ikram ettiğini almaz, yemezdi. Ona Güpçü Halil derlerdi.

– Güpçü ne demek, niye güpçü diyorlardı?

– Bilmiyorum, güpçü derlerdi. Tuhaftı birçok kimse için. Definelerin yerini bilirdi. Ama ne kadar zorlasalar da söylemezdi. Ama saklanan şeyleri veya kaybolan eşyaların yerini söylerdi. Ve hep de gidip söylediği yerde bulurduk.

– Define işleriyle de mi uğraşıyordu?

– Yok yok hayır. O işlerle uğraşmazdı. O bedava ve beleş, kendisi için sıkıntı çekilmeyen kazançları hiç sevmezdi. "Kazanç, ancak kendisi için ter dökülerek elde edilince kazançtır." derdi.

– Bazen huy tutardı, işte o zaman definelerden söz ederdi. Çok yerde olduğunu söylerdi ama kimseye yer göstermezdi, kendisi de o işlerin peşine düşmezdi. Zaman zaman dağda, bayırda çok define olduğunu söylerdi.

– Ha bir de *Eriş* isminde biriyle konuşurdu huy tutunca. O Eriş derdi. Biz görmezdik. Onunla sohbet ederdi. Bazen Hoca diye de seslenirdi. Ama Eriş derdi çoğunlukla. Eriş'le sohbet etmeye başlayınca Kur'an'ı ezbere biliyor, bütün kitapları okumuş da öyle konuşuyor sanırdık. Hâlbuki tahsil görmemişti ve eski yazıyı okuması da yoktu.

– Ermiş mi, Eriş mi?

– Eriş, Eriş! O onu gezdiren ve konuşturan biriydi. Bazen Eriş'le konuşurken bilmediği kitapları eline alır ve okurdu. Eriş onun hocasıydı, öyle derdi. Ondan da çekinir ve onun her söylediğini yapardı. Onunla konuşurken bize vaaz ederdi. Bazen saatlerce ahiretten söz ederdi. Eriş ona vaaz ettirirdi.

– Eriş'le konuşması hep ahiret ve din üzerine mi olurdu?

– Evet, Eriş ona hep ahiretlik işler anlatırdı. Eriş'le konuşurken büyük bir âlim sanırdın. Hâlbuki okuma yazması bile kıttı. Eriş ona Arapça kitaplar bile okutturdurdu. Ona hocam da derdi.

Damadı Dursun Akbaş'ın bu son cümlesi aklıma, babamın aktarımlarını getirdi. Onu muaheze eden üç kişiden birine de hocam diyordu. Bu Eriş dediği, o hocam dediği kimse olabilir miydi? Ben dalmıştım, babamın aktarımlarını, onun sesini işitircesine dinlemeye dalmıştım.

Bu arada Dursun Akbaş'ın;

– Halil emmim, Eriş dediği zatla dini sohbet ederdi, sözüyle tekrar bulunduğum mekâna dönmüştüm.

Aklım, onun sorgulandığı sahnelerde kalmıştı. Demek ki o kırk beş gün boyunca *hocam hocam* dediği zat, onu askerlikten sonra da bırakmamıştı... Bu ilginçti.

Dursun Akbaş, kayınpederinin Eriş ile ilişkisini anlatmaya devam ediyordu:

– Onu hiç yadırgamazdı. Eriş'le sanki yanı başında oturan biriyle konuşur gibi konuşurdu. Ondan duyduklarını bize de aktarır, etrafındakilerle sohbet ederdi. Fakat huy tutması geçip o hâlden çıktıktan sonra ne konuştuğunu pek hatırlamazdı. Biz de ona az buçuk deli muamelesi yapardık o durumlarda. Eriş'in huzurunda âdeta el pençe divan dururdu.

– Bir gün Ali Çavuş'un evinde huy tuttu. Saatlerce sohbet etti, konuştu. Kendine geldiğinde hiçbir şey hatırlamadı.

– Eriş'i iyi dinlerdi. O, ona bir şey söyleyince yapardı. Hatta Eriş ona sık sık perhiz yaptırırdı. Yeme içme perhizi, hâl hareket perhizi. *Şu işi bir süreliğine terk et,* derdi Eriş ona. O da o hâlini hemen terk ederdi. Onun *yapma* dediğini asla amcama yaptıramazdınız. Veya şunu bir süreliğine yeme derdi, o da yemezdi. Hatta bir keresinde nefsine perhiz yaptırmıştı. Eriş ona, "Bir sene karından uzak dur!" demişti. Amcam da bunun üzerine İstanbul'a gitmeye karar vermişti. Kalırsa nefsine yenilir, karısıyla beraber olur diye İstanbul'a kaçmaya karar vermişti. Bunu çoğu bilirdi. İstanbul'a da yaya gitmeye kalkışmış. Onu yolda görenler, hayret içinde kalmışlar çünkü o kadar hızlı gidiyormuş ki kamyonlarla yarışıyormuş. O kadar hızlı gidiyormuş. Yolda birileri onu tanımış ve onu kamyona almışlar ve onlarla İstanbul'a kadar gitmiş. Bir yıl kadar Fatih'te kalmış...

– Bazen her şeyi görüyormuş gibi konuşurdu. İstanbul'da iken bir rüya görmüş ve etrafındakilere "Benim çocuklarım buraya gelip yerleşecekler." demiş. Döndükten sonra bunu bize de söyledi. Ben de dinledim rüyasını; "Çocuklarımdan bir kısmı gidip İstanbul'a yerleşecekler." diye tabir etmişti. Ben kendisinden duymadım ama bizim hanıma -yani Halil Akbaş'ın büyük kızı- *"bir gün bilinen biri olacağını"* söylemiş.

Bunu dedikten sonra Dursun Akbaş bir anda yeni bir keşifte bulunmuş gibi yüzüme dikkatle baktı.

Ona;

– Evet inşallah bu kitap onun bilinmesine hizmet edecek, dedim. Cidden şaşırdı. Hatta biraz daldı, eski günlere gitti. Sanki elindeki bir şeyin farkına varmamışlığını hissetti. Bir mahzunluk çöktü yüzüne.

Dursun Akbaş dalmıştı. Ben onun bu hâlini, hastalıktan bitap düşmesine yormuştum. Hatta fazla yormasak mı diye düşünürken, tam o anda, Halil Akbaş'ın bir resmini aramak için odadan çıkmış olan torunu Emrullah Hoca yeniden içeri girmiş ve babasını o dalgınlığından çıkarmıştı:

– Başka neler hatırlıyorsun baba, diye sordu.

Dursun amca, bir soluk aldı. Sanki kayınpederinin o sözünü tasdik etme ihtiyacı duymuştu:

– Çocukları olmasa da dediği gibi torunlarının çoğu İstanbul'a geldi.

Rüyanın tahakkuk etmiş olmasını âdeta yeni fark etmişti. Bunun tesiri altındaydı:

– Öyle ya! Aha işte çoğumuz buralara gelmişiz, dedi.

Yaşının tesiriyle konuştukça sık sık soluklanma ihtiyacı duyuyordu Dursun Akbaş. Biraz durakladı, derin derin nefes aldı. Oğluna baktı:

– Bak işte Emrullah onun torunu. İstanbul Laleli'de imam. Daha da geliyorlar... Ben de geldim artık, bak buralardayım, dedi ve güldü.

Ben Halil Akbaş'ın, İstanbul'da geçirdiği günlerini merak etmiştim:

– Halil Akbaş, İstanbul'da bir işle meşgul olmuş mu?

– Tam bilemiyorum ama sanmıyorum. Büyük ihtimalle kendine yetecek bir tedarikle gelmiştir İstanbul'a. Zaten kıt kanaat geçinmeyi bilirdi. Belki de ufak tefek işler yapmıştır. Bildiğim bir şey varsa Fatih'te oturduğu ve vaktinin büyük kısmını Eyüp Sultan'da geçirdiği. Onun, orada, hep caminin etrafındaki kıraathanalerde vakit geçirdiğini görenler olmuş. Zaten o İstanbul'a çalışmak için gelmemiş ki... Eriş ona karısıyla beraber olmasını yasakladığı için o da buraya kaçıp gelmiş. Muhakkak geçinecek kadar parası da varmıştır...

Uzunca bir sessizlik olmuştu. Bu esnada Emrullah Hoca yanımızdan ayrılmıştı. Dursun Akbaş'ı biraz daha konuşturmak istiyordum:

– Peki ona dair başka neler hatırlıyorsunuz?

– Ne bileyim işte... Mesela kimseden bir şey istemezdi, bilhassa yeme içme konusunda aç kalır yine de bilmediğinden bir şey istemezdi. Bilmediği, tanımadığı ve emin olmadığı kimselerin yemeğini kolay kolay yemezdi, yediremezdiniz. Yeme içme hususunda çok tok bir adamdı. Ama kendisi yedirmeyi severdi. O yüzden de İstanbul'dan döndüğünde biraz zayıflamıştı. Hırpanî olmuştu yani. Gözleri de çok zayıflamıştı.

Tam da o anda, soğuk bir kış gününde Eyüp'te bir kıraathanede sobanın kenarında oturmuş, dik dik elimdeki simide baktığını gördüğüm ve *"Yer misin?"* deyince de *"Olur edemin oğlu."* diyen o hırpanî giyimli adam aklıma gelmişti. Birden irkildim. Tüylerim diken diken olmuştu. Zihnim bir anda o yıllara gitti. Tamamen ama tamamen unuttuğum bir hatıramdı bu... Şimdi şu anlatılanlar esnasında âdeta zihnimde bir şimşek çakmış ve olayı bütün teferruatıyla hatırlamıştım...

Nasıl hatırlamazsınız ki; henüz çiçeği burnunda bir gençsiniz. Eyüp Sultan gibi kumrularına bile kudsiyet atfedilen, çeşmelerinden su diye feyiz akan, fırınlarında ekmek diye hikmet pişirilen, yaşlılarının tebessümünün bir kitaplık tecrübe ve irfan barındırdığı bir mekândasınız...

Ve hiç kimseden bir şey almadığı, ikram kabul etmediği söylenen, İstanbullu olmadığı her hâlinden belli olan o hırpanî kılıklı ama temiz ve gözleri insanın ruhuna işleyen biri, sizin ikram ettiğiniz simidi alıyor ve kendisine çay söylememe bile "hayır" demiyor. Kahvehane müdavimlerinin gözleri fal taşı gibi açılıyor ve soruyorlar: "Bu adam kolay kolay kimseden bir şey yiyip içmez. Senden aldı. Kimsin sen, akrabası mısın?" Bu, o günlerdeki Mehmet Ali'nin koltuklarını şişirtmez mi?

Hem düşünün ki babanızın, "Her taşının altında bir giz, her tepenin doruğunda bir mana, her sokağında esrar, her köşe başında bir eren var!" diye sizi gönderdiği İstanbul'dasınız ve böyle bir hadise yaşıyorsunuz! Böyle bir zatın ikramınızı kabul etmesi size de bir yücelik fikri vermez mi?

Verir ve hem de vermişti. O günlerde bu hatırayı tabii ki nefsimin de hoşuna gittiği için İstanbul'da yaşadığım esrarengiz olaylardan biri olarak anlatırdım. Defalarca anlatmamdan olsa gerek "Edemin oğlu" demesi, kılığı, kıyafetiyle bir resim karesi gibi zihnimde sabitlenmişti.

Evet hakikaten de simit yemeyi kabul edince kalkıp benim oturduğum masaya gelmişti o garip adam. Ona da çay söylemiştim birlikte simit yemiştik. Kahveci de çayları dağıtan da kahvede bulunanlar da adamın benim verdiğim simidi yediğini görünce hayrete düşmüşlerdi. "Yahu sen kimsin ki bu adam senin ikramını kabul etti." diye sormuşlardı hayretle.

Acaba gerçekten onunla mı karşılaşmıştım? Değilse niye şimdi o hatıra pat diye hatırıma gelmişti ki? Dursun Akbaş onun kimseden bir şey yemediğini söyleyince atılıp "Evet ben de onu Eyüp Sultan'da görmüştüm ve evet gerçekten de onun kimseden bir şey alıp yemediğine, müdavimi olduğu bir kıraathane dolusu insan tanıklık etmişti" diyesim gelmişti.

Velilerin hâllerinde tesadüf olmazdı. Gerçekten onunla karşılaşmış olabilir miydim? Üstelik bana *"Edemin oğlu"* diye hitap etmişti. O zaman anlayamadığım bu cümle âdeta bulunduğum şu ânın içinde hayat bulmuştu.

Dursun Akbaş anlatmaya devam ediyordu ama ben onu duymuyordum. O yıllara gitmiş, zihnimde onun o olabileceğine dair kanıtlar arıyordum. O olmalıydı. Çünkü babam ona, o da babama *Ede* diye hitap edermiş.

O hırpanî kılıklı amca bana *"Edemin oğlu"* demişti de ben o zaman bunu genel bir hitap sanmıştım. Hani bazısı koçum der, bazısı arkadaş der, bazısı hacım, hocam der, öyle bir hitap tarzı sanmıştım...

Ben bu hatıranın içinde debelenirken, Emrullah Hoca, Halil Akbaş'ın bir fotoğrafını almış gelmişti. Fotoğrafı önüme koydu. Eyüp Sultan'daki o amca ile benzer olup olmadığına bakıyordum. *Tam da odur* diyemedim ama hiç de hatırama aykırı bir hâli yoktu o fotoğrafın. Fotoğraf ne de olsa, bir ânın donmuş bir hâlidir. İçine hep biraz çekidüzen katılmıştır. Ama bir kıraathanede, garip, belki parasız ve çaresizlikten dolayı o mekânlarda gezinen bir insanın hâli elbette ki fotoğraftaki şu hâlden farklı olacaktı.

Zihnim o hatıradan bir türlü çıkamıyordu. Gerçekten karşılaşmış olabilir miydik? İçimden bir ses "Niye olmasın, sen o iki insanın kesişim noktasısın." diyordu. Belki de Halil Akbaş, benim kendisinin kitabını yazacağımı da bilmişti ve mukadderat bizi bir şekilde karşılaştırmıştı. Hele işin içine *Eriş* girince hiç de yabana atılır bir ihtimal değildi bu!

Dursun Akbaş'ın;

– Sonra emmim memlekete döndü, sözüyle geçmişin koridorundan çıkıp kayıt yaptığımız odaya dönmüştüm. Dursun Akbaş anlatmaya devam ediyordu:

– Amcamın iki kızı vardı. Ayşe ve Döndü. Ayşe ilk kızı. Sonra uzun süre çocukları olmamış, daha doğrusu hep düşük yapmış yengem, bir ikisi de doğduktan kısa süre sonra ölmüş. En son Döndü olmuş. Ölmeyince ona Döndü adını vermişler.

– Döndü lakabı mı adı mı, diye sordum. Çünkü kayıtlardan öğrendiğim kadarıyla Halil Akbaş'ın iki çocuğu var; Ayşe ve Hatice. Döndü'nün asıl adı Hatice olmasın?

Durup düşündü:

– Haa evet, bir adı daha vardı sanırım, ama herkes ona Döndü derdi. Kimse adını söylemezdi. Belki Döndü kendisi de unutmuştur.

– Güpçü emmim 80'li yılların başıydı, ocağın on beşinde öldü, deyince zihnim Eyüp'teki o güne gitti tekrar. Hâlâ o hatıradan sıyrılamamıştım. Bu hadiseyi 1974–75'in kışında yaşamıştım. Merak ediyordum İstanbul'a geliş tarihini. Dursun Akbaş'ı epey zorladım ama tarihi tam hatırlayamadı. 1970'lerin başıydı demekle yetindi. Onun için o, sadece bir tarihti, benim için ise önemli bir ipucu, fakat hatırlayamadı. Sorumu önemsemedi de sanırım. Bir an önce Halil Akbaş'ın nasıl öldüğünü anlatmak istiyordu:

– Merzifon'da hastanede yatıyordu. Sonra tutturdu "Beni eve götürün!" diye. "Ben öleceğim, beni evime götürün!" diye ısrar edince bir arkadaşımızın arabasıyla köye getirdik. Yarı baygın hâldeydi. Arkaya yatırdık. Karanlıkta yol boyunca ulaştığımız bütün menzilleri sayıklar gibi bize söyledi durdu. Şimdi şuraya geldik, şimdi buraya geldik diye. Görmediği hâlde ulaştığımız tüm yerleri bize söyledi. Sanki ölüm saatine ulaşmak için acele ediyordu. Sık sık da saat kaç diye soruyordu.

– Nihayet Vezirköprü'ye varınca "Aha Vezirköprü'ye geldik." dedi. "Aha köye dönüyoruz." diye diye yol aldık. Baygın olduğu hâlde geçtiğimiz yerleri bize söylüyordu. Sonra evin önüne geldik. Evinde misafir varmış, kalaycı. Onu sesinden tanıdı. O arada biz onu evine çıkarırken yine bir hâl geldi. Bize "Allah'a ısmarladık" dedi. Ve merdivenlerde can verdi. Daha doğrusu biz öyle sandık. Vakit gece tabii. Yukarıya çıkardık ve bir yatağa uzattık. Baktık, ölmemiş. Kaynanam bize ayran ikram etti. Ona da bir tas verdi içmesi için. Bir yudum almıştı ki yine fenalaştı ve "Bana okuyun! Kim ne biliyorsa onu okusun!" dedi.

– Bu arada ikide bir bize saati soruyordu. Saat beşe geldi mi, saat beşe geldi mi diye. Hakikaten de saat beş oldu son nefesini verdi, vefat etti.

Odada uzun bir sessizlik oldu. İçimden ona bir fatiha okudum. Dursun Akbaş yorgun görünüyordu; öyle ki sormaya devam edip etmemekte tereddüt ettim. Sonra kendimi toparladım ve sordum:

– Dursun amca, senin kayınpeder sana göre bir deli miydi, bir veli miydi?

– Valla oğul Eriş ile konuşurken biz onu deli sanırdık, ama normal hâllerinde tam bir veli gibiydi.

Dursun Akbaş'la daha uzun konuşup hayatına dair daha çok detay almak istiyordum ama hem yorulmuştu hem de sanırım anlatacakları bu kadardı. İnşallah bir gün bu kitap ona okunur da o yeniden bir şeyler hatırlarsa yeni baskılarında onları da ilave ederiz[1].

Konuşmamızdan askerlik dönüşündeki hayatına dair yeni şeyler öğrenmiştim. Halil Akbaş, ilk kızı Ayşe'yi yeğeni Dursun Akbaş'la evlendirmişti.

Halil Akbaş'ın askerden döndükten sonra da çocukları olmuş, doğar doğmaz ölmüşlerdi. En sonunda bir kızı daha olmuş, ölmemiş ve adına Döndü demişlerdi. Ama kayıtlarda adı Hatice olarak geçiyordu. Döndü'yü de yine akrabalarından birine vermiş; her iki kızından da torunları olmuştu. Bunların çoğu İstanbul'a yerleşmişlerdi.

Halil Akbaş ile babamın hayatındaki benzerlikler dikkatimi çekmişti. Onun çocuklarının bugün İstanbul'da oluşu âdeta gördüğü o rüyanın tahakkuku idi. Babamın çocuklarının İstanbul'a gelişi de benzer bir hâlin, askerlik yıllarında İstanbul'a ilk gelişinde yaptığı bir duasının ve sonraki yıllarda gördüğü bir rüyanın tahakkuku idi...

Babam bir asker firarisini alıp Silivri'deki bölüğüne teslim etmek üzere bir jandarma arkadaşı ile birlikte birkaç günlük izinle İstanbul'a gelmiş. Firariyi yerine teslim edince kalan bir buçuk günde de şehri gezmişler. İstanbul demek tarihî yarımada demek. Topkapı mıntıkasından başlamışlar gezmeye. Beyazıt'a vardıklarında babam şimdi İstanbul Üniversitesi Hukuk Fakültesi hizmetini gören Osmanlı Genelkurmay Başkanlığı binasının önünde, okula girip çıkan

---

1 Yazık kitabın yayımlandığını göremeden vefat etti. Allah rahmet eylesin, mekânı cennet olsun.

talebeleri uzun uzun izlemiş. O gün çok arzu etmiş ki kendisinin de çocukları olsun, İstanbul'a gelsinler ve burada okusunlar. Düşünün ki henüz evlenmemiş, sevgilisinin acısı içinde taze... O gün orada evlenip çocuklarını okutma düşü kurmuş babam.

Bundan sonra babam İstanbul'a ikinci defa 1978 yılı baharında, beni ziyaret etmeye gelmişti. Onu fakültenin civarında sık takıldığım mekânlardan Sahaflar Çarşısı ve şimdi artık yerinde yeller esen Çınaraltı'na götürmüştüm. Bayezid Camii ile Millet Kütüphanesi arasındaki o büyük, azametli meydanına; Osmanlı'nın son üç yüz yıllık tekmil hatıratını, şairinin, bestekârının, romancısının ve hikâyecisinin, musikişinasının, bilumum zürefasının, kâhyasının, külhanbeyinin hatırasını barındıran, kitap kurtlarının, sahafların, antikacıların, kıymetli taş satıcılarının ve şerbetçilerin uğrak ve takılma mekânı Çınaraltı'na gitmiştik ve orada birlikte kahve içmiştik.

Fatih'e, eve geçmeden önce üniversitenin ihtişamlı ana kapısı önünde durdum:

– İşte ben burada okuyorum baba. Bizim fakülte binamız biraz ileride ama üniversitenin merkezi burası, deyince babam âdeta şoka girmişti. Gözlerini kocaman açarak;

– Burası mı senin okuduğun üniversite, diye sormuştu.

– Evet baba deyince şaşkınlık ve vecd içinde kıbleye dönmüş; gözleri nemlenmiş ve dakikalarca sessiz kalmıştı.

– Hamdolsun Rabbim, sözü dudaklarından dökülmüştü.

İşte o an bana 1942 yılında geldiği -esasında transit geçtiği dersek daha isabetli olur- İstanbul'da o binanın önünde durup inşallah benim çocuklarım da gelip burada okurlar diye dua ettiği günü anlatmıştı. Çok duygulanmıştı. Âdeta bir zafer kazanmışçasına Rabbine şükrediyordu Fatih'e yürüdüğümüz yol boyunca.

Vezneciler'de, okuduğum Edebiyat fakültesinin heybetini görünce, *"Elhamdülillah, seni niçin Erzurum'a göndermediğimi, git İstanbul sokaklarında dolaş, o dahi insanı olgunlaştırır dediğimi anlamışsındır."* demişti.

1983 yılında bir kere daha gelmişti ziyaretime. Henüz evlenmemiştim, Kumkapı'da İbrahim Paşa yokuşunun bitimindeki

İbrahim Paşa Muhsine Hatun Camii'nin bitişiğinde bir evde kalıyordum o zamanlar. Öğrencilik yıllarımda kiralayıp iş bulduktan sonra da kalmaya devam ettiğim bir evdi. Etrafımda bir yığın genç vardı. Yıkık döküktü ama hepimizin mutlu ve keyifli günler geçirdiğimiz bir evdi. Ermeni bir abimize aitti. Ne güzel insandı! Bize hiç mi hiç problem çıkarmazdı. Paramız varmış yokmuş, kira vermişiz vermemişiz hiç aldırmazdı, bir iki ayda bir gelirdi; bir de üstelik bir ihtiyacımız var mı diye sorardı.

Ömrüm olursa, bir duvarına rahmetli Mustafa Polat'ın "Burada erenler sapıtır sapkınlar erer." diye yazdığı o evin hikâyesini de yazacağım. Orası bizim belki de son sivil tekkemizdi; Ömer Lütfü Mete'den Sefa Kaplan'a, Ahmet Teczan'dan İsmail Güneş'e, Zekeriya Erdim'den Bekir Lekesiz'e varıncaya kadar çok sayıda şairin, yazarın, vatanperverin, dervişânın bir araya geldikleri, çorbasını içtikleri o evin hikâyesini de bir gün yazacağım inşallah.

Babam, bu evde uyuduğu ilk gece bir rüya görmüştü. Sabah uyanınca "Oğlum acîp bir rüya gördüm. Galiba sen ve senin sayende benim zürriyetimin bir kolu İstanbul'da kök salıp çoğalacaksınız." demişti. Öyle de oldu nitekim.

Halil Akbaş'ın rüyası gibi babamın bu rüyası da gerçekleşmişti. Bugün üç oğlu on yeğeni, beş altı torunu İstanbul'a yerleşmiş durumdalar. Ailenin büyüğü olarak her yıl düzenlediğim toplu aile iftarları için artık evlerimiz dar geldiği için dışarıda iftar yapacak büyük bir aile olmuş durumdayız çok şükür.

Bu hatıralar belki size teferruat gelebilir ama yeri geldikçe ben bunları size anlatıyorum ki bu kitap nasıl da kendini yazdırmanın şartlarını örmüş, hep birlikte görelim.

Şimdi artık 1941 yılı sonbaharında Akçadağ Karakolu'nda yaşananları, babamdan dinleme vakti. Halil Akbaş'ın bu kırk beş günlük macerasını, babamın hatırladığı kadarıyla günbegün aktarmaya geçmeden önce ahiret halleri ile ilgili birkaç hususa değinmek isterim.

Kur'an'ın ve peygamberlerin (asm) ihbarı, bir Müslüman için elbette ki ahiret hayatına inanmak için yeterlidir... Bu hakikatle ilgili ehl-i keşfin sayısız tecrübeleri ve tespitleri mevcut olduğu gibi sıradan insanların da gerek rüyalar gerekse yaşadıkları sıra dışı olaylar vesilesiyle bilgileri vardır. Tam bir kanaat ile olmasa da gereklerini hakkıyla yerine getiremese de pek çok insan ahiret hayatına inanır. Çevremizdeki birçok insan en azından rüya yoluyla ahiret hayatıyla ilgili tecrübeler yaşar. Kimileri öldüğünü görür, kimileri mezarına konduğunu, kimileri cennet ve cehennem hâllerini...

Tıbbî anlamda ölüp dirilenlerin anlattıkları sayısız veriler, kişisel deneylere dayanan tecrübeler de insanların elinde mevcut ama bugünün determinist zihin yapısı hep laboratuvar düzeyinde kanıt aradığı için bunlar ancak meraklılarını ilgilendiren malzemeler olarak hatıralarda, edebi eserlerde, filmlerde karşımıza çıkar. Örneğin, Edgar Cayce, benzer bir koma hâlini çocukluğunda yaşar ve kendi hastalığını iyileştirecek ilacın formülünü ailesine verir. Bununla şifa bulması üzerine bu hâli çevresinin dikkatini çeker. Bu tür tecrübeleri daha sonra da yaşar; 43 yıl boyunca yaşadığı bu tecrübeleri kayıt altına alınır.

Halil Akbaş'ın ahiret hâllerine dair kırk beş gün boyunca yaşadıkları bir rüya ya da tek seferlik bir tecrübe değil. Âdeta astral bir seyahat ile gidip olayı yerinde yaşayıp gelme tecrübesi. Rüya değil, çünkü kahramanımız ertesi gün kalkıp da arkadaşlarına bu yaşadıklarını "Bir rüya gördüm." diye anlatınca sonraki gün annesi bu yaşadıklarının bir rüya olmadığını söylüyor.

Hayal hiç değil. Hayal oturup bir kurgu kurmaya benzer. Bizim aktaracağımız olay, bir karakol dolusu jandarmanın sorgulayıcı bakışları altında, her akşam aynı saatlerde tekrar eden kırk beş günlük bir hadise, bir gidip gelme hâli.

Ahiret hâllerini Halil Akbaş kırk beş gün boyunca tecrübe etmiş; babam da âdeta bir kamera gibi olup biteni zihnine kaydetmiş.

Kahramanlarının büyük bir kısmı artık ahirete intikal etmiş hayli ilgi çekici bu hadisenin anlatıcısı, onun aynı zamanda birincil tanığı ve yaşananların kamerası vazifesini gören babam. Ben de size babamın bana anlattıklarını aktaracağım. Esasında ben de aynen sizin gibi dinleyiciler arasında olacağım.

Ahirette kırk beş gün, bir babanın böylesi olağanüstü ve hikmetli bir tecrübesini oğluna aktarmasının hikâyesidir. Üzerinden onlarca yıl geçmiş bu hadisenin özellikle on beşinci günden sonrasına dair detayların bir kısmını unuttuğunu söylemişti. Babam gördüklerini kaydedip anlatırken bense aktarırken yaşananları eksiltmiş olabiliriz. O anlatırken aklımın basmadığı yerlerde bazen kendi kendime, bazen ona itiraz ederek, bazen de konuyu kendim için anlaşılabilir kılmak için müdahil olduğum doğrudur. Kabul edersiniz ki üzerinden uzun zaman geçmiş sözlü aktarımlar, illa da kendilerini vaktin hükmüne uydururlar... Hafıza eksik parçaları dilin imkânlarıyla tamamlar. Bu da zorunlu olarak hayalin de işin içine girmesine sebep olur. Hayal ve hatıra her zaman vakanın kendisi gibi olmayabilir.

Ancak göreceksiniz ki bu kırk beş günde yaşananlar, ayet ve hadislerde bildirilenlerle çelişmiyor. Bu hadiseyi babamdan dinleyip aktaran kişi olarak benim açımdan bir konuda bir ayetin varlığı, onu benim tecrübemden daha kıymetli kılar. Allah'ın sözü haktır ve aynıyla vaki olacaktır. Allah *"Dirilip hesap vereceksiniz."* buyurmuşsa benim gönlümde "Acaba gerçekten böyle bir şey olacak mı?" diye bir şüphe kalmaz! Keza Peygamberimizden bize intikal etmiş mevsuk/güvenilir bir sözden de asla tereddüdüm olmaz. Ancak müteşabih olanları/mecaz içerenleri kendi çağıma getirebilmek ve anlayabilmek için bir çaba gerekiyorsa o başka!

Bu hikâyenin belki de en büyük ibreti, Allah'ın hak olduğunu vaadettiği ahiret hâllerini, olağanüstü bir tecrübe üzerinden bizlere göstermesidir.

Şimdi söz babamda... Halil Akbaş'ın görüp anlattıklarını hep birlikte ondan dinleyelim.

Ölmeden önce ölünüz.

Hadis-i Şerif

Beşinci Bölüm

KARAKOLDA GARİP BİR AKŞAM

Askere, İkinci Cihan Harbi yıllarında gitmiştim. Silifke'deki acemi birliği günlerimin ardından Akçadağ'a gönderilmiştim. Tren garının da bulunduğu, mühim yollar üzerinde güzel bir Anadolu kasabasıydı burası. Arga diye de bilinirdi. Burası, 1700'lerde başlayan eşkıyalıklar, soygun ve garatlar yüzünden Hamidiye Alayları'na karargâhlık yaptığı o kargaşa günlerini geride bırakmış; huzurlu günlerine kavuşmuştu. Ancak şimdi de dünyayı kasıp kavuran bir harp vardı. Dünya, cihan harbinin hengâmesiyle çalkalanırken bizler burada askerliğimizin bir gününü daha kazasız belasız geçirmiş olmanın huzuru ve sükunu içindeydik.

Hani dünyayı saran harbin getirdiği açlık, darlık ve sıkıntılar olmasa son derece sıradan denilebilecek bir gündü.

Mevsim artık kışa sardığı için günler kısalmış ve gece, karakolun kiremitli çatısının üstüne erken saatlerde inmeye başlamıştı. Gecenin ürpertici siyah örtüsü yavaş yavaş etrafa sükûn ediyordu.

Kader yurdun dört bir tarafından gelmiş bizleri bu jandarma karakolunda bir araya getirmişti. Bir yandan askerlik görevimizi ifa ediyor; bir yandan da gündelik işlerimizi sürdürüyorduk. Seferberlik yıllarında askerlik vazifesinin ne zaman biteceği bilinmez. Tezkeremizin ne zaman çıkacağını savaşın seyri belirler. Alışmıştık buraya.

Ben karakola geldiğimde komşu köyümüz Haltanlı'dan Davut (Akdoğan) emmin burada yazıcı idi. Gelir gelmez bana sahip çıktı, gözetip kolladı. Bana "*Ede*" diye seslenirdi. O sıralar sık sık beni çağırır, ona yardım etmemi isterdi. Meğer beni kendi yerine hazırlıyormuş. O sıralarda bana *"Ede aşağı, Ede yukarı"* derken, ben de işi kapmıştım.

Davut emminin teskeresi yakındı. Askerlikte beşinci yılına girmişti. O yüzden beni kendi yerine yazıcı yapmayı teklif etmiş komutana. Askerde yazıcılık mühim. Hem komutanlara yakınsın, hem de herkesin girdisini çıktısını biliyorsun. Görevleri, izinleri, eğitimleri, nöbetleri sen yazıyorsun. Askerlikte yazıcının itibarı, rütbesinden yüksektir. O zaman da öyleydi. Gitmeden beni yetiştirmiş, yerine yazıcı yaptırmıştı. Ben de Allah için iyi çalıştım, onun yüzünü kara çıkarmadım. Komutanlarım beni çok severdi.

İşte Sinop Boyabatlı Halil Akbaş'ı burada tanıdım. Birçok yerde jandarmalık yaptıktan sonra benden kısa bir süre önce o da Akçadağ'a gelmişti. Koğuşta ranza komşumdu.

Halil Akbaş, çok yakınına girilmedikçe renkli kişiliği görülmeyen cinsten bir arkadaştı. Hususi hayatından pek bahsetmez, kimse ile sıkı fıkı olmazdı. Ama herkes onu severdi. Mütevazı, sorun çıkarmayan güzel bir insandı. Adını hiçbir probleme karıştırmazdı. Kendine ait bir dünyası vardı. Gündelik işlerini bitirir bitirmez o dünyasının içine çekilirdi.

Davut emmin gibi ona da *ede* diyordum. Ede gel, ede git... Halil de benden kaptığı için birbirimize *ede* diye seslenirdik. Benden başka bir iki arkadaşı daha vardı. Yarenlik eder, bazen fıkra da anlatırdı. Sevimli, şakacı, hayat dolu bir arkadaştı. Ara sıra küfrederdi, o da damarına basılınca... Dediğine göre buna da askerlik yıllarında alışmıştı. Esasında bu sözleri söylerken de ne dediğini aklına getirmezdi galiba. O, onun dilinde bir tamamlayıcı, boşlukları doldurucu bir sözcüktü.

Zaman zaman sigara da içerdi ama tiryaki değildi. Namaz konusunda çok hassastı. Ben o sıralar cumadan cumaya namaza giderdim ama namaz konusunda öyle çok titiz biri değildim. Zaten etrafta namazı dert edinen çok kimse de yok gibiydi. Onun namaz kılma şekli çok hoşuma giderdi. Namaz kılarken âdeta bu dünyadan çıkar, başka bir âleme geçerdi. Namaz konusunda ben onun gibi titiz davranamazdım, işim olunca ihmal ederdim. Daha önemlisi, namazım kaçtığında üzülmezdim. O ise kaçırmazdı ve kaçınca da cidden üzülürdü. Bu hâli dikkatimi çekmişti.

Askerde namaz kılmak o zamanlar aşırı sayılacak bir hassasiyetti. Kimsenin namaz kıldığı filan yoktu. Zaten namaz kılmayan sanki daha makbuldü komutanlarımızın nezdinde. Ama o hiçbir vakti kaçırmazdı. O hâli beni içten içe özendirirdi.

Halil'in baygınlık geçirdiği günün akşamüzeriydi. İşlerimizi bitirmiş, koğuşta toplanmış oturuyorduk. Baktım Halil kolunu çemremiş, her zamanki gibi abdest almaya hazırlanıyor. Anladım akşam vakti yakındır. Halil'in bir iç saati vardı sanki. Namazın yaklaştığını hisseder ve her seferinde ezandan önce abdest alırdı. Ben üşenirdim soğukta abdest almaya. O hiç üşenmezdi. Galiba onların memleketi de zaten soğuk olduğu için bana göre soğuğa daha iyi dayanıyordu. Ben kendimce öyle düşünürdüm.

Gürül gürül yanan sobanın başına oturmuş, savaş biter mi bitmez mi tahminleri yapıyorduk. O zamanlar dünya yanıyor. Amerika'nın bütün cephelerde üstünlüğü ele geçirdiği konuşuluyor. Biz seviniyoruz tabii. Kimin galip olacağından çok, bir tarafın galip gelmesi bizim için yetiyordu. Çünkü o zaman savaş biter ve biz de evimize döneriz diye düşünüyorduk. Aramızdaki en yeni/acemi jandarmanın askerliği üç seneyi bulmuştu.

Biz kendi aramızda "Alamanlar şöyle, Amerikalılar böyle" diye konuşurken Halil kapıyı açmış koğuşa giriyordu. Tam o esnada ezan okundu.

– Tanrı uludur, Tanrı uludur...

Ezanın okunması ile Halil'in yüzükoyun yere kapaklanması bir oldu. Sanki bir et yığınını betonun üstüne atmışsınız gibi bir ses çıktı. İçimden bir şey koptu âdeta. "Bu düşüş hiç normal değil." dedim.

Herkes başını kapıya çevirdi. Koğuştakiler eşiğe takılıp düştüğünü sanmıştı. Ben koştum kapıya doğru. Benden önce ulaşanlar oldu. Baktık Halil cansız gibi. O tarafa çevir bu tarafa çevir, bir şey yok. Kemiksiz bir et yığını. O yaşlarda, insanın böyle bir düşme ile hele bir tarafını da yaralamamışsa başına bir iş geleceği aklımıza gelmezdi. Bayıldı filan sandık ve onu üç beş kişi yatağına taşıdık.

Yatağı benimkinin yanında idi. Vücudunda kan yok, yara bere izi yok. Ama bedeni çözülmüş, âdeta külçeye dönmüştü.

Bayıldı sandık, hepimiz. Bu arada bir arkadaşımız nabzına baktı, nabzı yok dedi o telaşla. Benim başımdan kaynar sular döküldü. Ben de baktım nabız yok. Varsa da bizim fark edebileceğimiz gibi değil.

Sonra biri akıl etti, yanaklarını burnunun dibine koydu:

– Nefes alıyor galiba, dedi.

Dışardan bakınca nefes alıyor gibi gözükmüyordu. Ben de eğildim yanağımı burnuna dayadım. Yüzüme hafif bir sıcaklık gelmişti.

Halil öldü/ölüyor diye bir telaş düştü koğuşa. Durumu haber vermek için komutana gitti birileri. Çavuşla ben de bir doktor bulmak için harekete geçtik. O saatte belki biraz da telaş ile ancak bir sıhhiye memuru bulabildik, geldik.

Halil'in nabzını dinledi, nefesini yokladı, bedenini kontrol etti. Hâline bir anlam verememişti. Bir ölmüş dedi, bir ölmemiş. Kararsız kalmıştı.

– Ölmüş diyemem ama diri de görünmüyor, gibi bir şeyler söyledi komutana.

Vücudu da tepki vermiyordu. Belki kasları katılaşmıştır diye baldırına ve bir iki yerine iğne batırdılar ama Halil oralı bile olmadı.

Revire mi kaldıralım, burada mı kalsın diye konuştular komutanla. Bu hâliyle revire kaldırsa bile yapacak bir şey olmadığını söyledi sıhhiye memuru. Sonunda koğuşta kalmasına karar verdiler.

– Hele biraz dinlensin, belki bayılmıştır, kendine gelebilir. Öldüyse de zaten ne yapılacaksa sabah yaparız, deyip ayrıldılar.

Yanı başında bitişikteki ranzada oturmuş onu izliyordum:

– Sabaha kadar gözümüzün önünde olsun, ben onu yoklarım, dedim.

Çoğunluk onun öldüğünü düşünüyordu. Bense ölmemiş olmasını diliyordum. Birinin öldüğüne insan inanamaz ya... O yüzden de ha şimdi ayılacak, ha şimdi ayılacak diye bekleyip duruyordum.

Herkes Halil'e bir parça üzülmüştü ama galiba en çok benim içim yandı. Çünkü onun hususî hâlini biliyordum. Evliydi ama evli olduğunu pek söylemezdi. Bir abisi vardı, o da askerdeydi. Annesi çoktan göçüp gitmişti şu dünyadan. Sanırım küçük kardeşi de askerde ölmüştü. Zahirde neşeli olmaya çalışır, dertsiz görünürdü ama yalnızdı.

Ona çok seyrek de olsa mektup yazan, yılda bir iki kez para yollayan bir amcası vardı. Sonbaharda ceviz parası gönderirdi. O zaman Halil'in de cömertliği açığa çıkardı. Sigara içenlere tütün alır, çay ocağına şeker ve çay alırdı; "Bu da benden olsun." diye...

Şimdi öyle karşımda sessiz, ölü gibi önümde yatıyor olması beni derinden hüzünlendirmişti. Başına bir şey gelse ilgilenecek kimse var mıydı? Kime haber verecektim? Karısı, çocukları, ailesi kim bilir nasıl üzülecekti! Bütün bunlar aklımdan gelip geçiyordu. Gerçek öz akrabam olsa ancak bu kadar yanardı içim.

Koğuştakiler de yatmaya başlamıştı. E herkesin ertesi gün vazifesi var. Askeriz. Erkenden kalkacaklar. Allah'tan ben yazıcıyım, ben onlar kadar erkenci değildim.

Ama benim de uykum gelmeye başlamıştı. Bilirsin, öyle hüzünlendiğim, içinden çıkamadığım bir derdim olduğu zamanlarda bana ağır bir uyku hâli basar. O anda da öyle oldu. Bir yandan gözüm kapanıyor, bir yandan da Halil o hâlde iken uyumak vefasızlık geliyordu. Bir de birbirimize *ede* diyorduk! Bu muydu dostluk, kardeşin ölüm döşeğinde iken uyunur muydu? Allah korusun ölse, bir şey olsa kendimi affedemezdim.

İçimden kendime "Erkek sözü" dedim, "kendine gelinceye kadar -inşallah gelir- bekleyeceğim."

Vakit yatsıyı geçmişti. Kalktım, gidip yüzümü yıkadım ayıkmak için tekrar döndüm. Yanına oturdum. Uzun uzun yüzüne baktım. Ölü bir insanın yüzü nasıl olur diye. Ürktüm mü acıdım mı tam bilemiyorum ama galiba biraz da korkmuştum. Bir ölü ile yan yana olmak insanı tedirgin ediyor. Sebebi nedir bilmem ama ediyor işte. Bir ara o korkuyla battaniyeyi yüzünü de örtecek şekilde kapattım. Çünkü ölmüş gibi cansız ve sessizdi. Bu yaptığım hüzün verdi bana. Yüzünü tekrar açtım. Artık iyice solgun ve hareketsiz görünüyordu. Nefes almıyor gibiydi. Eğildim ve sağ yanağımı burnuna yaklaştırdım. Tam nefesini kontrol ediyordum ki Halil'in sesi kulağımda çınladı:

– Aleykümselam anne!

Bu dünya hayatı hakikatte sadece bir oyun ve eğlenceden ibarettir;
âhiret yurduna gelince...
İşte asıl hayat odur; keşke bunu bilselerdi!

Ankebût Suresi, 64

Altıncı Bölüm

AHİRETTE 45 GÜN

Birinci Gün

Halil'in yüzüne eğilmişken birdenbire annesine seslendiğini duyunca valla evladım ne yalan söyleyeyim, korkudan yerimden zıpladım. Başım üst ranzaya çarptı. Acıdan gözlerim yaşarmıştı.

– Aleykümselam anne, sözünü henüz uykuya geçmeyenler de duymuştu. Koğuş bir anda hareketlendi. Uyuyanlar bile uyandı, hatta ölü hortladı sanarak korkudan kendini dışarı atanlar oldu.

Hepimiz Halil'in başına üşüşmüştük. Evet Halil ses vermiş ve annesinin selamını almıştı ama hâli düştüğü andakinden farksızdı. Nabzını yokladık tekrar, nefesini dinledik, bir değişiklik yoktu. Tam bu esnada Halil bir selam daha aldı:

– Aleykümselam doktor!

'Doktor' kelimesi ağzından çıkınca bir iki arkadaş, "İ.... bizimle eğleniyor!" diye küfretti.

Başımı kaldırdım, arkadaşlara baktım. Sonra döndüm Halil'i yokladım, vücudu ölü vücudu gibi idi.

– Baksana çocuk ölü gibi. İşte önünüzde duruyor. Sanmam ki bizimle eğlensin bu hâlde, diye çıkıştım.

Bir arkadaş koşup bir iğne getirdi. Orasına burasına birkaç kez batırdı. Halil'de bir tepki yoktu. Bedeni bu âlemde idi fakat sanki ruhu başka bir boyuta geçmişti.

– Aleykümselam hocaefendi!

– Efendim anne!

– ??

– Beni cezalandıracak mısınız?

– Hayırdır, neden? Ne yapmışım ki beni cezalandıracaksınız?

– Hımm, günahlarım var! İlk günahımdan başlayarak beni sorgulayacaksınız ve cezalandıracaksınız.

– Günahı olmayan var mı anne? Bana gareziniz ne?

Onun anne demesiyle birden annesinin öldüğünü hatırladım ve ürktüm. Tüylerim diken diken oldu. Acaba Halil bizimle ölüler diyarından mı konuşuyordu?

Annesini çok sevdiğini biliyordum. Babasından bahsettiğini pek duymamıştım ama annesini anlatırdı ve onunla övünürdü. Çok mümin, evliya gibi biri derdi.

Halil artık uzandığı yerden makineli tüfek gibi birkaç kişiyle birden konuşuyor, onların cevaplarını da "Hımm," diyerek sanki bize duyurmak için tekrarlıyordu... Konuşmalara dikkat kesilmiştim. Zihnim açılmış, uykum tamamen dağılmıştı!

– Hem ben günah münah işlemedim. Sen nasıl annesin! Herkes yavrusunu kayırır, sen bana ceza kesmeye geliyorsun.

– Hımm, benim iyiliğim için yapıyorsun(?)

– Bana işkence edeceksiniz?.. Hem de iyiliğim için, öyle mi!

– ??

– Deme ya, çok inandım!

– Hımm, ister inanayım, ister inanmayayım bana azap uygulayacaksınız, ta ki cehenneme gitmekten beni kurtarasınız.

– Size bu hakkı kim veriyor? Hem siz bana azap uygulasanız, bunun gerçekten günahlarımı sileceği ne malum?

Bu arada Halil, doktor dediği adama yalvarmaya başladı:

– Aman doktor ocağına düştüm, beni annemden kurtar!

– ??

– Hımm, senin hiçbir yetkin yok.

– Peki hiçbir yetkin yoksa burada ne işin var?

– Neee?

– Hımm, demek bana uygulanacak işkenceler sonunda vücudumda oluşacak yaraları tedavi edeceksin, etlerimi onaracaksın.

– Bu nasıl olacak?

– Hımm, hoca bana işkence yapınca vücudumda çürümeler, dökülmeler, yıkılmalar olacak. Ve sen de beni tedavi edeceksin.

– Peki senin zorun ne? Bırakın işkenceden öleyim de kurtulayım!

– Hımm, demek burada ölmek yok. Sen de bana iyilik olsun diye bunu yapmayacaksın...

– E peki niye yapacaksın?

– Hımm, demek, işkence neticesinde vücudumun acıyı hissetmesi azalır; bir sonraki işkenceden yeterince azap duyamam... Onun için vücudumu tamir edeceksin ki her seferinde acıyı ta derinden hissedeyim!

– Sen manyak mısın .... adamı. İşkencenin tadını alayım diye tedavi mi olur? O zaman ben tedavi istemiyorum. Ya işkence yapmayın, ya tedavi. Bu ne biçim iş böyle! Siz nasıl adamlarsınız ki önce işkence yapacak sonra da tedavi edeceksiniz?

– ??

– Allah Allah. Ne demek buranın kanunu böyle! Böyle kanun mu olurmuş! Hem söyleyin, neymiş benim günahım ki?

Halil bir süre sessizleşince koğuş da kendi arasında tartışmaya başladı. Kimisi hâlâ onun bizimle eğlendiğini, kimisi rüyasında konuştuğunu düşünüyordu. İçlerinden biri bana dönüp;

– Başka gecelerde de konuşur mu bu böyle, diye sordu.

– Yok arkadaş, dedim. İlk kez oluyor bu. Yanındayım her gece... Konuşsa duymaz mıyım?

– Susun bakalım, neymiş şunun günahı dinleyelim bari, dedi bir başkası.

Beni de aldı bir merak. Düşünebiliyor musun evladım, onunla can ciğer arkadaşız. Acaba günah defterine yazılmış ilk kabahati neymiş! Sen merak etmez misin?

Heyecanım ve merakım o kadar arttı ki Halil'e verilecek cevabı ben ondan daha fazla merak etmeye başlamıştım. Acaba ilk günahı neydi? Ben onun ilk günahını merak etmişken içimden bir ses "Sen kendi ilk günahını biliyor musun ki başkasınınkini merak ediyorsun?" diye beni kınadı. Bu kere onun vereceği cevabı unuttum, kendi ilk günahımı düşünmeye daldım.

Acaba defterime yazılmış ilk günahım neydi? İster istemez etrafımdakilerin yüzüne baktım. Onlar da kendi içlerinde aynı sorgulamayı yapıyorlardı sanırım.

Halil epey sessiz kaldı. Sonra tedirgin olmaya başladı. Sanki yüzünü bir şeyden sakınan biri gibiydi. Gösterilen bir şeyi görmek istemeyen birinin hâli vardı üzerinde. Telaşla başını bir o tarafa bir bu tarafa çeviriyordu. Bir ara ranzadan düşecek gibi oldu, ben atılmadan bir arkadaş onu tuttu, düşmesine mani oldu. Sancısı varmış gibi kıvrandı. Sonra biraz sakinleşti, hocaya sordu:

– Hoca bu elindeki ne?

– Hımm, defter!

– Ben de görüyorum defter olduğunu. Bu ne diyorum?

– Hımm, demek amel defterim.

– Peki o defterdekileri kim yazmış? Sizin gibi bana garezi olan biri yazmış olmasın? Ne malum doğru olduğu?

– Hımm, melekler yazmış. Melekler de hata yapmazlar!

– Ne demek onlar hata yapmazlar.

– Hımm, Allah melekleri, hep lehimize hareket etsinler diye yanımıza verdi. Melekler olmasa, her yanlışımızdan dolayı bize ceza gelirdi ve hiç kimse gençlik dönemini bile tamamlayamazdı

Artık Halil hareketlenmişti. Yatakta başını önce sağa sonra sola çevirdi. Sanki orada biri oturuyor da ona bakar gibiydi.

Bir anda yüzü simsiyah oldu. İnsan bunu gözleriyle görmese inanması çok zor bir hâldi. Bir anda insanın yüzü bu kadar kararır ve bu kadar düşer mi? Hayret ve telaş içindeydi. Yüzünde ve bilhassa vücudunda sara nöbeti geçiren insanlarınki gibi seğirmeler ve kasılmalar oluyordu. Israrla bir şeyi görmek istemiyor gibiydi. Sonra biraz sakinleşti, daha doğrusu çaresizlik içinde teslim olmuş gibiydi. Ağzını bozacak gibi oldu, "Ulan..." dedi demedi iki eliyle ağzını kapattı.

– Siz, insanları gammazlamaktan başka bir şey yapmıyormuşsunuz.

– Demek her şeyi böyle yazdınız ha? Demek o defterde yaptığım her halt var ha hocaefendi?

Sonra Halil iki elini başının altında kavuşturdu ve kendi lehine kullanacağı bir şey bulmuş gibi:

– E bunlar sadece kötülükleri yazmışlar! Yani hiç mi iyiliğimiz yok şimdi?

– Hımm, demek o ayrı bir defter. Onlar da yazılmış. Be insafsızlar, bari ikisine birden baksaydınız... İyiliklerin hiç mi hatırı yok yani?

– Hımm, demek var ama o sizi ilgilendirmiyor.

– Sizi ilgilendiren ne?

– Hımm, sizi şu anda sol tarafımdaki meleklerin yazıp kaydettikleri ilgilendiriyor. Çünkü beni cehenneme götürecek onlar. Öyle mi?

Halil büyük bir öfke ile sol omzuna doğru döndü. Ben yine bir küfür sallayacak ve başına iş açacak diye korktum. Sanırım o da bunu fark etti ki sözünü değiştirdi:

– Vay hainler vay! Yaktınız lan beni! La her şey de yazılır mı? İnsan biraz acır, merhamet eder!

Halil uzun müddet sessiz kaldı. Yüzünden, tedirginliğinin giderek arttığını görebiliyorduk.

– Peki oku bakalım hocaefendi, ilk kabahatimiz neymiş?

– Hımm, ilk kabahatim yalan söylemek.

Halil'in yüzünde müstehzi bir tebessüm dolaştı:

– O zaman hepimiz yandık desene... Ya siz bana yalan söylemeyen bir insan gösterebilir misiniz? Annemize yalan söyleriz, karımıza yalan söyleriz, çocuğumuza yalan söyleriz, babamıza yalan söyleriz, hocamıza yalan söyleriz... İnsan kendisine isnat edilen bir şeyden kurtulmak için bir şeyler uydurur. Ben de öyle yapmışımdır muhakkak. Bu da yazılır mı yahu?

– Hımm, demek yalan söyleyen cennet yüzü görmez.

– Bu kadar kötü yani?

– Hımm, bu kadar kötü ve o kadar da önemli!

– O zaman cennete gidecek adam bulamayacaksın hoca!

– Hımm, zaten o yüzden cennete gidecek insan az.

– Valla hoca ben sana söyleyeyim insanlar ekmek peynir yer gibi yalan söylüyorlar. Sizin daha çoook işiniz olacak.

– Hımm, ben dert etmeyeyim, sizin işiniz bu...

– Yahu hoca her yalan söyleyen cennetten mahrum edilecekse cennet bomboş kalır, cehennemde oturacak bir tabure bulamazsın.

– Hımm, bunu de merak etmeyeyim, herkese bir yer bulunur cehennemde. Aklım varsa oraya gitmemek için çare arayayım diyorsun!

– Nasıl yapacağım bunu?

– Hımm, günahtan sakınacağım, aç kalacağım, acı çekeceğim, her türlü meşakkate katlanacağım ama Allah'ın yapma dediğini yapmayacağım!

– E insan nasıl bilecek her daim hangi işi insanı cehenneme götürür?

– Hımm, insanın içinde bunu hatırlatacaklar var. Onlar insana hissettirir. Hangi fiilinin yanlış olduğunu herkes vicdanıyla bilebilir, diyorsun.

Halil, hocanın söylediklerini içinde tasdik etti ki gülüverdi:

– Doğrudur insan çoğu kere yaptıktan sonra pişman da oluyor zaten.

– Hımm, demek bir fiilin yanlış olduğunu böyle anlamak da mümkün.

Bir müddet daha sustuktan sonra Halil devam etti:

– Bu cehennemden bu kadar korktuğunuza göre nasıl bir yer cehennem?

– Hımm, beni oraya göndereceksiniz gözlerimle göreyim diye. "Cehennem hafife alınacak bir yer değil Halil Efendi!" diyorsun.

Halil her cevaptan sonra bir müddet duraklıyordu. Galiba bu arada hocanın dediklerini içinde ölçüp biçiyor ve ona verecek bir cevap arıyordu:

– E canım altı üstü bir söz. Yalan niye bu kadar tehlikeli olsun ki?

– Hımm, demek yalan inançsızlığın eseri... İnsan Allah'ın var olduğunu ve kendisini görüp izlediğini bilse yalan söylemez. Her yalan bir inkâr içeriyor yani. Allah'ın beni duyduğunu bilsem, yalan söyleyebilir miyim?

– Vay vay vay vay, demek hepimiz yandık. Hepimiz imanımızdan oluyoruz yalan söyleyerek. Ya hoca vallahi ben bu işin bu kadar sakat olduğunu bilmiyordum. Şerefsizim artık yalan söylemem. Söz!

– ??

– Hımm, gidip orayı gördükten sonra sıkıysa söyle bakalım diyorsun!

– E peki niye bize yalandan hiç bahsedilmedi? Namaz, niyaz, abdest, oruç... Yalan söylememek ne imanın şartı, ne Müslümanlığın. Madem bu kadar mühimdi, imanın ve İslamın şartlarının en başına "Yalanı söylemeyeceksin!" diye yazsaydılar ya...

– Hımm, demek yalan iman ile tamamen zıt bir şey olduğu için bir şart olarak kaydedilmesine bile gerek yok. Onlar günahtır. Yalan söyleyense imanından olur. O da hiçbir seçenek bırakmadan seni doğrudan cehenneme götürür.

– ??

– Hımm, demek şimdi beni yalandan dolayı cezalandırmayacaksınız. Peki ya neyden ceza yiyecekmişim ben?

– ??

– Hımm, siz yalanının akıbetine bakıyorsunuz. O yalan ile kimlere ne zarar vermişim. Onun hesabını soracaksınız.

– Peki bundan bir kurtuluş yok mu hoca?

– Hımm, var demek!

– Nedir o?

– Hımm, daha önce yaptıklarıma tövbe edeceğim, yalan söylediklerimden helallik alacağım ve ardından bir daha asla yalan söylememek için gayret edeceğim. O zaman Allah bağışlar.

– E bu kolay. Yapmam artık, söz!

Halil'in bu konuşmaları beni çok etkilemişti. Hoca onu böyle sorgularken ben de kendi söylediğim yalanlarımı düşünmeye başlamıştım. "Allah'ım ben de bundan sonra yalan söylemeyeceğim. Benim de sözümü işit. Beni de affet Allah'ım!" diye içimden Allah'a yalvarıp durdum. Ben böyle kendi içimde düşünmeye dalmışken Halil devam ediyordu:

– Hımm, demek yalanın iki çeşidi var. Biri kizb, biri yalan.

– Kizb nedir ki? Ben hiç bilmiyorum hocam.

– Hımm, kizb Allah'ın bildirdiklerini yalanlamak. Peygamber gönderdim diyor, melekler var diyor, kitaplar var diyor. Seni yaratacağım, yaşatacağım sonra da yeniden kendime alacağım diyor. Ve sen buna yalan diyorsun. Bu, Allah'ı yalancılıkla itham...

– ??

– Hımm, demek siz bunun hesabına karışmıyorsunuz. Siz yalanları, insanları kandırmak için söylenip de birine zarar veren sözleri cezalandırıyorsunuz. E o zaman işim kolay hoca. Ben kimseye zarar vermek için yalan söylemedim ki... Ben en çok, kendimi bir ayıplanmadan kurtarmak için yalan söylemişimdir. Kimseye zarar vermedim. Zaten benim kimseye zarar verecek kabiliyetim yok!

Bunu söyleyince Halil'i daha çok sevmiştim. Hakikaten de o kimseye zarar vermezdi, hiç kimseyi de bilerek incitmezdi. Kimseye zarar vermediğimi düşünerek ben de sevindim o an. Sanki Halil ile birlikte sorgulanıyordum. Acaba Halil'in sorgulanacağı ilk yalan ne olacaktı? Tam bunu merak ediyordum ki Halil sordu:

– Hadi hocaefendi başla sorgulamaya ki ilk yalanım ve cezası neymiş, bileyim.

– Hımm, demek öyle kolay değil bu. Her yalandan, o yalanı söylememe neden olan hâllerle birlikte ve neticelerine bakılarak sorgulanacağım.

– ??

– Peki şimdi hangi günahımın cezasını çekeceğim?

– ??

– Cünüplük mü? Nasıl yani? Ben cünüp kalmam ki... Hemen yıkanırım!

– Hımm, yıkanmak şöyle dursun, cünüpken yemek bile yemişim, öyle mi?

– İftira! Ben öyle şey yapmam!

– Hımm, Yapmışım. Yemek de yemişim. İnkâr etmeyeyim, yalan da söylemeyeyim ki cezama yeni cezalar eklenmesin...

O arada hoca ona nerede nasıl cenabet cenabet yemek yediğini anlatıyor olacak ki Halil, yüzünün rengi alı al, moru mor hâlde dinliyordu.

Onu o hâlde görünce benim de yüzümün kızardığını hissettim. İçimde bir sorgulama başlamıştı. Gençlik yıllarımı düşündüm. Yaz gecelerinin sabahında o hallerde kalkıp kimseye çaktırmadan çaya giderdik. Kış günü, buz gibi havalarda insan ister istemez yıkanmayı ihmal edebiliyordu. "Vay başımıza gelenler!" diye ben Halil'den daha çok utandım. Halil konuştukça nerede ise ona değil kendime yanıyordum.

Hocanın, yaptıklarını sayması bitmiş olmalı ki Halil itiraf eder gibi:

– Peki o defterde, o gün havanın ne kadar soğuk olduğu ve bu yüzden yıkanamadığım da yazılı mı?

– Hımm, demek yazılı.

– Peki ne istiyorsunuz benden? Ne yapaydım yani?

– ??

– Ben sana imkânım yoktu diyorum, sen anlamak istemiyorsun ki?

Bu arada Halil'in bedenine kuvvetli darbelerin indiği anlaşılıyordu. Çünkü yatakta acı içinde kıvranmaya başlamıştı. O hâline içim ezildi. Sanki darbeleri ben de yiyordum. Bir tarafım da Halil'in savunmasını haklı buluyordum. Kimse bize bunu böyle anlatmamıştı ki. Günah deyip geçmişler, karşılığının böylesi bir cezası olacağını söylememişlerdi. Cahillik ne kötü bir şeymiş, diye düşündüm o an.

Halil'e sopalar art arda iniyor olmalıydı ki vücudu her seferinde cereyana tutulmuş gibi zıplıyordu. Sonunda öfkelendi:

– Yahu yeter! Ben sana yıkanma imkânım yoktu diyorum, sen vardı diyorsun. Yaşayan benim... Sen mi bileceksin, ben mi?

– Hımm, defterde yıkanmak için imkânımın var olduğu ama kasten ihmal ettiğim yazıyor. Yazanlar beni benden daha iyi biliyorlar. Allah, yalan söyleyip inkâr edeceğimizi bildiği için her şeyi olduğu gibi tespit eden melekler koymuş başımıza!

Halil'in hâline üzülmüştüm. "Ya Halil niye inkâr ediyorsun? İtiraf et de şu dayakları yemekten kurtul bari!" diye bağırasım geldi.

Ranzanın başına toplanan arkadaşlar arasında da "Sen yaptın ben yapmadım. Bizde banyo var yok" tartışması başlamıştı bile! Bir kısmı ise sanki kendilerini hiç ilgilendirmiyormuş gibi bu mesele ile dalga geçiyorlardı.

Bense o gün karar vermiştim; memlekete döner dönmez, ilk işim bir banyo yaptıracaktım. Babamlar niye düşünmemişlerdi bunları? Koca köyde herkes çaya iner, çayda yıkanırdı. Ne kadar cahilmişiz diye hayıflandım...

Halil nihayet itiraf edecek diye beklerken bu sefer de şöyle dedi:

– Hava çok soğuktu. Şeytan beni azdırmıştı. İctimaya geç kalacaktım, su ısıtacak vaktim de yoktu imkânım da!

Halil'in yalanı yine yüzüne vurulmuştu anlaşılan. Büyük bir şaşkınlıkla:

– Bu ... koyduğumun tenekesi de nerden çıktı, diye bağırdı.

– ??

– Kim getirdi lan bunu?

Yüzünü bir o yana bir bu yana çevirdi Halil ve zoraki itiraf etti:

– Doğrudur, o zaman böyle bir tenekemiz vardı, onunla su ısıtırdık. Ama o gün hava çok soğuktu, yıkanmayı gözüm kesmedi. Ama ilk fırsatta yıkandım.

İçimden Halil'in söylediklerinin doğru çıkması için dua ettim, çünkü acı çekmesine artık dayanamıyordum. Diğerleri de üzülüyorlardı ama sanırım benim kadar yanan yoktu.

– Hayır mı? Yalan mı söylüyorum?.. Cünüp cünüp yemek mi yemişim?

– ??

– Yok öyle bir şey!

Onun yaptıklarını itiraf etmemesi yüzünden vücuduna inen sopaları biz sayabiliyorduk. Çünkü her seferinde vücudu yükseliyor, kasılıyor ve acıdan kıvranır bir şekilde yatağa iniyordu. Karşısında biz dehşete düşüyorduk. Çığlıkları artık dayanılır gibi değildi. Öyle ki birkaç kere yataktan düşmesin diye onu tutmak zorunda kaldık. Dört kişi bastırdığımız hâlde sarsılan bedeninin zıplamasını engelleyemiyorduk.

Karşısındakileri aldatamayacağını bir türlü anlamak istemiyordu. "Onun yerinde biz de olsak herhâlde böyle yapardık." diye düşündüm. Bir komutan bizi azarladığı zaman nasıl bin dereden bahaneler getirip kendimizi savunuyorduk! Halil de kendini temize çıkarmaya çalışıyordu nafile bir çaba ile.

Bağırmalarını bırakmış, içini çeke çeke ağlıyordu artık. Sonunda iki elini kaldırıp "tamam" dedi ve itiraf etti:

– Tamam, tamam. Evet, yıkanabilme imkânım vardı ama üşendiğim için yıkanmadım ve akşama kadar da o şekilde durdum.

Yine bir sessizlik oldu. Sonra gördüğü şey karşısında donakalmış bir insan edasıyla sordu:

– Anne bu ne?

– Hımm, sopa!

– Sopa olduğunu ben de görüyorum. Bu ucu çivili sopayla ne yapacaksınız?

– Nee, bunu boğazıma mı sokacaksınız? Yok daha neler! İnsaf be insaf! Köpekleri kovan dilenciler bile bu sopayla böyle bir şey yapmazken siz hangi insafla bunu boğazıma sokacaksınız? Boğazıma sığmaz ki, sığsa da yırtılır boğazım.

– Yırtılırsa yırtılsın mı? Zaten bunun için mi yapıyorsunuz? O haram lokmaları yemeden önce mi düşünecektim bunları?

– Ya anne sana yalvarıyorum! Şunlara söyle de insaf etsinler biraz. Vallah billah bilmiyordum bunun bu kadar günah olduğunu... Hem kimse bana bunu söylemedi ki.. Ne sen ne de babam...

– Hımm, ben Müslüman isem kendim araştırıp öğrenecektim... Bilmemenin bahane olamayacağı hâller de var.

Halil'in bu sözlerden sonra yaşadıklarına insan gözünün dayanabilme imkânı yoktu. Ben bile kendimi dışarı attım. Çünkü Halil'in boğazının şiştiğini, canhıraş yırtılan boğazına sarıldığını görüyorduk. O ses, o boğulurcasına yırtılan boğazından dışarı taşan ses, insan sesine benzemiyordu. İçinde canavarlar böğürüyordu sanki. Avazı, karakolun dışına taşıyordu. Kendimi dışarıda bile zor tutuyordum. Kaçıp gitmek istedim. Esasında biraz da kendi başıma gelecekleri düşündükçe yok olmak istiyordum.

Halil'in bizi kandırıp eğlendiğini düşünenler de bu azaptan ürkmüş, sesleri kesilmişti. İkide bir "Bizimle eğleniyor bu" diye küfredip duran Hüseyin'e "Lan oğlum bunun neresi sahte lan!" diye çıkıştı birisi.

Onun çığlıkları karşısında hayretler acımaya, acımalar telaşa ve gözyaşına döndü. Kapıdan baktım, içeridekiler onu uyandırmaya çalışıyordu ama nafile. Halil, boğazına sokulup çıkarılan çivili topuzun etkisiyle, dakikalarca acılar içinde kıvrandı. Bu hâl on beş yirmi dakika sürmüştü. Ta nihayet feryatları azaldı, ben de içeri girdim. Sonra Halil sakinleşti. Bir süre sonra doktora seslendi. Uzaktaki bir insanı imdada çağırır gibiydi:

– Doktor kurban olayım, yetiş, mahvoldum.

Sesi hâlâ hırıltılı çıkıyordu. Belli ki boğazı cidden hasar görmüştü:

– Öldür beni doktor, öldür de kurtulayım bu acılardan doktor.

– Böyle bir tercihim yok mu? Neden yok?

– ??

– Madem ölmeme müsaade etmiyorsunuz o zaman şu boğazımı tedavi et acil, acil acil! Yandım ne olur bu acılara son ver!

Doktor ona bir içecek vermiş olmalıydı; içtiğini izledik. Doktorun içirdiği şey saniyeler içinde Halil'i yatıştırmıştı.

Halil ellerini boğazına götürdü, yokladı, öksürdü, boğazında bir şey kalmadığını görerek hayret sergiledi. Halil, öylece sanki uyur gibi epeyce sessiz kaldı. Sonra doktorla konuşmaya başladı:

– Helal olsun sana doktor. Nasıl yaptın bunu böyle?

Halil bir taraftan da sürekli boğazını elleriyle yokluyordu.

– Hayret, hiçbir şey kalmamış. Sen sihirbaz mısın be doktor?

– ??

– Özür dilerim kötü niyetim yoktu. Hani birdenbire iyileştirdiğin için böyle dedim.

– Hımm, demek kötü bir benzetme.

– Yahu doktor bilmeden ahiretimize zarar verecek neler yapıyormuşuz!

– Ya, demek sihirbazlık yapanları kötü bir akıbet bekliyor burada.

– Hımm, demek dünyada da iflah olmazlar. Allah, rahmetini burada da onlar için kullandırtmıyor...

– Ne ağır bir sonuç. Kusura bakma, bir daha o kelimeyi kullanmam.

– ??

– Bana bu şuruptan biraz versen?

– ??

– Hımm, demek bu dünyanın işi değil. Buraya ait. Buranın kuralları böyle. Şifa için beklemek gerekmez...

– Burası dediğin! Burası neresi ki?

– Hımm, demek berzah, dünya ile ahiret arasında bir yer.

– Ben ölü müyüm ki?

– Hımm, değilim demek. Az sonra beni göndereceksiniz, yani uyanacağım öyle mi?

– Bunlar rüya mıydı yani?

Halil sakinleşmişti. Uzandığı ranzada rahat rahat uyuyor gibiydi. Uyandığında bu kalabalığı başında görmesin diye "Uyanıyor, hadi dağılın başından..." diyecektim ki Halil bir kere daha konuşmaya başladı. Bu sefer muhatap annesiydi:

– Yahu anne bu işkenceleriniz daha ne kadar sürecek?

– Hımm, demek ben günahlarımdan temizlenene kadar.

– Desene yandım. Hâl böyleyse insanın şu dünyada her yaptığı günah sayılır yahu!

– Hımm, ben şükredeyim ki Allah günahlarımızın çoğunu affediyor. Yaptığım ve karşılığında birilerinin zarar gördüğü hatalarımdan af dilemezsem her fiilim gelir beni bulur...

– Bunlar affedilmeyenler mi?

Halil bu kere de hocaya döndü ve sordu:

– Daha neler var defterimde? Hadi oku da bir an önce bitsin bu iş!

– Ne demek yavaş yavaş! Bir an önce bitirin işte, öyle yavaş yavaş eziyet etmenize can mı dayanır!

– Hımm, demek kısa zamanda bitecek bir iş değil.

Yüzünden şaşırdığı, hatta biraz da sinirlendiği anlaşılıyordu:

– Ahiret sorgulamalarının da böyle uzun uzun süreceğini düşünmemiştim. Bir anda her şey olur biter sanıyordum.

Sonra Halil kendi kendine mırıldanır gibi "Kısa zamanda bitecek gibi değil ha!" cümlesini birkaç kere tekrar etti.

Uzun bir sessizlikten sonra Doktora birkaç kere teşekkür etti Halil. Annesiyle de vedalaştı. Anladık ki uyanacak.

O anda Halil'de gerçekten de uyanacağına dair emareler belirince tekrardan "Hadi dağılın bakalım." dedim. Bir kısmı yatağına çekilmişti. Yarın herkesi bekleyen işler vardı. Ben de yatağıma uzandım, ama göz ucuyla hareketlerini izlemeyi sürdürerek...

Halil gerçekten de bir iki dakika içinde uyandı. Şaşkındı. Doğruldu, etrafına bakındı. Ranzanın kenarına oturdu. Kafasını çevirince gözlerimi kapattım, uyuyor gibi yaptım. Beni dürttü ve alçak sesle:

– Ede! Ede! Uyan hele, uyan dedi.

Uyanır gibi yaptım.

Bu arada kendi kendine konuşuyordu.

– Aman ya Rabbi haşat olmuşum. Yahu ne oldu bana böyle?

Bana döndü:

– Ede ben akşam namazını kılmadım değil mi? Ne oldu bana böyle?

Yüzüne baktım. Şaşkındı, yorgundu ama neler anlattığını hatırlamıyor gibiydi. Şimdilik ona söylemeyim. Kafası takılır, uyku tutmaz. Dinlensin, sabah duruma göre anlatırım diye düşündüm:

– Evet. Akşamı da kılmadın, yatsıyı da. Baygın gibiydin, erken uyudun. Biz de biraz dinlenesin, kendine gelesin diye kaldırmadık seni. Nasılsın, iyi misin şimdi?

– Allah Allah! Hiçbir şey hatırlamıyorum. Ama öyle dehşetli bir rüya gördüm ki anlatamam. Öyle bir işkence ettiler ki bana dinim imanım gevredi. Haşat olmuşum.

Halil namaz kılmadığını öğrenince telaşla kalktı ve abdest almak için dışarı çıktı...

Ardından baktım. Demek rüya gördüğünü düşünüyordu. Böyle bilmesi daha iyiydi.

Sabah uyandığımızda Halil'de dün geceden eser yoktu. Sadece biraz sessizdi, o kadar. Biraz da sanki içinde bir problemi olan bir insan gibi dalgındı...

... 'Fahşa'nın (fuhuş ve benzeri çirkinliklerin) açığına da gizlisine de yaklaşmayın. (......)

ENAM SURESİ, 151

İkinci Gün

O gün üstlerimin de müsaadesiyle ona görev vermedim. Var olan görevini de başka bir jandarma erine yazdım. Komutana gece yaşananları kısaca anlattım:

– Bir daha böyle konuşursa haber ver. Gelip ben de bir bakayım duruma, dedi.

Halil o günü, yazıhanede, benim yanımda geçirdi. Ne olur ne olmaz, göz kulak olayım, diye düşündüm. Akşamki sıhhiye memuru, onu böyle sakin görünce sevindi:

– Ooo, bakıyorum ayağa kalkmışsın, diye laf attı. Ne de olsa Halil bir tür ölümden dönmüştü onun gözünde.

Halil meraklı gözlerle bana döndü. Ne oldu ki der gibiydi.

– Bir şey yok, telaşlanma diye gece söylemedim. Baygın gibiydin. Hâline bir bakıversin diye doktoru çağırdık, dedim.

Gün boyunca hâli, tavrı normaldi, sadece biraz dalgındı. Ben dâhil çoğumuz Halil'in dün gece yaşadığını bir kerelik bir şey sanmıştık.

Ama öyle değilmiş. Halil akşam ezanını bekliyormuş.

Koğuştaki soba gürül gürül yanıyordu. Halil abdestini almış, akşam ezanını bekliyordu. Sobaya yakın oturmuştu. İçeriye birileri girip çıkıyordu ama Halil tepkisiz ve aldırışsızdı.

Akşam ezanında müezzin, "Tanrı uludur, Tanrı uludur..." der demez, Halil sobanın yanındaki bir odunu kaptığı gibi hızla kapıya doğru fırlattı:

– Ulan, yine mi geldiniz, demişti ki o esnada yığılıp kaldı. Öyle ki arkadaşın biri tutmasaydı, sobanın üstüne kapaklanıp belki de bir yerlerini yakacaktı.

Bir iki arkadaşın yardımıyla Halil'i yatağına taşıdık. Dünkü hadiseden sonra koğuştaki telaş azalmıştı ama herkes merak içindeydi. Acaba yine konuşacak mıydı?

Gün boyu herkesin kendi arasındaki mevzu da Halil olmuştu. Koğuş âdeta ikiye bölünmüştü. Bir kısmı Halil'in numara yaptığını düşünüyor, bir kısmı rüya gördüğünü söylüyordu. Bense bunun başka bir hâl olduğuna inanıyordum.

Bir bir buçuk saat sessizlikten sonra Halil yine dünkü vakitte konuşmaya başladı. Söze yine selamla başladı:

– Aleykümselam hocaefendi.

– ??

– Aleykümselam anne! Doktor nerede, niye gelmedi?

Yatakta uzanmış hâlde duran Halil kafasını çevirip arkasına bakıyormuş gibi yaptı âdeta:

– Aleykümselam doktor. Seni görmedim. Hakkını helal et. Senin gelmene çok sevindim. Seni göremeyince ödüm koptu. Baksana adamlar yine gelmişler. Ellerindekilere bakılırsa hâlleri hayra alamet değil.

Halil'in *adamlar* dediklerinin annesi ve hoca olduğunu anlamıştık. Onlardan adamlar diye söz etmesi, annesinin talimatları ve hocanın ceza tatbiki yüzündendi sanırım.

– Demek bunlar işkence aletleriniz! Bu kadar işkence aleti getirdiğine göre niyetin kötü galiba hoca!

– Hımm, senin bana bir garezin yok, işini yapıyorsun.

– Bu kadar şerefsiz bir iş sana...

Halil *"sana yakışıyor"* diye cümlesini tamamlayacaktı ki nereden geldiğini bilmediği bir sopa yedi, can havliyle bağırdı. Koğuşun tamamı ürperdi. Hemen özür diledi.

Kısa bir sessizlik oldu.

Bu esnada koğuştan birini komutana haber vermeye gönderdim.

Halil birini dinliyor gibiydi:

– Efendim anne!

– Hımm, bu yaşadıklarım rüya değil! Siz beni günahlarımdan temizliyorsunuz. Tamam kimseye anlatmam!

– Ne? Arkadaşlarım zaten yaşadıklarımı izliyorlar mı? Nasıl?

– Hımm, benim bilmediğim çok şey var.

– Desene beni arkadaşlarıma rezil ediyorsunuz!

– Hımm, Allah'ın huzurunda rezil olmaktan iyidir diyorsun...

– Allah ayıpları örter, siz ise beni arkadaşlarımın önünde rezil ediyorsunuz, bu günah değil mi?

– Hımm, değil. Allah'ın önünde rezil olmaktansa dostlarımın önünde rezil olmam iyidir!

– Bu yaptığınız doğru değil! Allah insanın ayıplarını örter.

– Ne? Allah ayıplarımızı örtmez mi? Ne alaka, Allah ayıpları örtendir.

– Ben yanlış mı anlamışım? Niye yanlış anlayım canım, öyle demiyor mu kendisi?

– Hımm, Allah biz pişman oluruz da o günahtan tövbe ederiz diye bir vakte kadar bize mühlet verir. Biz tövbe etmeyince de onlar günah diye defterimize yazılır. Çoğunu da kendi merhametinden affeder, siler.

Halil kısa bir sessizlikten sonra:

– Hımm, Allah'a şükretmeliyim ki işlediklerimin çoğu yazılmadan affediliyor.

– Affetmeseydi ne olurdu ki?

– Hımm, affetmezse silmez de. Silmeseydi, hiçbirimiz yirmi yaşına bile ulaşamazdık, ölürdük öyle mi?

Halil sessizliğe ben ise içimde kendimle konuşmaya dalmıştım: "İnsan ne kadar da gamsız ve başıboş yaşıyor... Eğer insanın her yaptığı böyle kaydediliyorsa vay başımıza geleceklere..."

O an kendimi Halil'den daha kötü hissettim. Hatta ona imrendim. O böyle bir hâl ile yaptıklarından temizleniyordu. Dünyada kaç kişi vardı böyle şanslı! Ne yalan söyleyim, o an cidden Halil'in yerinde olmak istedim. Bir yandan da aklıma gelenlerden yüzüm kızarıyor, boğazım kuruyordu. "Keşke şunu yapmasaydım, keşke bunu yapmasaydım..." diye diye gönlümün derinliklerinde, hatırladığım her günahım için pişmanlık duyuyordum. Şu Allah'ın rahmetine bak, kuluna ne kadar da şefkatli davranıyor! Hemen yazdırmıyor, yazılanların hesabını hemen sormuyor, bekletiyor, belki kulum tövbe eder, diye. O'nun merhametine karşı kendi edepsizliğimden utandım. Nasıl bir Yaradan'a karşı edepsizlik ediyormuşuz meğer! Gözlerim yaşardı, boğazım düğümlendi. Dokunsalar hıçkıra hıçkıra ağlayacak hâldeydim.

Halil'in, "Hocam aç şu defteri de görelim daha ne haltlar karıştırmışım." sözü beni daldığım o hesaplaşmadan çekip o âna, koğuşa getirdi.

– Efendim!!?

– Yok daha nesi?

– Ne yapmışım, ne yapmışım?

– Ben mi? B.....m Karakolu'nda iken, bir kızı evlenmek vaadiyle kandırmışım, yatağa almışım?!

Halil'in şu cümlesi, istisnasız, koğuştaki herkesin dikkat kesilmesine neden oldu. Hüseyin, "Oooo, bizim sessiz Halil'e bak. Meğer ne yere bakan yürek yakanmış!" deyince koğuşta bir kıkırdaşma başladı ama çok sürmedi. Ben de dâhil herkesin nefes bile almadıklarını hissettim bir an. Belli ki herkesin gönül işlerinde kendine göre bir hatırası -belki de günahı- aklına gelmişti. Nefeslerimizi tutmuş, akıbetin ne olacağını merak ediyorduk.

Halil'in onca arkadaşının önünde şu yaptığını itirafa zorlanmasını tuhaf buldum yine de. İnsanın, günahını Rabbine itiraf edip ondan af dilemesi daha iyi değil miydi? "İnsan günahını uluorta söyleyip başkalarını da yaptığına şahit tutmamalı ki belki Allah affeder." diye biliyordum. Ama Halil şimdi hepimizin önünde konuşuyordu. Bakalım itiraf edecek miydi yoksa her zamanki gibi inkâr mı edecekti? İçin için "İnşallah Halil böyle bir şey yapmamıştır." diye dua ettim.

Halil bu esnada kararlı bir edayla hocaya cevap verdi:

– Yok öyle bir şey!

Bu cevabına ondan daha çok sevinmiştim.

Halil, "Yok öyle bir şey!" demişti ama belli ki defterinde başka türlü yazılıydı. O anda Halil'e peş peşe sopa darbelerinin indiğini, âdeta gözlerimizle görüyorduk. Çünkü her sopa indiğinde Halil acıdan tortop oluyor; avazı çıktığı kadar bağırıyordu. Bir güç âdeta onu kaldırıp yere çakıyordu. Hatta birçok arkadaş, "İtiraf et oğlum, itiraf et de kurtul, bari şu dayakları yeme!" diye dışarıdan müdahale ettiler.

Ama onların bir kısmının bu müdahaleleri, biraz da sonunu merak etmekten gelen bir istihza idi, Halil'i azaptan kurtarmak için değil!

Halil'in hâli dayanılacak gibi değildi. İki elini öne uzatmış, "vurmayın" diye yalvarıyordu. Bu dayak faslı öyle uzun sürdü ki hepimiz yalvarmaya başladık, "Halil ne olur doğruyu söyle!" diye.

Bir an kendimi onun yerine koydum. "İnkârı mı itiraf etmeyi mi tercih ederdim acaba?" diye düşündüm. Bu sorgulama ânı çok ilginç bir hâldi. İçimde sanki yaptıklarımı haklı gören, göstermeye çalışan, savunan biri daha vardı. Galiba bu yüzden insan illa da inkâra meylediyor, en azından hatasına bahaneler buluyordu. Bahaneler buldukça da cezasını katlıyordu. Hâlbuki insan doğru söylese, belki de cezası bile hafifletilecekti. Yalanla cennete girmektense, doğru söyleyip cehennemde yaşamak daha rahat olurdu.

O an Allah'ın bağışlayıcılığının insan için ne muazzam bir ikram ve merhamet olduğunu iliklerime kadar hissettim ve günahlarım için derin bir af diledim, tövbe ettim. Büyük bir ferahlık içime yayıldı. O taraklara takılmamak üzere yüreğimde söz verdim. Sevinç ve utanç içinde yüreğime hoş bir ferahlık yayıldı.

Komutan tam da Halil'in bu dayak faslında içeri girdi. Gördüğü hâl karşısında şaşkındı. "Sara nöbeti geçiriyor olmasın?" dedi. Kendine gelmesi için onu sarstı, uyandırmaya çalıştı. Halil oralı bile değildi! Onun bu ibretlik hâli komutanı da etkilemişti; endişe ile kenara çekildi, izlemeye koyuldu.

Halil can havliyle:

– Tamam, tamam vurmayın anlatacağım, tamam vurmayın yeter.

– ??

– Evet ben o kızı sevdim, ona kendisiyle evleneceğimi söyledim.

– Neden mi ona evli olduğumu söylemedim?

– Sen söyler miydin hocaefendi?

Halil'in bu cevabına komutan bile kendini tutamayıp bir kahkaha patlattı ve sonra da "Dik başlılık etme işte Halil. Doğru olanı söyle ki bize de acı çektirme!" dedi.

Nitekim Halil yeniden acılar içinde kıvranmaya başladı:

– Evet yatağıma aldım ama evli olduğumu ona söylemediğim için ona elimi sürmedim. Ben ona dokunmadım. Vallaha ona dokunmadım!

– Ne demek mi elimi sürmedim?

– Ya hoca, bu defteri yazanlar yalan dolan da yazıyorlar mı? Ben elimi sürmedim diyorum.

– Hımm, diyorsun ki onu çırılçıplak yatağına almak zaten elini sürmektir.

– Tamam tamam... Onu yatağıma aldım, doğru. Ama inan ki kendisi soyundu, ben istemedim. Onun niyeti vardı ama ben evli olduğumu düşünerek ona dokunmadım. İnan dokunmadım.

– Ha o da yazıyor, demek. Hoca senin yazıcılarını sevdim, valla dürüst adamlarmış!

– Hımm, defteri yazanlar Allah'ın melekleridir, asla işlerini eksik yapmazlar diyorsun.

– Benim o anki tereddütlerim, bu işin yanlış bir şey olduğunu içten içe itiraf ettiğim bile yazılı ha! Ya işte hoca görüyorsun, ben masumum! Kızın kendisinin geldiği de yazılı mı orada?

– Hımm, demek yazılı!

– E ne güzel bak işte benim bir günahım yok!

Bu sözü der demez Halil bir iki sopa daha yedi:

– Hımm, baştan ona evli olduğumu söyleseydim o bana gönül vermeyecekti. Yani suç yine benim, öyle mi? Yani benimle evleneceğine inandığı için geldi diyorsun...

– Ben mi ona gel demişim?

Halil yine inkâr yönüne sapacaktı ki galiba sopayı görüp vazgeçmişti:

– Tamam, tamam kızma hocaefendi... Dur, tamam vurma. Dedim, dedim ama gerçekten geleceğini hiç ummamıştım. Yaz günüydü, hava çok sıcaktı. Dışarıda tahtadan bir eyvanımız vardı, orada yatıyordum. Bir de baktım, gelmiş.

Bir sessizlik oldu. Herkes Halil'in itirafı ile biraz rahatlamıştı, artık işin akıbetini merak ediyordu:

– Hocam bu nasıl bir defter böyle yahu? Yani sadece yaptıklarımı değil onları niçin nasıl ve hangi ahval içinde yaptığımı da yazıyor, öyle mi? Vay anasını...

– O zaman insan masum olmaz mı? Bak her fiilimi bir dürtü ile yapıyormuşum. Biri beni dürtmeseydi ben de o işleri yapmayacakmışım. Öyle değil mi?

– Hımm, boyumdan büyük laflar etmeyeyim! Şeytan, insan ve cinlerden kötü arkadaşlar, bize kötü şeyler yaptırıyorlar ama biz nefsimizle onların bunları yapmasına fırsat veriyoruz. Onların bize musallat olmalarını biz nefsimizin talepleriyle gerçekleştiriyoruz.

Halil dil alışkanlığıyla tam nefsine sövecekti ki arkadaşlardan biri ağzına bastırdı "sövme oğlum" diye ama Halil yine de küfrünü savurdu:

– .... nefsi, ulan senin ......

Halil birden sustu. Uzun sürdü suskunluğu. Artık neler gördü veya dinlediyse aktarmadığı için biz bilemiyoruz. Sonra sanki temize çıkmış gibi bir hava hâkim oldu yüzünde:

– Bak anne gördün, kıza dokunmamışım!

Kızın gelip Halil'in yatağına girdiği ve Halil'in ona dokunmadığı açık olunca koğuştaki herkes kendince yorum yapmaya başladı. Kimisi "Salakmışsın be oğlum!" diyor, kimisi "Afferin len Halil, bayağı dirayetli adammışsın!" diye onu takdir ediyordu. Ben ise böyle bir günahı işlemediği için içimden büyük bir sevinç duydum. Ama işin nereye varacağı henüz belli değildi.

– Peki hocam kızın hiç mi günahı yok! İnsan o kadar güzel olmaz ki?

Hepimiz Halil'in sorgulamadan yırttığını zannederken Halil'in yüzü bir anda değişti. Büyük bir şaşkınlık içinde başını öbür tarafa çevirdi. Sonra istemeye istemeye başını bizden yana çevirip sordu:

– Kız sen nereden çıktın?

Sonra iki elini yüzüne götürdü ve mahcup olmuş gibi veya bir şeyleri görmek istemiyormuş gibi yüzünü kapattı. Bazen de parmaklarıyla kulaklarını tıkıyordu. Bu hâl epey devam etti. Zaman zaman parmaklarını aralıyordu. Biz anladık ki istemeye istemeye bakıyor.

Belli ki suçu üzerine atmak istediği kız da getirilmişti. Ve konuşan da oydu.

Halil'in yüzündeki ifadelerden, duyduklarından pek de hoşnut olmadığı anlaşılıyordu. Sanki bir güç sürekli onun başını bizden yana çeviriyordu o da zorlanarak başını yine soluna çeviriyordu. Sonra dayanamadı:

– Yalan söylüyor, diye bağırdı.

Halil, birdenbire âdeta elektriğe kapılmış gibi titremeye başladı, vücudunun görünen kısımları simsiyah kesildi. Acıdan sesi bile çıkmıyordu. Bütün damarları şişmiş, âdeta patlayacaktı. Veya gerilmiş de az sonra kopacakmış gibi bir hâlde idi...

Bu sefer konuşan annesiydi. Belli ki annesi onun, kendisini kurtarmak için sevdiği kıza iftira atmasına çok kızmıştı. Halil sürekli yüzünü öbür tarafa çeviriyor bir güç de yüzünü bizden tarafa döndürüyordu yeniden. Suçu kıza atmaya çabaladıkça belli ki annesi de onu çok ağır eleştiriyordu. Biz Halil'e söylenenleri duymuyorduk ama acınacak hâlde olduğunu görüyorduk. Annesine hocaya yaptığı gibi itiraz edemiyor, cevap veremiyordu. Dakikalarca fırk fırk ağladı Halil. Sonra da:

– Evet anne tamam ben aşağılık, ahlaksız ve sevdiğine bile sahip çıkamayan, sevdiğinin arkasında duramayan biriyim. Özür dilerim anne. Özür dilerim. Özür dilerim... Ben de onu sevdim, baştan değil ama sonra evli olduğumu da söyledim. Halil yüzünü öbür tarafa çevirirken kısık bir sesle:

– *Senden de özür diliyorum,* dedi. Ama yine de itiraz etmekten kendini alamadı:

– ??

– Yok hayır, ben ona karımı boşar, seni alırım demedim.

Bu arada belli ki hoca bir şeyler söyledi, ona dönüp biraz da kekelercesine:

– De..de..demedim!.. Demiş miyim ki? Demişim... Ben ona karımı boşarım seni alırım demişim!

Halil yine inkâr ile kabul arasında gidip geliyordu. Ama bu sefer artık dayak yememek için de olabilirdi:

– Peki niye mi sözümü tutmadım?

– Bunu nasıl yapabilirdim ki! Ben bir jandarma idim. Oradan oraya gönderiliyorduk. Ve üstelik de evliydim.

– Ha o zaman niye böyle bir işe kalkıştım? Allah bizi böyle işlerden sakındırdığı hâlde ben onu niye dinlememişim.

– Ben öyle bir şey olduğunu bilmiyordum ki... İnsan sevince her şey mubahmış gibi geliyor işte. Onu sevdim veya öyle sandım, öylece deyiverdim.

– ??

– Ama anne biliyorsun halamın kızı bu kızdan daha güzel. Ben ondan vazgeçmeyeceğimi de söyledim. Hem kızı ben çağırmadım, kendisi illa gelmek istedi. Karakolun bahçesinde yatıyordum o gelip yatağıma girdi ama soyunmasını ben istemedim.

Halil *"Ben istemedim"* der demez yine sopa faslı başlamıştı. Nihayet güzel temiz bir dayak yiyip sağı solu mosmor olunca doktordan yardım istedi. Doktor onu tedavi ettikten sonra, itiraf etti:

– Tamam, ben de istedim gelmesini. Gelince de esvaplarını çıkardı.

Halil yine yalan veya eksik söylemişti ki derin sarsıntılarla sopa yiyordu. Her seferinde vücudunda çürükler, zedelenmeler oluyor ve her dayağın sonunda doktora tedavi için yalvarıyordu. Dayaktan yılmış olmalı ki sonunda itiraf etti:

– Tamam tamam ona soyunmasını ben de söyledim... Ama sonra evli olduğumu düşünerek ona dokunmaya vicdanım el vermedi. Hem zaten benim karım ondan daha güzel.

Daha önce kızın çok güzel olduğu için dayanamadığını söyleyen Halil, şimdi "halamın kızı daha güzel" diyordu!

Halil âdeta konuştukça batıyordu. Kızın söylediklerine itiraz ettikçe dayak yiyor, avazı çıktığı kadar bağırıyor ama bir türlü de ilk ağızdan doğruyu söylemeye yanaşmıyordu. Doğru söylemek istese de dili inkâra kayıyordu.

Halil daha sonra uzun uzun ağladı. Sonunda birdenbire kendi lehine bir şey görmüş gibi yüzünde sevinç belirtisi oluştu:

– Bak anne bak, bak bak benim halamın kızına bak, daha güzel değil mi? Ben onu aldatmadım.

Yüzündeki o ifade çok geçmeden değişti. Hak ve hukuk işlerinin sorgulanacağını düşünmesinden olsa gerek yüzüne bir siyahlık ve tedirginlik çöktü.

Sonra birinin kulağına bir şey söylüyormuş gibi elini ağzına götürdü ve fısır fısır konuşmaya başladı. Karşı tarafında oturan bir arkadaş eğilip dediklerini duymaya çalıştı. Halil karısına yalvarıyor, bir şey söylememesini istiyordu!

Halil tekrar yüksek sesle konuşmaya başladı:

– Hımm, şimdi karımın şikâyetlerinden sorgulanmayacağım!

– E hoca, o zaman karım buraya niye getirildi?

– Hımm, kıyas yaptığım için!

Halil her dediğinin önünde sonunda önüne çıkarılacağını ve her birinden tek tek sorgulanacağını anlamıştı artık:

– Ya hocam bu nasıl bir hâl? Her sözümün peşine mi düşeceksin böyle? Bu işlerin bu kadar zor olacağını bilse hiçbir insan dünyaya gelmek istemez.

– ??

– O da doğru, kimse kendi seçimiyle gelmedi evet.

– ??

– Öyle! Aklımız var. Bize bir teklif yapıldı biz de Allah'ı dinleyeceğimize nefsimize uyduk; o yüzden de her hâlimizden sorgulanıyoruz. Samimi değiliz. Samimi olsak Allah kulundan birçok şeyi affeder, diyorsun!

Halil bu sözleri işitince ağlamaya başladı. Halil ağlıyordu bayağı. Uzun sürdü ağlaması. "Affet ya Rabbi, özür dilerim." deyip durdu uzun süre.

Sonra birdenbire;

– Bu esinti de ne hocaefendi?

– Ya, bir pusula geliyor demek ki...

– Ne pusulası?

– Hımm, sen de bilemiyorsun!

Halil büyük bir şaşkınlıkla "Vay anasını, demek burada pusulaları rüzgâr getiriyor!" dedi ve sordu:

– Hocam ne yazıyor?

– ??

Halil birdenbire "Allaaah!" diye nara attı ki hepimizin ödü koptu..

– Dur dur hocaefendi, bir daha söyle bakayım. Halil Akbaş'ın, bütün şartlar müsait olduğu hâlde, zina yapmamasından dolayı diğer hâlleri affedildi. Böyle mi yazıyor orada?

– ??

– Allah'ım sana hamdolsun! Allah'ım sana hamdolsun! Allah'ım sana hamdolsun!

Bunu o kadar çok söyledi ki sevinçten aklını yitirecek sandık!

– ??

– Ne demek daha bitmedi hocaefendi? E pusulada affedildi diyor ya...

– Hımm, demek daha sevgiler de tartılacak, ondan da hesap olacak.

– Önce sevginin kendini tartacaksınız, sonra da hediyeleri öyle mi? Şu yaşıma geldim, görmediğim duymadığım şeyler söylüyorsun be hoca. Sevgi nasıl tartılır ki?

Halil şimdi dikkatle bir noktaya bakıyordu. Biz de merak etmiştik ama ne sevgiyi ne terazisini tarif ediyordu Halil. Hayranlıkla ve şaşkınlıkla baktı baktı:

– Demek sevgimiz birbirine denkmiş ha! O beni sevmiş ama ben de onu sevmişim... Vay be...

Halil'in yüzünü âdeta bir gurur, bir sevinç kaplamıştı. Demek bu sevgisine rağmen kıza dokunmadığı için de affedilmişti.

Bu sevgilerin tartılması esnasında ben de kendi yanımda bir muhasebe yapmaya başlamıştım. Halil teraziye dikkat kesilmişti; ben de gönlümün derinlerine...

Acaba ben mi onu çok sevmiştim, o mu beni? Ya benim gönlümün sevgi yükü onunkinin dengi değilse nasıl verirdim bunun hesabını? Utancımdan yüzüm alev almış gibi yanıyordu. Sanki yerle gök daraldı da daraldı. Öyle ki yer yarılsa da içine girsem diye düşündüm. İşin içinden çıkamadı gönlüm. Derin bir ah ve hüzün ile hem kendime yandım, hem ona...

Bu arada Halil'in sorgulaması devam ediyordu.

Hediyeler tek tek ortaya dökülmüştü. Kız Halil'e çorap örmüş, o da şehirden ona güzel esvaplar ve hediyeler getirmişti. Kız ona evlerinin bahçesinden meyveler toplamış, o da ona eşarp ve köynek hediye etmişti. Hatta ona şehirden kebap getirdiği de olmuştu. Bir de düşük ayar bir altın bilezik almıştı ona.

Birbirlerinden aldıkları verdiklerinin hesaplaşması, âdeta düğünlerdeki takı merasimini hatırlatırcasına uzun sürdü.

Halil'in hediyelerinin biraz daha fazla geldiği görülünce Halil daha ağır bir hesap vermekten kurtulduğunu sanıp sevinecek gibi oldu. Sonra birdenbire yüzü kızardı, öfke ile hocaya bağırdı:

– Ulan senin ne derdin var, kapandı işte, daha ne istiyorsun?

– Hımm, zina etmemiş olmaktan dolayı onun neticesinden kurtuldum.

– Peki başka ne var?

– Hımm, genç bir kızı kandırdım ve onun güvenini sarstım. Onun ileride kocasına olan itimadını da bozmuş oldum. Benden sonra erkeklere güveninin olmayışının suçu da bana ait.

– Ya hoca, bu ne biçim iş böyle! Valla dünyaya geldiğime pişman edeceksiniz beni.

Halil'in bu cümlesi işkencenin başlama vuruşu oldu. O âna kadar o kadar acılı ve feryatlı bir azap uygulanmamıştı. Daha önceki hâlleri masum kaldı.

Bir insanı kendine inandırdıktan sonra onu kandırmanın, güvenini kötüye kullanmanın veya boşa çıkarmanın cezasıydı yaşadıkları.

Aman ya Rabbi, aman ya Rabbi! Biz onun yaşadıklarının karşısında erimiştik âdeta. Feryatları, hırıltı ve sarsıntıları karakol binasını sarsıyordu. Hepimiz acz içindeydik. Ben dâhil birçok jandarma eri ağladık. Bir tek Hüseyin bu hâlden etkilenmedi. Küfredip "Ulan ne kadar safsınız be! Adam bize oyun oynuyor, hepiniz de yutuyorsunuz. Susturun şu adamı da uyuyalım biraz!" deyip dışarıya sigara içmeye çıktı.

Halil'in o acıklı hâli yirmi dakika kadar sürdü. Sonra sakinleşti ve doktora yalvarmaya başladı:

– Doktor, elini ayağını öpeyim çabuk ol. Canım çıkacak ağrıdan. Keşke bayılsaydım da duymasaydım şu yaptıklarınızı. Bayılmama fırsat vermiyorsunuz, bari acılarımı dindir. Vallahi bu acılara dayanacak insan bulamazsın doktor. Benim canım kaim. Ben bu hâle düşüyorsam vay diğer zavallıların başına!

Birkaç dakika sonra Halil, her zamanki gibi vücudunun şurasını burasını yokladı ve her şeyin yerli yerinde olduğunu ve acılarının geçtiğini görünce rahatladı. Sonra annesine sitem etmeye başladı:

– Ben senin bu kadar merhametsiz olduğunu bilseydim senin oğlun olmak istemezdim.

– Ha, bu merhametsizlik değil, şefkat ve merhamet!

– Sen buna merhamet mi diyorsun anne? Senin merhametin böyle mi? O zaman gazabından Allah beni korusun.

Kısa bir sessizliğin ardından Halil:

– Efendim anne!

– ??

– Yani sen şimdi bu işkenceleri yaptırarak iyilik mi yapıyorsun bana?

– Hımm, evet! Vücudumu, bana kötülük yaptıran habis varlıklar istila etmiş, siz beni onlardan temizliyorsunuz.

– E, o zaman onlara işkence edin anne. Benden ne istiyorsunuz?

– Hımm, ben günahlarımın cezasını çekersem onlar da beni terk edecek.

– Peki onlar vücudumu terk ederse ben bir daha günah işlemeyecek miyim?

– Hımm, o zaman sadece nefsimin telkinlerinden işleyeceğim günahlar kalacak! Onları da nefsime hâkim olarak savacağım.

– Bu nasıl bir şey ki onları vücudumdan atmak için bana azap ediyorsunuz? Bu nasıl bir adalet anne?

– Hımm, kural bu. Onların bana musallat olmalarına sebep olan günahlarım silinirse onlar da beni terk ederler. Onlar günahlarım sebebiyle bana geldiler. Öyle mi?

– Hımm, demek tövbe etmediğim için kayda geçen günahlarım onların izin kâğıdı.

– Bunları vücudumdan işkencesiz kovmanın bir yolu yok mu? Söylesen de bari dayak yemekten kurtulsam...

– Hımm, çokça istiğfar etmeli, çokça sadaka vermeliyim. Terk ettiğim günahlarıma da bir daha dönmemeliyim. Ha bir de uçkuruma sahip çıkmalıyım.

– O istiğfar dediğini nasıl yapacağım peki?

– Hımm, işlediğim günahlardan utanıp samimi bir yürekle Allah'tan af dilemekle...

Halil bir süre sustu. Vakit de gece yarısına gelmişti. Aklına bir şey gelmiş olacak ki:

– Hocam defterime bak bakalım, şu habis mahlûkatı bana çekecek daha başka neler yapmışım. Daha ne kadar dayak yiyecekmişim bileyim.

– Ha demek bugün bu kadar yeter.

Bu sözle onun uyanacağını anladık ve herkes yatağına çekildi. Nitekim az sonra uyandı. Doğruca abdest almaya gitti ve uzun uzun akşam ve yatsı namazlarını kıldı. Yatağa girdikten sonra kafasını yorganın içine soktu. Derin iç çekişleri ve burnunu çekişlerinden ağladığını anlamıştım.

Bu sefer beni uyandırmadı, rüya gördüğünü de söylemedi. Ben uykuya dalıncaya kadar sessizce ağladı durdu.

Herkes beraberinde bir sevk edici, bir de şahitlik edici ile gelir.

KAF SURESİ, 21

Üçüncü Gün

Sabah Halil sessizdi. Yemekte de hiç konuşmadı.

Vazifemin başına geçmiştim ki komutan beni çağırdı:

– Halil Akbaş'a bir süre görev yazma, dedi.

Komutana bu tavrından dolayı saygı duydum. İnsan evladıymış dedim. Gözümde bir kat daha büyümüştü.

Akçadağ Karakolu'ndakiler sanki dışarıdaki savaşı unutmuştu. Herkes Halil'in dün akşamki itiraflarını, günahlarını, feryatlarını konuşuyordu.

Halil ise günü karakolda, insanlardan uzakta, orada burada, sessizlik içinde, kendi dünyasına dalmış şekilde geçirdi. Öğleden sonra bir ara yanıma uğradı. Belli ki canı sıkkındı. Çağırdım:

– Gel ede sana bir çay söyleyeyim, dedim.

Gün boyu aklımdan çıkmamıştı. Yorgun görünüyordu. Çaylar da gelmişti. Bir yudum içmişti ki başını kaldırdı ve endişeli gözlerle sordu:

– Dün gece de konuştum mu ede?

Evet manasında başımı salladım. Üzülmüştü...

– Kızın olayını da biliyorsunuz o zaman?

Gülümsedim...

– Anlattın ede.

– Bu ne hâl ya Rabbi, dedi. Onca insanın içinde anlattığıma mı yanayım, gördüğüm eziyete mi...

– Olur böyle hâller ede. Üzülme. Herkes sever. Üstelik kıza bir kötülük de yapmamışsın. Herkesin yavuklusu var, sevdiği var. O hâldeyken senin yaptığın yiğitliğe kimin gücü yeter? Sen hakikaten adammışsın. Bizim için hava hoş. Ne eş var ne yavuklu. Zor olan, senin yaptığın...

Ağlamaya başlamıştı. Mendilini çıkardı, gözünü silerken bir yandan da konuşmaya başladı.

– Ede galiba ben de yanlış yaptım. Memlekette halamın gül gibi kızını almışım. Daha yenice bir de kızım olmuş. Gelmişim burada, hâlime bakmadan kıza tutuluyorum. Olacak iş mi yani... Ama tutuldum işte. Karakol mahalle içinde idi. Askerlik işte... Yalnızsın... Önce o beni fark etti, onca askerin içinde beni fark etmesi hoşuma gitti. Bakışlar, işmarlar derken konuşmaya başladık. Kız bana böyle meyledince, zaman içinde işi ilerlettik. O bana tutuldu, ben de ona...

Başta evli olduğumu da fark ettirmedim. E kız da hâliyle benim onunla evleneceğimi düşündü, bana nişanlısı gibi davrandı.

Arkadaşlar da anlamıştı, âdeta beni bu hâli sürdürmeye teşvik ettiler. Yanıma geldiği gece dışarıda yatmamı isteyen de arkadaşlardı. Ben de o gece kızı yanıma çağırdım. Çıkıp geldi. Beklemiyordum. Geldi. Valla ede, kız gece yanıma gelince, elim ayağıma dolaştı. Birdenbire vaziyetin vahametini anladım ama iş işten geçmişti.

Kız geldi gelmesine ama ben ona dokunmadım, çünkü evli idim. Kızı üzmek de istemedim. Ben düşünmüştüm ki başka yere giderim, o zamana kadar bir yol bulurum. Ya bozuşuruz ya da durumu söyleyecek bir cesaret bulurum, benden nefret eder...

Ama öyle olmadı. Gitgide birbirimizi daha çok sevdik. Başlangıçta ben istedim gelmesini. Ama sonra hep o yanıma gelmek istedi. Gece gelir, yanımda kalır, sabah kimse uyanmadan da evine dönerdi. Ama benim için her yanıma gelişi azap olmaya başlamıştı. İnsan yalan üzerine bir şeyi bindirmişse ondan asla lezzet alamıyor. Kız her geldiğinde ben azap çekerdim. Alsam bir türlü almasam bir türlü... Sonra baktım olmayacak, içerde yatmaya başladım ki artık gelmesin.

Sonra derin derin bir iç çekti:

– İşte böyle ede. Allah beni korudu. Elin kızını kirletseydim, Allah'ın huzuruna nasıl çıkardım?

Kalktım Halil'e sarıldım:

– İşte o yüzden seni seviyorum, dedim. Yüzü aydınlanmıştı.

Halil yanımda biraz daha oturdu; ikindi üzeri koğuşa döndü.

Akşam yanına varır varmaz saati sordu. Belli ki o da farkında idi. Ezan ile bayılması arasında bir ilişki olduğunu keşfetmişti.

– Saati ne yapacaksın Halil ede, dedim.

– Hiç! Merak ettim, akşam ezanına ne kadar var diye...

O gün, ezana beş on dakika kala gitti yatağına uzandı. Ben de abdest almış ezanı bekliyordum. Ezan okununca Halil hakikaten sara nöbeti geçirir gibi yatağında deprenmeye başladı. Bu deprenmeler birkaç dakika sürmüştü önceki sefer. Yine öyle oldu. Sonra sakinleşti ve derin derin solumaya başladı. Hiç öyle soluk almamıştı ilk iki günde. Sonra eski halini aldı.

Onun uyanma vaktine kadar koğuştakiler de işlerini gördü. Az sonra konuşmaya başlayacaktı. Ama tuhaftır bu kere biraz daha uzun sürmüştü konuşmaya başlaması. Hatta arkadaşlar başına gelip gidip "Hayırdır Halil, bugün ictima yok mu? Nerede kaldı seninkiler?" diye takılıyorlardı.

Ta nihayet:

– Aleykümselam anne, aleykümselam doktor, dedi.

Halil etrafına bakınıyormuş gibi başını sağa sola çevirdi:

– Hayırdır, bugün hoca niye yok?

– Hımm, az sonra gelecek!

– Gelmese daha iyi ama geliyor işte dedi, başını öbür tarafa çevirerek. Hocayı görünce moralinin bozulduğu yüzüne yansıyordu.

Kısa bir sessizlikten sonra hocanın da geldiğini fark eden Halil:

– Hocam sen de hoş geldin. Hayırdır niye geciktin?

– Hımm, senin kıymetini anlayayım diye...

– Anladım, anladım. Hiç anlamaz mıyım!

– Hımm, ömrüm boyunca senin derdini çekeceğim. Senden kurtuluşum yok yani!

– Eh öyle olsun. Hakikaten niye geciktin?

– Hımm, defterime baktın, benimle ilgili deliller topladın.

– Neyin deliliymiş bunlar?

– Hımm, defterimde kayıtlı günahları sevk ettirenlerle ilgili deliller.

– Kim sevk edecek ki? İçinden bir şey seni dürter; sen de kalkar o işi yaparsın.

– Hımm, demek o kadar basit değil.

– Ne yani yaptığım günahları başkası mı bana yaptırıyor?

– Hımm, önce onu yapmam için bir hak edişim olmalı. Demek, bazı günahları, hak edişleri sebebiyle insana musallat olan şeytan ve cinler yaptırıyor.

– E bu iyi insan için. Allah da biliyor tabii, o zaman bizi affeder.

– Hımm, sen de tam öyle delillerin peşine düştüğün için geciktin.

– Ya hoca sizde de mi gecikmeler oluyor böyle?

– Hımm, niye olmasın?

– Niye olsun! Dakik olmalısın.

–Ya hoca sen bile benim hakkımdaki cezaların indirilmesi için delil toplamışsan kim bilir ne ağır suçlarım var. Neler var ki?

– Hımm, neler yok ki diyorsun. Yalancılıktan hileye, kadir kıymet bilmezlikten nankörlüğe, yapmadığın işleri abarta abarta anlatmaya varıncaya kadar... Hem de her ibadetime şirk katmışım. Bir tane doğru dürüst amelim yok ki lehime kullanıp cezamda indirim yaptırasın. Ben hem küstah, hem edepsizmişim...

Halil bir süre sessiz kaldı. Sık sık ve kesik kesik göğsü kalkıp iniyordu. Sonra ağlamaya başladı:

– Kime ne edepsizlik yapmışım? Ben öyle *kimseye* edepsizlik yapacak biri değilim. Korkarım insanlardan. Kendi hakkımı bile savunmaktan acizim. Hep onlara hak veririm.

Halil ciddi ciddi ağlıyordu. Çok derin iç çekiyordu. Gerçekten de mazlum bir insandı Halil. Biriyle çekişmeyi bırak, tartışmalı ortamları bile sevmezdi. Kimseye haksızlık yapma niyeti olmazdı. En fazla küfrederdi, üstelik de karşı tarafa işittirmeden. Normal vakitlerde bile iki cümleyi düzgün bir şekilde kuramazdı. Evet, hayır, boş ver veya bana ne ede ya der geçerdi. Böyle uzun uzun cümleler kurması, aklı başında ifadelerle kendini savunması beni cidden hayrete düşürüyordu. Halil, hoca ile konuşurken, kesinlikle başka biri oluyordu. Âdeta kitap gibi konuşuyor ve itiraz ediyordu. O âna kadar yaşananları ciddiye alıyordum ama o günkü konuşmasından sonra karar aldım, ne zaman böyle bir şey yaşasa onu izleyecek ve dikkatle dinleyecektim. Sanki bütün yaşananlardan ben de bir şeyler anlayayım diye yanındakilerle benim dertlerimi konuşuyordu.

Halil uzun bir aradan sonra hocanın cümlesini tekrar etti:

– Hımm, demek edepsizliğim insanlara karşı değil.

– Ya kime karşı yapmışım edepsizlik?

– Hımm, Allah'a!

– Nasıl yani? Haşa ben Allah'tan çok korkarım hocam. Annem sağ olsun bizi sadece korkuttu... Başka bir şey bilmem ben, Allah dendi mi ödüm kopar.

– Hımm, kızmışım babama, içimden ona küfretmişim. Her zahmet çektiğimde niçin beni yarattın diye Allah'a sitem etmişim... Anneme kızmış, yüzüne bağırmışım.

– Bunu kim yapmıyor hoca ya, beni suçladığın şeylere bak! Hem ben o zaman gençtim, cahildim.

– Hımm, yapmayanlar çok. Hem de benden daha ağır hayatları olduğu hâlde. Cahil olmak insana küstahlık, edepsizlik yapma hakkı vermez.

– Ben hayata ve hayatın zor şartlarına sitem etmenin Allah'a sitem olduğunu nereden bileceğim? Köylü adamın biriyim.

– Hımm, demek vicdanım, bu yaptığımın doğru olmadığını bana hissettiriyor.

– Yani, evet yaptığım kötü şeylerden sonra hemen pişman olduğum çoktur ama sonra damarıma basılınca yine küfrediyorum.

Halil, bir süre huzursuz bir sessizlik içinde yatağında bir sağa bir sola döndü. Belli ki hocanın söylediklerini düşünüyordu. Ta sonra:

– Hocam haklısın amma bak şimdi şu hâlime. Allah beni huylu yaratmış. Ben ister miyim ki bayılıp düşüp de öyle uluorta konuşayım. Ama huyum tutunca içimden biri çıkıyor; bana istediğini yaptırıyor. Şimdi bunda benim suçum ne? Beni böyle yaratan Allah. Ben ne suç işledim ki Allah beni böyle huylu yarattı?

– Hımm, Allah gaybı bilendir. Kendi katındaki bilgi ile böyle yaptı.

– Ama ben yine de suçum ne anlamıyorum?

– Hımm, Allah beni böyle yarattı. Ve irademi de günahlara direnmem, onların kokusuna gelen habis varlıkları, iblisleri zaptetmem için verdi demek...

– Yani ben irademi kullansam, Allah'ın emirlerine uyma noktasında kullansam, ona göre yaşasam, bu iblisler bana istediklerini yaptıramayacaklar mı? Huy tutmalarım geçecek mi?

Ben bu arada ilk defa Halil'in "huy" dediği nöbetlerinin olduğunu kendisinden işitiyordum. Demek ki bu bir hastalıktı ve Halil hasta biriydi!

"Halil bir hasta!" sözü zihnime gelir gelmez, içimden bir sesin yükseldiğini hissettim. Bana, "Sen bir hastanın hezeyanlarına mı itibar ediyorsun?" diyordu.

Birden içimde ışıklar söndü, Halil'in söyledikleri bende anlam yitirdi.

Tam o anda içimde başka biri seslendi: "Sen hastalığa bakma, yaşananlara ve onun söylediklerine bak. Hangisi yanlış? Yaptığı yanlış hareketlerin nasıl cezalandırıldığını gözlerinle görüyorsun. Sen ahirete inanıyorsan aynı hâllerin seni de beklediğini düşünüp kendine çekidüzen ver. Bu hayırlı sözlerden ibret almayasın diye iblisin sana fısıldadığı laflarına kanma...

Ben bu gelgitler içindeyken Halil, hocanın söylediklerini tekrar etti:

– Hımm, yine huy tutabilirim ama irademi doğru kullanırsam o içimdeki varlıkların baskısıyla günah işlemeye meyletmem. Ben irademi doğru kullanmadığım ve dinin emirlerine uymadığım için iblisler de bana istediklerini yaptırıyor, beni cehenneme sürüklüyorlar.

Halil iblislere bir küfür savurdu:

– Vay aşağılık, yavşak, fırsatçı ...... mun iblisi...

Halil'in son dediklerini ben de tam anlayamamıştım. Biz her şeyi Allah'ın yaptığını bilir; olanlara hikmet der geçerdik.

Halil tam da içimden geçen soruyu sormuştu:

– Peki hocam beni böyle iradesini kullanamayacak zayıflıkta yaratan da Allah değil mi? Niye bir de o varlıkları bana musallat ediyor?

– Hımm, o varlıkları Allah bana musallat etmedi. Ben dedelerimin yaptıkları ve kendi amellerimle onları çağırdım.

– Dedelerimin yaptıklarından bana ne hocam?

– Hımm, siz demiyor musunuz ki "Dede erik çalar, torunun dişi kamaşır!"

– E diyoruz tabii de... Lafın gelişi işte... Erik yemek başka, huy tutmak başka... Niye onların yaptıklarını ben çekiyorum, tam anlamadım hocam... Dedem yüzünden niye benim huyum tutsun?

– Hımm, demek dedelerimin işlediği günahlar, terk edilmeyen zulümler, başkalarına yaptıkları haksızlıklar, atılan iftiralar, yapılan büyüler ve beddualar nesiller boyu onu işleyenlerin kimyasında arazlar yapar. O kimyadan var edilen çocuklar ve torunlar da o arazları ve günahların kalıntılarını miras alır.

– E o zaman demek ki çoğu çocuk, dede ve babasının yapıp ettiklerinden dolayı dinin emir ve yasaklarına uyacak dirayete sahip olamıyor.

– ??

Halil "vay şerefsizler!" diyecek oldu ama sanırım yine annesi ikaz etti ki hemen "tövbe tövbe" dedi ve devam etti:

– Yani ne olursa olsun, ne yaparlarsa yapsınlar, kişinin babasına ve dedesine küfretme hakkı yok, öyle mi?

Yine bir sessizliğe büründü Halil. Sonra:

– Hocam bunları kimse bilmez ki... Ben zannediyordum ki Allah herkesi eşit yaratıyor. Sonra biz bozuluyoruz. Ama senin dediğine bakılırsa bazıları bazı hâllerini dedelerinden nenelerinden miras alıyorlar. Yani insan dedesinin günahıyla mı doğuyor?

– Hımm, insan günahsız doğuyor. Annesinin babasının yaptıklarından mesul değil.

– E peki nasıl oluyor?

– Hımm, anladım. İnsanın ve tabiatlarının farklılığı, nasıl ki ayrı anne-babalardan doğmuş olmalarından kaynaklanıyor, aynı sebeple, insanların hastalıkları, imtihanları, o tabiatın sahip olduğu arazlar ve zaaflardan kaynaklanıyor. Yani insan anne- babasının arızalarını da taşıyor. İmtihanı da ona göre oluyor...

Belli ki Halil'in kafası karışmıştı. Esasında o anda onu dinleyen herkesin kafası karışmıştı. Hatta Hüseyin, arkadaşının omzuna yaslandığı yerden lafa karıştı:

– Oğlum, ben size demiyor muyum, Allah adil değil! Bu din adamları sizi kandırıyor. Bak işte itiraf etti. Allah herkesi eşit yaratmıyor. Ben böyle imtihanın...

Hüseyin'e hiç kimse bir şey diyemedi o anda. Çünkü bizim de kafamız karışmıştı.

Halil epey sessiz kaldı. Biz onun, hocanın anlattıklarını anlamaya çalıştığını düşündük.

İtiraf etmeliyim ki benim de kafam karışmıştı. Benim kaderimi babam ve annem, dedem ile nenem etkiliyorsa benim günahım neydi? Bu nasıl bir şeydi? Oysa Allah'ı adil biliyorduk.

Gerçi bu konu pek de konuşulmuş şeyler değildi benim hayatım içinde. "Allah adildir" diyorduk ama bunun üzerinde pek düşünmemiştik sanırım. Çünkü hepimiz biliyorduk ki hayatın içinde bir yığın eşit olmayan başlangıçlar ve eşitsizlikler vardı. Mesela ben Ali hocanın oğlu değil de filanın oğlu olsaydım belki de *onunla* evlenirdim. Beni bir maraba çocuğu, ötekini ağa kızı yapan oydu. Kimisi ayaksız, dilsiz, kimisi çolak ve gözsüz doğabiliyordu. Biz Allah'ın hikmeti deyip geçiyorduk ama şimdi anlıyordum ki o hikmetin oluşmasında bizim dedelerimizin nenelerimizin, yani bizlerin soyunun yaptıklarının ettiklerinin de bir payı vardı demek.

Ben esnaftım ama aynı zamanda bağlarımız vardı. Toprak ve meyvenin münasebeti bana hep ilginç gelmiştir. Her meyve, her sebze her toprakta yetişmiyordu. İlla yetiştireceksen ona göre gübre atmak, ona göre nizam vermek gerekiyordu. Demek ki her bir insanın da farklı bir toprağı vardı ve o toprak bizim kıraç, çorak, verimli, münbit olmamıza sebep oluyordu.

Bunu düşününce şöyle bir itiraz geldi nefsime. Her toprak her ürüne göre değilse neden Allah her insandan aynı şeyi istiyordu, "İnanın ve kulluk edin!" diye?

Tam böyle bir bocalama içinde idim ki Halil yeniden konuştu:

– Ya hocam, eğer babaların annelerin yaptıkları, ettikleri, tabiatımızı bu kadar etkiliyorsa, iman edip etmememizde de bunun payı yok mu?

– Hımm, hem var hem yok!

– Nasıl yani, hem var hem yok?

– Hımm, var, eğer tabiatımızda anne-babalarımızın bıraktığı ciddi arızalar varsa inanmakta zorlanırız. Eğer bize yüklenen yapı böyle arazlar taşıyorsa ve biz de aynı şeylere meyyal isek gözümüz görmez ve kulağımız duymaz. Dinin, hayat için önemini anlayamayız. Anlamakta zorlanırız ama inanmaya mani olmaz bu hâller. Arazlar inanmayı ve ona uygun hareket etmeyi zorlaştırabilir. Çünkü inanmak aklın ve iradenin eseridir. İnsan aklını kullanmasını bilirse teklifi duyar.

–Ne karışık işler?

– Hımm, karışık değil. Aksine basit. Çünkü inanma aklımızın işidir. Aklım bu âlemin bir yaratıcısı olduğuna inanıyorsa onun emirlerine de uymaya çalışır. Birilerine göre biraz daha zorlanabilirim ama benim tabiatımdaki arızalar, iyiyi yapmama mani olmaz. Sadece tabiatı daha düzgün olanlara göre emirlere uymakta biraz daha zorlanırım, o kadar.

– Ama hocam, annemden duymuştum, insan daha annesinin karnında iken, bir melek geliyormuş, ona ruh üflüyormuş ve bu, kâfir veya dindar olacak diyormuş... bir de üç şey diyormuş. o nasıl oluyor?

Bu arada Halil başını öbür yana çevirip annesine seslendi.

– Anne, o nasıldı?

– ??

– Hımm, ne kadar yaşayacak, neyle geçinecek ve nerede ölecek... Bunları yazıyormuş. İnsan daha annesinin karnında iken! Bak gördün işte hocam, insan bir kader ile geliyor, insan ne yapsın?

– ??

– Hımm, sen de bana soruyorsun, neden melek gelip inceliyor ve inceledikten sonra yazıyor? Neyi inceledi?

– Bilmem ki ben... Bilsem sormaz, cevap verirdim.

– Hımm, demek melek onun yapısına; iradesini kullanıp kullanmayacağına bakıyor. İnşa edildiği malzemeye bakıyor ne kadar sağlam veya çürük. Çünkü evet, Allah onu inşa etti ama anne-babasının hazırladığı malzemeden inşa etti. Çamur kerpiç ile yapılan ev ile taş ev bir olmaz. İnsan da öyle.

– Yani anne-babam taş hazırlamışsa Allah beni taştan yaratıyor, kerpiç hazırlamışsa kerpiçten.

– ??

– Hocam bu bana adil gelmiyor. Tabiatı hayra müsait olmayanın ne günahı var o zaman? Diyelim ki o biri iyi olmak istedi, ama anne-babadan tevarüs ettikleri bırakmayacak ki o iyi olsun. Bu adil değil.

– Hımm, tam da öyle değil. Bir insan nefsin arzularına direnç gösterse, sünnetlere dikkat etse, Yaradan'ın emir ve yasaklarına uysa kendini kötü akıbetten koruyabilir. İlahî teklif herkes içindir; öyleyse inanmaya ve iyi olmaya mani yoktur. Sadece zorlaştırıcı veya kolaylaştırıcı unsurlar vardır.

– Böyle bir şey olmalıydı hocam, yoksa aklın alacağı bir şey olmuyor anlattıkların...

– Hımm, Allah kendine merhameti farz kılmış. Onun rahmeti ve bağışlaması sonsuzdur. İşlediğiniz günahları veya işleri hangi tesir altında yaptığınızı bildiği için, bakacak. Eğer sen başka bir gücün etkisi altında yapmışsan ve o etki sahibi de iradeli bir varlık ise Allah ona da ceza yükler ve belki seni affeder.

Halil bu cevaba çok sevindi. Güldü, güldü, güldü:

– Öyleyse o tarafta yırtarım ben. Benimkiler ordu hâlinde bana saldırıyorlar. Bilmiyorum annemden gelenler mi yaman babamdan gelenler mi?

Halil bugün daha çok gülüyordu. Azap tatbikatı da olmadığı için keyifliydi. Hatta bir ara başını sola çevirip şaka bile yaptı:

– Yaktınız beni anne!

Sonra da:

– Bak hocam, bana bugün sorgu sual edemezsin. Benim yaptıklarım anne-babamın eseri imiş. Onları sorgula...

– Hımm, her yaptığımı kendim seçerek ve isteyerek yaptım öyle mi? Kimse bana zorla o işleri yaptırmadı. Allah insanın içindeki niyet ve meyillerine göre muamele eder. Benim de bendeki hak edişlere yönelik bir meylim olmasa, Allah onların bana musallat olmasına izin vermezdi.

Halil itiraf etti:

– Bak bunda haklısın, doğruyu söylüyorsun hocam. Gerçekten de insan yaptığı her işin içinde. Evet içimdeki birileri beni dürtüyor ama o dürtüye rağmen onların benden istediklerini yapmadığım çoktur. Bazen beni dürterler, ben de günah olduğunu bile bile onu yaparım.

Uzun süren bir sessizlikten sonra Halil kendi kendine:

– Ne ince işlermiş bunlar böyle hocam! İnsan ne kadar çaresiz aslında.

Halil yine sustu. Esasında ilginç ve aklının tam almadığı bir şeyler duyduğunda böyle yapıyordu. Bir süreliğine sessiz kalıyordu. Biz o zaman anlıyorduk ki Halil'in kafası karıştı, düşünüyor. Sonra gülerek cevap verdi:

– Yani hoca suçu yine bana yıktın ya, helal olsun!

Biraz durdu ve sonra:

– Yani diyorsun ki hocam, ben Allah'ın beni niçin yarattığına sitem etmeseydim, nankörlük yapmasaydım, kaderimi tahkir etmeseydim, babama küfretmeseydim, bu habis varlıkların vücudumu istila etmeleri mümkün olmazdı. İstila etmiş olsalar bile istemeseydim onların taleplerini yerine getirmezdim. Tabiatımda bulunan meyile ben de gönüllü katıldım ve o varlıklar kanıma girmeye hak kazandılar. Şimdi de bana istedikleri günahı işletiyorlar...

– Kabul ediyorum hocam, bu içimdekilerle zaman zaman konuşuyorum. Namaz kılacağım zaman kafamın içini pazar yerine çeviriyorlar. Ben onlara direnşem, sonunda vazgeçiyorlar. Eskiden namaz kıldırmamak için çok uğraşırlardı. Ben onlara çok direndim. Hâlâ da uğraşıyorlar ama namaz kılmaya kalkıştığımda beni sıkmıyorlar artık. Ama şimdi de "Namazın olmadı!" diye kafamı karıştırıyorlar. Fakat ben annemin sözünü hatırlıyorum, onları dinlemiyorum. Kendilerini dinlemediğimi anlayınca yakamı bırakıyorlar. Ciddiye alsam azıyorlar hemen.

Halil bu arada annesine epey iltifat etti ve onu çok sevdiğini söyledi. Sonra uzuuun bir sessizlik oldu. Ben bile usandım, "E hadi Halil konuşmayacaksan uyan da yataklarımıza girelim." diye içimden geçirirken konuştu:

– Bugün ceza tatbikatı yok mu hocam?

– Hımm, yarın cuma. Onun için.

– Ben de hoca neden malzemesiz gelmiş diye merak etmiştim...

– Cuma burada da mı kıymetli bir gün?

– Hımm, demek cehennemde bile o gün azaplar hafiftir.

– Allah'ım, kulu için ne güzellikler yaratmış ama biz kendimizi cehennemlik edinceye kadar aklımız başımıza gelmiyor.

– ??

– Ne? Yarın cehenneme mi gideceğim? Yapmayın hocam, ben cehennemlik ne yaptım ki, beni hemen oraya göndereceksiniz? Vurun burada ne kadar sopa yemem gerekiyorsa, beni oraya göndermeyin. Kurbanın olayım hocam! Burada işkence böyleyse cehennemi hayal edemiyorum.

– Hımm, demek annem öyle istiyor. Oradakileri görmem için. Hangi günaha ne tür azaplar ediliyor görmem için.

– Beni alırlar mı? Hem ben yol yolak bilmem ki... Kim götürecek beni?

– Hımm, kapıya kadar beni bıraktıracaksınız, sonra orada biri bana refakat edecek.

Halil defalarca:

– Beni oraya göndermeyin anne, diye yalvardı durdu. Ama anlaşılan istediği cevabı alamamıştı. Bir süre ufladı pufladı, sonra daldı. Biz anladık ki uyanacak.

Ama hepimizde merak zirveye çıkmıştı. Acaba cehennemde neler görecekti?

... Yakıtı insanlar ve taşlar olan ateşten kendinizi ve size yakın olanları koruyun! Onun başında bulunanlar, emrettiği hiçbir şeyde Allah'a karşı gelmeyen ama kendilerinden isteneni yapan kararlı, azimli meleklerdir.

TAHRİM SURESİ, 6

Dördüncü Gün

Halil böyle üç gün üst üste bu hâli yaşayınca biz de durumuna alışmıştık. Akşam ezanı okunur okunmaz bayılıyor, bir iki saat sessiz kalıyor ve sonrasında konuşmaya başlıyordu. Dün hoca ile konuşmasından sonra onu dinlemek isteyenler de azalmıştı. "Bu adam bize cuma vaazı mı veriyor?" deyip erkenden uyuyanlar olmuştu. Doğrusu dünkü konuştuklarının çoğu benim de boyumu aşıyordu. Aklımın ermediği mevzulardı bunlar.

Ama o gün şahsen ben Halil'den daha telaşlıydım. Akşam olacak, Halil cehennemdekilerin hâllerini izleyecek, öğrenecek ve bize anlatacak diye meraktan ölüyordum. Ben böyle düşündükçe bir türlü akşam olmuyordu.

Nihayet ezana on beş yirmi dakika kalmıştı. Baktım, Halil hâlâ dışarıda geziniyor. Telaşlı da değildi. Genelde akşam yaklaşınca telaşlanırdı. O gün telaşlı olan o değil, bendim! Bir ara yanına gidip "Ne geziniyorsun Halil! Git yatağına uzan." diyesim geldi. Bu kadar aleni söylemek hoş kaçmazdı. İyisi mi bekleyeyim, dedim içimden.

Halil nihayet içeri girince bütün gözler ona "Hadi Halil git yatağına uzan!" der gibi bakıyordu.

Hatta Hüseyin dayanamadı:

– Ne o Halil, bitti mi hikâyelerin? Folluğuna yatmıyorsun... Yumurtlayacağın şeyler kalmadı herhâlde, dedi, şaka yollu.

O an Halil'i ilk defa öfkelenmiş gördüm. Hüseyin'e öyle baktı ki ben dahi ürktüm. Hüseyin gerçekten de şaka yapmıştı oysa.

Ama Halil onun sözlerinden incinmişti. Bizim uzak akrabalardan saralı bir genç vardı, İlyas. O çok kızdığı zaman insanlara öyle bir bakış atardı ki benim diyen gözünü çekememezlik edemezdi. Sanki o gözlerin içinden, insanın baş edemeyeceği bir varlık bakardı. Halil de tam öyle bir bakış attı Hüseyin'e.

Hüseyin'in bir anda yüzü sapsarı oldu. O bakıştan korktuğunu herkes fark etti. Hüseyin ciddileşti, bir şey demeden odadan çıktı.

Halil, sobanın başında öylece dikiliyordu. Hüseyin'in söylediklerine niçin o kadar alındığını anlamamıştık. Ayakta hırsından titriyordu. Daha doğrusu biz öyle sanmıştık. Meğerse nöbet başlamış. Tam Halil düşecekken benim gibi merakla onu izleyip dinleyen Denizlili Mehmet onu arkadan sımsıkı yakaladı. Birkaç kişi sürükleyerek yatağına getirdik.

Halil konuşmak için fazla beklemedi.

– Aleykümselam hocaefendi. Annem niye gelmedi?

– Hımm, bugün onluk bir işim yok.

– Peki doktor?

– Hımm, onunla da işim yok. O zaman bugün işkence yok desene...

– ??

– Tamam anladım. Sen mi beni götüreceksin cehenneme?

– Hımm, bir yere kadar...

– Ondan sonrası?

– Hımm, sen beni cehennemin hizmetlilerine teslim edeceksin, onlar da hangi kapıdan girmem gerektiğine karar verecekler. Sonra kapıdan biri alıp beni götürecek...

– Hocam sen de benimle gelsen?

– Hımm, demek sen gelemezsin, senin iznin yok.

– Bana nasıl izin verdiler?

– Hımm, sen bilmiyorsun, annemin hatırı için bu izni çıkardılar.

– Ya hocam, ya oradan çıkamazsam?

– Hımm, merak etmeyeyim, istesem de beni orada tutmazlar. Oraya girmeye hak kazandığımda da kendimi yırtsam da oradan çıkmama izin vermezler.

– ??

– Hımm, oranın işleri dünya işlerine benzemez. Oradaki nizamı delemezsin, kaçamazsın, giremezsin...

– Ne acayip şeylerden söz ediyorsun hocam? E ne zaman gideceğiz? Uzak mı, yakın mı orası?

– Hımm, hem çok uzak, hem çok yakın. Herkesin cehennemi zaten kendi içindedir, kendisi de onun içinde. Ama ben seni sana uzak olana götüreceğim.

Halil sessizlik içinde izliyordu şimdi. Ama tedirgindi; başını bir o yana bir o yana çeviriyordu. Bazen gözlerini kapatıyor, bazen elleriyle yüzünü kapatıyor, sonra parmak aralıklarından bakıyor gibi yapıyordu. Ama çok sıklıkla "Aman ya Rabbi", "Allahu ekber", diyordu. Hatta bir seferinde belki yüz kere "Estağfirullah" diye tekrar etti. Yüzü renkten renge giriyordu:

– Bunlar nasıl varlıklar böyle? Hepsi demirden. Ne korkunçlar! Senin arkana saklansam hocam? Sanki beni de kapıp alacaklar...

– Hımm, bunlar sevimli olanlar. İçerideki görevlileri görsem korkudan ahraz olurum, ödüm patlar.

– Canları cehenneme, inşallah hiç karşılaşmam, ben bunları görünce aklım b... karıştı. Onları görsem herhâlde altıma...

– ??

– Hocam bunların bir kısmının kulağı yok...

– Hımm, var da ben göremiyorum. Kulağı olmayanlar azap bölümünün görevlileri. Her birine kendi işi tayin edilmiş ancak, o işi bilir, sen kendini yırtsan da görevinden başka bir şey yapmasını sağlayamazsın. Her birinin vazifesi tayin edilmiş, o vazifeyi gerçekleştirmekten başka iş bilmezler. Ne bağırmanı işitirler, ne acını hissederler, ne merhamet duyarlar.

– ??

– Hımm, bizim muhatap olacaklarımız diğer melekler gibi.

– Yani bize merhamet ederler, öyle mi?

Halil yine sessizliğe büründü. Sonra adım atar gibi hareketler yaptı. Biz anladık ki gidiyorlar.

– Hocam bu nasıl bir sıcaklık böyle?

Halil gözümüzün önünde, yattığı yerde terlemeye başlamıştı. Hem öyle bir terliyordu ki hamamda bile insan o kadar terleyemez. Vücudu su kesilmişti. Elini yelpaze gibi salladı; sanki kendini serinletmek istiyordu.

– Hocam bir parça su bulamaz mıyız? Valla içim kavrulmaya başladı.

– Hımm, buraların suları artık bize yaramaz. Buradaki sular azap suları olduğu için içtikçe daha da susuzluğu arttırır. Kendini biraz tut diyorsun.

– E peki hocam cehennemdekiler de neticede insan. Onlar su içmezler mi?

– Hımm, bu sulardan bile bin beter zehir gibi acı ve kaynar su içiyorlar.

– Hocam bu nasıl bir azap böyle? İnsan buna nasıl dayanır?

– Hımm, dayanamadığı için cehennem demişler. O yüzden Allah sayısız ayet ile kulunu ikaz ediyor, yapma etme tutma kulum, kendini cehennem halkı etme kulum, diye ikaz ediyor.

– Hocam insan gelse, buraları görse dinime imanıma günahın semtine yanaşmaz.

– Hımm, tam da öyle değil. İnsan çok karmaşık bir varlık. Onun hâlini, Allah'tan başkası tam olarak bilemez. Allah o yüzden *"Ben kulun Hak olan Mevlasıyım."* diyor. Yani kuluna verdiği azapta dahi rahmeti var. Çünkü O, kulunun Mevlası!

– Ne demek bu hocam?

– Hımm, yaratılmışlardan bir tek insan inadı yüzünden çirkin olanı, şer olanı güzel olana ve hayra tercih edebilir. İnsanın böyle hâlleri çoktur. İyinin iyi kötünün kötü olduğunu bildiği hâlde inatla veya şeytana olan taraftarlığı yüzünden kendine zararlı olanı tercih eder, yapar. Sonra da tiryaki olur, bırakamaz. Nefsindeki inat yüzünden bile bile cehennemlik işler yapar. Dolayısıyla insanın nefsini en iyi bilen Mevlası'nın kulu hakkındaki takdiri asla boş değil ve hikmetsiz değildir.

– Ben anladım hocam, cehenneme atılan hiç de masum değildir. Yani Allah, kulundan bütün bütün vazgeçmediği için, onu cehenneme atıyor. Peki cennete nasıl girer insan?

– Hımm, Allah'ın lütfu ile.

– ??

– Hımm, diyorsun ki hocam, insan Allah'a karşı samimi olursa tavrını iyiden yana koyar. Allah da onun içindeki o samimiyet hakkı için onu cennete götürecek hâllere ve işlere yönlendirir. İnsan niyetinde ve işlerinde hep Allah'ın emir ve yasaklarını gözetirse Allah da onun karşısına onu cennet halkından kılacak işler çıkarır. Nefsini tercih etmiş, kalbini karartmış olanların karşısına ise onu cehenneme sevk edecek hâller ve işler çıkarır. Başına bir yığın kötü varlığı musallat eder dünyasını da -seninki gibi- cehennem eder.

– Ben cehennemlik miyim hocam?

– Hımm, tam değil. Cehenneme götürecek hâlleri benden temizlemek için bu güzelliği bana yapıyorsunuz.

– Hocam inan ki ben dinimde samimi ve mütevazıyım.

– Hımm, demek bu tevazu ve samimiyetimden dolayı bana müdahale etmenize izin verildi. Kendimi düzeltmem için.

Halil dakikalarca dudaklarını kıpırdatıp durdu. Denizlili eğilip dinledi.

Ne diyor, deyince "Elhamdülillah" diyor, dedi. Sonra ben de eğildim. Evet sürekli "Elhamdülillah. Allah'ım sana şükür!" diyordu.

– Vay anasını, bu samimiyet ve tevazunun hiç işe yaramayacağını sanıyordum. Meğer ne kıymetli imiş.

Halil yine sessizliğe geçti ama dili "elhamdülillah"ı tekrar edip duruyordu. O an, bana da düşünmek için fırsat olmuştu.

Babam Ali'yi hatırladım. Ne kadar mütevazı idi, en öfkeli anlarda bile sükunetini kaybetmez, karşı tarafa hak vererek meseleye bakardı. Ömer amcam hemen kızardı. Öfkesi dillere destandı. Ama o da öfkesini asla şerde kullanmazdı. Ne kadar da bilgelermiş. Oysa Kur'an'ı, yüzünden okumaktan başka bir marifetleri yoktu. Yürekleri haktan yana olduğu için demek ki Allah onları iyiye sevk etmişti.

Kendimi az da olsa yakışıklı bulurdum. Sanki ben yapmışım gibi. Sırtımı dik tutarak yürümeye çalışırdım, biraz da pehlivan olduğum için, sanki böbürlenerek yürürdüm. Bu hâlim aklıma geldi ve ta derinden gelen bir estağfirullah koptu içimden. Bana o nimetleri veren Hak Mevlama karşı edepsizlik yaptığımı, onun mülküne el koyduğumu anladım ve ondan özür diledim. Ve işte o anda sadece boynum bükülmedi, omurgamın eğildiğini hissettim. (Mamafih sonradan babamın beli oradan büküldü.)

Halil ve hocası da nihayet bir kapıya gelmişlerdi.

– Selamünaleyküm.

– ??

– Ne diyorlar hocam?

– Bu kapı değilmiş seni içeri alacakları kapı.

– Nasıl yani? Cehennemin kaç kapısı var ki? Neye göre seçiyorlar kim hangi kapıdan girecek?

– Hımm, biraz sonra sen de öğreneceksin...

Bu arada hoca herhâlde görevlilerle konuşuyordu ki Halil de pürdikkat kesilmiş bakıyordu. Sonra:

– Ne? Beni dil kapısından mı içeri alacaklarmış?

– ??

– Dil kapısı! Allah Allah. Ne demek bu?

– Hımm, anladım. Ben çok küfrediyorum ve dilim yüzünden, cehenneme girersem gireceğim demek ki...

– Vay ana...

Halil sustu, sonra da:

– Artık bu kelimeyi de kullanmayacağım hocam. Çok kaba ve küfretmeyi andırıyor. Artık küfür müfür etmeyecek ve küfürlü konuşmayacağım inşallah. Askerde herkes böyle konuşur hocam. Her lafın sonunda bir küfür söylenir.

– Hımm, herkes değil. Ben ve birkaç kişi!

– Eh, evet yani. Bende mi öyleyim hocam, öyle mi görünüyor?

– Hımm, öyleyim. Küfretmesem iyi ederim. Küfürlü dil kullananlar, kendi dilleriyle kendilerini cehenneme hazırlıyorlar...

– Yani insan hangi organıyla günah işlediğine dikkat ederse o zaman hangi kapıdan cehenneme gireceğini bilir diyorsun. Vay be! Ne işler varmış be hocam. Hocam sen bir mektepsin.

– ??

– Yok yok artık küfür müfür yok. Zaten doktor beni senin hakkında uyardı hocam, "O senin en iyi dostundur.." dedi. Hocam sen hiç yanımdan ayrılma.

– Ya... Demek ölünceye kadar benimle olacaksın. Senin gibi bir âlimin rehberliği ne güzel. Bundan sonra her dediğine harfiyen uyacağım hocam...

Halil sessiz kaldı. Artık onun yataktaki duruşundan hâlini anlıyorduk. Halil yürüyordu. Epey yürüdüler.

Yine bir yere geldiler ve selam verdiler. Halil'in selamı cılızdı:

– Selamünaleyküm.

– ??

– Hocam bunlar acayip, valla yüzlerine bakmaya korkuyorum...

– ??

– Hocam, bak beni çağırıyorlar.

Bir iki dakikalık sessizlikten sonra hoca oradan ayrılmış olacaktı ki, Halil birisinin arkasından bağırır gibi seslendi.

– Hocam, gözünü seveyim gelip beni buradan almayı unutma! Valla buralardan ben kendi başıma dönemem...

Halil ondan sonraki hâlleri anlatmadı. Tir tir titreyerek yürüyordu. Nasıl bir yere geldilerse annesinin eteklerinin altına sığınan bir çocuk gibi yorganı kavrıyordu. Bildiğimiz o Halil'den eser kalmamıştı. Yatağın içinde korkudan büzüşmüş, âdeta küçülmüştü. Birine sordu:

– Burası neresi hemşerim?

– Hımm, müslüman olup da günah işlemiş olanların cezalarını çektiği yer!

Halil gerçekten acınacak bir hâle bürünmüştü. O kadar şaşkındı ki biz bile görebiliyorduk. Nerede ise yatağın içinde bir topaç gibi tortop duruyordu. Öyle terliyordu ki yatak ıslanmıştı. Öyle ki;

– Çok sıcak öff, demesi bile cılızdı.

– Bu nasıl sıcak bir yer böyle?

Halil, insanın dayanamayacağı kadar sıcak bir sahradaydı. Sonra elini kaldırıp kaşının üstüne koydu, güneşe elini siper edip uzağa bakan adam gibi.

Sonra yine yürüyen bir adam gibi hareketlendi. Nihayet bir miktar yürüdü. Bir yandan da içini çeke çeke ağlıyordu. Sonra yüzünü gözünü siler gibi yaptı.

Birden durdu. Hayret ve şaşkınlıkla bir noktaya bakıyordu.

– Bu adama ne yapıyorlar böyle? Bu dev gibi demir adamlar, bu ufacık adamı niye böyle tepeler ki? Ufff! Aman ya Rabbi... Bağırsakları dışarı dökülüp geri içeri giriyor. Offf... Buna can mı dayanır!

Halil yüzünü kapattı. Hüngür hüngür ağlıyordu.

– Selamünaleyküm hemşerim!

– ??

– Bu ne hâl böyle hemşerim? Bunlar seni böyle niye tepeliyorlar?

– Hımm, demek değirmenciydin.

– Değirmenci olmak suç muymuş, günah mıymış ki seni değirmenci olduğun için tepeliyorlar?

– Hımm, demek değirmenci olduğun için değil, nimete saygı göstermediğin için bu cezaya çarptırıldın.

– Yahu hemşerim, benim yine de aklım almadı, değirmencilik yapan bir adama neden böyle ağır bir ceza verilsin ki? Neticede değirmencilik bir meslek. Birinin bu buğdayı öğütmesi gerekiyor. Senin başka bir kusurun olmasın?

– Hımm, sen una, nimet gibi hürmet etmiyordun, unu ayaklarınla çiğniyordun...

– Allah Allah! Ne kadar zamandır buradasın?

– Hımm, demek yetmiş yıldır buradasın. Seni doğrudan cehenneme mi getirdiler?

– ??

– Peki ne kadar sürecek bu işkence?

– Deme yahu. Demek bin yıl sürecek.

– Yahu hemşerim buna nasıl dayanıyorsun?

– Hımm, istersen dayanma diyorsun. Her gün milyonlarca defa Rabbine seni öldürmesi için yalvarıyorsun ama duymuyorlar seni. Geliyorlar, çiğniyorlar, gidiyorlar. Sen ne çekiyorsun umurlarında bile değil.

– Yani bunlar hep sağır mı?

– Hımm, daha da beter. Hem sağırlar hem dilsizler. Vazifeleri seni çiğnemek. Çığlıklarını ve el kol hareketlerini eğlence sanıyorlar. Vicdanın, merhametin ismini bile bilmiyorlar.

– Yahu ardı arkası görünmeyen bir zincir gibi uzanıp gidiyor bunlar. Sayılarını biliyor musun?

– Hımm, demek bilmiyorsun.

– Peki ne kadar sürecek bu işkence böyle?

– Demek her biri yetmiş bin defa tepeleyecek ve seni ilk tepeleyen de daha dönmedi.

– Yani yetmiş yılda bir tur bile tamamlanmadı, öyle mi? Yahu hemşerim senin bu hâlin dayanılır gibi değil. Her midene basan barsakların makatından çıkıncaya kadar bırakmıyor. Acı duymuyor musun?

– Hımm, zaten acı duyman için yapıyorlar.

– Kendini nasıl bu hâle düşürdün hemşerim? Dünyada iken hiç namaz kılmadın mı, hayır hasenat yapmadın mı?

– Hımm, kılmadın. Ara sıra cuma kılardın, çevreye ayıp olmasın diye.

– Kendine yazık etmişsin. Hadi kalk bir abdest al da iki rekât namaz kıl.

– Hımm, sen namazda okunacak duaları da bilmiyorsun.

– Yahu hemşerim sen de hepten cahilmişsin be! İnsan bunca Müslümanın arasında yaşar da iki dua öğrenmez mi?

– ??

– Ne ise meraklanma. Ben sana dua da öğretirim.

Bu arada uzandığı yerde *Elham*'ı ve *Kulhuvallahuehad*'i birkaç kere okudu. Belli ki ona bu namaz surelerini öğretti. Adamın kalkıp abdest aldığı ve namaz kıldığı zamanlarda Halil de yatağında sessizce uzandı. Uzunca sayılabilecek bir zaman sustu. Sonra hareketlerinden anladık ki Halil, namaz kılan adamı izliyor. Derken Halil başını kaldırdı:

– Ohh ne güzel bir yel esti. Burada böyle esintiler olur mu hemşerim?

– Hımm, yetmiş senedir burada böyle serin bir esinti olmadı, sen görmedin. Bazen bir rüzgâr esiyor, o da ateş gibidir, esmese daha iyi...

Halil birdenbire iki elinde bir kâğıt tutuyormuş gibi ellerini kaldırdı ve:

– Aaa bu da ne yahu? Bir pusula geldi.

Halil kapalı bir zarfı açar gibi açtı:

– Allah Allah. Burada da mı pusulalar böyle yel ile geliyorlar? Fesuphanallah, fesuphanallah!

Halil birden çok büyük bir sevinç çığlığı attı:

– Müjde hemşerim müjde. Bak elli yılın affoldu. Namaza devam et, hele!

Halil, yine sessiz kaldı, onun namaz kılmasını izledi. Derken yine bir serin rüzgâr esince Halil sevinçle:

– Galiba yine bir pusula geliyor hemşerim. Bakarsın Allah seni tamamen affeder, dedi.

Hakikaten de yeni bir pusula gelmişti, Halil sevinçle okudu:

– Müjde hemşerim. Kalk artık, o kalan elli yıl da silindi.

Halil şaşkınlık ve sevinç içinde keyifli keyifli konuşuyorken bir kere daha esinti oldu. Kendi öğrettiği bir iki rekât namaz ile adamın yüz yıl sürecek bir azabının sona ermesine çok hayret etmişti:

– Ya hemşerim burada işler ne garip böyle. Mektuplar, pusulalar rüzgârla geliyor. Bak bir pusula daha geldi.

Sonra elindeki pusulayı okur gibi yaptı. Sonra da:

– Kalk hemşerim kalk, Allah sana acıdı ve bu günahını affetti...

Halil sevinçten sarhoş gibiydi; yüksek perdeden hızlı hızlı konuşuyordu. Yataktan fırlayıp kalkacak kadar sevinçli idi. Sonra kendinden emin bir şekilde sanki bütün günahlarını sildirebilecekmiş gibi adama sordu:

– Hemşerim, başka günahın var mı?

– Hımm, var demek.

– Hele şu defterini ver de bakalım başka neler var, dedi.

Biz de merakla bekliyorduk ki Halil biriyle konuşur gibi döndü:

– Gitmemiz mi gerekiyor hemşerim?

– Hımm, sen benim hemşerim değilsin, sen görevlisin!

– Tamam gidelim de şu adamın azabını hafifletecek bir iki şey daha yapsak fena mı olur?

– Hımm, bugünlük bu kadar yeter, diyorsun!

– Başka zaman olacak mı buraya gelmek için?

– Hımm, olacak.

Halil ayrılmadan önce adamı tembihliyordu:

– Hemşerim, ara sıra bir iki rekât namaz kıl, sen de bütün bütün amelsiz bırakmışsın kendini. Yani şükret ki Allah'a imanın varmış. Yoksa zaten buralara bile gelmezdin herhâlde.

Halil el salladı:

– Allah'a ısmarladık hemşerim, yarın bırakırlarsa yine gelirim.

– ??

– Yok ben ölü değilim. Beni, buraları göreyim diye gönderdiler. Ama bir daha gelirsem, sana gelirim.

Tam ayrılacağı zaman sordu:

– Sen çok mu küfürbazdın hemşerim?

– Hımm, demek çok küfürbazdın.

– En ağır günahın küfürdür inşallah. Ağır günahların da var mı?

– Hımm, var demek...

Halil, adamın, "ağır günahlarım da var" demesi üzerine biraz bozulur gibi oldu ama belli ki görevlinin acele etmesi yüzünden daha fazla soru sormadı. Kendi kendine mırıldandı. "Demek ki, o yüzden beni dil kapısından aldılar içeriye, bir küfürbaz diğer küfürbazın neler yaşadığını görsün diye."

– Allah'a ısmarladık, hemşerim... İnşallah görüşürüz.

Biraz sonra Halil rahatlamıştı. Keyfi yerine geldiği zamanlarda yatağın içinde, sırt üstü yattığı yerde sol ayağını karnına doğru çeker, diğer ayağını da onun üstüne atar ve ellerini başının altında kavuştururdu. Yine öyle yaptı. Kısa bir süre sonra solukları ve yüzü değişmeye başladı. Biz de ayılacağını anladık ve etrafından dağıldık.

Gurura kapılarak insanlara üstünlük taslama
ve yeryüzünde küstahça gezip durma!
Unutma ki Allah, böbürlenerek küstahlık yapanları sevmez.
LOKMAN SURESİ, 18

Beşinci Gün

Ertesi gün, Halil'i sınamak istedim. Gece yaşadıklarından o da etkileniyor mu, yoksa hepsini unutuyor muydu? Esasında bu yaşadıkları sadece bir kriz miydi yoksa gerçekten farkında olduğu bir hâl mi yaşıyordu bilmek istiyordum!

Kendi kendime şöyle düşünmüştüm: Halil yaşadıklarını hatırlıyor ve onlardan kendisi de etkileniyorsa bu önemli bir şeydi. Eğer etkilenmiyorsa veya yaşadıklarını unutuyorsa bu sadece bir huy tutması, bir sara nöbeti olabilirdi. Belki de sadece bir rüyaydı tüm bunlar. Bir yandan da böyle olmasın diye dua ediyordum.

Dil kapısından cehenneme girmiş ve orada bir söz vermişti. Onu kızdıracaktım. Bakalım kızınca yine küfürü basacak mıydı? Eğer küfrederse gece verdiği sözü hatırlamıyor demekti. Eğer hem hatırlıyor ve hem de ondan etkilenmişse bu çok önemli idi. Bunun böyle olmasını ben kendim için istiyordum. Onun yaşayıp anlattığı hâller bir rüya ya da kriz hâli değilse insanın hayat düsturu olacak şeylerdi.

Halil yazıhaneye gelmişti. Hangi damarına basılınca kızdığını bildiğimden küfretmesi için biraz uğraştım. Hemen küfürü basan Halil o gün sustu, cevap bile vermedi. Hatta "Sen ne yapmak istiyorsun biliyorum..." der gibi mütebessim yüzüme baktı. Sonra kalkıp dışarı çıktı, iki çay alıp geri döndü. Sessizlik içinde çay içmeye koyuldu. Baktım açılmaya niyeti yok, söze ben başladım.

– Halil ede sana ne oldu? Bugün keyfin yok gibi. Canını ne sıktı? Küfür de etmiyorsun kendini rahatlatmak için.

– Yok ede ya. Bir şeyim yok. Rahatım. Ama artık küfretmemeye karar verdim.

– La sen küfretmeden durabilir misin?

– Ya İsmail ede, üstüme gelme! Küfretmeyeceğim artık.

– Nasıl karar verdin? Sen bunu yapamazsın ki, iki lafından biri küfür, nasıl duracaksın küfretmeden!

– Yaparım inşallah, Allah'ın yardımıyla dedi ve sustu.

Ben de fazla ısrar etmedim. Belli ki kararlıydı.

Artık yeni şeyler öğrenmek için akşamı bekleyecektik. Zaten aklım, o bıraktığı adamda kalmıştı. Acaba başka ne tür günahları vardı? Bir de nasıl olmuştu da iki rekât namaz ile Allah onun yüz yıllık bir azabını silmişti? Akşamı iple çekiyordum.

Bir ara Denizlili Mehmet de uğradı yanıma.

– Tertip sen de adamın günahlarını merak ediyor musun, diye sordu.

– Merak etmez miyim? Bugün, Halil'i küfretmesi için epey sıkıştırdım, adam hiç küfretmedi. Bir insan dilini bir gecede nasıl böyle değiştirebilir? Adamın iki kelimesinden biri .... olacak, tövbe ettim diyecek ve ertesi gün o kelimeyi hiç kullanmayacak. Bu ne müthiş bir karar ve kararlılık! Düşünsene...

– Evet ya tertip, gece yaşadıkları neydi öyle! Öyle bir şeyi gören herkes kararlı olur. Adamın hâli benim bile gözümden gitmedi. Ne ilginç. İnsan öyle şeyler yaşayınca tabii kararlı olur.

– Bizim için de geçerli bunlar! O gördüğünü anlatıyor. Biz de onun o işleri gördüğüne şahit oluyoruz. Üstelik anlattıklarının olduğuna da inanıyoruz. Biz niye onun kadar etkilenmiyoruz?

– Bilmiyorum tertip. Bu galiba herkesin derdi.

– Peygamberimizin zamanında, insanlar bir tek mucize görüyordu, hemen iman ediyordu. Biz o mucizelerin hepsini biliyoruz ama onları masal gibi dinliyoruz. Öyle etkilenmiyoruz.

Denizlili Mehmet başını salladı. Sonra kalktı:

– Hadi bana müsaade tertip. Bilmem *ne göl* köyünde kavga varmış, oraya gideceğiz, deyip çıktı. Ben de işlerime döndüm. Gelen mektupları tasnif ettim. Bir iki kişiye de üç beş kuruş para gelmişti, onları ayırıp isme göre zarflara koydum.

Akşama doğru köye giden jandarmalar döndü. Kötü bir şey olmamıştı Allah'tan. Akşam yemeğine geçtik ama Halil ortalıkta yoktu. Aradım, baktım koğuşta uyuyor. Normalde o saatte kimse koğuşa girmez, yatmaz. Halil uyuyordu.

Babam Ali'den duymuştum, ikindi ile akşam arasında uyuyanların ömrü kısa olur diye. Halil ömrünü mü kısaltmak istiyor diye onu uyandırdım.

– Kalk yemek saati geçiyor. Git yemeğini ye, dedim.

Halil gerçekten de çarpılmış gibi uyku sersemi olmuştu. Kalktı. Sonra baktım ki tekrar yatağına uzanmış ve uyumuş. İlginç geldi bana ama uyandırmadım. Zaten akşam ezanı çok yakındı. Acaba uyandıracaklar mıydı, yoksa uyanmasına gerek kalmadan sorgulamaya mı alacaklardı?

Ezan okundu. Halil gerçekten uyuyordu ve uyanmamıştı. Halil'in anlattıklarından sonra ben de akşamları namazımı kılıyordum artık. Namazı kıldıktan sonra "Uyandırayım, o da kılsın." diye dürttüm. Baktım, Halil yok. Almışlar yine onu.

Beklemeye koyulduk. Benim yatağım zaten yanı başında idi.

Halil konuşmakta yine gecikmişti. Halil'in bir önceki gece cehenneme gittiğini ve oradan gördüklerini anlattığını herkes duymuştu. O yüzden bugün dinlemeye gelenler çoğalmıştı. Hüseyin bile vardı.

Nihayet Halil konuşmaya başladı. Ranzalar biraz ötelenerek yerler açıldı. İnsanlar Halil'in etrafında sinema izleyeceklermiş gibi toplanmışlardı:

– Aleykümselam anne.

– ??

– Aleykümselam doktor.

– Aleykümselam hocam. Ne o bugün yine alet edevat getirmişsin? Doktor da geldiğine göre niyetiniz kötü. Bugün cehenneme gitmeyecek miydik?

– Hımm, sizin niyetiniz kötü değil. Vakit kalırsa beni oraya da götüreceksiniz demek.

– Ya hocam bu nasıl iştir, bana bin türlü azap ediyorsunuz ama niyetiniz iyi oluyor? Bu nasıl oluyor?

– Hımm, iyi oluyor. Siz yaptıklarımın neticesi sayılacak azapların az bir kısmını bana uyguluyorsunuz ki bir daha o günahları işlemeyeyim. Bu da bana Allah'ın lütfu. Annemin Allah yanında hatırı var, onun şefaatiyle bana cehennemde dayatılacak azapların çok azını uyguluyorsunuz ki bir daha o günahlara dönmeyeyim. Hem de azabın bir kısmı benden düşsün. Annem şehit olduğu için ona öyle bir hak verildi demek.

– Ne yani şehit olan biri, akrabalarını kurtarma hakkına da mı sahip oluyor?

– Hımm, demek şehit, kendi ailesinden, en az yedi sekiz kişinin bağışlanmasını talep edebilir ve Allah dilerse ona, istediğini verir. Anam bu hakkını benim için de kullanmış.

Halil, bu sözü söyledikten sonra, hareketlerinden anlıyorduk ki annesine sarılıyor; o da ona sarılıyor, öpüyor. Sonra uzun süre duygu dolu minnetli sözlerle annesine iltifatta bulundu. Hep ağlıyordu ama bu acı ağlaması değildi.

Sonra Halil yeniden sessizleşti. Epey bir sessizlikten sonra sordu:

– Hocam bugün defterde ne var?

– Hımm, sırayı bozma!?

– Allah Allah o nasıl bir şey ki?

– Hımm, su kuyruğunda bekleyen insanların önüne geçip kendi su kaplarımı doldurmuşum. İnsanların hakkına, suyun hakkına ve eşyanın hakkına tecavüz etmişim.

– Ama hocam ben karakola su almak için gitmiştim. Zaten kendileri de bana buyur ettiler.

– Hımm, e tabii, üzerimde jandarma kıyafeti olmasaydı kimse bana sırayı vermezdi. Herkes gibi sıraya girmek zorunda kalırdım.

– Ama ben bir görevliydim...

– Hımm, ben bir görevliyim diye insanların hakkına girmeye, onların sırasını almaya hakkım olmuyor.

– Hımm, üstelik ben biraz da üzerimdeki elbisenin gücüne güvenerek onlara tepeden bakmışım, öyle mi?

– Ya hoca, bu dünyayı neden bu kadar zorlaştırıyorsunuz ki? Böyle yaparsanız kimse bu dünyaya gelmek istemez. Ne var yani bir jandarma öne geçip suyunu doldursa! Bu niye bu kadar ağır suç sayılıyor ki bir de bana işkence yapacaksınız!

– Hımm, ben sırayı bozmakla Allah'ın mülkünde tanrılık yapmaya kalkışmış, ona şirk koşmuşum. Koca bir çarkı işleyişinden alıkoymuşum. Benim yüzümden Allah, tüm işleyişi yeni baştan değiştirmiş. Allah kendi mülkünde ortak kabul etmez. Şirk büyük bir zulümdür. Zülüm ise cezasız kalmaz.

Halil'in gerçekten kafası karışmıştı. Esasında ben de tam anlayamamıştım bu davranışın niye Allah'a ortak koşmak olduğunu...

– Tövbe haşa! Ben niye tanrılık yapayım? Ben jandarma idim ve komutanım "Git suyu doldur, getir, acele tarafından." dedi. Ben de gittim getirdim. Başka ne yapabilirdim ki!

Epey bir aradan sonra kendi kendine:

– Hımm, demek ne olursa olsun, sıramı beklemeliydim, dedi. Halil'in içi yatışmıştı:

– Ya hocam valla ben böyle bir şeyin bu kadar ağır neticeleri olduğunu bilmiyordum. Yoksa beklerdim.

– Hımm, bilmesem de vicdanım yaptığımın doğru olmadığını bana söylemiştir, diyorsun.

– Yani evet, su cılız akıyordu, sabahtan beri insanlar suyun başında bekliyorlardı, ben araya girip bir yığın askerî matarayı doldurmuştum. Yarım saatten fazla sürmüştü işim. Kimse de bir şey dememişti.

– Hımm, deselerdi ne mi yapardım?

– ??

Halil elini çenesine götürdü. Ama cevap vermedi. Öyle ne diyeceğini bilmez bir şekilde beklerken, bir anda yüksek bir elektrik telini iki eliyle tutmuş gibi sarsılmaya ve avazı çıktığı kadar bağırmaya başladı. Vücudu bir anda simsiyah olmuştu. Bütün damarları patlayacak kadar şişti ve karardı. Vücudunun âdeta yandığını görüyorduk. Halil bağırıyor; yangının içinde kalmış gibi çırpınıyordu:

– Doktor, doktor, doktor ne olur beni bu adamın elinden alın! Doktor yandım, ne olur şurubundan ver, diye bağırıyordu.

Halil'in hâli cidden içler acısıydı. Ben dâhil en az üç kişi, yanık et kokusunu aldık. Halil gözümüzün önünde cayır cayır yanıyordu sanki. Bilmiyorum, Halil'in vücudunun hâli miydi o kokuyu duymamıza sebep, yoksa gerçekten bedeninden mi geliyordu...

Hayretler içindeydim. "Aman ya Rabbi senin ne işlerin var!" böyle diye düşündüm. Hoca nasıl bir sopa kullanıyordu ki Halil'in vücudunda vurduğu yeri yakıyordu böyle. İzleri gözümüzle görüyorduk.

Halil, hocaya yalvarıyordu:

– Hoca ne olur, o itler için kullandığın sopayı boğazımdan sok da bu sopa ile beni dürtme. Bu sopadan çıkan görünmez ateş içimi dışımı yakıyor.

– Hımm, demek her günahın cezası farklı.

– Ama bu sopa gibisi yok.

– Hımm, daha bu ne ki, bir anda insanın etlerini kemiğinin üstünden kavlatan ateşler var. Ne oldu demeden bütün etlerim kemiklerimden sıyrılır. Ben o acıya dayanabilir miyim?

– Hayır dayanamam. Buna bile dayanamıyorsam...

– Hımm, öyleyse Allah'ın işlerine karışmaya kalkışmayacağım. Herkesin sırasını beklediği bir işte, sırayı bozmayacağım. Rica ve minnetle kendimi araya sokmayacağım. Çünkü böyle yaparsam Allah'ın bana, işlerimi rahat göreyim diye verdiği iradeyi, başkasının hakkını gasp etmede kullanmış oluyorum. O hareketimle de âlemdeki tüm düzeni bozuyorum. İnsanın, canı istedi diye yaptığı her müdahalenin sonunda Allah, âleme yeniden nizam veriyor demek. Bu ne ağır bir küstahlıktır biliyor muyum?

– Bilmiyorum valla hoca, bilsem yapar mıyım hiç!

– Hımm, bilmediğim işlere böyle burnumu soktukça kendimi cehenneme düşmekten kurtaramam.

Halil yine susmuştu. Ben dâhil hepimiz dalmıştık. Kimse konuşmuyor ve konuşulanlar hakkında yorum yapmıyordu. Sanırım herkes kendi içinde uzak veya yakın bir yerlerde, birilerinin hakkını nasıl gasp ettiğini düşünüyordu. Bu insanoğlu zalim ve bencil. Mesela mektup dağıtırken bile bazı askerler, kendi isim sıralarının gelmesini bekleyemez, önce kendi isimlerinin okunmasını isterdi. Ne kadar basit yerden insan kötüye alışıyor diye düşündüm o an.

Bu işin ne kadar mühim olduğunu az buçuk anlamıştım. Bir insanın sırasını alınca sadece bir sıra değiştirdiğimizi sanıyorduk ama aslında birçok olayın zincirleme değişmesine sebep oluyorduk demek ki.

Halil epey bir sessizlikten sonra:

– Bir daha kimsenin sırasını da almam, öne de geçmem, dedi.

– Hımm, bu yetmez.

– Neden?

– Hımm, hakkımı da kimseye yedirmemeliyim!

– Anlamadım hocam, neden?

– Hımm, acizliğimle hakkımın yenmesine müsaade edersem, o adamın zalim olmasına hizmet ederim. Mümin hakkını yedirmez.

– Nasıl yani? Adam haksızlık yapıyor, senin de gücün yetmiyor. Hır gür çıkarmayıp susuyorsun işte. Bu iyi bir şey değil mi?

– Hımm, susmak, ses çıkarmamak fedakârlık değildir. Ben isteyerek birisi için fedakârlık yapabilirim, bu çok güzeldir. Ama korktuğum için ona sıra veriyor veya onun hakkımı almasına ses çıkarmıyorsam, bu fedakârlık değil, birinin azmasına, zalim olmasına vesile olmaktır. Gerçek mümin ancak Allah'tan korkar.

– Mümin mümin diyorsun ama ben bunu tam anlamıyorum. Mümin nasıl bir şey?

– Hımm, Allah'ın yap dediğini yapmaktan, yapma dediğini de yapmamaktan sakınandır. Mümin hakkını savunmaktan ve haksızlığa karşı çıkmaktan korkmaz.

– Hımm, demek biz korkaklığımızdan susuyoruz. Hakiki mümin olsak bir kimsenin zalim olmasına, onu cehenneme götürecek işler yapmasına göz yummaz, müsaade etmeyiz.

– E zalim zaten zalim olduğu için zulmetmez mi?

– Hımm, demek insan zalim olarak doğmaz, zulmetmeye meyli vardır, etrafındaki korkak insanlar da onun o meylinin güçlenmesine hizmet ederler. Sonra o adam zalim olur...

– Ya hoca ufak bir sıra alma işini nereye getirdin böyle?

– Hımm, demek işin aslı budur. O yüzden Allah rüşvet almayı, iltiması büyük günahların içine aldı.

– Nasıl?

– Hımm, rüşvet, bir kimsenin sırayı senin lehine bozmasını istemektir. Kayırma, iltimas... hepsi böyledir. Yani rüşvet veren, bir insanı, para karşılığında zalim olmaya zorluyor. Rüşveti alan da az bir para ile kendini Allah'ın hasmı hâline getiriyor.

– Hocam şimdi iyi anladım. Bir daha komutanım için bile olsa, başkalarının sırasını almam inşallah.

Bu fasıl, tüm jandarmaları ilgilendirdiği için karakolda bir uğultu başlamıştı. Her kafadan bir ses çıkıyordu. Bir kısım arkadaşlar;

– Biz emir eriyiz, emri yerine getirmekten başka çaremiz yok. Allah hâlimizi görmüyor mu? Niye komutanımıza itaat etmekten dolayı zalim olalım ki, diyordu.

Tam burada söze Hüseyin girdi:

– Oğlum komutan sana "git su getir gel" diyor, "git adamlara zulmet, sıralarını al" demiyor ki... O senin tercihin.

Hüseyin'in böyle hakkaniyetli olduğunu bilmezdim doğrusu. Halil'in söylediklerine itiraz edip duruyordu. Bunu, inancının zayıflığına veriyor ve üzülüyordum. Şimdi görüyordum ki Hüseyin de işin farkında idi.

Bir işini gördürmek isteyen açıkgöz insanları düşündüm. Jandarmaya bol hediye verirlerdi. Çoğu da bunu kabul ederdi. Sonra da ona gebe kalır, doğru yanlış demeden dediklerini yaparlardı. İyi insan olmak, Allah'tan korkup kimsenin hakkını kapmamak, şu âlemin nizamı içinde hareket etmek gerekiyordu demek.

Başımı sallayarak onu doğruladığımı görünce Hüseyin keyiflendi:

– Ya dalga malga geçiyoruz ama bizim Memo'ya yemin olsun, bu adam öbür tarafa geçiyor galiba ve oradan haber veriyor, dedi.

Memo, onların köyüne yakın bir yerdeki yatırın adıymış. Hüseyin böyle ciddi bir şey diyeceği vakit Memo'nun üzerine yemin ederdi.

Hüseyin'in bu hâl değişikliği, herkesin dikkatini çekti, çoğu da memnuniyetini belirtti. Çünkü gerçekten Hüseyin, bazen Halil'in konuşmalarını dinlerken ona hakaret etmekten ve küfür etmekten doğru dürüst dinlememize imkân bırakmıyordu.

Halil'in susması bizim kendi aramızda konuşmamıza fırsat vermişti ama sonunda Halil, kaldığı yerden devam etti:

– Ya hocam ben kendimi perişan etmişim. Düşünüyorum da böyle daha çok günahlarım var. Bir gün bir ihtiyarı getirmişlerdi. Suçunun ne olduğunu bilmiyordum ama ifadesini de almamız gerekiyordu. Ne ettiysek konuşmadı. Ona bir iki tokat aşk etmiştim. Sonra onun jandarma tarafından derdest edilmesinin sebebini öğrendiğimde, elim kırılsaydı da o adama vurmasaydım dedim. Aklıma geldikçe kendimden utanıyorum. Hocam, sanırım bu gidişle ben azaptan kurtulamayacağım, sen de işkence etmekten...

– Hımm, Allah'ın rahmeti ve bağışlaması olmazsa hiçbir insanoğlu cennet yüzü görmez.

– Öyle valla. Hocam insan olmak, mümin olmak ne kadar zor. Davar olmak ne rahat.

– ??

– Yine mi baltayı taşa vurdum?

– Hımm, bu tür sözler, Allah'ın işini -haşa- beğenmemeye giriyor demek.

– Tövbe ettim ya Rabbi! Düzgün yaşamak ne kadar zormuş!

– Hımm, demek kolay. Nefsimiz ve onun azdırıcısı şeytanı dinlemeye alıştığımız için sürekli hata yapıyoruz.

– E hocam şimdi yine beni hendekten atlatacaksın. Ya bu alçak .... iblisi niye insana musallat ediyor Allah?

– Hımm, ben düzgün bir mümin ve müstakim bir insan değilim de ondan!

– Nasıl mümin değilim!? Ben kendimi mümin biliyorum.

– Hımm, öyleyse müstakim değilim.

– O ne hocam?

– Hımm, müstakim istikametli adam demektir.

- Hocam onu da anlamadım?

- Hımm, yani inancında sebat eden, iyi olmanın zorluklarına tahammül eden, dinin tavsiyelerini ciddiye alan, sözünün eri olandır.

- Ben öyleyim hocam, dedi ve güldü. Hadi git sahtekâr diyeceksin biliyorum ama öyle olmak için uğraşıyorum.

- Hımm, lafta. İki sözümden biri yalan, diğeri küfür. İstikamet sahibinin özü sözü bir olur, olduğu gibi görünür ve göründüğü gibi olur.

Halil ile hoca arasındaki bu konuşmalar bizim gibi jandarmaların rahat anlayabileceği şeyler değildi. Hepimiz gençtik, cahildik. Koğuştakilerin çoğu, bu konuşmalar başlayınca bırakıp gidiyordu. Eminim, Halil aramızda olsaydı o da şu konuşan Halil'i hiç anlamayacaktı. Belki o da usanıp kaçacaktı. Ama şimdi onun ağzından söyletiliyordu bu ilginç sözler.

Ben artık anlamıştım. Cahilliğimizden her şeyi tam anlayamasak da bu, bizlere; o karakolda bulunanlara bir ibretti. Aldık aldık, almazsak o sözleri, onu hiç duymayanlara göre daha zor bir imtihanımız olabilirdi. Çünkü bilmemek bir yere kadar bahane olabilirdi.

Hatta belki de tüm bunlar doğrudan bana bir ikazdı. Halil'i tanır, onunla sık sık konuşurdum. Halil ümmi bir adamdı. Bu söylediklerinin binde birini bilmezdi o. Bilmeyi bırak, böyle anlatamazdı. Ondan hiç duymadığım sözlerdi bunlar. Şimdi görüyordum ki Halil, bu geçen dört beş gün içinde tamamen başka bir hâle bürünmüş, hâl ve hareketlerini düzeltmişti. Daha zarif biri olmuştu.

Anlattıklarının çoğunu ben de bilmiyordum ama işin benim için düzenlenmiş bir lütuf olduğuna inanmaya başlamıştım. Her geçen gün biraz daha ciddiyetle dinliyor, dinledikçe sanki daha iyi anlıyordum. Askerlikte nasıl hep acemi kalmayıp talimle her şeyi öğreniyorsak hayatta da aynı çabayı göstermemiz isteniyordu demek.

Tüm bunlar artık benim için bir adamın nöbet sayılacak hâllerini izlemekten çok öteye geçmişti... Allah'ın, bizim gibi sıradan kulları ile nasıl konuştuğunu gönlüm aşk acısı ile kavrulurken öğrenmiştim. Onun çekip gittiği, daha doğrusu zorla götürülüp başka biriyle evlendirildiği zamanlarda ben Allah ile çok dertleşirdim.

Başlangıçta aşk acısıyla kendi kendime konuşuyorum sanmıştım. Sonra fark ettim ki ben kendime o cevapları veremezdim. İçimde biri konuşuyordu ve o benim hakkımda iyi olanı biliyordu. Her şeyi benden daha iyi biliyordu. O, benim derdimle dertleniyor, gönlümü yatıştırıyordu. Sonucunun ne olacağını bilmediğim bir talebimi karşılamadığı için gönlümü alıyordu. İçimdeki konuşmaların arasına girerek beni teselli ediyordu. Şimdi de kendinden geçmiş, vücudu üzerinde bir iradesi bile kalmamış ümmi Halil üzerinden benimle ve bizimle konuşuyordu.

Artık Halil benim gözümde bir elçi idi. Onu daha da sevmeye başladım. Her acıyı, her işkenceyi benim hesabıma çekiyor gibi geliyordu.

Halil'in bir miktar sükûttan sonra,

– Hımm, istikamet, küfürden ve şirkten uzak durmaktır, günahtan ve isyandan kaçınmaktır demesiyle yeniden karakolun çatısı altına döndüm. Halil, hocadan duyduklarını bize olduğu gibi aktarıyordu:

– Hımm, istikamet, fitne ve fesattan uzak durmaktır, nefsin aşırı isteklerine direnmek, şeytanın vesveseleri ile mücadele etmektir...

Halil yine itiraz etmişti hocaya:

– Ya hoca, hani çok basittir demiştin! Ya ben bunları yapsam uçarım uçarım.

– Hımm, demek bizim Rabbimize teslimiyetimiz samimi olmadığı için, O da bizi sürekli samimiyete zorlayacak olaylarla sınıyor, deniyor.

– Yani diyorsun ki hocam, ben yamuk olmasam, Allah bu işleri başıma açmaz.

– Hımm, yalana tenezzül etmesem, menfaatim için sözümü eğip bükmesem, her işimde samimi olsam, hilecilik yapmasam, hayvan ve ot dâhil, hiçbir cana gereksiz yere zarar vermesem, Allah bana azap edip ne edecek?

– E yani Allah Allah'tır. Acır kuluna, öyle biliyorum. Öyle değil mi yoksa?

– Hımm, öyle. Zaten başa gelenler de yine Allah'ın merhametindendir. Bizi ikaz ediyor, uyarıyor, gittiğimiz yolun yol olmadığını bilelim diye bizi vazgeçirmeye çalışıyor o musibetlerle... Öyle olmasaydı, hiç de ikaz etmezdi, insanı cehenneme götürecek hâllerinden vazgeçirmek için ona dert ve hastalık vermezdi.

– Hocam ya nerede ise belayı sevdireceksin ha!

– Sevmeli miyim?! Yok daha neler! Herkes beladan kaçar.

– Hımm, beladan kaçma demiyorsun, başına gelen belanın hayrına olduğunu bil, diyorsun.

– Peki ya bu bana kötü şeyleri yaptıranlar...

– Hımm, onlar benim iradesizliğimden dolayı benimle kalıyor. Hem bunlar olmasaydı, yan gelip yatardım, hiçbir kabiliyetimi geliştirmez, kendimi cennete layık hâle getirmek için çabalamazdım...

– O da doğru hocam.

Halil, hocanın dediklerini düşünürken ara ara susuyordu. Bu suskunlukları esnasında ben de kendi hâllerimi teraziye çekiyordum. Dert diye verilenler bile bazen nimet olabiliyordu. Askerde herkesin sıtmaya tutulduğu zamanlarda bir tek ben hasta olmamıştım. Çocukken sıtma geçirdiğimi öğrenen doktor, bağışıklık kazandığımı söylemişti. İlk o zaman öğrenmiştim dertlerin vücudu güçlendirdiğini... Demek her hâl böyle idi...

Halil telaşla etrafına bakındı:

– Doktor neredesin, gitmedin değil mi?

– Hımm, buradasın.

– İyi. Ben seni görmeden hocaya "Defterde başka ne var?" diye sordum ama sonra seni görmeyince telaş ettim. Bu hocanın insafı yok. Cezaya gelince Allah yarattı demiyor. Bu kadar bilgi sahibi biri ama azap ederken hiç merhamet etmiyor.

– Hımm, merhametinden onları bana yapıyor.

– Ben de ne safım doktor! Sizin anamın uşağı olduğunuzu unutmuşum. Hiç ..... kuyruğunu ısırır mı?

– Hımm, bu cümle burada kullanılamaz diyorsun.

– Ağır oldu, benzetme yapayım derken yanlış oldu. Özür dilerim.

Halil'in özür dilemesi, ona, art arda sopaların inmesine mani olmamıştı. Can havliyle bağırıyordu. Bu kez muhatap annesiydi:

– Anne özür dilerim, yanlışlıkla oldu, özür dilerim...

– Hımm, zaten benim temel derdim bu. Ben kendimi ve dilimi tutamıyorum. Dilimi tutamadığım için küfrediyorum, o da isyan oluyor.

– Ya anne inan kendime söz veriyorum, şu işi yapmayacağım diye, beş dakika sonra bu içimdekiler bana o işi yaptırıyor. Cidden elimde değil.

– Hımm, o zaman elimde değil sözünü terk edinceye kadar bu işkenceler sürecek, öyle mi?

– Ama gerçekten elimde değil.

– Hımm, elimde olduğunu ve içimdeki dürtülere karşı koyabileceğimi öğreninceye kadar her itirazımı ve inkârımı cezalandıracaksınız. O zaman öğreneceğim "elimde değil" sözünün boş olduğunu...

– Ama ne yapayım, içimden itiraz etmemi isteyen biri var. Zorluyor beni elimde değil.

– Hımm, elimde! Ona karşı geleceğim. Her içimden gelene uymam, cehenneme gitmem için yeter, diyorsun.

Halil bir süre annesiyle konuştuktan sora yine daldı. Ben de neden Halil'in *"elimde değil"* demesine itibar etmediklerine şaşırmıştım. Gerçekten de insanın elinde olmayan şeyleri vardı bence de... Halil'in annesi ve hoca, bu sözün irade sahibi bir varlık olan insana yakışmadığını söylemişti. İnanan bir insan "elimde değil" dememeliydi, diyemezdi, diyorlardı.

Kendi gönlüme laf anlatamadığım zamanları hatırladım. Gerçekten bu bir zorunluluk muydu, yoksa benim zaafım mıydı? Şimdiye kadar bunu hiç düşünmemiştim. Ben kendimi yenemediğim ve onu unutamadığım için askere gelmiştim, belki unuturum diye.

İnsan, gücünün yettiği kadarıyla mücadelesini sürdürürse sonunda Allah ona bir kapı açıyormuş.

Şimdi o kapıdan içeri girmek üzereydim...

Gönlümü yokladım, evet içimde hâlâ bir sevgi vardı ama artık gönlüm yatışmıştı; "O olmayacaksa başkası umurumda değil!" demiyordu. Ondan daha iyi seçenekler olabileceğini düşünmeye başlamıştım. Kendi içimde bu noktaya nasıl geldiğimi ben bile anlamamıştım ama gelmiştim işte...

Bu arada Halil, yüzünü annesinden çevirmiş hoca ile konuşuyordu. Epey dinledi. Sonra:

– Hımm, içimde iyiler de var kötüler de var. Onlar bana fısıldıyorlar, neden ben hep kötü olana uyuyorum?

– Valla hocam bilmiyorum. Kötülerin sesi daha ikna edici herhâlde.

– Hımm, içimdeki doğru sesleri duyuncaya kadar işkenceye devam edeceksiniz...

– İnsanın içini niye bu kadar karmakarışık yaratmış ki? Bir tek o kendisi bize seslenseydi olmaz mıydı?

– Hımm, ben de ahmak gibi dönüp dönüp aynı soruyu soruyorum...

– Hocam dilimi koparsan, bir daha öyle şeyler söylemesem olmaz mı?

– Hımm, amaç bu değil. Amaç, benim irademle iyi insan olmayı seçmem. Allah bana güvendi, böyle irade verdi elime. Ama ben ne yaptım? Küfrederek, yanlış yaparak İblis'i haklı çıkardım. İblis, "İnsan kötüdür." demişti. Allah ise "Adem mükerrem bir varlıktır." dedi. Kendimi ne hâle düşürdüğümü göremiyor muyum, şu yaptıklarımla!

– Demek Allah bizim iyi olacağımıza güvendi, öyle mi?

Halil kafasının karıştığı zamanlardaki gibi yine sessizliğe dalmıştı...

Baktım Halil uyanmaya yeltendi. "Uyanacak bu galiba." derken:

– Deme ya hocam! Ciddi misin, demek yarın yine cehenneme yolculuk var...

– Aynı yere mi gideceğiz?

– Hımm, sen de bilmiyorsun. Ne zaman nereye gideceğimizin bilgisi annemde demek.

Halil kısa bir sessizliğin ardından vedalaştı. Belli ki hocayla artık samimi olmuşlardı:

– Hocam geç kalma, dedi.

Onun (cehennemin) yedi kapısı vardır
ve her kapının da insandan alacağı bir pay vardır..
HİCR SURESİ, 44

Altıncı Gün

Komutanın talimatıyla Halil'e artık nöbet ve rutin işleri yazmıyordum. Halil, serbestti ama karakoldan ayrılmıyordu. Gün boyu etrafta hayta hayta dolaşıyordu. Gereğinden fazla sakinleşmişti.

Halil aslında sivil olmayı severdi. Fırsat oldukça hemen sivil elbisesini giyip çarşıya çıkardı. Çarşı dediğin de işte bin dokuz yüz kırkların şartlarında kıtlık ve çaresizliğin kol gezdiği dönemlerin bir ilçe çarşısı...

O gün ona bir iş ihdas ettim, çarşıya gitsin diye. Biraz kırtasiyeye ihtiyacım vardı. Esasında çok acelesi yoktu ama Halil karakoldan dışarı çıksın, biraz oyalansın istiyordum. Birkaç kalem bir şeyler alması için onu her zaman alışveriş yaptığım kırtasiyeciye gönderdim.

Halil büyük bir şevkle "Peki ede" dedi. İsteklerimi vazife bildi ve koşa koşa gitti. Ona az biraz da harçlık verdim ki çok sevdiği kuru fasulyeciye uğrayıp eğer bitmemişse kuru fasulye yesin. O zamanlar kuru fasulye yok gibi idi, çok da kıymetli idi. Benim tahminim bu iş, Halil'in en az bir saatini alırdı. Biraz oyalanırsa da iki saati bulurdu.

Onu gönderdikten sonra işlere daldım. Yarım saati biraz geçmişti ki bir baktım Halil gelmiş.

– Hayırdır Halil, alamadın mı, kapalı mıydı?

– Yo, aldım geldim.

– Kuru fasulyeciye gitmedin mi?

– Canım çekmedi ede. Al şu da paran.

– Len gitmişken biraz gezer tozardın... Ne acelen vardı hemen döndün? Ben sen biraz oyalanasın diye gönderdim seni.

– Eyvallah ede. Canım istemedi, döndüm işte...

Canı sıkkındı. Bir çay daha söyleyince açıldı:

– Bak ede, dedi. Sağlığım yerinde, ben de herkes gibi günlük vazifelerimi yapabiliyorum. Yarından itibaren bana da görev yaz. Yoksa kendimi lüzumsuz bileceğim. Bu da beni üzüyor.

– Tamam ede, komutanla da konuşup yarına sana bir iş ayarlayacağım.

Halil artık her şeyin farkında olduğumuzu ve bizim onun her konuşmasını dinlediğimizi biliyordu. Daha doğrusu hissediyordu. Çünkü ister istemez, gece konuştukları, ertesi gün erat arasında konuşuluyor, tartışılıyordu. Gerçi o hiç katılmıyordu. Kendisi ile ilgili konuşulduğunu anladığında kalkıp gidiyordu.

Arası benimle iyiydi. O yüzden de gece konuştuklarını ona sorabiliyordum. O sadece konuşulanları değil, gittiği mekân ve çevreyle ilgili şeyleri de anlatıyordu. Cehennemden çok etkilenmişti.

– Ede, o sopa hakikaten ateşten miydi öyle, diye sordum.

Sopanın adını duyduğunda bile titredi:

– Sorma ede. Ben ömrümde öyle bir şey görmedim. Yumuşaktı, eğilip bükülüyordu, yani demirden değildi. Ama insanın bedenine dokundurulunca içinden yıldırıma benzer bir ateş ve ışık çıkıyordu. Ede onu vurdukları zaman, tepeden tırnağa her tarafın aynı acıyla cayır cayır yanıyor. Hiçbir uzvun diğerine yardım edemiyor, sanki o anda inme iniyor vücuduna. İnan o sopanın acısını tatmamak için yapmadığın işe bile ben yaptım dersin.

Durdu, epey sustuktan sonra:

– Ede hele o adamın barsaklarının arkasından pörtleyip sonra tekrar içeri girmesi gözümün önünden gitmiyor. Adamın o hâli, beni yemekten içmekten kesti. İğrenç bir şeydi ama aynı zamanda acıyorsun. Benim diyen insan o acıya dayanamaz, bağırtıları dinleyemez. Ama görevliler onu duymuyorlar bile.

Adamı anlatırken Halil dayanamamış, ağlamaya başlamıştı:

– Ede ömründe böyle bir şey görmemişsindir. Cehennem görevlileri acayip varlıklar, yüzlerine asla bakamazsın. Kasları demirden, sesleri bir tuhaf. Sana baktılar mı başını eğmemen ve onlara itaat etmemen imkânsız. Birbirlerine 'hâzin' diye sesleniyorlardı, Hâzin! İlkokuldaki gibi herkesin de bir numarası vardı. O numara esastı: Hâzin 1, Hâzin 2, Hâzin 3...

– Aman ha ede, cehennem öyle yalan değil, hayal değil. Gözümüzün önünde, burnumuzun ucunda bir yerde duruyor. Bir adımlık mesafede... Aman ha ede! Sen sen ol, sıra bozma, öne geçme... Allah sıra bozanı, kendi işine karışan, tanrılık yapmaya kalkışan, âlemdeki gidişatı bozan bir insan gibi cezalandırıyor.

Başımı salladım.

Halil kısa bir süre daha oyalandı yanımda. Sonra çıktı gitti.

Akşam paydos etmeden yine geldi:

– Unutma ha, yarın bana da görev yaz, dedi.

– Kendini nasıl hissediyorsun, diye sordum.

– Turp gibiyim. Merak etme, iki dünya arasında gidip geliyorum ama artık birbirine karıştırmamayı öğrendim, dedi.

Cehennemde gördükleri onu yormuştu besbelli. Ama gündüzü böyle boş boş geçirmek istemiyordu.

Halil o gün tekrar cehenneme gideceğini biliyordu. Kim bilir bu sefer nasıl bir işkence bekliyordu onu. Sıra gaspından dolayı çektiği azabın etkisini daha üzerinden atamamış gibiydi. Bugün yemeğe gidememişti. Gece gördüğü işkencenin bedenini bitap düşürdüğünün kendisi de farkında idi.

Komutan bir iki meseleyi konuşmak için çağırınca Halil'in bu talebini de söyledim:

– Uygun bir vazife varsa ver İsmail, dedi.

Ona karakol içi görevlerden verebilirdik. Halil herkesin gözettiği biri olmuştu. O bu tavrı, insanların kendisine acıması gibi anlıyordu bazen ve üzülüyordu.

Askerlikten bir gün daha düşmüştü.

Bugün de yine herkes akşamı bekliyordu. Artık bizim mutat beklentilerimiz arasındaydı akşam vaktini beklemek. Gündüz işin hayhuyu arasında bazen öğlen ve ikindi ezanını duymuyorduk bile. Ama akşam ezanı hiç kaçmıyordu. Caminin karakola o kadar yakın olduğunu da Halil'in bayılmaları ile fark etmiştik sanki.

"Tanrı uludur, tanrı uludur... bilirim bildiririm yoktur ondan başka tapacak..." günde beş defa karakolun içinde yankılanıyordu artık. Ezan Türkçe okunuyordu. O yüzden ihtiyarlar pek itibar etmiyordu camiye, biz gençlerin ise namaz umurunda değildi zaten. Halil gibi namazında dikkatli birkaç asker de zaten çoğu kere gizli ve kenar köşede namaz kılıyorlardı. O yüzden çoğumuz ezan okunduğunun bile farkında olmuyorduk.

Ama Halil, her gün, en azından bir ezan okunduğunu bize fark ettirmişti. Çünkü müezzin akşam ezanında "Tanrı uludur" dediği anda, Halil düşüyordu. Halil'in o hâle düşmesinin saatle, ezanla ne ilgisi vardı, neden hep o saatte huy tutuyordu, anlayamadık. Zaten kimsenin bunu düşündüğü de yoktu. Bizim için olay basitti. Ezan okunur. Ezan okunur okunmaz da Halil bayılır ve düşer. Ateşe mi düşmüş, suya mı düşmüş, betona mı düşmüş mühim değil. Halil o düşmelerde bir şekilde zarar görmüyordu, bir yerini kırmıyordu, çarpmıyordu.

Bu zannımın yanlış olduğunu o akşam öğrenecektim.

Artık ben de namazları kaçırmamaya çalışıyordum. Halil'in o gün cehennemdeki adama okuttuğu bildiğim bir iki sure ile karakolun bir köşesinde kendimce akşam namazını kılıyordum ki bir jandarma geldi başını uzattı:

– Tertip, Halil başını ranzaya vurmuş, kanıyor, dedi.

Koştum. Evet başı kanamıştı ama neyse ki önemli bir şey değildi. Halil zaten uyku hâline geçtiği için, kanadığının farkında değildi. Arkadaşlar basit bir sargı bezi bulmuşlar ve sarmışlardı bile.

Halil o gün de fazla beklememişti konuşmak için. Sanki gözünü direkt cehennemde açmıştı. Çünkü selam faslı yaşanmadan, cehennem görevlileriyle konuşmaya başlamıştı.

Halil'in ağzından sürekli "Peki komutanım!" sözü çıkıyordu. Aslında demek istediği "peki efendim"di ama dil alışkanlığı ile "peki komutanım" diyordu. Bir de görevlilerle konuşmasından *"bel kapısı"*ndan içeri girdiklerini öğrenmiştik. "Bel kapısı"!

Halil "dil kapısından" cehenneme sokulduğunda, "Ben küfürbaz olduğum için, küfürbazların hâlini göreyim diye o kapıdan aldılar beni içeriye." dediği için biz *bel kapısı*nı kendimizce tahmin ettik ama tam bir anlam verememiştik.

Hüseyin'in aklına gelenin, doğru olduğunu sonra anlayacaktık. Hüseyin, "Hacı" lakabı taktığımız arkadaşa döndü:

– Oğlum, dedi, Hacı Bektaş pirimiz, "Eline, diline, beline sahip olacaksın, din budur." der. Ardından bir kahkaha attı:

– Len bu bizim yobazın başka kırıkları da var galiba. Baksana adamı ..... kapısından içeriye almışlar.

Hüseyin pat diye böyle söyleyince sayesinde hepimiz "bel kapısı"nın ne olduğunu açık seçik anlamıştık!

Halil esasında uçkuruna sahip biriydi ama gençlik işte. Olabilirdi. Tahmin edemiyorsunuz. Namaza titizdi. Fakat daha düne kadar hiç de namaz kılana yakışmayacak küfürler de ederdi. Gerçi bu hâlinden kendi de şikâyetçiydi, "Askerlikten önce bu kadar küfretmezdim." der, üzülürdü. Üç kardeşin aynı anda askere alınmış olmasına, kardeşi 'Gılik Memet'in de Diyarbakır'da askerde iken huy tutmasından ölmesine bir tepki ile başlamıştı küfür, sonra da diline yapışmıştı. "Biri içimde küfrediyor, ondan kurtulamıyorum." derdi.

Onun o hâlinden dolayı Hüseyin, Halil'e hep takılırdı:

– Lan oğlum, ya dilini düzelt, ya namaz kılma! Sen gericisin oğlum, Müslüman değilsin!

Hüseyin de çok küfrederdi. Namazla niyazla da alakası yoktu. Zaten o dönemler namaz kılan değil, kılmayan makbuldü. Bazen dinden konuşulunca, "Ben şanslıyım, bizim namazımız kılınmış, siz kendi derdinize yanın." derdi. "Kalbin iyi olacak, içinde fesat olmayacak." derdi. Adaletli bir çocuktu mamafih. Yüzünü, bizim köyün odasında asılı Hz. Ali resmindeki adama benzetirdim hep.

Hüseyin sayesinde bel kapısının ne anlama geldiğini anlamıştık! Ama ben Halil'in öyle bir günahı olabileceğine ihtimal vermiyordum.

Halil, ona rehberlik eden görevliye karşı çok saygılıydı. Sık sık *peki efendim,* bazen de *emredersin komutanım* diyordu. Biz bu ifadelerinden Halil'in karşısındaki muhatabından korktuğunu, itaat etmekten başka elinden bir şey gelmediğini anlamıştık. Hocaya yaptıklarına göre Halil görevliye karşı kuzu gibi idi.

– Efendim burası neresi?

– Hımm, zina etmiş veya zinaya teşebbüs etmiş olanların azap çektikleri yer burası.

– Cehennemde insanlar günahlarına göre mi toplanıyor böyle?

– Hımm, demek, aynı günahı işleyenler aynı yerde toplanıyorlar. Elinle yaptığın günahların bittiğinde dilinle yaptığın günahlarını çekersin. Günahı hangi uzvunla işlemişsen o uzvun sebebiyle cehenneme girersin.

– Allah Allah! Hiç kimse bunu bilmiyor dünyada efendim.

– Hımm, bilsin bilmesin insan hangi uzvuyla günah işlemişse o uzvuyla ceza görür.

– Bedeninin diğer uzuvları azap çekmez mi?

– Hımm, çeker ama daha hafif.

– Ben cehennemi tek bir yer sanıyordum. Orada ateşler var, kazanlar kaynar, insanları atarlar o kazanlara, kaynatırlar... Hep böyle duymuştum.

– Hımm, öyle yerler de var. Ama her uzvun günahı ve azabı ayrı ayrıdır, cehennem de ona göre bölüm bölümdür.

Halil belli ki dehşet içinde idi. Bir gözünü kapatıyor, bir kulağını tıkıyor, bir yüzünü iki avucuyla kapatıyor ve hüngür hüngür ağlıyordu. Uzun süre sessizlik içinde öyle sanki sağa sola bakıyor gibi hareketler yaptı, durdu.

Sonra yürümeye başladı.

Belli ki bir adamla karşılaşmıştı. Kulaklarını tıkıyor, gözünü kapatıyor; bir yandan da konuşuyordu:

– Aman ya Rabbi, aman ya Rabbi, aman ya Rabbi... Bu nasıl bir su böyle? Ufff... Hiç insaf etmez mi bu cehennem görevlisi... İnsan günahından böyle mi yunurmuş? O kova kova döktükleri su nasıl bir şey ki adamın etlerini pişirip kemiklerinden sıyırıyor böyle. Sanki yanardağın ateşi akıyor üzerine... Sen bizi koru Allah'ım... Hangi can dayanır böyle azaba?

Sonunda dayanamadı ve müdahale etmek istedi:

– Selamünaleyküm hâzin efendi. Bu adamla biraz konuşmama müsaade eder misin?

Halil hâzin diye seslendiği cehennem görevlisinden müsaade almış olacak ki adama selam verdi:

– Selamünaleyküm hemşerim.

– ??

– Aaa hemşerim ne işin var burada? Sen dil kapısından girilen cehennemde değil miydin?

– Hımm, demek oradaki azabın bitti, buraya getirdiler. Burada nasıl bir azap çekeceksin?

– Hımm, sırayı bozma.

– E onu dün çekmemiş miydin? Sırayı bozmuşsan zina ile ne alakan var hemşerim?

– Hımm, var, demek.

– Hele şu defterine bir baksam...

Biz sandık ki yine adamın bağışlanması için bir çare arayacak. Esasında büyük ihtimalle niyeti de buydu.

Halil bir kitabı iki eliyle tutuyor gibi bir müddet öylece kaldı. Pısır pısır dudaklarının oynamasından bildik ki defteri okuyor. Halil bir anda mosmor olmuştu. Yüzünün bütün damarları belirmişti ve tam o anda ayağını karnına doğru çekti ve anladık ki adama tekme vuracak. Ayağını çekmesiyle:

– Ulan Allah senin belanı versin! Murdar herif! Sen ne adi, pislik bir adammışsın lan! Bilseydim, o seni tepeleyen cehennem görevlilerinin elinden seni kurtarır mıydım? Bir de dua ettim seni kurtarmak için. Adi g.... Lan hem sıra bozmuş, hem hak yemiş, hem zina etmiş, hem ocak söndürmüşsün. Lan Allah sana müstahakını vermiş. Şu yaptıklarına baksana. Ben cehennemi Allah'ın rahmetine sığdıramıyordum. Lan asıl senin gibileri cezalandırmasaydı Allah'ın rahmeti eksik kalacaktı. Adaletine kurban olayım Allah'ımın!

Bu esnada adama savurduğu tekmeyi üç arkadaş zor zapt etmiştik ki ayağını ranzanın demire vurmasın diye. Tekmeyi öyle kuvvetli savurmuştu ki, o üç arkadaşa rağmen, yine de ayağı ranzanın arka demirine küt diye inmişti.

Halil, defterden adamın ne yaptığını kesik kesik okuyor, ikide bir de adama küfrediyordu. Adamın cehenneme atılmasına ve bu azaba çarptırılmasına sebep olan hikâyesi hepimiz için ibretlikti...

Halil'in okuduklarından anlamıştık ki değirmenci bir ailenin mahvına sebep olmuş. Yaşlı bir kadın varmış. Tüm ocağı dağılmış, elinde sadece bir torunu kalmış. Gözleri de tam göremiyormuş. Kadın, komşularının da yardımıyla bir miktar buğdayını eşeğe yükletmiş. Sekiz dokuz yaşındaki tek torununu eşeğe bindirmiş ve öğle saatlerinde değirmene göndermiş. Niyeti, çocuk karanlık basmadan değirmenden dönebilsin imiş.

Çocuk değirmene gelmiş ve sırasını beklemiş. Sıra tam çocuğa gelince bir kadın gelmiş. Kadın dulmuş ve değirmenci ile hoş olmayan bir münasebeti varmış. Değirmenciyi kafa kola alıp kendi buğdayını önden öğüttürmüş. Karşılığında da değirmencinin menhus talebini karşılamış. Derken akşam olmuş. Çocuğun buğdayı öğütüldüğünde vakit nerede ise gece olacakmış. Değirmenci çocuğun buğdayını öğütmesine öğütmüş ve çocuğu da eşeğine bindirmiş, ama...

Değirmen yolları genelde tekin olmadığı gibi o değirmenin yolu da korkuluymuş. Çocuk tam o korkularıyla o netameli yerden geçerken eşeği ürkmüş. Hızla kaçarken üstündeki çocuğu atmış. Çocuk, düşmüş ve başını bir yerlere çarptığı için oracıkta ölmüş.

Ta nihayet çocuğu aramaya koyulmuşlar. Bakmışlar eşek yolun kenarında otlanıyor. Çocuğu aramaya başlamışlar. Çocuğun ölüsünü bulmuşlar.

Daha sonraki zamanlarda çocuğun ninesi kederinden tamamen kör olmuş. Değirmenci de çocuğun akıbetinden haberdar olmuş. Bunun aşağılık nefsi için dul kadının ununu önden öğüttüğünden ve onunla gönül eğlendirmesinden kaynaklandığını nefsinde hissetmiş. Ama gizlemiş, itiraf etmemiş ve tövbe de etmemiş... Cenab-ı Hak da sırayı değiştirmekle sebep olduğu tüm kötü akıbetleri değirmenciye yazmış.

Halil adama küfrede ede, bir hâl olmuştu. Sonunda:

– Allah belanı versin, bu çektiklerin az bile. Daha dul kadınla yaptıklarının cezası gelecek önüne, o zaman da ben gelip senin halini göreceğim.

– ??

– Ben sana yeni sureler öğretecektim, yine namaz kıldıracaktım, Allah bir kere daha seni affetsin diye. Ama artık sana dua etmeyeceğim.

Halil birdenbire ciddileşmişti. Elini kulağına götürüp sanki birini dikkatle dinliyormuş gibi yaparak bir süre bekledi. O sırada cehennem görevlisi onu ikaz etmiş olacak ki Halil:

– Yaa, özür dilerim. Demek azap çeken birine böyle beddua etmek bir mümine yakışmaz. Mümin merhametli ve şefkatli olur...

– Ama efendim, bak neler neler yapmış!

– Hımm, o, onu yapmış; benim de başka kabahatlerim vardır. Kabahatin büyüğü küçüğü yoktur. Kime karşı yaptığımıza bakmamız gerek.

– ??

– Hımm, demek ben ona merhametli davranırsam Allah da bana merhamet eder.

– Peki ne yapmalı böylelerine?

– Hımm, o ölmüş biri, ben ise daha dünyadayım. Dünyalıların duasıyla ölmüş olanların hâllerinde büyük değişiklikler yapılıyor. Müminin duası çok kıymetli. Ona acıyıp dua etmeliyim...

Halil, hâzinin geçmişte azap ettiği bir gencin hikâyesini bize aktardı:

– Hımm, yaptıkları yüzünden cehenneme gelmiş bir genç vardı. Sonra onun nasıl öldürüldüğünü öğrenip ona acıyan bir Allah dostu -çünkü o genç, kavga eden iki kişiyi ayırmak isterken öldürülmüştü- onun hakkında dua etti de onun duası yüzü suyu hürmetine o delikanlı affedildi ve onu alıp cennete götürdüler. Ben de ölüler için iyilik dilemeliyim diyorsun.

– Allah Allah! Bir de ölünün arkasından okumanın, dua etmenin faydası yok diyorlar. Yalanmış. Demek insan bir ölüsünün arkasından dua ederse, Allah onun akıbetini değiştiriyor. Aman Allah'ım ne güzelsin!

Halil, bu cümleden sonra sustu. Mırıltılar hâlinde cümleyi tekrar ediyordu.

Onun bu suskunluk zamanlarını ben de kendimle muhasebe vakti gibi görüyordum. Halil'in bu son dediği söz, beni yüreğimden yakalamıştı: *"Aman Allah'ım ne güzelsin!"* Daha o anda, yeryüzünün bütün güzellikleri bende anlam değiştirmişti.

Mesela onun güzelliğini düşündüm. Ne güzel bir şeydi. Onu her gördüğümde yüreğim taşardı. Onu sarmalamak, yüreğimin ta içine almak isterdim. O fani ve değişecek bir varlıktı. O güzellik beni kendine bu kadar meftun ettiyse kim bilir onu yapan Allah ne güzeldi! O anda gönlümün bir mertebeden başka bir mertebeye vardığını hissettim.

O ana kadar güzel bulduklarım birdenbire söndüler. Çünkü ben o güzellikleri, o varlıkların kendi özünden sanıyordum. Meğer hiçbir güzelin güzelliği kendisine ait değilmiş. Allah o güzelliği onların boynuna bir gerdanlık gibi takmış. Biz de ona tutuluyormuşuz. Halil'in "Aman Allah'ım ne güzelsin!" sözüyle âlemdeki tüm güzelliklerin Allah'tan taştığını fark etmiştim.

"Aman Allah'ım ne güzelsin" ifadesini ben de babamdan kapmış olmalıyım; benim de dilimin pelesengi olmuştu zaman içinde. Hâlâ da manevi hazların gönlümde taştığı, meramımı ifade edemediğim anlarda dilim "Aman Allah'ım ne güzelsin!" demekten başka bir kelime bulamıyor.

Hatta bir keresinde tavafın yedi şavtında sadece bu cümleyi tekrar etmiştim de o tavafın akabinde içine düştüğüm sarhoşluğun tadı, hâlâ gönlümde taze duruyor: Aman Allah'ım ne güzelsin!

Halil hâzinin hikâyesine şaşırmıştı:

– Demek öyle şeyler oluyor ha? Allahın rahmeti ne büyükmüş!

– Hımm, demek o rahmet sayesinde, buradakilerin hepsi cehennemden çıkacaklar.

– Nasıl çıkacaklar? Ama ben cehenneme girdin mi bir daha çıkamazsın diye biliyorum.

– Hımm, o inkârcıların cehennemi. Burası, günah işlemiş, nefsine zulmetmiş Müslümanların azap çektikleri yer. Burası sonunda kapanacak. Hz. Muhammed'in yüzü suyu hürmetine...

– O cehennemi görebilir miyim?

– Hımm, ben Müslümanım, beni onun semtine bile sokmazlar. Nasıl ki cennet müşrik ve kâfire haram ise, cehennem de mümine haramdır.

Bunu duyan Halil büyük sevinç içindeydi:

– O zaman imanımızı daha da güçlendirmemiz gerekiyor.

– ??

– Peki hâzin efendi, insan imanını nasıl güçlendirir?

– Hımm, sen bilmiyorsun. Senin Allah hakkındaki bilgin zan ve gayb içermez. Siz insansınız, sizinki nasıldır bilmiyorum ama biz sizin bu şüphelerinizden dolayı şaşkınız. Çünkü çoğunuz samimiyetsizlikten buralara geliyorsunuz. Çünkü Allah'ı bilseniz, ona karşı gelmezsiniz. Demek ki bilmiyorsunuz veya inanmıyorsunuz ki buradasınız.

Halil'in yine kafası karışmıştı. Çünkü eli yine çenesine gitmişti:

– Biz Allah'ı görmüyoruz. O bizim için gayb.

– Hımm, hâlbuki o kadar bizimle ve o kadar zahir ki gözlerimiz O'nu göremiyor. Bunu anladığım zaman hakiki imana ermiş olurum.

– Bunu nasıl anlayacağım?

– Hımm, yanımda hiç kimse yokken, kendimi gerçekten yalnız zannedip başkasının görmesinden sakınacağım bir şeyi yapıyorsam henüz imanın idrakine varmamışım. Çünkü mümin için, kimsenin görmediği bir yer yoktur. Allah her daim kulunu görür ve onunla beraberdir.

– Ama hâzin efendi biz insanız, bir yığın gizli saklı yapmamız gereken işlerimiz var.

– Hımm, insan, insan olmasından insanî hâllerinden mesul olmaz. Tuvalete gider, eşiyle yatar, soyunur, dökünür... Onlardan bir sorumluluk olmaz. Bununla birlikte Allah, zaten o hâllerin de büyük bir kısmının insanlardan gizli yapılmasını istemiş. Çünkü Allah güzeldir ve güzel işleri sever, çirkinliklerin de üstünün örtülmesini ister.

– ??

– Hımm, birçok hayvan, hayvan olduğu hâlde çıkardığı pisliklerini gömüyor, üstünü örtüyor. İdrak sahibi insanın bunu yapmaması Allah'a karşı edepsizliktir. Senin bana söylediğin, Allah'ın emir ve yasakları hakkındadır. Kimsenin görmediği yerde Allah'ın haram dediklerini işliyorsam, demek ki imanım zayıftır. İnsan hakikaten ahirete inansa, Allah'ın hep kendisi ile beraber olduğunu bilse, onu buraya düşürecek işleri yapmaz, yapamaz. Birtakım hataları olsa da Allah onun içindeki samimi niyete bakarak onu affeder.

– Hâzin efendi, senden çok şey öğrendim. Benim bir hocam var; o bana nasihat ediyordu ben anlamıyordum. Şimdi onun dedikleri de kafama yerleşti. Kendimi buralara düşürmek istemiyorsam, Allah'ın emir ve yasakları konusunda ciddi olmalıyım. Ciddiyet de ancak Allah'ın azametini gönülde hissetmekle olur. Ben artık dediğin gibi olacağım inşallah.

– Hımm, bunu yapmak o kadar da kolay değildir. İnsanoğlu zayıftır, söz verir, sözünde durmaz diyorsun.

– Doğrudur. Ben de defalarca kendime söz veriyorum ama sonra yapmayacağımı söylediğim şeyi yapıyorum. Yani istemediğim hâlde günah işleyebiliyorum. Bunu aşmayı nasıl başaracağım?

– Hımm, insan mutlak irade sahibi olmadığı için, günahsızlığı da imkânsızdır diyorsun. Yani şu veya bu şekilde hata (günah) işleriz. Esas olan o hatadan dönmek, samimi bir yürek ile pişmanlığını Allah'a iletmek. Tabii O'nu inandırmam gerekiyor.

– Bunu nasıl yapacağım? O'nun inandığını nasıl bileceğim?

– Hımm, dilimle söylediğime kalbim ve nefsim de katılmışsa ve yüreğimde pişmanlık oluşmuşsa bana inanmıştır. Bütün zorluklarına rağmen iyilikte ısrar etmek!

– Ağlamaklı mı olmak gerekiyor?

– Hımm, içimde vicdan dediğimiz bir şey var. O Allah'ın bize inanıp inanmadığını hissettirir.

– Ama insan o hâli hep sürdüremiyor.

– Hımm, kendim için sağlam tövbe yapamıyorsam, diğer insanların hataları ve günahları için Allah'a dua etmeliyim. Onların hayrını istemeliyim ki Allah bana da azim versin.

– Yani ben başkasına dua edersem kendim için dua etmiş olacağım, öyle mi?

– Hımm, ben başkasına dua edeceğim. Rabbim bunu kabul eder. O bundan fayda görünce ben de nasiplenirim.

– Ben hiç öyle düşünmemiştim. Başkasının hayrını istediğimde Allah benim onun için istediğimi kabul ediyor. Kendim için istediğimde yüreğimdeki samimiyete bakıyor. Her zaman samimi olamadığım için, çoğu kere duam geri çevriliyor. Ama başkasına yaptığım duayı kabul ediyor. Bu kolay!

– Hımm, evet, kolay ama biz insanlar bencil olduğumuz için başkası adına bir şey istemeyi sevmiyoruz. Hep kendine ister insan ve istemekten de doymaz.

– O zaman ben o adama dua edeyim, Allah günahlarını affetsin diye. O zaman belki Allah benim de günahlarımı affeder. Öyle mi?

– Hımm, demek tam da öyle.

– E kolaymış.

– Hımm, evet kolay ama insanın bencilliği bırakmaz ki birini kendinden çok sevsin ve ona yardım etsin...

Bu arada Halil birine bakar gibiydi:

– Hâzin efendi, bu adam kim? Niye böyle elinin ayasından duvara çivilenip asılmış böyle?

– Hımm, o bir jandarma. Haksız yere bir adamı dövmüş ve onu mağdur etmiş. Jandarma olduğu için de kayırılmış ve dünyada alması gereken cezayı almadığı için burada ceza görüyor.

– Ne kadar öyle kalacak?

– Hımm, defterine bakman lazım.

Bu arada hâzin adamın defterine bakıyor olmalıydı ki Halil de hazırolda bekliyordu:

– Hımm, yetmiş yıl.

– Allah Allah! Yetmiş yıl demek.

– Hımm, bir tokat için yetmiş yıl.

– Bu fazla bir ceza değil mi?

– Hımm, Allah kuluna zulmetmez. Bela verdiğinde hak ettiğinin en küçüğünü, nimet verdiğinde de hak ettiğinin en büyüğünü, hatta hak etmediği kadarını verebilir.

– Çok şükür Rabbimize! Ya hâzin efendi, ben de jandarmayım ve yaşlı bir adamı, ifadesini alırken konuşmadığı için tokatlamıştım. Ben de buralara mı geleceğim?

- Hımm, bu yaptığımdan tövbe etmezsem veya gidip o zattan helallik almadan ölürsem, sana gelirim ve bana da aynı işkenceyi yaparsın.

- Siz azap ederken, onların acı çektiğini hissetmiyor musunuz?

- Hımm, demek siz sadece vazifenizi yaparsınız. Onun azap çekip çekmemesi sizin meseleniz değil. Siz Allah'ın sizden yapmanızı istediği işi yaptığınızda, büyük bir sürur ve ferahlık duyuyorsunuz. Azap görene merhamet etmek, vazifeniz arasında yok. O biz insanların vazifesi.

- Nasıl yani?

- Hımm, ancak biz birbirimize merhamet edebiliriz. Oysa yazık ki biz hep birbirimize küfrediyor ve zulmediyoruz, öyle mi?

- ??

- Yani şimdi ben bu değirmenciye acısam, onun için dua etsem, Allah onu affedebilir mi?

- Hımm, demek edebilir.

- Efendim bu ne kadar büyük bir nimet! O zaman insan eşi dostu için sürekli dua etmeli, Allah'ın ona hayrını vermesi, affetmesi için...

- Hımm, demek mümine düşen bu. Eğer açık açık dine düşmanlık etmiyorsa, açık açık Allah'a isyan etmiyor ve insanlara zulmetmiyorsa ona dua etmemiz gerekiyor...

- Çok teşekkür ederim efendim. Bir daha geldiğimde seni görebilir miyim?

- Hımm, seni görevlendirirlerse evet.

- Keşke yapsalar. Seninle konuşmak beni rahatlattı.

- Hımm, ben de azap edilmek üzere gönderilmemiş bir insanla konuşmaktan memnun oldum diyorsun. Sağ olasın hâzin efendi.

Halil gitme vaktinin geldiğini hissetmiş olmalıydı ki vedalaşıyordu. Ondan kendisini kapıya götürmesini istedi. Saniyeler içinde kapıya gelmişlerdi. Halil şaşkınlıkla:

- Aman ya Rabbi bu nasıl bir sürat! Bir anda kapıya geldik, diye mırıldandı.

Bir süre sessiz kaldı Halil. Ve sonra uyanma emareleri gösterdi. Hâlbuki her zamankine göre uyanması vakti değildi. Genelde gece yarısına doğru uyanırdı. Bu sefer biraz erken uyanıyordu. O kadar hızlı uyanmıştı ki ilk defa bizi yanı başında toplaşmış hâlde gördü ama hiç tepki vermedi. Kalktı ve doğruca abdest almaya gitti. Biz de çarçabuk yataklarımıza girmiştik.

Eğer şükreder ve iman ederseniz Allah size azap edip ne edecek? Allah, şükrün karşılığını verendir, hakkıyla bilendir.

Nisa Suresi, 147

Yedinci Gün

Halil artık iki dünya arasında gidip geldiğini biliyordu ve bunu yadırgamıyordu. Hâline alışmıştı.

O gün Haran köyünde su yüzünden yaşanan bir sıkıntıyı gidermek için köye gidecek ekibe Halil'i de kattım. Jandarma araziye çıktığı vakit yanlarına her hâle karşı yeterli miktarda mermi de verilirdi. Ne de olsa dünyada savaş devam ediyordu. Halil mavzeri omzuna takınca bir hoş olmuştu. Bir koşu geldi, teşekkür etti ve gitti.

Akşama doğru döndüler. Başlarındaki Ömer çavuş, ilk fırsatta yanıma geldi:

– Ya tertip, dedi. Bu çocuk -usta erler sonra gelenlere bazen çocuk da derlerdi- çok değişmiş. Eskiden hep arkada kalırdı. Bu kere benden müsaade istedi. "İşi bana bırak." dedi. Ya inanmayacaksın tarafları ikna etti biliyor musun? Bizim müdahalemize gerek bile kalmadı. Öyle bir konuşma yaptı ki ben bile etkilendim. Sanki başka biri konuşuyordu onun ağzıyla. Adamları yatıştırdı, suyu nasıl tanzim etmeleri gerektiğini izah etti ve bize güzel de bir yemek ikram ettiler. Bir sürü de kuru kayısı, peynir, yoğurt verdiler, karakola getirelim diye... Doğrusu çok şaşırdım bu hâle.

Haran o zamanlar, diğer köylere göre biraz daha varlıklı bir köydü. Ekim biçim işleri, hayvanları boldu. Halil güzel bir iş çıkarmıştı. Sevinmiştim.

Bir süre sonra da Halil uğradı yanıma. Oldukça neşeliydi. Bir işi başarmanın keyfiyle anlattı da anlattı. Ama işi kendisinin yaptığına dair bir şey söylemedi, ekibi anlattı:

– Bize karşı önce tedirgin idiler ama sonra onlar da rahatladı. Kalsaydık bize kuzu bile keseceklerdi, dedi.

Akşam yakındı. Doğrusu, Halil'i öyle görünce artık o hâlin geçmiş olacağını bile düşündüm. Bir yandan da Halil'in huy tutmalarının bitmesi işime gelmiyordu. Çünkü o iş, Halil'in macerası olmaktan çıkmıştı, benim irşadım için ilahî bir nimetti. Her gün, her daim dinleyebilirdim onu. Hatta nefsim diyordu ki Halil hiç uyanmasa da hep o âlemden bize bir şeyler aktarsa.

O akşam Halil'in keyfi yerinde idi ve durgunluğundan da eser yoktu. Bir ara Hüseyin de yanıma geldi Halil orada iken. Halil sanki Hüseyin'e, uzun zamandır görmemiş de yeni karşılaşmışlar gibi sarıldı, iltifat etti. Hüseyin her zamanki ağzıyla;

– La oğlum başına taş mı düştü, sanki bir yıldır görüşmemişiz gibi ne sarılıyorsun böyle, diye takıldı. Yanağını da göstererek "E al öp bari", dedi. Halil gerçekten kalktı ve öptü. Sonra yerine oturdu. Hüseyin ne diyeceğini bilemedi. Ama memnun da olmuştu. Daha doğrusu şaşkındı.

Halil neşeliydi. Ona akşamı hatırlattım:

– Abdestliyim ede, dedi.

Hâlbuki benim akşamı hatırlatmamın amacı başkaydı. Tam anlamadı veya anlamazlıktan geldi.

Akşam yemeğini birlikte yedik. O çok az bir şeyler aldı.

– Köyde karnımızı iyi doyurdular ede, dedi.

Sonra da ekledi:

– Kendileri teklif ve ısrar ettiler ha Ben Ömer çavuşa yemeyelim komutanım dedim ama ısrarlarını kıramadık. Bir bulgur aşı vardı ede, belki on senedir yememişim... Tereyağıyla yapmışlar. Bu darlığın içinde böyle bir yemek ele geçmez.

Ben de içimden zavallı köylüler, kim bilir nerelerden devşirip getirdiler de bu jandarmalara ikram ettiler, diye düşünürken Halil sanki içimdeki konuşmayı duymuşçasına,

– Haran varlıklı bir köymüş ede, dedi.

Yemekten sonra Halil koğuşa gitti ve yatağına uzandı. Tabii akşam ezanı ile birlikte yine öbür tarafa geçmişti. Ben yanına vardığımda Halil çoktan derin uykusuna dalmıştı.

Buna sevindim ama itiraf edeyim ki ilk defa o gün Halil'e çok acıdım. Bir insan kendi iradesi dışında aklı, fikri kendisinden selbediliyor. Saralılar, ruhi hastalıkları olanlar, kim böyle bir yazgıyı hak edecek bir iş yapmıştı ki. Hakikaten, neden insanın kaderine böyle bir yazı yazardı Allah. İmtihansa bile bu çok ağır bir imtihandı. Onların çoğu da doğuştan getiriyorlar o tür arazlarını. İşte Halil. Tamam, ara sıra küfrederdi. Hüseyin daha da ağır küfürler ederdi. Neden o değil de Halil hasta olmuştu? Bunun sadece kişinin yaptıklarıyla bir ilgisi olamazdı. Allah da adaletli olduğuna göre bunu nasıl izah etmek gerekirdi? Bunları düşünürken yine İlyas'ı hatırladım. İlyas yarı mecnun, kimseye karışmayan, kimseye zararı da dokunmayan ama haftada bir iki kere nöbeti tuttuğu için nerede ne zaman düşeceği bilinmeyen bir mazlumdu. Başı gözü yara bere içinde olurdu hep. Ailesi de zaptedemezdi İlyas'ı. Ya bağlayacaktınız, ya da o evde duramazdı. Dışarıda perperişan yaşardı. Köylü ona acırdı ama acımaktan öte bir şey de yapamazdı.

İlyas nasıl bir günah işlemişti de Allah ona öyle bir kader yazmıştı? Bu, bir günah sevap işi olamazdı. Bir yazgı olmalıydı arka planda. Allah'tan başka kimsenin tam olarak bilmediği... Böyle zamanlarda "Hikmetinden sual olunmaz." derlerdi. Hocalardan öyle duymuştum, öyle derlerdi; "Hikmetinden sual olunmaz." Ama İlyas'ı gördüklerinde insanların "Eee, etme bulma dünyası" dediklerini de duyardım. Anlatıldığına göre İlyas'ın dedesi, ağır hoca imiş. İyi de bir adammış ama çok muska yazarmış. "Çok kadını kocasından etti, çok insana şöyle yaptı böyle yaptı. Allah da intikamını torunundan aldı." derlerdi. "Sen insanların iradeleriyle, aklıyla, kaderiyle oynarsan, Allah da senin evlatlarının aklını alır."

Onca torun içinden bu hâl neden gelip İlyas'ı bulmuştu bilmiyordum ama erik çalan dedenin torununun dişinin kamaşmasının ne manaya geldiğini az buçuk kavramıştım artık!

Esasında şimdi ilk defa düşünüyordum, "Evet tabii ya, eğer Allah adil ise bir sebep olmadan insanlara böyle ağır bir yazı yazmazdı." Belki de insanlar bunu tam anlamadıkları için, "Hikmetinden sual olunmaz." diye hem Allah'ı adaletsizlikten, hem kendilerini sorumluluktan kurtaracak bir söz icat etmişlerdi. Eğer insanlar yaptıklarının bir kısmının çocuklarından çıkacağını ve yaptıklarının çocuklarının torunlarının kaderi olacağını bilseler, kötülüğü yapmaktan sakınırlardı belki de. Çünkü cehennem tehdidi insanlar için çok ikna edici olmuyor her zaman. İşte biz Halil'in cehennemden aktardığı hâlleri dinliyorduk ama yanı başında onunla dalga geçebiliyorduk.

Halil henüz konuşmaya başlamamıştı. Önümüzde öylece cenaze gibi uzanmıştı. Etinden et kessen duymuyordu. Ama aynı anda canlı idi. Tam o anda zihnim, başka bir şeyi keşfetmişti... Ameliyat edilen insanları ameliyat sırasında konuştursak ne olurdu acaba? Onlar konuşamıyorlardı, acaba gerçekten ameliyatta insanın canı yanmıyor muydu, yoksa esasında yanıyordu da dışa mı vuramıyordu? Ağır ameliyat geçirenlerin hâlinin, ahlakının değişiyor olmasında da böyle bir sır mı vardı? Onlar da ameliyat esnasında başka bir âleme mi geçiyordu acaba?

Aklım başka yerlere gitmişti ama ben Halil'in sesine odaklanmıştım. Halil hafif terlemişti. Dudakları da kıpırdıyordu. Arada derisinin rengi soluyordu yaşadıkları ve gördükleri şeyler karşısında. Bugün derisi de canlı idi.

Halil gerçekten bizi hiç mi duymuyordu acaba? Bazen insan rüyada iken aynı zamanda dış sesleri de duyar fakat cevap veremez. Ama o dışarıdan duydukları, rüyasının içinde biçimlenir. Acaba konuştuklarımız Halil'in ruhunda böyle değişimler yapıyor muydu? Veya sorgulanmasında bizim içimizden geçenler de etkili oluyor muydu?

Halil'in bugün müşterileri çoktu. Bazen biz bir iki arkadaş olurduk, bazen de kalabalık. Bugün bütün arkadaşlar vardı. Sanırım Halil'in bugün gittiği köydeki arabuluculuğu diğer arkadaşları da dinlemeye teşvik etmişti.

Halil yatsı ezanı okunduktan kısa bir müddet sonra konuşmaya başladı:

– Aleykümselam anne.

– Anne nasılsın? Seni özledim.

Bunlar, hiç Halil'e uygun hâller ve sözler değildi. Annesine nasılsın diyecek, birine seni özledim diyecek. Duyulmuş şey değildi. Ama Halil annesinin hâlini sormuştu.

– Hımm, tabii ya senin ölü olduğunu unutmuşum.

– Niye, ölülere nasılsın denmez mi?

– Hımm, ölülere nasılsın denmez, Allah sana rahmet etsin denir. Nasılsın desem o da hâlinin kötü olduğunu söylese ne yapabilirim ki? Cehennem halkından ise sen ona nasılsın diye sorsan, ne olur?

– Belki ona rahmet okurum, dua ederim.

– Hımm, maşallah, ben bunları nereden mi biliyorum? Cehennemin hâzini söyledi. Ondan öğrendim anne.

– Hımm, çok iyi yapmışım. İnsanlar birbirine lalettayin nasılsın diyorlar. Hâlbuki birine nasılsın diye sorsam, o da hâlini söylese ona yardım etmem vacip olur.

– Vacip?

– Hımm, yani ona yardımcı olmam şart olur. O yüzden birine nasılsın demeden önce o bana derdini açar veya hâlini söylerse ona yardım edebileceksem nasılsın demeliyim.

– Ona yardım edecek durumda değilsem, nasılsın diye sormayayım mı yani?

– Hımm, sorabilirim amma o bana hâlini söyler ve ben de bir şey yapamazsam, vebal altında kalırım, burada sorgulanırım.

– Ya anne biz hep birbirimize böyle sorarız.

– Hımm, yalandan soruyoruz.

– E peki ne yapmam lazım?

– Hımm, Allah sana hayrını versin, inşallah iyisindir de... Nasılsın diye sorduğumda da eğer bana hâlini söylerse yardımcı olayım veya ben yapamıyorsam, ona yardımcı olacak birini bulayım.

– Ben bunu yapamam ki anne...

– Hımm, o zaman kadrime göre konuşayım.

Ben yine kopmuştum. Ya Rabbi senin işlerin ne ince işlermiş! Bir insana hatırını sormak esasında onun varsa bir sıkıntısını gidermek içinmiş. Biz ise ara nağme gibi kullanıyoruz. İslam ne müthiş bir insanlık var ediyor da biz farkında değilmişiz meğer. Allah hepimizi bir can olmaya davet ediyor. En çok da biz, biz Müslümanlar birbirimizle didişiyoruz.

Halil annesiyle konuşmayı tamamladıktan sonra hocaya döndü:

– Hocam hoş geldin. Bugün doktoru getirmediğine göre işkence yok.

– Hımm, bugün yine yerinde talime gideceğim.

– Yerinde talim?

– Hımm, insanların cehennemde ne tür azaplar çektiğini müşahede ederek öğrenmem...

– Hocam ya bana işkence etmediğin zaman inan seni çok seviyorum. İşkence ederken başka biri oluyorsun.

– Hımm, işin hakkını vermektir o dediğim. İşin hakkını vermek gerekir...

– Biraz merhamet kime zarar verir?

– Hımm, işte, görevde merhamet olmaz, hak olur; o işin hakkı ne gerektiriyorsa o yapılır.

– ??

– Hımm, merhamet, kayırma getirir. Adalet yapmak istiyorsam Hak, her şeyin üstündedir. Hak adaletten bile üstündür, bilesin! Her şeyin kendine göre bir hakkı vardır. Ona uymazsam zalim olurum. Masum insana haksızlık etmek nasıl merhametsizlik ise, zulmedene de merhamet etmek haksızlıktır. İkisi de dünyanın düzenini bozar. Ceza uygulayacaksan hakkını verirsin...

Halil kısa bir sessizlikten sonra hocaya;

– Hadi gidelim o zaman, dedi.

Bu sefer sanki yürümüyorlardı. Âdeta bir şeye bindiler ama Halil neye bindiklerini söylememişti ama hızlı gittiklerini anlamıştık:

– Amma da hızlı gidiyor. Buranın binekleri ne ilginç böyle... Hem yürüyorlar hem uçuyorlar... Bir süre gitmişlerdi ki Halil:

– Yaa, demek sen burada iniyorsun. Bunda sonra ben yine tek başıma olacağım, dedi ve uzun bir süre sessiz kaldı. Ama dudakları mırıldanıyordu.

Mırıldanmaları da genelde "Tövbe ya Rabbi, aman ya Rabbi" şeklinde idi. O zaman anlıyorduk ki Halil cehennemde yürüyor.

– Selamünaleyküm hâzin komutanım!

– Hımm, sen komutan değilsin. O rütbeler biz dünyalılara ait.

– Ne diyeyim peki?

– Hımm, ben ne istiyorsam. Siz biz insanlar gibi değilsiniz. Sıralı varlıklarsınız. Bir iş için yaratılırsınız ve hep o işi yapmaktan lezzet alırsınız. Biz insanlar ise hâlden hâle geçtiğimiz için her bir makamda başka isimlerle anılırız.

– Evet ya hâzin efendi. Bizde kimisi acemi, kimisi er, erin acemisi ustası var, onbaşı var, çavuş var...

– Hımm, en yüksek makam muttaki olmaktır demek.

– Hocam, afedersin hâzin efendi, birileri muttaki/takvalı diyorlar ama ben tam olarak bilmiyorum bunlar ne demek.

– Hımm, muttaki, Allah'ın ilahlık makamına karşı saygı ve tazim duyandır... Komutanım bana bir görev verince ne mi yapıyorum? Tabii ki istediği işi en iyi şekilde yapıyorum, bir de ona karşı yanlış yapmaktan korkuyorum.

– Hımm, demek muttaki, aynı hassasiyeti Yaratıcıya karşı duymaktır. Üstelik biri komutanım; diğeri beni yaratan, her nimetimi veren Allah!

– Allah'ın bizden tam olarak ne istediğini nereden bileceğiz ki?

– ??

– Hımm, bir Müslüman olarak bunu nasıl sorabiliyorum?

– Niye sormamalıyım?

– Hımm, Allah'ın insandan ne beklediği, Kur'an'da var. Onları Peygamberiniz de anlattı. Nasıl davranırsanız, Allah'ı hoşnut edersiniz, bunlar size izah edilmedi mi?

– Hocalar bir şeyler anlatıyorlar ama onlar bu söylediklerini kendileri de pek yapmadıkları için doğrusu bana inandırıcı gelmiyor.

– Hımm, yazık etmişim kendime. Ben hakiki mümin değilim. Ben sadece Müslüman olmuşum. Mümin olsam, yani gerçekten Yaratıcı'nın var olduğuna ve buralara geleceğime inansam, kim ne yaparsa yapsın beni etkilemez. Etkileniyorsam, inancımda zayıfım.

Halil yine sessizliğe bürünmüştü. Ben de o anda mümin değil, Müslüman olduğumu anlamıştım! Kafam allak bullak olmuştu.

Mümin ile Müslüman aynıydı benim bildiğim. Ama cehennemin görevlisi birbirinden ayırmıştı. "Sen mümin değilsin, Müslümansın." demişti Halil'e! "İman etmeye bak!" demişti.

O gün bu ikisinin arasındaki farkı tam bilememiştim, çok sonraları anlayacaktım ama iş işten geçmiş olacaktı.

Kırk-kırk beş yaşlarındaydım, babamla bir sohbetimiz olmuştu. Ona, bir vesileyle mümin ile Müslümanın farkını izah etmiştim. Demiştim ki:

"Mümin Allah'ın varlığı ve imanın esasları konusunda tereddüdü olmayandır. O yüzden kelamcılar 'İman ya vardır ya yoktur.' demişlerdir. İmanın azı da çoğu da imandır. Ama İslamiyet bir teslimiyet hâlidir. Her teslim olan Hakkı bilmek zorunda değildir. Müslüman kabul edendir, iman eden değil. Tabii Kur'an'ın inşa etmek istediği insan tipi mümin Müslümandır.

Müslüman, Allah'ın varlığını, melek, kitap ve ahiret hayatının var olduğunu kabul eder. Kabul etmek başkadır, iman etmek başka... Kabul eden kurallara uyar, iman eden kuralların da üstünde Rabbine teslim olmuştur. Kabul eden her daim o kabule uygun hareket etmek durumunda olmaz; o yüzden de kimsenin görmediği yerde kural dışı hareket edebilir. Ama mümin kimsenin görmediği bir yer fikrine sahip değildir. Çünkü hep Allah ile beraberdir. Allah İbrahim'e 'Teslim ol!' dedi. O da 'Ben âlemlerin Rabbine teslim oldum.' dedi. O kadar tereddütsüzdü. Çünkü İbrahim, inancında perde olmayan şirksiz bir mümindi. Allah'ı görmüşçesine...

Müslüman ise imanın esaslarını kabul eder ama aklı ve nefsi henüz tasdik etmemiş olabilir. O yüzden Müslüman, Müslüman olduğu hâlde birçok yasağı işleyebilir. Ama mümin, mümin olduğu sürece yasak edilene yanaşamaz bile. Kalbi doğrudan Allah'a açıktır. Müslümanın ise kalbi ile Allah arasında binlerce perde vardır. İmanında şirk olabilir, sebeplerden kurtulamadığı için, kalbi ve aklı Allah'ın mülkünde o sebeplere de bir pay tanır, müşrik olur. Ama Müslümandır. Müslüman Allah'ın var olduğunu kabul eder. Ancak her kabul, itaati getirmez. Ama her iman, gönüllü itaat getirir."

Babam bu izahı çok sevmişti, "Ben şimdi anladım, cehennem görevlisinin neden Müslüman ile mümini ayırdığını..." demişti.

Tahmin ediyorum Halil, görevlinin "İman etmeye bak!" sözünden çok etkilenmişti. Sessizlik içinde ağladı bir süre. Sanırım görevli onu kendi başına bırakmıştı.

Nihayet duvarda avuçlarının içinden çivilenmiş askıda duran adamın yanına tekrar geldiler. Halil adama selam verdi:

– Bak hemşerim geldim, Allah sana merhamet etsin. Niye böyle astılar seni demiştin?

– Hımm, demek haksız yere adam dövdün.

– Ne hakla adam dövdün hemşerim? Onu "dövdüm" dediğine göre, ya sen çok güçlüydün, ya o acizdi, öyle mi?

– Hımm, sen jandarma idin.

– Neden dövdün onu?

– Hımm, yaramazlık yapmıştı. Hükûmetin istediği miktarda vergi vermek istememişti. Biz de onun bir tek ineği vardı, onu almak zorunda kaldık.

– Belki hakikaten adamın hâli yoktu.

– Hımm, siz emir eriydiniz. Adam da vermemek için direniyordu.

– Sen de onu döverek ikna ettin demek...

– Hımm, sadece bir iki dipçik ve birkaç tokat salladın. Adam çaresiz kaldı ve ineğini bıraktı.

– E hemşerim, hak etmişsin bunu be. Adamın yaşamak için son çaresini elinden almaya gitmişsin, o da haklı olarak sana direnmiş.

– Hımm, sadece direnme ile kalmadı "Ocağın sönsün!" diye bir de beddua etti sana. Sen de haklı olarak(!) dönüp bir daha tokatladın...

– Amma da babayiğitmişsin be hemşerim(!) Çaresiz bir insana hükûmeti arkana alarak efelik yapmışsın.

– ??

– Ne kadardır buradasın?

– Hımm, yeni geldin.

– Yeni mi öldün?

– Hımm, üç beş sene oldu demek.

– Adamın bedduası cidden de ocağını söndürmüş hemşerim. Kaç yaşındaydın öldüğünde?

– Hımm, otuz altı idin demek.

– Hakikaten adamın ahı seni tutmuş hemşerim. Çoluk çocuğun kaldı mı?

– Hımm, bir oğlun iki kızın vardı.

– Hemşerim, sen bana adresini ver de elim değerse aileni ziyaret edeyim, yapabileceğim bir şey var mı bakayım.

Halil sessizliğe bürünmüştü. Sanki bir deftere bir şeyler yazıyordu. Yüzü asılmıştı ve ağlıyordu. Benim zannım oydu ki Halil biraz da kendisine yanıyordu. Çünkü o da bir ihtiyarı dövmüştü jandarma olarak. Söylerdi hep ve çok pişman olduğunu ifade ederdi... "Bir gün o adama yaptığım önüme gelecek ama inşallah çocuklarımdan çıkmaz." derdi.

Bir kızı olmuştu yeni, adını Ayşe koymuşlardı. "İnşallah onlardan çıkmaz." derdi.

Büyük ihtimalle onu hatırlamış ve kendi kendine o jandarmanın ailesini gidip görmek için üzerine bir görev almıştı. Onun için bir şey yaparsa, kendi üzerindeki vebal de düşer diye umuyordu galiba.

Halil tekrar adamla konuşmaya başlamıştı:

– Hemşerim, ne kadar asılı kalacaksın böyle?

– Hımm, yirmi beş yıl. Sol elinle yirmi beş yıl.

– Yahu hemşerim, bir tokat için bu kadar asılı kalacaksan biz yandık yahu.

– Hımm, daha bu sol elin cezası. Sağ elinle de yetmiş yıl asılı kalacaksın. Daha dipçikler var, yetkini, şahsın hesabına kullanmanın cezası var.

– Deme yahu! E toplam ne kadar sürecek?

– Hımm, sadece bu suçtan dolayı yüz yetmiş yıl böyle işkence göreceksin.

Halil yine mırıldanmaya başlamıştı. Hem ağlıyordu, hem tövbe ediyordu yine.

Biz hepimiz, jandarma idik ve hepimize böyle direnebiliyordu vatandaş. Ona benzer kabahati olanların tamamının yüzünde bir endişe belirmişti. Kimse bir şey demiyordu ama içten içe herkes günahını itiraf ediyordu.

Sessizliği Çavuş Ömer (Adanalıydı sanırım) bozdu:

– Dinime imanıma, bu adam doğru söylüyorsa biz cennet yüzü görmeyiz. Ya biz her gün köylüye zulmediyoruz. Devlet bizi gönderiyor git bunu al, git bunu yap, git bunu getir. Ne yapacaksın, gidiyorsun, emri yerine getiriyorsun, istenileni yapıyorsun.

Diğer herkes de çavuşu tasdik ettiler ama itiraz da ederek, "Allah hâlimizi bilmiyor mu?" diye. Genel havayı yine Hüseyin bozdu:

– Oğlum siz görev yapmıyorsunuz, devletin size verdiği yetkiyle gidip milletin başına jandarmalık yapıyorsunuz. Devlet bize bir elbise ve bir silah verdi. Siz de ona güvenerek kendinizi tatmin ediyorsunuz. Devlet sana bir emir veriyor, zulmü işleyen sensin. Başka türlü de halledebilirsin.

Bugün Halil ile beraber köye giden jandarmalardan biri araya girdi:

– Hüseyin doğru söylüyor. Zulüm bizim de seçimimiz. Bugün mesela bize kalsaydı, biz o köylüleri sıra dayağından geçirir ve bir daha böyle böyle yapmayın derdik, kimse de bize bir şey diyemezdi. Ama Halil ikna etti, konuştu, adamlar memnun kaldılar. Bir de bize gönüllü yemek yedirdiler hem de şu yoklukta...

Halil'i dinleyen her jandarmaya bir suçluluk hâli çökmüştü. Kimse konuşmuyordu ama artık herkes vicdanının etkisi altında bir tavır koymak mecburiyeti duymuştu. Birkaçı, "Boş verin ya, biz görevimizi yapıyoruz..." derken, bir iki tanesi de "Adamın ahiretten haber verdiği ne malum? Sünepenin teki bir adam. Böylece bize üstünlük taslamaya çalışıyor." deyip ayrıldı...

Bu arada Halil yeniden adamla konuşmaya başladı:

– Hımm, ellerinin ondan başka da cezası var.

– O niye?

– Hımm, babanı dövdün!

– Hemşerim baba dövülür mü yahu! Bu cibilliyetsizliktir. Nasıl yaparsın?

– Hımm, demek sen ne yaparsan yap baban hep küçük kardeşini kayırıyordu. Senin yaptıklarını hep görmezden gelirdi. Küçük kardeşin ne yapsa ona kızmaz, bütün öfkesini senden çıkarırdı. Dayanamadın bir gün ve onu dövdün, sen nasıl babasın diye.

– Eee?

– Hımm, onun için de her iki elinle ellişer yıl olmak üzere yedi kere askıya alınacaksın.

– Buna nasıl dayanacaksın?

– Hımm, bu hafifletilmiş bir ceza. Sen daha sonra çok pişman oldun, çok tövbe ettin, babandan dil ile de olsa helallik aldığın için böyle hafif atlatıyorsun.

– Helallik almasaydın ne olacaktı?

– Hımm, o zaman altında da ateş yanacaktı.

– Vay be. Bu nasıl bir yer böyle yahu! Yahu hemşerim ne yapıp edip buralara düşmemek lazım.

– Hımm, senin öyle bir şansın kalmadı. Sen öldün ve baban hâlâ da sana rahmet okumuyor.

– Baban niye sana böyle davrandı?

– Hımm, bilmiyorsun. Ona da babası öyle yapmış. Büyük evlat kahır çeke çeke böyle perişan oluyor.

– Babandan haberin var mı?

– Hımm, baban yaşıyor demek.

– Hemşerim, sana nasıl bir çare bulunur bilmiyorum ama hâlin de zor. Ben dönünce sana dua edeceğim. Aileni görmeye gittiğimde eğer baban hâlâ sağ ise senin hâlini ona anlatırım. Ne kadar küsse de bir anne bir baba evladını bu hâlde görse dayanamayıp affeder.

– Hımm, esas olan Allah'ın merhametini kazanmaktır diyorsun. Burada her şey açığa çıkınca, insan keşke yok olsaydım da buraya gelmeseydim diyor ama işte ne ölebiliyorsun, ne dönebiliyorsun.

– Allah sana acısın hemşerim. Seni hep anacak, sana dua edeceğim. Çünkü seninle bizim kabahatimiz aynı. Senin için Allah'a yalvarırsam belki senin hürmetine beni de affeder.

Halil, adamın defterini istedi ve el ile işlediği günahlarına baktı. El ile zina arasındaki irtibatı kurmak istiyordu sanırım... Sonra da:

– Ya hemşerim bu elin yüzünden daha çoook çekecek gibi görünüyorsun.

– ??

– Otuz bir de çekmişsin ha! Hayvanlara zulmetmişsin. Ne derdin vardı o dilsiz mahlûkat ile?

Bu arada görevli ayrılma vaktinin gelmiş olduğunu hatırlatmış olmalı ki Halil apar topar:

– Al defterini hemşerim, ben gidiyorum, dedi. Nasip olursa gelir seni görürüm.

Halil uyanma emareleri gösterdi. Vakit de aslında erkendi. Artık o tarafta işi bitince uyanmak için fazla beklemiyordu. Bilhassa cehenneme gittiği günlerde, oradan ayrılır ayrılmaz kısa sürede ayılıyordu.

Halil hâzin ile vedalaştı. Anladık ki uyanacak ve hemen dağılıverdik. O gün uyandığında kimseyi başucunda bekliyorken bulmadı Halil.

Kitap'tan sana vahyolunanı oku; namaz kıl;
muhakkak ki namaz hayâsızlıktan ve fenalıktan alıkor;
Allah'ı anmak en büyük şeydir! Allah Yaptıklarınızı bilir.
ANKEBÛT SURESİ, 45

Sekizinci Gün

Halil sekizinci gün de akşam ezanıyla birlikte öteki tarafa geçmişti. O gün komutanla bir hadisenin kaydını tutmaya gitmiştik ve dönüşümüz de epey geç olmuştu. Geldiğimde herkes toplanmış, Halil'i dinliyordu.

Denizlili Mehmet, bugün biraz erkence konuşmaya başladığını söyledi. Ben gelinceye kadarki konuşmaları kısaca anlattı. Halil o gün çok ciddi bir sorgulamadan geçmiş. Ve kendisine uzun süren bir işkence uygulamışlardı. Halil, bu kere de o köydeki kız sebebiyle sorguya çekilmiş. Nefsini ve kızı zinaya sürüklemek ve Allah'ın *asla yaklaşmayın* dediği alana girip kuralı ihlal etmesinden yargılanmıştı. Halil o gün hocanın iddialarına çok fazla itiraz etmemiş. Sadece, "Ben onu sevmiştim, halkın ve ailemin baskısından korkmasaydım, onunla da evlenirdim. Derdim, onu kandırmak, ondan yararlanmak değildi." diye kendini savunmuş.

Hoca da "Sen Allah'ın sana helal kıldığı şeyi, gizli ve haram yollardan yapmayı tercih ettiğin için suçlusun!" demiş ve ona ağır bir ceza uygulamıştı, daha doğrusu bedeni yakılmıştı. Halil bu kez doğrudan ateş ile dağlanmıştı. Ben geldiğimde bedenindeki yanık izleri hâlâ belliydi. Denizlili:

– Bu, geçmiş hali, dedi. İlk yaktıkları zaman vücudu simsiyah kömüre döndü. Doktor müdahale edince ancak bu kadar düzelebildi. Şimdi hoca onu yeniden cehenneme götürüyor.

– Hangi cehenneme götürüyorlar acaba, diye düşünürken Halil'in o gün yine el kapısından cehenneme girdiğini anlamıştık.

Halil bu sefer alev ile abdest alan bir adama rastlamıştı. Adam elini yüzünü, dirseklerini ateşle yıkıyor; yıkadıkça da etleri kemiğinden sıyrılıyor, feryadı göklere ulaşıyor, sonra dönüp en baştan yeniden abdest alıyordu:

– Hayırdır hemşerim, ne yapıyorsun böyle?

– Hımm, ateşle abdest alıyorsun.

– Zorun ne ki böyle ateşle abdest alıyorsun?

– Hımm, kendini böyle yapmaktan alıkoyamıyorsun.

– Neden ki?

– Hımm, günah olduğunu bile bile otuz bir çekiyordun ve kendini bundan alıkoyamıyordun...

– E niye öyle yaptın be hemşerim, bulsaydın bir kız evlenseydin ya...

– Hımm, bunu huy edinmiştin. Evlendikten sonra da sürdürdün.

– Deme ya hemşerim? Peki bu azabın daha ne kadar sürecek?

– Hımm, bilmiyorsun.

Halil sonra hâzine döndü:

– Hâzin efendi, bu adamın azabının azaltılması veya bu azabının kaldırılması için bir çare yok mu?

– Hımm, var. Çocukları onun malından onun sevabına bir yetimi veya gücü yetmeyen birini evlendirirlerse, belki de Allah ondan azabı kaldırır.

Halil tekrar adama döndü:

– Hemşerim senin malın mülkün var mıydı?

– Hımm, demek iyi mal bıraktın çocuklarına.

– Peki senin adına hayır işlemiyorlar mı?

– Hımm, fatiha bile okumuyorlar, senin adına hayır yapmak şöyle dursun.

– E sen onlara din diyanet, hayır hasenat öğretmedin mi?

– Hımm, yapmadın.

– Namaz da öğretmedin tabii?

– ??

– Hımm, bir kızın var, o ara sıra kılıyor. Diğerleri kılmıyorlar. O bazen sana dua ediyor.

– Diğerleri etmiyorlar mı?

– Hımm, ahiret akıllarına gelmiyor ki ben akıllarına geleyim diyorsun.

– Ya hemşerim, dünyadan gönderilen duaların bu kadar önemli olduğunu bilmiyordum.

– Hımm, sen de bilmiyordun.

– Sen namaz kıldın mı?

– Hımm, önceleri kılıyordun, sonra memur olduğun için bırakmak zorunda kaldın.

– İyi halt etmişsin!

– Hımm, o zaman öyle gerekiyordu(!) Kur'an okumak, namaz kılmak yasaktı. Hem memurdum, memurların namaz kılması hoş karşılanmıyordu, ben de bıraktım. Emekli olunca kılarım dedim ama kendimi burada buldum işte...

– Kızın dua etmiyor mu?

– Hımm, bazen ediyor, o dua edince bir süreliğine azabı durduruyorlar.

– Vay be! Ya hemşerim, sen öleceğini düşünmedin mi, bugünlerin geleceğini akıl etmedin mi hiç?

– Hımm, demek imanın zayıftı.

– Allah sana merhamet etsin hemşerim. Ben sana da dua edeceğim ama keşke bir yol bulsaydık da çocuklarının senin malından senin hesabına bir iki yetimi evlendirmelerini sağlayabilseydik!

– Hımm, zor.

– Hemşerim ben onlarla konuşur anlatırım. Belki yaparlar. Gidip onları görmek isterim. Sen nerelisin?

– Hımm, Nevşehir. Gidip konuşsam da bana inanmazlar, diyorsun.

– Öyle ya ben cehenneme gittim babanızla karşılaştım, şöyle şöyle azap çekiyordu desem beni kaçık zannederler. Senin hâlin zor be hemşerim.

– ??

– Pişman mısın?

– Hımm, pişman olmayan yok. Ama pişmanlığın burada bir faydası yok ki.

– Nasıl herkes pişman?

– Hımm, bugünlere inananlar tembelliklerine yanıyor, inanmayanlar veya az inananlar da hâline yanıyor.

– ??

– Hımm, dünyada iken aklımız da vardı zamanımız da. Bugünlerin geleceğini düşünmedik. Aldırmıyor insan, inansa bile.

– Öyle mi?

– Hımm, bir de kendini Allah'ın rahmeti ile kandırdın. Allah merhametlidir dedin, sana düşeni yapmadın.

– Hepimiz öyle yapıyoruz, hemşerim.

– Hımm, diyorsun ki siz öyle yapmayın. Kendinizi aldatmayın. Şimdi bak her gün yalvarıp yakarıyoruz ah dünyaya geri gidebilsem diye. Kimse duymuyor.

Halil'in onunla konuştuğu süre zarfında ona azap edilmiyordu. Adam da bu yüzden istiyordu ki Halil hep onunla sohbet etsin, biraz daha kalsın. Ama neticede Halil oraya cehennemin hâllerini görmesi için götürülmüştü; vakti kısıtlıydı, Adam belli ki "Biraz daha kal!" diye yalvarıyordu:

– Kalamam hemşerim, kalsam da Allah dilemezse sana bir yardımım olmaz.

– Hımm, ben mi?

– Ben Boyabatlıyım. Şu anda askerlik yapıyorum.

– Bu tarafa geçmeme nasıl mı müsaade ettiler? İnan hemşerim ben de anlamıyorum. İşte böyle zaman zaman beni buralara getiriyorlar, günahların akıbetini göreyim diye.

– Hımm, ben çok şanslıyım, ölmeden önce öldükten sonra bana ne olacağını görüyorum.

– Görüyorum da ne olacak ki... Dönünce, yine nefis gelecek, İblis gelecek, şeytan gelecek, cin gelecek, dürtecekler beni. Ve bile bile günah işleyeceğim büyük ihtimalle. Dünya da insanı rahat bırakmıyor ki?

– Hımm, sen de haklısın diyorsun.

– Hemşerim, insan gözüyle görse bile döndükten sonra bakıyorsun yine nefsi onu kandırmış. Bilmek yetmiyor, hakkıyla inanmak gerekiyor...

Halil adamdan ayrılırken ağlıyordu. Bilemedik ki adamın hâline mi ağlıyor kendine mi...

Kısa bir müddet sonra Halil ayıldı. Biz de o ayılmadan önce dağılmıştık başından...

Yusuf, "Ey Rabbim! Zindan bana,
bunların beni davet ettiği şeyden daha sevimlidir.
Onların tuzaklarını benden uzaklaştırmazsan,
onlara meyleder ve cahillerden olurum." dedi.

YUSUF SURESİ, 33

Dokuzuncu Gün

Halil artık, iki dünya ve iki yaşam arasında denge kurmuştu. Gece yaşadıklarını gündüzki işlerine karıştırmıyordu. İlk günlerdeki gibi derin bir acısı, çözemediği bir derdi varmış gibi bir köşeye çekilip iki eli böğründe fukara gibi oturmuyordu.

Cehenneme gidip geldikten sonra Halil'de insanlara karşı yüksek bir hassasiyet oluşmuştu. O gün yanıma uğradığında kendisi de itiraf etmişti:

– Valla ede, demişti. Yedi göbek düşmanım olsa, cehennemdeki hâli ve çaresizliği görünce merhametin kabarıyor, keşke o hâlden kurtulsa diye yüreğin yanıyor. Ne fedakârlık varsa yapasın geliyor. Ben şimdi birbirine beddua eden insanlara acıyorum. Hakikati bilseler, kimse kimseye "Allah seni kahretsin!" demez, lanet okumaz, kişinin günah işlemesine sessiz kalmaz...

İnsanlara acıyordu, onlara kızmıyordu artık Halil. Onlar için yapılacak bir şey var mı, hep ona bakıyordu.

Onun o hâli beni de çok derinden etkilemişti. Artık ben de insanları, kızılacak varlıklar değil, hoş görülecek, merhamet edilecek, sevilecek, acınacak varlıklar olarak ayırıyordum. Artık gözümde kimse kötü değildi. Nefsine yazık etmiş insanlar vardı ve onlar da kendilerini acınacak hâle düşürmüşlerdi.

Böyle kısa zaman içinde bir insanın ahlakının bu kadar değişebileceğini söyleselerdi inanmazdım. Ama işte kendim de değişiyordum. Onun anlattığı kadarı bile bu kadar tesirliyse kim bilir oraları görmek nasıldı...

Bir zaman bir kıssa dinlemiştim bizim köydeki hocalar kendi aralarında konuşurken. İki hocanın adı Bekir'di, bir de İbrahim hoca vardı. Bir ikindi vakti caminin avlusunda konuşuyorlardı, ben de yanlarına sokulmuştum. Babam Ali ve amcam Ömer de yanlarında idi.

Hz. Muhammed'in (s.a.v.) peygamberliğinin en büyük delili nedir diye tartışıyorlardı. Bana da ilginç gelmişti, o yüzden aklımda kalmış. O büyük Bekir hoca, ki o molla idi, demişti ki "Hz. Muhammed'in (s.a.v.) en büyük mucizesi, inatçı, geleneklerine bağlı, cahil bir kavmi kısa zamanda eğitmiş ve onları âleme üstat yapabilmiş olmasıdır. Çünkü insanı değiştirmek en zor iştir."

İşte Halil dokuz gün içerisinde bu kadar değişmişti. Bu hâl üstünde daimi kalır mıydı bilmiyordum ama çok değişmişti Halil.

Halil artık vaktini biliyordu. Yumurtası gelen tavuğun folluğuna gitmesi gibi Halil de akşam ezanına beş on dakika kala gider, yatağına uzanırdı.

O gün de öyle yaptı. Ben işlerimi bitirdim, yanı başında oturdum. Dünkü yaşadıklarının büyük bir kısmını kaçırdığım için üzülmüştüm.

Halil konuşmak için yaklaşık bir, bir buçuk saat bekledi. Derken yatsı okundu. Baktım henüz konuşmaya başlamadı, bir kenara çekilip yatsıyı bile kıldım. Halil bir müddet sonra başladı:

– Aleykümselam anne. Bugün elbiselerin çok güzel.

– Hımm, cennet elbiselerinin tamamı güzeldir.

– Elbiselerinizi siz mi yapıyorsunuz?

– Hımm, hayır, alıyorsunuz.

– Cennette de çarşı pazar var mı anne?

– Hımm, hem evet, hem hayır.

– Nasıl yani?

– Hımm, cennetteki çarşılarda mal alınıp satılmaz. Cennetin çarşısında insanlar birbirlerine güzelliklerini aktarırlar ve dünyada yaşadıkları güzel anlarını paylaşırlar.

– Allah Allah, ne ilginç! Peki elbiselerinizi nereden alıyorsunuz?

– Hımm, orada ağaçlar var, onlardan alıyorsunuz. Dünyadaki ağaçlar, yapraklarını nasıl dokuyorsa cennet ağaçları da öylece elbise dokuyabiliyorlar.

– Allah Allah. Ben anlayamıyorum anne...

– Hımm, cennete gitme kabiliyeti kazanırsam ben de göreceğim, böyle güzel elbiseler giyeceğim.

– Aaa, anne bu elbisenin rengi sürekli değişiyor!

– Hımm, öyle. Işığın rengine göre daima bana en iyi yakışacak renge bürünüyor.

– ??

Halil kafayı yemiş gibiydi, şaşkınlıkla annesinin elbisesini izliyordu. Tam o anda hocayı gördü:

– Aleykümselam hocaefendi. Sana hocam mı desem sadece, yoksa hocaefendi mi diyeyim?

– Hımm, edeben hocaefendi diyeyim. Ben daima beni edepli olmaya mecbur edecek usulü seçeyim.

– Peki hocaefendi.

– Hımm, sonra zaten seninle dost olacağız, ne dersem derim...

– Hocaefendi ermiş gibi adamsın. Sana hocam demeyi tercih ederim.

– ??

– Senin elbiselerin niye anneminki gibi değil?

– Hımm, sen ölü değilsin, cennet halkı da olamadın.

– E peki sen ne halkısın?

– Hımm, berzah halkındansın.

– Berzah?

– Hımm, ahiret yurdu ile dünya arasındaki bölge.

– İlginç. Dünyaya indirilecek belalar da nimetler de önce berzaha geliyor öyle mi?

– Hımm, sadece o değil, ölüler de bir süreliğine burada bekletiliyor...

– Ben arafat biliyordum orayı?

– Hımm, arafat değil, araf.

– Araf neresi?

– Hımm, cennet ile cehennem arasında bir yer. Bir kısım insan da orada toplanacak.

– Neden?

– Hımm, ne cennete gidecek bir amelleri var, ne de cehenneme gitmelerine sebep olacak bir hâlleri...

– Onlar hep orada mı kalacak?

– Hımm hâllerini Allah bilir ama onlar orada haklarında ilahî emrin tecelli etmesini beklerler...

– Sen ölümsüz müsün hocaefendi?

– Hımm, ölümsüz hiçbir şey yoktur. Allah'tan başka her şey ölümlüdür. Ama bizim ölümümüz sizinki gibi değil.

– Sizinki nasıl peki?

– Hımm, bana anlatsan da ben anlayamam. Bugün başka işlerimiz var hem. Onlara bakacağız.

– Doktor gelmeyecek mi bugün?

Tam o anda doktoru gördü Halil ve ona iltifatlar yağdırdı. Halil esasında daha çok hocaya takılıyordu. Kızıp küfredecekse ona ediyordu. Annesine karşı çok saygılı idi. Doktoru seviyordu ve ona şirinlikler yapıyordu:

– Aleykümselam doktor. Hep genç ve aydınlık yüzlüsün. Ne güzel yüzün var, hep gülüyorsun.

– Hımm, diyorsun ki sana öyle geliyor. Acılarını dindirdiğim için. Bana iltifat ediyorsun ama ben senin yerinde olsam, hoca ile aramı iyi tutarım. Biz, yani annenle ben, bu işten sonra seni bırakıp gideceğiz, ama hoca seninle kalacak ve ömrün boyunca sana yardımcı olacak, hayrı dokunacak. Onunla aranı iyi tut!

– Ondan gelecek hayır.... diyecek oldu Halil ama başladığı sözünü bitiremedi. Annesinden bir uyarı almış olacak ki hemen toparladı:

– Tamam anne özür dilerim. Hocama saygım sonsuzdur. Seni de anladım doktor. Demek yaralarıma merhem olduğundan bana böyle sevimli geliyorsun. Hâlbuki hoca senden daha güzel ama ben onun güzelliğini görmüyorum, öyle mi?

– Niye o daha güzel olsun?

– Hımm, onda bilmenin, bilginin güzelliği var. Bilmek daima bileni, diğer akranlarından daha güzel gösterir.

– Bizde okumuş adamı pek sevmezler.

– Hımm, esasında dünyada da okumuş kimse okumamıştan daha güzeldir. Ahlakı güzeldir, huyu güzeldir, muamelesi güzeldir. Ben esas bu hakikati görmeliyim.

– Biz elbiseye ve vücut güzelliğine bakıyoruz.

– Hımm, o da güzeldir ama bilginin güzelliği daha güzeldir.

– Ben anlamıyorum bunları doktor.

...

Bu arada Halil, hocanın getirdiği alet ve edevata dikkat kesilmişti. İlginç aletler olmalı ki dayanamayıp sordu:

– Hoca! Bugünkü sorgulaman da çetin geçecek gibi görünüyor. Bütün bunlar işkence aletleri mi?

– Hımm, öyle.

– Ya bu işleri işkencesiz halledemiyor musunuz? Bak artık ahbap olduk, insan dostuna da böyle davranmaz ki?

– Hımm, ilerideki güzel dostluğumuz için bugün bu cehennemlik hâllerden kurtulmam gerekiyor.

– E onlardan kurtulmamın kolay bir yolu yok mu?

– Hımm, var ama ben bugüne kadar o kolay yola hiç başvurmadım, niyetim de yok.

– Allah Allah o neymiş ki?

– Hımm, yaptıklarıma pişman olmam, her birini tek tek hatırlayıp bir daha işlememek üzere Allah'a söz vermem lazımdı demek. Haksızlık yaptıklarımdan da helallik almam gerekirdi.

– Ya hoca zamanla yaptıklarından utansan da yüzün tutmuyor ki gidip haksızlık yaptığına, "Arkadaş, sana haksızlık ettim, bana hakkını helal et!" diyesin!

– Hımm, bunu dünyada yapamıyorsak, burada böyle ağır bedellerle ödetiyorlar...

– Hocam bugün defterin hangi sayfasından başlayacaksın?

– Hımm, utanacağım bir mevzu.

– Annem, arkadaşların seni dinliyor demişti. Ayıplı bir şeyse onlar duymasa olmaz mı?

– ??

Biz iyice meraklanmıştık. Acaba bugün Halil'in hangi foyası gün yüzünü çıkarılacaktı? Bir şeyi yaparken belki üzerinde düşünmüyoruz ama yaptıklarımız insanların önüne döküldüğünde, ne kadar da çok ayıplı işlerimiz olmuş diyoruz. Ben kendimi Halil'in yerine koydum. Acaba kimsenin bilmesini istemeyeceğim nelerim vardı? Düşününce bile yüzüm kızardı, boğazım düğümlendi. İnsan gençken, cahilken hiç ölmeyeceğini sanıyor. Yaptığı bir şeyi kimse görmemişse, o hep öyle gizli kalacak zannediyor ama aksi gibi illa da bir yerlerden o sakladığı açığa çıkıyor.

Halil ile hoca arasında ilk defa böyle bir konuşma geçmişti. Bu yeni durum, kızı yatağına almaktan, cenabet cenabet yemek yemekten daha mı yüz kızartıcı idi ki Halil böyle bir talepte bulunuyordu?

O anda Halil'in başında on kişi vardık. Hüseyin de son zamanlarda kaçırmıyordu akşam nöbetlerini. Hep itiraz etmesine rağmen hep de gelip takılıyordu. Yine o beylik tahminlerinden birini yaptı:

– La bu .... kerhaneye gitmiş olmasın?

– ??

O anda herkes birbirinin yüzüne baktı. Sanki herkes aynı ayıbı işlemiş gibi kimseden çıt çıkmadı. Sessizliği yine Hüseyin bozdu:

– Len oğlum köylü çocuğu şehirden ne anlar? Sıpadan başka bir şey bilmeyen genç, şehre inince karıya, kerhaneye, meyhaneye sarar. Paran varsa ve kafadar arkadaş da bulmuşsan gider, o işleri yaparsın. Sanki mecbursun.

Sonra, yanı başında elini sırtına attığı arkadaşı Hacı'yı, her haltı birlikte yapmış olmanın rahatlığı ile dürttü:

– Söylesene oğlum, öyle değil mi?

Hacı bozulmuştu:

– Ben ne bileyim be! Sen de her pisliğini bana bulaştırıyorsun, diye çıkıştı.

Ama bu konu herkesin kafasının önüne eğilmesine sebep oldu ki kimse evet, hayır demiyordu.

Tam herkes kendi yaptıklarını düşünürken Halil konuştu:

– Ne? Umumhaneye mi gitmişim? Daha neler ya hoca!

Halil uzun sayılacak bir süre sessiz kaldı. Bilemedik, inkâr etmenin bir yolunu mu arıyor, yoksa hocadan rica ettiği "arkadaşlarım duymasa olmaz mı ricası" mı kabul görmüştü.

İkinci ihtimal beni çok üzecekti. Çünkü karakoldakilerin çoğunun öyle kaçamakları vardı, oluyordu. Acaba Halil de mi o tuzağa düşmüştü?

– Hımm, inkâra sapmayayım ki beraberinde getirdiğin aletleri üzerimde denemeyesin.

– Ya hoca ama insan bu kadar arkadaşının önünde böyle mahcup edilmez ki?

Artık bir şeyi net fark etmiştim. Halil, bazı durumlarda *hocaefendi*, bazen *hocam*, bazen de istihza ederek, *ya hoca* diyordu. Eğer hoca, ona dinden, güzelliklerden bahsediyorsa ona hocam diyordu; eğer hoca onu uyarıyorsa hocaefendi diyordu, işkence ve azap zamanlarında hoca diyordu. Dolayısıyla da "ya hoca" deyince anladım ki az sonra hoca ile bozuşacaklar!

– Hımm, onlar da dinlesin. Çünkü onların da öyle kusurları var. Daha gençler, tövbe ederlerse kendilerine iyilik etmiş olurlar.

– Öyle de şimdi artık dillerine dolarlar beni.

– Hımm, onların diline düşmek, zebanilerin eline düşmekten iyidir.

– ??

– Hımm, hem dolayamazlar, herkesin Allah'a vereceği hesabı var, diyorsun.

– Hüseyin de dinliyorsa şimdi, yandım!

Bu söz üzerine karakol kahkaha seslerinden çınladı. Hatta Hacı takıldı:

– La ...., senin şerrinden berzahtaki -berzah mıydı la- insanlar bile korkuyor. Görüyor musun? Her karakola senden bir numune düşse yeter beladır.

– Oğlum ben doğruyu söylerim, kendimi de esirgemem doğruyu söylemek için. Seninle gitmedik mi len, dedi Hüseyin.

– Lan git şurdan, yamuk ağız!

Hüseyin evet, günahlarını gizlemezdi. Esasında onun öyle tuhaf ve sevmediğim bir yanı vardı. Ama herkes onun o hâlinden dolayı etrafında toplanırdı. Günahlarını övmekle meşhur olmuştu Hüseyin. İşlediği günahları sanki iyi bir şey yapmışçasına ballandıra ballandıra anlatırdı. Bu hâli hoşuma gitmezdi.

Bana göre, mümin bir insanda hayâ olmalıydı. İstemeden veya bilerek de olsa günah işlemişse edeben gizlemesi gerekirdi. Hüseyin onu yapmazdı. Şimdi anlaşılıyor ki Hacı'yı da dümenine almış, onu da yaptıklarına ortak etmişti. Ama Hacı hâlâ o tür hâllerin gizli kalmasını isteyenlerdendi. Edepsiz değildi.

Hoca ile Halil arasında uzunca bir cedelleşme oldu, Halil inkâr etmek istese de kaçarı yoktu. Uzun süren hesaplaşmalarından anlamıştık ki Halil, daha önce görev yaptığı bir yerde, nasıl olduysa bir arkadaşıyla birlikte umumhaneye gitmiş.

Esasında Halil gitmek istememiş. Ama arkadaşı işi erkekliğe, pısırıklığa, korkaklığa getirince Halil de gitmeye karar vermiş. Paralarının çıkıştığı kadarıyla her birine bir oda vermişler. Halil de kadınla birlikte bir odaya geçmiş.

Halil gitmiş gitmesine ama vicdanı elvermemiş bu işi yapmaya... Oturup kadınla konuşmuş: "Kardeşlik, ben buraya isteyerek gelmedim. Arkadaşım beni zorladı, ama ben bunu yapmak istemiyorum. Ben evliyim ve Allah'tan da korkuyorum. Şimdi buraya gelmişken bu işi yapmasam, bu arkadaş beni dile düşürür. Ne olur bir şey yapmayalım, ama söyleyip beni de rezil etme."

Kadın Halil'in bu tavrından çok etkilenmiş. Dakikalarca ağlamış, "Hâlâ böyle iyi yürekli, güzel, temiz insan kaldı mı yeryüzünde?" deyip teşekkür bile etmiş. Buralara nasıl düştüğünü de anlatmış...

"Senin gibi vicdan sahibi biri karşıma çıksaydı bu hâllere düşmezdim. Kader işte. P.... çocuğu beni aldattı. Seninle evleneceğim diye beni köyümden kaçırdı, buralara getirdi. Bir eve yerleştirdi beni. Güzel bir evdi. Sen biraz bekle, benim bir iki işim var gidip onu göreyim geleyim dedi gitti. Çok sevinmiştim; elhamdülillah fakirlikten ve her gün nahır gütmekten, ahır temizlemekten kurtuldum diye sevinmiştim.

Akşama kadar onu bekledim. Gelmedi. Sonra şiş göbekli pis kılıklı bir adam geldi, elinde biraz bir şeyler vardı yiyecek cinsinden. Adam, beni kaçıran pisliğin arkadaşıymış. Öyle dedi. Zaten ben adamı görünce başıma gelenleri anladım, eyvah dedim ama ne yapacağımı da bilemedim. Adam getirdiklerini bana hazırlattı. Sonra bana sofra kurdurdu. Rakı da getirmişti.

Adam yemek yedi ve rakıyı da içti. Ben yemedim, korkmuştum bu bana bir şey yapar diye. Sonra da korktuğum başıma geldi. Ben daha kızdım. Ama o hiç aldırmadı...

Sonra üzerime kapıyı kilitledi gitti. Her akşam gelir, yiyecek getirir, keyfini de görürdü. Baştan hem korkuyor hem direniyordum. Sonra anladım ki beni kaçıran p....., bu adam için çalışıyormuş. Benim gibi saf ama gözü dışarıda olanları avlayıp getirip adamın tuzağına atıyormuş. Adam umumhane işletiyormuş. Bir ay beni kapatması etti, sonra bir gece bir iki adamla beraber geldiler. Onlara yemek yaptım. Sonra da önce biri sonra da diğeri benimle oldu. O zaman körpe idim. Adam bir süre de böyle müşterilerini getirdi. Onlardan iyi insanlar da vardı ama niye böyle bir iş yaparlardı anlamazdım. Bana acıyanlar da oldu ama elden ne gelirdi ki... Ben artık orta malıydım. Yıllar böyle geçti. Hâlâ buradayım. Yakında emekli olacağım ama heder olmuş bir ömür. Nahırdan ve ahırdan kaçarken dünyamı da ahiretimi de bitirdim."

Halil kadının hikâyesini bize aktarırken hep ağlamıştı. Ama parasını da verdiği hâlde onunla beraber olmamıştı. Allah'tan korkmuştu Halil. Öyle demişti:

– Evliydim ve bu işi yapmaktan Allah'tan korktum.

Hoca ona demişti ki:

– İşte Halil, şu anda senin cehenneme gitmemen için annen, ben ve doktor burada isek, senin o odada, o işi yapmak için hazır bir kadınla ve yalnızken ve o kötü fiili yapabilecekken, Allah'tan korkarak kadına elini uzatmadığın içindir. O hâlin Allah'ın hoşuna gitti. Ve seni kurtarmamıza müsaade edildi!

Hoca, içinden geçenleri de defterinden okumuştu. Kadın ona, *"Beni bu işten çekip alacak erkeğin .... temizler, ayaklarının altını öper, onu ömrümün sonuna kadar başımda tac eder, taşırdım."* deyince

Halil o gün "Keşke imkânım olsaydı da ben bu kadını bu hayattan çekip çıkarabilseydim," diye düşünmüş, bu da deftere yazılmıştı.

Halil o gün defterini yazan meleklere de teşekkür etmişti. Ne kadar adil oldukları, içindeki düşüncelerini ve gerçek niyetini de olduğu gibi yazdıkları için...

O gece Halil çok ağlamıştı. Hem Allah'a şükrediyor, hem tövbe ediyordu. Biz ise birbirimize düşmüştük. Parasını vermişken, affetmezdim diyen mi istersin; salak hem gitmiş, hem iş görmemiş diyen mi istersin; helal olsun Halil, iradeli adammışsın diyen mi dersin... Ben sessizlik içinde dinliyordum. Herkes, aslında gerçek yüzünü ortaya koymuştu. Kim yapmış bu işi, kim yapmamış veya kim kerih, kim normal görüyor ortaya çıkmıştı.

Halil o gün itiraz etmediği, yalan söylemeye sapmadığı ve cebindeki son paralarını da merhametinden çıkarıp kadına verdiği için dayak yememiş, işkence görmemiş, sağ selamet kurtulmuştu. Hocanın;

– Yarın cehenneme gidecek, o kadınların ve onlarla beraber olan erkeklerin hâllerini gözlerinle göreceksin, demesiyle bu günün de sona erdiğini anladık.

Halil, hoca ile vedalaşırken:

– Ya hoca hep cehenneme hep cehenneme gönderiyorsunuz. Cenneti de bir kerecik gösterin bari, dedi.

– Hımm, diyorsun ki daha çok kirlisin. Seni bu kirin ve pis kokularınla cennetin semtine bile sokmazlar. Vakti gelince bakarız.

Bu iş artık benim için ölüm kalım meselesi hâline gelmişti. Ben Halil'in gidip cehennemi gerçekten gördüğüne ve aktardıklarının da hak ve hakikat olduğuna adım gibi emindim. O yüzden de günahlarından temizlenip cennete gideceği ve gördüklerini de bize anlatacağı günleri iple çekiyordum...

Her kim de işlediği zulmünün arkasından tövbe edip durumunu düzeltirse kuşkusuz, Allah onun tövbesini kabul eder. Şüphesiz Allah, çok bağışlayandır, çok merhamet edendir.

MAİDE SURESİ, 39

Onuncu Gün

Halil o gün gözünü cehennemde açmıştı. Anne, hoca ve doktor selamlaşması hiç yaşanmamıştı. Oraya nasıl gitttiğini de anlatmadı. Oysa her seferinde cehenneme nasıl gittiği, hangi kapıdan içeriye alındığını anlatırdı. O gün doğrudan cehennemde bulmuştu kendini. Yanında bir refakatçisi var mı yok mu hiç söz etmedi.

Sonra:

– Burası neresi, diye sorunca anladık ki beraberinde birileri daha var.

Bir grup kadına rastlamış ve hâlleri onu hayli şaşırtmıştı:

– Bu kadınlar niye kendi dertlerini bırakmış birbirlerinin saçını yoluyor böyle? Şu hâle bak... Kolları bacakları yanıyor. İnsan bakmaya utanıyor, eteklerinden ateş girip ağızlarından çıkıyor. Hâzin efendi müsaade edersen şunların yanına yaklaşıp konuşabilir miyim?

Halil müsaade almış olmalı ki sordu:

– Siz burada ne yapıyorsunuz böyle? Neden böyle bir cezaya çarpıldınız?

– Hımm, siz dünyada umumhanede çalışıyordunuz. Her gün o işi yapıyordunuz.

– Yapacak başka iş mi bulamadınız?

– Hımm, demek bir kere düşmüştünüz.

– E peki niye böyle birbirinizin saçını yolup duruyorsunuz?

– Hımm, demek o bataklıkta, birbirinizi işi sürdürmeye teşvik ediyordunuz!

– E bundan kurtuluş yok mu? Daha ne kadar sürecek bu hâliniz böyle?

– Hımm, demek bilmiyorsunuz.

Halil uzun süre onların yanlarında durup onlar için dua etti. Sonra da:

– Ya hanımlar hiç mi aklınıza pişmanlık gelmedi, bu pişmanlıktan dolayı hiç mi tövbe etmediniz?

– Hımm, etmediniz, aklınıza gelmedi. O hâli kaderiniz bildiniz.

– Allah kuluna kötü kader yazmaz ki?

– Hımm, siz başınıza gelenleri nefsinizden bilmediniz, suçu bunu yapanlara, sizi bu yola düşürenlere babalarınıza, annelerinize attınız ve Allah'ın size o kaderi yazdığına inandınız.

– E tüm günah onların mıydı ki böyle dediniz?

– Hımm, siz de bilemediniz... Tövbe istiğfar edeceğinize, kaderinize ilendiniz, sizi o hâllere düşürenlere lanet okudunuz.

– Siz Allah'ın rahmetinden de umut kesmişsiniz be kardeşim.

– Hımm, sizi o hâle düşüren zaten O değil miydi? O müsaade etmezse hiçbir şey olmayacak idiyse bizi o hâle düşüren O değil miydi?

– Hayır. Yanlış yapmışsınız. Allah insana kötü kader yazmaz. İnsanı sınar tabii ama zorlamaz. Allah kötü kader niye yazsın? Siz talep edersiniz o da verir. Biraz nefsinizde de arasaydınız ya kusuru!

– Hımm, demek zamanla siz de yaptığınızı normal gördünüz. Hem bir kere bu kuyuya düşünce daha temiz bir hayatın çarelerini de aramadınız, o hâli kaderiniz bildiniz.

– Yazık etmişsiniz. Keşke bir kere bile olsa tövbe etseydiniz... Size dua ediyorum ediyorum da kabul görmüyor, çünkü hiç tövbe etmemişsiniz. Hakikaten çok yazık etmişsiniz.

Bu arada Halil birine selam verdi:

– Selamünaleyküm hemşerim.

– ??

– Senin bunlardan farkın ne ki sana böyle serin su vermişler de arada bir elini kolunu serinletiyorsun?

– Hımm, demek sen bu işi hiçbir zaman yapmak istemedin. Ama düşürülmüştün ve bir daha da çıkamamıştın. Allah'tan ümidini kesmedin, hep dua ettin, biri çıkar seni bu hâlden kurtarır diye! Ama umduğun olmadı, ölüm de seni o hâl üzere yakaladı.

– Ama bak Allah dualarını yine de cevapsız bırakmamış.

– Hımm, dualarının karşılığını dünyada da görmek isterdin!

– Bak burada almışsın işte!

– Hımm, buna da şükür diyorsun!

– Neden duan dünyada kabul görmedi, hiç düşündün mü?

– Hımm, düşünmedin. Sadece yalnız kaldığında içine düşürüldüğün o hâline üzülür ve ağlardın. Ama gayret göstermedin kurtulmak için...

– Hımm, anladım... Bazen Allah'ın seni kurtarması için yalvarırdın ama bir müşteri de gelince hemen sen onu kapmak isterdin. Kurtulmak için bir çaba harcamazdın.

– Bu su nasıl bir su ki hemen acılarını dindiriyor?

– Hımm, bu su senin gözyaşların demek. Ne zaman azabın ve acıların had safhaya ulaşsa bu suya giriyor, acılarını dindiriyorsun.

Halil, Allah'ın azap içindeki rahmetini görmekten şaşkındı. Allah'ın kulunun hiçbir gayretini karşılıksız bırakmadığını görmekten memnundu. Bir yandan da oradakilerin hâllerine hıçkıra hıçkıra, içini çeke çeke ağlıyordu. Öyle ki gözyaşları yanaklarından aşağıya dökülüyor ve yastığını ıslatıyordu. Halil çok yufka yürekli olmuştu şu yaşadıklarından sonra.

Halil uzun süre öyle sessizlik içinde ağlayıp durdu. Sonra kendi kendine mırıldanmaya başladı: "Allah'ım sana sığınıyorum, Allah'ım sana sığınıyorum!" diye sanki zikir yapıyordu.

Halil o kadınların yaşadıklarına ve orada temaşa ettiği manzaralara daha fazla dayanamamış ve âdeta bir imdat çığlığı gibi:

– Anneeeeeee, diye bağırdı.

Bu âdeta bir imdat çağrısıydı. Nitekim onu bir anda sorgulama yerine getirmişlerdi. Halil, hocaya:

– Oh bee, ya hocam, Allah kimseyi cehenneme düşürmesin. Değil azaba dayanmak, içinde bulundukları hâlleri görmek bile insanı kahrediyor. Sonra da annesine hitaben:

– Yahu anne, bana işkence yapacağınıza böyle yerleri gezdirseniz, inan daha etkili oluyor.

– Hımm, siz de o yüzden bunu yapıyorsunuz.

– Anne ya, senin ayağının altını öperim, beni nasıl bir beladan kurtarıyorsun! Ben senin hakkını hiç ödeyemem...

– Hımm, hiçbir evlat en sıradan annenin bile hakkını ödeyemez. Böyle hâlleri olmasa da...

– Anne-baba hakkı niye bu kadar mühim?

– Hımm, anne ve baba hukukunu bilmeyen Allah'ın hukukunu ne edecek, nasıl bilecek?

– Anne sen hakkını helal edersin de babam hakkını helal eder mi?

– Hımm, bilemezsin. O iş bana düşüyor. Babam daha yaşıyorken onun gönlünü yapmak benim görevim.

– Ama ya anne, babam da aksi bir adam, ne zaman kızacak ne zaman sevecek belli değil.

– Hımm, onun da hâlini anlamam lazım. Üç tane çocuğu var, üçü de huylu. Kim bilir içinde nasıl acılar yaşıyor çocuklarının bu hâlleri yüzünden...

– Hiç de acıyor gibi görünmüyor.

– Hımm, acıyor acıyor, sadece göstermesini bilmiyor.

Halil kısa süren bir sessizlikten sonra hocaya:

– Hocam hakkını helal et, bugün sana işkence aletlerini kullanma fırsatı vermedim, dedi.

Halil bu cümleden sonra bir kahkaha attı:

– Sayemde doktora da iş düşmedi bugün. Değil mi doktor?

– Hımm, sen istersin ki sana hiç ihtiyacım olmasın.

– Hoca bizi rahat bırakmıyor ki... İnsana ceza vermeye ne kadar da hevesli böyle!

– Ya doktor inanmayacaksın belki ama dünyadaki hocalar da öyle. Vaaz verirken hep yumruklarını önlerindeki rahleye vurarak insanları cehenneme göndermenin peşindeler. Sanırsın ki insanların cehenneme gitmesinden onların bir kârı var...

– Hımm, öyle değildir, yanılıyorum, diyorsun.

– Yo yo öyle. Hocalar insanı cehenneme göndermek için sebep arıyor, tarikat ehli, insanları cennete göndermek için bahane arıyor. Ben hocalardan korkuyorum.

– Hımm, her kişinin de kendine göre sebebi var, eleştirmeyeyim.

Halil, doktora;

– Söz, artık hiç kimsenin hiçbir hâlini ayıplamayacak ve eleştirmeyeceğim, dedi.

– Hımm, onu bunu eleştirmem bana bir şey sağlamaz, sadece vebalimi artırırım. Ben beni cehennemden sakınayım, Allah'tan korkayım, o bana yeter!

– Tamam doktor. Dersimi anladım!

Tam biz Halil ayıkacak derken, Halil doktora bir soru daha sordu:

– Doktor şu acılarımı bir anda dindiren tuzlu içecek ne?

– Hımm, vallahi doktorum tahmin etmiştim, demek o insanların gözyaşları!

– ??

– Hımm, Allah'tan korkanların, O'nun hasretiyle yananların ve geceleri kalkıp yalvaranların gözyaşları!

– Ben o kadının, gözyaşlarında kollarını yıkayıp acılarını dindirmesinden tahmin etmiştim ki senin yaralarımı, acılarımı dindirmek için verdiğin içecek de gözyaşı olabilir diye...

– Hımm, artık hikmeti anlamaya başladım.

– Aman hoca ben zır cahil bir köylüyüm. Ben kim, hikmet kim.

– Hımm, Allah dilediğine dilediği ilmi ve hikmeti verir. Ben Allah yolunda ciddi olursam o da bana kendi yollarını gösterir, bilmediklerimi öğretir ve beni cennete götürecek işler yaptırır, diyorsun.

Halil bir kere daha "dersimi anladım" dediği andan itibaren biz de anladık ki artık uyanacak. Ve dağıldık...

Kıyamet günü doğru teraziler kurarız;
hiçbir kimse hiçbir haksızlığa uğratılmaz.
Hardal tanesi dahi olsa...
Hesap gören olarak Biz yeteriz.
ENBİYA SURESİ, 47

On Birinci Gün

Halil o gün selamdan sonra bir önceki günün hadiselerini aktararak konuşmasına başlamıştı.

– Aleykümselam anne.

– ??

– Ben dünkü olaydan dolayı senden özür dilerim. Keşke oraya hiç gitmeseydim. O kadar utandım ki o hâlimin önünüze gelmesinden, anlatamam.

– Hımm, insan her daim, kendini tam olarak kontrol edemez. İlla da günah işler.

– En azından o kötü yere gittiğimi senin bilmeni istemezdim anne.

– Hımm, senin bilip bilmemen önemli değil, Allah insanın her hâlini görüyor. Utanacaksam O'ndan utanayım.

– Ne yapayım, beni kandırdı.

– Hımm, benim aklım yok muydu?

– Var, ama işte insan, arkadaşının hatırına bir şeyler yapmak zorunda kalabiliyor anne.

– Hımm, çoğu insanı arkadaşları uçuruma yuvarlıyor.

– Öyle ama anne!

– Hımm, niye gidip öyle birini kendime arkadaş seçiyorum, önce buna bakmam lazım.

– Kandım işte, istemeye istemeye.

– Hımm, benim de o işlere meylim var ki, onun teklifine kanıyorum.

– Yok anne ya. Benim o tür şeylere meylim yok.

– Hımm, nasıl yok? Elin kızını yatağıma çağırıyorum, kerhaneye gidiyorum... Zorla mı yaptırdılar bana bunu?

– ??

– Hımm, arkadaş seçmek dünyanın en önemli işidir. Doğru arkadaşı seçmezsen başın beladan kurtulmaz, diyorsun.

– Nasıl seçeceğim iyi arkadaşı?

– Hımm, o bana kalmış. Ben iyi ve samimi olsam iyiler gelip beni bulur. Benim niyetim sağlam değilse kötüler gelip beni bulur.

– Anne ben yarım akıllı biriyim, bu işleri beceremiyorum. Beni hemen kandırıyorlar.

– Hımm, kanmayacağım. Nasıl yarım akıllı oluyorum ki önümdeki salkımın hangisi büyükse onu almayı biliyorum! Benim içim doğru olsa...

– Beni kandırmayacak insanı nasıl seçerim?

– Hımm, bir şey paylaştığında eğer hep çoğunu bana veriyorsa o insan iyi bir insandır. Yok kendisine alıyorsa o bencildir, kendi çıkarı için fırsat düşünce beni kullanır.

– Ben bunlara dikkat edemem ki!

– Hımm, etmeliyim. Yoksa kötü biriyle dost olursam o da beni götürür şeytana teslim eder. Şeytan da bir kere dostum oldu mu artık yakamı ondan kurtaramam.

– ??

– Hımm, ben Allah ile ciddi olursam, samimi olursam, O beni iyilerle karşılaştırır. İçim yamuk olduğu için yamuk insanlar, yamuk işler gelip beni buluyor.

Halil kendisine söylenenleri anlamıştı. Öyle hâllerde susuyordu. Yine öyle yaptı... Epey sessiz kaldı. Sonra yeniden annesine sordu:

– Sen de defterimi okudun mu anne?

– Hımm, okumadın. Benim her kusuruma muttali olmak istemiyorsun.

– Neden?

– Hımm, yaptıklarımın şahidi olmak istemiyorsun. Belki Allah affeder. Ama günahlarıma başkasını şahit edersem, uluorta anlatırsam, o zaman zor affedilirim.

– E hoca görüyor.

– Hımm o bir insan değil, görevli!

Halil'in annesiyle yaptığı bu konuşmaya herkesten ziyade Hüseyin bozulmuştu:

– Bu .... bizi işitiyor, sonra ona göre şeyler uyduruyor.

Bu dediğine bir arkadaş itiraz etti:

– Oğlum kimse sana yaptığın pislikleri anlatman için yalvarmıyor ki... Sen kendin anlatıyorsun insanlara murdarlıklarını. Bundan hoşlanıyorsun.

Hacı atıldı:

– Adam kafaya koymuş, cehenneme gidecek. Size ne?

Ben de araya girip savundum:

– Ya o kadar da Hüseyin'in üstüne varmayın, bakarsın bir gün gelir pişman olur, Allah da affedicidir.

Hacı gülerek bana döndü:

– Tertip, onun pisliklerini Fırat bile temizleyemez. Adam günah işlemekten keyif alıyor.

– Ben sanmıyorum, birinin pislik yapmaktan hoşlanacağını. Hüseyin adaletli adamdır ve hassas yüreklidir. İnşallah bir gün bu yönünü de keşfeder. İtirafı, günahından pişmanlık sanıyor ama anlatması hoş değil.

Hüseyin, günün konusu olmaktan utandı:

– Oğlum şimdi konu ben değilim, Halil. Bak adam hepimizin ayıplarını önümüze koyuyor. Ben bunu bilerek yaptığını söylüyorum. Siz ne diyorsunuz. Konu bu! Bu bizi işletiyor!

Denizlili:

– La tertip, kim bu kadar arkadaşının önünde ayıplarını anlatır! Belli ki adamı zorluyorlar. O da anlatıyor. Adamın yaşadıklarını görmüyor musun? Acıdan kıvranıyor, gözümüzün önünde vücudu simsiyah oluyor, tiyatrocu olsa yapamaz bunu lan...

Sonra Hüseyin'e dönüp meydan okudu:

– Hadi oğlum... Yiyorsa sen uzan önümüze... Göster bakalım vücudunu Halil'in yaptığı gibi yapabilecek misin? Gözünü morart, cereyana tutulmuş gibi zıpla, bir anda vücudun simsiyah kesilsin! İnanmıyorsan sen dinleme kardeşim! Biz dinlemek istiyoruz.

Denizlili'nin teklifi çoğunluk tarafından kabul görünce Hüseyin:

– Ne hâliniz varsa görün. Kandırılmak istiyorsanız kanın, bana ne, dedi ve dışarı çıktı.

Sonra "İyi ki gitmiş..." diyecektik hepimiz, çünkü Halil'in Said Kürdî'nin adamıyla ilgili anlattıklarını duysaydı, gammazlık olsun diye değil amma boşboğazlıktan gidip anlatırdı. O zaman da sadece Halil değil biz hepimiz başımıza iş açmış olurduk.

Biz kendi aramızda tartışaduralım Halil devam etti:

– Tamam anne anladım. Kimseyi şahit tutmayacağım.

– Hımm, en iyisi hiç günah işlememektir.

– Ama olmuyor işte anne. Bak geçen cehennemde bir adam gördüm. Birisine haksız tokat vurduğu için avuçlarından duvara çivilemişlerdi. Adam jandarma imiş. Jandarma olarak vurduğu tokattan dolayı çektiği azap dayanılır gibi değildi. Ben de adam dövdüm ve benim dövdüğüm adam da hem ihtiyardı hem de mazlum biriydi.

– ??

– Yandım anne yandım! O hesabı nasıl vereceğim bilemiyorum.

Tam bu sırada hoca devreye girdi:

– Hımm, zaten bugün onu konuşacağız.

– Hocam vallahi o benim içimde bir yara, unutamıyorum adamı. Rüyalarıma bile giriyor. Ama o da çok inatçı bir adamdı.

Tam o anda annesi devreye girdi:

– Hımm, biz onu, Allah katında da çok hatırlı bir insana ihanet etmeye zorluyorduk haksız yere. O buna direniyordu. Bize o emri verenler yanlıştı, o zat değil!

– Sen de mi biliyorsun anne?

– Hımm, sen de biliyorsun demek...

– Ben bir askerdim, emir eri yani. İhbar gelmiş, adam hükûmete karşı hazırlık içinde imiş. Köyünün öğretmeni ihbar etmiş. Komutanımızla birlikte köye gittik, adam bir türlü istediğimizi yapmıyordu. Suçu belli idi, yasaklı kitaplar okuyor ve onları bir yerlere taşıyormuş.

O mesele Halil'in içinde kapanmamış bir yara idi. Daha önce bana da anlatmıştı.

"Bulunduğu karakola bir öğretmenin yazılı, imzalı şikâyeti gelmiş. 'Bizim köyde şu isimde bir adam var Said Kürdi'nin kitaplarını okuyor ve onları oradan oraya taşıyarak cumhuriyeti yıkmaya çalışıyor.' diye.

O zamanlar Kur'an barındırmak bile yasakken Said Nursi diye bir adam çıkmış, yazdığı kitaplar, birileri tarafından el altında oradan oraya dağıtılıyor. Jandarmanın en titiz olduğu ve titizlikle takip ettiği bir konu.

O zamanlar Said Nursi, hükûmetin gözünde bir numaralı düşman, bir yobazdı. Gençleri ve insanların aydınlık kafalarını kendi zehirli fikirleriyle kirletiyordu. Öyle diyorlardı bize. Gazeteler de hep aleyhine yazıyorlardı.

Ben tanımıyorum Said Nursi kimdir, ne yapıyor. Bize söylenen, o tehlikeli bir adam. Şeyh Said gibi isyan çıkartmak istiyor. Bize öyle söylüyorlardı. Sonra öğrendim ki büyük bir âlimmiş, söyledikleri gibi biri değilmiş, aksine dinsizliğe karşı Kur'an'ı anlatıyormuş ve insanları yeniden Allah'a dönmeye çağırıyormuş. O yüzden de onu ve talebelerini her yerde takibata alıyorlardı. Jandarmanın o zamanlar en büyük görevi o gibi faaliyetleri kontrol etmek ve suçluları yakalamaktı.

Tabii ben bunu öğrendiğimde, iş işten geçmişti.

Hakikaten de biz köye gittiğimizde bir şey bulamadık. Adam, varsa da kitapları saklamış. Biz adamı alıp geleceğiz ama suç aleti lazım. Onu bulamamıştık. İhbar öğretmenden gelmişti. Yalan olmasının mümkünü yok. Yalan bile olsa madem öğretmen ihbar etmiş, ne yapıp edip bir şeyler bulup adamı gözaltına almamız gerekiyordu. Ne yaptıksa konuşmadı, bir şey de demedi adam, ne evet diyordu ne hayır. Evinin altını üstüne getirdik, her yeri aradık, kitap mitap yok...

Komutan işi bana vermişti. 'Konuştur şu ihtiyarı...' dedi. Göğsüne bir iki dipçik vurdum, sırt üstü yere yığıldı. Hiçbir tepki vermiyordu, sadece gözlerimin içine bakıyordu, 'Ne yapıyorsun evladım?' der gibi gözümün içine bakıyordu. Bakışlarından ürktüm. 'Bu adam boş değil!' dedim ama komutanı da ikna etmem lazımdı. Bir iki tokat daha aşk ettim, içim yandı.

Sonunda elimiz boş, adamı merkeze getirdik, bir iki gün nezarette tuttuk. İki gün boyunca bizim ikram ettiğimiz hiçbir şeyi yemedi. Sadece namaz vakti abdest için su istiyordu. Sonra emir geldi, onu Eskişehir miydi neresiydi, öyle bir yere sevk ettiler... Asıl dava orada görülecekmiş.

Sonraki zamanlarda onu hiç unutmadım. Önünde sonunda o dipçiklerin ve tokatların hesabını vereceğime hep inanmıştım. Çok tövbe ettim ama acısı içimden gitmedi, gitmedi." demişti.

İşte Halil şimdi o dipçiklerden yargılanıyordu.

Her seferinde yaptığını inkâr etmeye kalkışan Halil, bu kere itiraf ediyordu:

– Bana her türlü işkenceyi yapsanız ben müstahakım hocam.

Halil âdeta yalvarıyordu hocaya:

– Bana azap mı edersiniz, işkence mi edersiniz, elinizden ne geliyorsa yapın. Yeter ki o adamla yüz yüze gelmeyeyim.

Annesi devreye girmişti:

– Hımm, adam benim hakkında davacı olmamış, bana hakkını helal etmiş. O yüzden defterimde o bahis yok.

– Nasıl yok anne? İşte ben size söyledim, adamı dipçikledim, sonra kaldırıp tokatladım. Bu nasıl olmaz!

– Hımm, siz göremiyorsunuz. Sizin bakacağınız basit bir iş değil.

– Ya ne?

– Hımm, büyük bir zulüm işlemişiz. Bazen insan öyle suçlar işler ki mağdurlar hakkından vazgeçse bile Allah vazgeçmez. İşte o da öyle bir suç olmuş.

– Ya anne, sen ne diyorsun? Ben ihtiyarı komutanımın emrini yerine getirmek için darbettim. Hepsi bu.

– Hımm, sen onu kendi başına yapmadın. Komutanın da kendi başına yapmadı. O da birilerinin emrini yerine getirdi. Hepiniz bir zalimin isteğini yerine getirmişsiniz. Bizim sana vereceğimiz ceza ile temize çıkamazsın. Bizim yetkimizde değil. Veyahut da siz görevli olduğunuz ve cebir altında yaptığınız için Allah sizi mesul saymamış. Bu iş kamu davası hükmüne geçmiş, bizim de yetkimiz dışına çıkmış cezasının görülmesi.

– Nasıl sizin yetkinizde değil? Zinaya ceza kestiniz, kızı koynuma almama ceza kestiniz de buna niye kesemiyorsunuz?

– Hımm, demek siz zinaya ceza kesmediniz. Eğer zina etmiş olsaydım o başka bir mahkemede görülürdü. Siz ancak küçük işlere müdahil olabiliyorsunuz.

– Bu nasıl bir bela ya, anne? Ben nasıl bir işe bulaşmışım! Yani bundan dolayı şimdi illa cehenneme mi gideceğim?

– Hımm, büyük ihtimalle öyle. O ilahî bir dava olmuş. Allah'ın hışmını üstüme çekmişim ama komutanımın zoruyla. O yüzden inşallah affolursun oğlum diyorsun yani...

Halil epey süre suskun kaldı. İçten içe ağlıyordu. Sonra hocaya yalvardı:

– Hocam, bir çare bulun ve beni o cezadan kurtarın!

– Hımm, o konu sizi aşıyor. Ben gidip o ihtiyarı bulup hak helalliği alsam da o hesabımın akıbeti Allah'a kalmış. Çünkü büyük ve ağır bir zulme iştirak etmişim. Sizin vereceğiniz ceza ile o akıbet benden kalkmaz.

– Bu nasıl bir iş böyle Allah'ım?

– Hımm, sen o kaydı defterimde görüyorsun ama okuma yetkin yok demek. Herkes o kaydı göremez. Senin o kaydı okumaya bile yetkin yok!

Halil artık kelimenin tam anlamıyla zırıl zırıl ağlıyordu. Perişan bir vaziyette idi. Fakat konu da hassas bir konuydu ve bir an önce o bahsi kapatsın istiyordum.

Halil'in, Said Kürdî'yi Said Nursi ismiyle ve saygıyla telaffuz etmesi, hepimizi germişti. Komutanın bu konuşmalardan haberi olsa, Halil de biz de duman olurduk. Allah'tan o gün Hüseyin yoktu. Çünkü hükûmetin ve jandarmanın hain dediği adam, Halil'in gözünde bir Allah dostuydu. Allah dostuna hizmet eden birini darbetmiş gibi görüyordu Halil, yaptığını. Etrafında kalan birkaç kişiye de söyledim, şu mesele duyulursa komutan bile sizi kurtarmaz, ağzınızı sıkı tutun. Bundan kimseye bahsetmeyin...

Halil'e o gün bir ceza tatbik edilmemişti ama Halil en çok o gün ağlamıştı. Yaklaşık yarım saat için için ağladı. Sanki uyanmak istemiyordu o gün. Gece yarısını geçmişti uyandığında. Arkadaşların çoğu da çoktan uyumuştu.

Halil uyanınca uzun süre ranzanın kenarına oturmuş vaziyette öylece durdu. Yüzünü avuçlarının içine aldı, kara kara düşündü. Göz ucuyla takip ediyordum. Ta nihayet kalktı ve gidip abdest aldı geldi.

... Rabbim! Bana, ana ve babama verdiğin nimete şükretmemi ve hoşnut olacağın salih bir amelde bulunmamı ilham et ve beni rahmetinle salih kullarının arasına kat.

NEML SURESİ, 19

On İkinci Gün

Halil ertesi gün yine eski hâline, ilk günlerdeki hâline dönmüştü. Sessizdi ve konuşmuyordu. Benim yanıma da gelmedi.

O gün postanede bir işim vardı. Mektupları gidip kendim almam icap etmişti. Şehre inmişken de karakol amirimizin benden istediği işleri de hallettim. Beni bırakmamıştı, yemek yedirdi, çay içirdi. Karakola döndüğümde hava kararmaya başlamıştı. Ben yolda iken akşam ezanı okundu.

– Tanrı uludur, tanrı uludur...

Yavandı ama bizim kulaklarımız alışıktı. Eski tarz ezan okunduğunu hayal meyal hatırlıyordum.

Bunları düşünerek yürürken Halil aklıma geldi. Adımlarımı sıklaştırdım. Kendimi karakola attığımda ilk sorduğum, "Halil yine uyudu mu?" oldu.

Evet dediler. İçimde oh çok şükür diyesim geldi. Ama henüz konuşmaya başlamamış. Sevindim. Mektupları ve birkaç havale vardı, onları yazıcı odasına bıraktım. Halil'e de beş liralık bir havale gelmişti. Beş lira o zaman çok iyi bir para. Halil'in kendisine para geldiğinden haberi yoktu. İki ay önce gelen bir mektupta büyük amcası "Cevizleri silkelersem sana da paranı göndereceğim." demişti.

Üstüme bir şeyler giydim ve yanı başına oturdum. Halil de sanki beni bekliyormuş. Oturduktan bir süre sonra konuşmaya başladı:

– Aleykümselam anne. Hoş geldin!

– ??

– Aleykümselam doktor. Sen geldiğine göre benim için sıkıntılı bir gün olacak.

– Hımm, fazla bir şey yok.

– Hoca nerede?

– Hımm, kendisini kıymete bindiriyor.

– Hocam zaten kıymetlidir.

Halil bu cümleyi hocaya da duyurmak için olsa gerek yüksek sesle söylemişti. Sonra da:

– Hocam hoş geldin. Bugün neşelisin maşallah...

– Hımm, benim hâlim bakışımı da etkiliyor. Ben neşeli olduğum için sizi de öyle görüyorum, diyorsun.

– Evet bugün keyfim yerinde. İnşallah arkasından acı bir şey gelmez.

– Hımm, kendime böyle zanlar çoğaltmayayım.

– Ama hocam ben ne zaman sevinsem arkasından bir hüzünlü hâl geliyor.

– Hımm, ben böyle düşüne düşüne kendimi bu hâle getirmişim.

– Ama öyle oluyor.

– Hımm, bir iki tesadüf olunca şeytan insana, onu her zaman olan bir şey gibi yutturuyor ve böylece Allah'ın takdiratını anlamanıza da mani oluyor.

– Yani böyle şeyler yok mu?

– Hımm, hayır, hüzün ve can sıkıntısı da huzur ve neşe gibi Allah'ın yarattığı şeylerdir ve kulun lehinedir. Aksine Allah, sabretmeyi bilenler için her zorluktan sonra bir kolaylık var eder.

– Ama hocam ben ne zaman gülsem, kahkaha atsam hemen arkasından canımı sıkacak bir şeyler oluyor.

– Hımm, demek haddimi aşıyorum ki Allah da beni ikaz ediyor. Can sıkıntısı ve hüzün, yaptığımız küçük küçük günahlarımızın silinmesi içindir.

– Nasıl yani, can sıkıntısı ve hüzün de mi günahlarımızın eseridir?

– Hımm, başka ne olacak! Allah'ın kuluna garezi yok ki!

– Çok neşeli olanlar günahsız mı oluyor?

– Hımm, her zaman değil. Bazıları gafiller, niçin dünyada olduklarını bile bilmedikleri için hüzünlerini başka türlü bastırıyorlar.

– ??

– Hımm, gönlü Allah ile olanların neşesi günahsızlıktandır. Hakiki iman Allah'a karşı bir haşyet var eder ama neşe de verir.

– Nasıl?

– Hımm, hakiki mümin bilir ki her olan biten Allah'ın eseridir. Ondan geleni hoş bildiği için üzülmez de. Asıl huzur odur. Gerçek neşelilik de...

– O zaman bizim canımızın sıkılması Allah'a yeterince itimat etmemekten demek ki. Başımıza gelenlerin sebeplerini şuna buna veriyoruz. O yaptı bu yaptı diyoruz ve üzülüyoruz öyle mi?

– Hımm, demek biraz da öyle! Hâlbuki Allah dilemedikçe kimse kimseye bir şey yapamaz.

– Ama insan nasıl itimat edecek ki? Mesela çalışmazsan şu olmuyor, ekmezsen bu bitmiyor... Yani insan çalışmazsa rızkını bile kazanamaz.

– Hımm, tam da öyle değil. Rızık ve ecel sabittir. Birisinden kaçar birini kovalarsın. Ama netice değişmez... Yeter ki ecel ve rızkı doğru anlamış ol!

Tam bu arada Halil'in annesi devreye girmiş olacak ki Halil:

– Efendim anne, dedi.

– Hımm, amcam cevizleri silkeletti. Onları sattı ve bana da beş lira gönderdi demek.

– Ooo, bu ne güzel haber anne. Ya ben de bendeki bu neşenin kaynağı nedir diye merak ediyordum. Desene köşeyi döndüm.

– Hımm, dönmedim...

Halil'in yüzü düşmüştü:

– İyi de neden? Harçlığım gelmiş şu yoklukta. Ben sevinmeyim de kim sevinsin!

– Hımm, amcam cevizleri silkerken komşunun cevizinden çok katılım oldu. İçine çok haram karıştı.

– Yani?

– Hımm, o parayı almayayım, diyorsun.

– ??

Halil biraz sessiz kaldı. Sonra hocaya döndü:

– Gördün mü hoca? Allah sevinmemi sevmiyor. Bak para gelmiş, annem onu alma diyor. İki aydır cebimde bir kuruş para yok. Sigara bilem almıyorum ve arkadaşlardan otlanıyorum.

– Hımm, içine haram karışmış parayı yemektense aç kalmam daha iyidir.

– Tamam anladım. Anladım da Allah o parayı helal yapamaz mıydı yani?

– Hımm, Allah seni ıslah etse, Allah paranı temizlese, Allah şöyle yapsa Allah böyle yapsa... Peki sen ne yapacaksın? O zaman insan olmanın ne manası var? Hayvan yaratırdı seni, o işleri de senin adına kendisi yapardı ozaman!

– Yani ben çabalayacağım, iyilik için.

– ??

– Amcamın başkasının cevizini toplamak gibi bir derdi yoktur ki. O da Allah'tan korkar, bilerek de haram yemez. Bir karışma olmuş.

– Hımm, evet karışma olmuş. O bilmiyor parasına haram karıştığını ama şimdi ben biliyorum. Ben yememeliyim.

– Tamam yemeyeceğim de neden önce sevindiriyor, sonra üzüyor? Ben bunu soruyorum.

– Hımm, sen de bilmiyorsun ama muhakkak benim nefsimin bir hâliyle ilgilidir diyorsun.

Halil susmuştu yine. Âdeta kendi nefsimize dönelim diye bize fırsat veriyordu. Annesinin Halil'i uyardığı şey, bizim anlayacağımızın çok üstünde idi. Amcası cevizleri silktirmiş, komşunun da cevizi karışmış. Ne kadar karışmış olabilir ki diye düşünüyor insan, eğer kasten katılmamışsa... Hadi yüz tanede beş tane olsun. Bu kadarı için bile o cevizin tüm parasını yeme diye tembih etmişse, bu işlerin ceremesi benim düşündüğümden daha ağırdı demek ki. İş bu kadar hassas ise yanmıştık. Geçmiş için yapabileceğim bir şey yoktu. Bilerek böyle şeyler yapmamıştım ama bilmeden karışmış olan muhakkak vardır diye düşündüm. Ben o an kesin bir söz verdim Allah'a. Geçmiştekileri affetmesini diledim ve bundan böyle içinde şaibe bulunun hiçbir şeyi almayacağıma söz verdim. Sen de

geçmişimdekileri affet. İçinde haram bulunan paranın tamamını reddedeceğim. Bu benim kendi emeğimin meyvesi bile olsa...

Babamın orada verdiği sözün ne kadar kesin bir karar olduğunun şahidi benim. Ben yedi yaşımdan itibaren dükkânımızda ona yardımcı olmaya başlamıştım. Dükkân dediğime bakmayın. Âdeta bugünün hipermarketi idi. Köyde yaşayan bir insana ne lazımsa her şey satılırdı. Yağ, un, şeker, gaz, nal, basma, sebze, jilet, çivi, keser, yoğurt, üzüm, lamba camı, entari, çiklet, defter, kalem, çanta, firkete, iğne, iplik, kap kacak... Ne lazımsa her şey. Babam sabah namazından gelir gelmez dükkânı açardı. Ve beni çağırırdı. Saat 9-10'a kadar ben kalırdım; sonra kendisi gelirdi. Öğlene kadar o devam eder; öğlen namazı için camiye gidince yine ben dükkânda kalırdım... Bu hep böyle üniversite yıllarına kadar sürdü. Ne çocukluğumu yaşadım, ne gençliğimi, ne hovardalık yapabildim, ne haytalık... Zor bir babaydı... Ama onu çok sevdim.

Babam, dediğim gibi bir rençperin oğluydu, parası filan yoktu. Ali dedemin kazancı beş çocuklu bir aileyi ancak geçindirebilecek kadarmış. Babam ilk çocuk... Aklı ermeye başladıktan sonra babasına destek için didinmiş. O zaman köyde dükkân yok. İnsanlar bir defter için bile on bir kilometre uzaktaki ilçeye gitmek zorundalar. Bugünkü gibi vasıta da yok. Eşekle veya yayan gidiyorlar. Bunu gören babam, ilçeyi köye getirmeye karar vermiş. Köyde dükkân açacağım demiş. Babası bile böyle boş hayallere kapılmaması için başta mani olmuş. Sermaye lazım, o da bende yok diye...

Ama ısrar edince dedem onun için köşe taşları kırmış çayda. Kayınbiraderine de yeğenine bir dükkân yap demiş ve dükkânı inşa etmişler. Esasında köyde bir dükkân inşa etmek çok basit. Çayın kenarında bolca bulunan taşlardan birkaç köşe taşı, Allah'ın toprağından çamur ve dayısının ustalığı ile dükkân ortaya çıkıverir. Fakat sermaye yapmaya para yok.

Bu arada Tandır köyünden uzak bir akrabamızın beş on baş davarını sattığını öğrenmiş. Gitmiş ondan o parayı istemeye. Ikına sıkına varmış adamın evine. Adam sofada duruyor. Babamı görünce "Hayırdır yeğenim, bu saatte ne ararsın burada?" diye sormuş.

Babam konuyu açmış: "Emmi, duydum ki sen davar satmışsın. Ben de bir dükkân yaptırdım ama param yok. Eğer o parayı verirsen onunla dükkân açacağım, sermaye senden, çalışma benden kârı yarı yarıya paylaşırız."

Adam tereddütsüz, "Olur yeğenim!" demiş ve gidip içeriden getirmiş parayı, babamın avucuna saymış. Babam şaşkın. Nasıl bu kadar kolay oldu diye. Sevinçle köye dönmüş ve ertesi gün ver elini Mersin. Neden Mersin, çünkü oraya trenle gidiliyor.

Babam, "Oğlum" demişti, "ben o parayı bir yıl içinde dört beş katına çıkardım."

Sonra askere gitmek zorunda kalmış. Askere giderken de adama gidip parasının dört katı bir para vererek "Ben askere gidiyorum, hakkını helal et!" demiş.

Adam da "Yeğenim istersen ben senin için bu parayı saklarım." demiş ama babam, "Ben askere gidiyorum. Kim öle kim kala..." demiş. Nitekim döndüğünde hakikaten de adam ölmüşmüş.

Babamın ortaklıkta neden bu kadar titizlendiğini bu kıssaları duyunca anlamıştım ama hakikaten de onun ortaklığında dükkânda çalışmak herkesin dayanabileceği bir şey değildi. Dükkândasın ve herhangi bir leblebiyi bile ağzına atma şansın yok. Cimriliğinden değil tabii ama biz çocuk aklımızla öyle düşünürdük. İnsana bir leblebi, bir lokum yemek için onu tartıp, deftere yazıp öyle yemek de zor geliyor. O zaman da yemiyorsunuz. Ben dükkânda hep oruçlu gibiydim. İçine komşunun birkaç cevizinin karıştığı bir ceviz parasını yedirmeyen annenin titizliği, olduğu gibi babama geçmişti. Düşünün bizim hâlimizi...

– Peki hoca o parayı ne yapayım?

– Hımm, ben yemeyeyim, ne yaparsam yapayım!

– Olur, dedi Halil. Susmuştu yine.

Daha o anda benim içime dert düştü. Arkadaşlara döndüm:

– Bu gün havaleleri almaya gitmiştim ya. Halil'e de beş lira para gelmiş. Vallahi bundan haberi yok. Siz de biliyorsunuz ben döndüğümde o uykuya geçmişti bile. Şimdi yarın o parayı ona vereceğim, bakalım ne yapacak.

Hüseyin ile Hacı atıldı:

– Bize ver, onun sevabına biz yiyelim!

Çaycı:

– Tertip, ver de onunla çay şeker alayım, dedi.

Baktım ki herkesin o parayla ilgili bir düşüncesi var, araya girdim:

– Ya arkadaşlar, hele bir sabah olsun. Halil parasının geldiğini bilsin, o karar versin. Ben adamın parasını size nasıl vereyim?

Halil o günü de bu mevzu ile kapatmıştı.

İman etmiş kullarıma söyle:
"Alışverişin ve dostluğun olmadığı o gün gelmezden evvel, namazı dosdoğru kılsınlar ve kendilerine rızık olarak verdiklerimizden gizli ve açık infak etsinler."

İBRAHİM SURESİ, 31

On Üçüncü Gün

Sabah sekiz buçuk dokuz gibi Halil'i çağırttım. Halil geldi. Selam verip oturdu. Sessiz sakin bir hâli vardı.

– Bugün nasılsın ede, diye sordum.

Halil, âdeta bir idam mahkûmu gibi üzgündü.

– Sorma ede, canım çok sıkkın. Jandarma olmak çok canımı sıkıyor artık. Çok zulüm işliyoruz bu üniformanın altında. İnan insanlığımdan utanıyorum, Allah beni affeder mi bilmiyorum, dedi.

– Niye öyle diyorsun ede, biz askeriz, diye teselli etmek istedim ama Halil bu mazeretin ardına sığınmak istemiyordu:

– Biz askeriz evet, ama hükûmet vatandaşa karşı bütün sıkıntılı işlerini biz jandarmalara yaptırıyor. Biz de kendimizi emir eri bilip onların zulümlerine ortak oluyoruz.

Ben onu teselli etmek istedim:

– Allah'ın rahmetinden ancak kâfirler ümidini keser dedimse de gönlünü yatıştıramadım. Onu yatıştıracağını düşünerek:

– Ede gözün aydın zengin oldun, dedim.

– Hayırdır?

– Amcan sana beş lira para göndermiş.

Halil başını öbür tarafa çevirdi. Sanki muhatap kendisi değilmiş gibi cevap vermedi.

– Ede gel şurayı imzala da paranı vereyim.

Halil:

– Ede o parayı almayacağım, dedi.

Ben, akşamki konuşmalardan haberim yokmuş gibi:

– Niye almayacaksın canım? Parasız pulsuzsun. Amcan sana ananın ak sütü gibi helal bir para göndermiş. Niye almayacakmışsın?

– Yok ede, o anamın ak sütü değil. O parayı almayacağım.

– E ne yapacağım bu parayı? İade mi edeyim? Sen imza ile almazsan benim iade etmem icap eder.

– Yok ede. İade etme. Ver imzayı atayım, sen çaycıya ver; çay şeker parası yapsın. Veya tütünü kalmamışlara tütün alsın.

İmzayı atmıştı atmasına ama ne ettimse Halil o parayı almadı. Ben o tarihten altı yedi sene evvel dokuz lira ile dükkân açmıştım. Halil'in almadığı parayı öyle değerlendirin.

Halil öyle deyince ben de parayı çaycıya teslim ettim. Bir kısmıyla çay şeker, bir kısmıyla da arkadaşlara tütün almasını söyledim. Böyle yapmakla iyi etmediğimi daha o an anlayacaktım ama iş işten geçmişti. Akşama doğru can sıkıntısını dağıtmak için yanıma çağırdım. Geldi.

– Ede, gel sana bir çay ısmarlayım, dedim. Sayende birkaç aylık çayımız oldu.

– Hımm, demek o parayla çay şeker aldınız. Ben çay içmeyeceğim ede, dedi.

Oysa Halil'in bir tek keyfi vardı, o da çay. Çay çok içerdi. Ben o parayı çaycıya verdiğimi söyleyince Halil bir daha ne benim ısmarladığım çayı içti ne de çay ocağından çay aldı. Halil'in harçlığı, yüklü bir miktardı. Hâl böyle olunca o parayla alınan çayın bitmesi de uzun sürecekti. Çaycıdan öğrendiğime göre Halil sık sık sorarmış çaycıya; "Tertip hâlâ İsmail'in verdiği parayla aldığın çaydan mı demliyorsun?" diye... O "evet" dedikçe çay içmedi uzunca bir süre. Bir tek tabldot içinde çıkan çayı içerdi. O devletin ikramıdır diye...

Halil o akşam da gözünü cehennemde açtı. *Ağız* kapısından girmişti o gün cehenneme.

Ben de merak ediyordum, ağızla işlenen günahları bilmeyi. Gerçi, ceviz parasını almayınca birkaç gün içinde yeme içme ile ilgili bir müşahedesi olabileceğini düşünmüştüm.

Şunu anlamıştım ki Halil'in, varsa uygun bir günahı, önce o günahın hesabı görülüyordu. Ardından o günahları yapıp da tövbe etmeden ölenlerin çektikleri ona gösteriliyordu.

Bazen de önce cehennemdekilerin hâlleri ona gösteriliyor, sonra da onun yaptıkları önüne getiriliyordu. Halil bugün, dün yaşadığı kasıtlı olmayan haram paraların, insanda nelere yol açtığını görecekti sanırım.

Öyle de oldu.

Halil kendisine rehberlik eden görevliye sordu:

– Hâzin efendi, Bu ne hâl böyle? Bu altlarında ve etraflarında ateş yanan insanlar kim? Aman ya Rabbi, burası fırının içinden de beter! Bedenlerinin suları çekilip etleri kavruluyor.

– Şu su diye yalvaran zavallılara bir su verseniz de ferahlasalar biraz...

– ??

– Aman ya Rabbi, bunu içmeseler daha iyiydi, bak şimdi içleri de tutuştu.

Halil onları izleyip aktarırken bir yandan da "Aman ya Rabbi, aman ya Rabbi!" deyip ağlıyordu. Hıçkıra hıçkıra ağlıyordu.

Halil eskiden azap çeken birini gördüğünde ona nasıl yardımcı olacak, ne yaparsa o azaptan kurtulabilir, onun çaresinde bakıyordu.

Fakat son birkaç gündür bunu yapmıyordu. Nadiren defterlerini istiyor ve bakıyordu. Genelde de çektikleri azabın defterlerindeki hak edişlerine göre daha hafif olduğuna kani oluyordu. Allah ne kadar merhamet sahibidir ki kulunun hak ettiği azabın en azını veriyor, demişti.

Esasında Halil, azap çeken insanlara müdahale etme huyundan değirmenci olayından sonra vazgeçmişti. Artık mesafeli duruyordu. Cehennem görevlileri de onu "Sen Allah'tan daha merhametli olamazsın!" diye uyarmışlardı. "Sen dua et, Allah onların hâlini değiştirsin." diyorlardı.

Tepelenip duran değirmenciyi o azaptan kurtarmak için Halil ona namaz kıldırmış, dua ettirmiş ve o günahının affedilmesine vesile olmuştu. Fakat sonra defterine bakıp da çok ağır suçları olduğunu görünce ona küfretmiş ve yaptığından pişman olmuştu.

İşte o hadiseden sonra pek fazla müdahil olmuyordu. Fakat Halil bu gece görmekte olduğu manzara karşısında yine dayanamamıştı. Hâzinden müsaade istedi ve azap çekenlerle konuşmaya başladı:

– Selamünaleyküm hemşerim.

– ??

– Hayırdır, bu haliniz ne böyle?

– Hımm, siz dünyada haram helale dikkat etmiyordunuz.

– Nasıl yani?

– Hımm, elinize bir para, bir yiyecek geçince "Üzümünü ye, bağını sorma." diyordunuz.

– Bilmeden mi yapıyordunuz, yoksa Allah'ın haram kıldığını mı küçümsüyordunuz?

– Hımm, siz haram helal konusuna aldırış etmiyordunuz.

Halil sonra onlardan birine verilen suyun içinde ateş olmadığını gördü. O adama her içi yandığında onu rahatlatacak bir su veriyorlardı. Ona yaklaştı ve sordu:

– Hayırdır hemşerim, senin azabın niye etrafındakilerden farklı? Sana niçin içini ferahlatacak su veriyorlar da bunlara vermiyorlar?

– Hımm, sen haram helali biliyordun. Allah'ın emrine saygılı idin ama ortaklık yapıyordun. Kasten olmasa da ortaklığın hak ve hukukuna yeterince riayet etmiyordun.

– Ne iş yapıyordun?

– Hımm, dükkâncı idin. Ortakların da vardı ama dükkânı sen çalıştırıyordun.

– Ortaklık yapmak günah mıymış ki ceza görüyorsun?

– Hımm, ortaklık yapmak günah değil. Ortağın hukukuna yeterince uymuyordun. Bazen bir zeytin, bazen bir lokum, bir kahke alıp yiyordun.

– E bu normal değil mi?

– Hımm, değil. O lokumda, zeytinde ortağımın da hakkı var. O bunu yapamıyor. Ortak olan bir şeyi sen kullanıyorsun, o kullanmıyor. Hak geçiyormuş. Yani bir lokum yemişsem ona da bir lokum vermem gerekiyormuş. İşin bu kadar hassas olduğunu bilemedim.

– Bu su onun için mi?

– Hımm, tam değil. Bu su, haramı haram bilmem ve kasten yapmamamdan dolayı bir ikram... Çünkü esasında ortağımı aldatmak gibi bir niyetim yoktu. Sene sonunda onu öncelerdim kârda. Bu su, onun eseri, o hareketimin ikramı.

Halil adamın söylediklerinden etkilenmişti. Hâzinden müsaade istedi ve başladı ona dua etmeye!

Halil'in dua faslı uzun sürmüştü. Ama adamın ortaklıkla ilgili sarf ettiği cümleler, üzerime ateş gibi dökülmüştü. Çünkü ben askerden önce başkasına ait bir parayı çalıştırıyordum. Yani ortaklık yapmıştım...

Zaten Halil'in yaşadıkları sadece temsildi! Rabbim Halil üzerinden bize ve daha ziyade de bana numuneler gösteriyordu. İyi bir mümin nasıl olur, doğru bir Müslüman nasıl olur, bunu anlatıyordu. Halil bizim adımıza azap çekiyor, sonra gidip yerinde görüp aktarıyordu.

O anda artık kimsenin parasını alıp çalıştırmayacağıma dair ağır bir söz verdim. "Mümkün mertebe ortaklık yapmayacağım Rabbim söz." dedim. Öyle söz verdim.

Babam sanırım ağır bir iddiada bulunmuş. Zira askerden döndükten sonra uzun süre dükkân açmamak için direnmiş. Askerlikten döndükten sonra *'elcilik'* yapmaya başlamış. Bir ekip oluşturmuş, pamuk toplama ekibi, çeltik toplama ekibi diye... Çukurova, Reyhanlı, Amik ovalarında geniş toprak sahipleri varmış. Tabii o zamanlar patos yok, biçer döver yok, pamuk toplama araç gereçleri, çırçır filan yok. Hepsi insan gücüyle olan şeyler. Mahsulü devşirme zamanı gelince büyük toprak sahipleri, dürüst, sadık, güvenilir bir *elci* ararlarmış.

Babamın o dönemlerine ben de ulaştım. Hayal meyal hatırlıyorum. Babam çok aranan bir elci idi. Yaz gelince bir günü boş olmazdı. Ceyhan, Hatay topraklarında büyük mülk sahiplerinin elciliğini yapardı. Onunla yıllık geçimini sağlardı. Babamı hiç boş bırakmazlardı.

Ben küçüktüm, bazen babam ailesini de beraberinde götürürdü. Genelde bizi götürmezdi, çünkü gidilen yerlerde o kadar ivez, sivrisinek olurdu ki biz dayanamazdık.

Bir keresinde çeltik toplama ekibine katmıştı bizi. Benimle ablamı, çeltikçilerin arkasında düşen başakları toplamakla görevlendirmişti. Biz, çalışanların, belki de sonradan kendileri için toplamak niyetiyle düşürdükleri başakları toplayıp harmana katmakla görevliydik. Ablamla birlikte çeltik toplayıcılarının ardından gider, düşürdükleri başakları toplar, harmana katardık.

Bir seferinde -nasılsa hatırımda kalmış- bir çeltik toplama anında toprak sahibi hadiseyi fark etmiş. Paydostan sonra bizim çadıra geldi. Babama sordu:

– Bu iki çocuğa yaptırdığın şey nedir hayyo? (Hayyo, Hatay mıntıkasında bugün de kullanılan kardeş anlamında sesleniş sözcüğüdür)

– Ağam çalışanlar bilerek bilmeyerek başak düşürüyorlar. Ben onları toplatıyorum çocuklara, harmana taşımaları için.

– Ama hayyo, biliyorsun, çeltik toplamanın şanındandır. Dökülen başaklar toplayanlara aittir.

– Biliyorum ama ben insanların içindeki fesadı beslemek istemiyorum. Çünkü fark ettim ki millet paydos saatini iple çekiyor, düşürdüklerini toplamak için. O zaman anladım ki bazıları kasten toplama titizliğini ihmal ediyor olabilirler. Bunun vebali bana ait. Evet dökülen, toplayıcının hakkıdır. Toplayıcılar bunu biliyorlar ve kasten ihmal ediyorlarsa bunun vebali kime yazar? O yüzden de işlerini sağlam yapmaları için böyle bir usul buldum. Dökmesinler. Nefis işin içine girince haram da giriyor.

– Ya hayyo maşallah barekallah. Benim topraklarım senindir ben ve oğullarım var oldukça.

Adam babamın bu yaklaşımından o kadar etkilenmişti ki bana ve ablama harçlık verdi. Harman sonunda da herkese ekstradan çeyrek çuval çeltik vermişti. Bana ve ablamlara da. Ondan sonra o adam hep babamı çağırırdı.

Ceyhan'da da öyle iki tane toprak ağası vardı, babam olmadan mahsullerini kaldırmazlardı.

Sonra babam ağır hastalandı, o işi yapamaz oldu. Bu sebeple zorunlu olarak yeniden ortaklı dükkân açtı. İnsanlar babama paralarını vermek için yarışırdı. Ama o herkesin parasını almazdı. İşte böyle titiz bir adamın ortaklık yaptığı bir dükkânda dükkâncılık yapmış bir çocuktum.

Bunda Halil'in yaşadıklarının ve babamın dinlediklerinin büyük payı olmadığına beni inandırabilir misiniz?

Halil, bir serinlik olduğunu söyleyince biz anladık ki bir pusula gelecek. Nitekim de öyle oldu. Halil:

– Bir esinti oldu hemşerim. İnşallah hayrına vesile olacak bir pusula gelir.

Hakikaten de pusula geldi, Halil pusulayı okudu.

– Gözün aydın hemşerim. Bak bu azaptan kurtuldun. Sen namaz kılar mıydın?

– Hımm, tam değil ama kılardın. İşin mani olurdu, aman dükkânı kime bırakacağım der; öğleyi ve ikindiyi bazen kaçırırdın.

– Pişman mısın?

– Hımm, sen ne diyorsun! Hem de ne pişmanlık! Ömrümü verseydim de bir vakit namazı terk etmeseydim diyorsun.

– Bu kadar önemli!

– Hımm, önemli demek bile az. Her namaz başlı başına önemli. Namaz kılmak değil her namazı vaktinde kılmak gerekiyormuş.

– Nasıl yani?

– Hımm, insan bir vaktin hesabını bile verebilmekten acizdir. İnsanlar arasıra namaz kılmayı namaz kılma sanıyorlar. Öyle değilmiş.

– Ya nasıl?

– Hımm, titizlikle her vakti, vaktinde kılmak gerekiyor. İnsan namaz kılmamakla ne kaybettiğini bilse dişlerinin kırılmasına müsaade eder de namazın geçmesine müsaade etmez.

– Allah Allah, demek bu kadar önemli!

– Hımm, düşünemeyeceğim kadar. Biz sanıyoruz ki namazı Allah için kılıyoruz. Sanki Allah'ın ona ihtiyacı varmış gibi. Eğer namaz kılmamışsanız, buralara (yani cehenneme) gelmekten sizi hiçbir şey alıkoymaz...

– Yaa. Demek o vakitte o ibadeti yapmak gerekiyor.

– Hımm, namaz kılmamışsan insan muamelesi bile görmüyorsun burada! Kendini cehennem halkı yapmak istiyorsan namazı terk etmen yeter!

Halil'in cehennemde karşılaştığı o adamla yaptığı konuşmaların bu kadar tartışmaya yol açacağını hiç düşünmemiştim. Bu konuşmanın ardından insanlar birbirine girdi. Halil'e ana avrat düz geçenler mi dersin, huy tutan birinin saçmalıklarını din mi sayacağız diyen mi dersin... Her kafadan bir ses çıkıyordu. Çünkü kimse namaz kılmıyordu ve herkes de kendini sapına kadar Müslümün sanıyordu...

Jandarmaların bir kısmı da resmî oldukları için, hükûmetin yaklaşımını esas alıyorlardı:

– Biz onlardan iyi mi bileceğiz? Adamlar koca bir İstiklal Harbi vermişler, bu din ve millet için fedakârlık yapmışlar, ülkeyi gâvur çizmesi altında ezilmekten kurtarmışlar, ülkeyi kurmuşlar, halkı modernleştirmek için didinmişler... Bu adamlar namaz kılmayı bu halk için gereksiz bulmuşlar. Onlar mı bilecek bu geri zekâlı mı? Ne diyor bu ya? Susturun şu adamı!

İşin seyri tehlikeli olmaya başlamıştı. Bu gidişle Halil'i birileri cumhuriyete düşmanlık yapıyor diye komutana şikâyet edebilirlerdi... O zaman da bu konuşulanlara, "bir nöbet hâlinde söylenmiş sözlerdir" diye bakmazlardı.

Ben şahsen, en büyük tepkinin, sürekli *"Bizim namazımız kılınmıştır."* diyen Hüseyin'den geleceğini sanmıştım. Ama öyle olmadı. Aksine Hüseyin ortalığı yatıştıran oldu:

– Oğlum her dinde ibadet var. İster kabul edin ister etmeyin, İnönü mü karar verecek insanın ahireti için "Şu lazımdır bu değildir..." diye...

Sonra işi yine şakaya vurdu ve kahkahayı bastı:

– Biz Alevilerin namazı kılınmış, siz Sünnilerin değil... Oğlum biz Ali'ye ve evlad-ı resule taraftar olduğumuz için böyle bir kıyak geçilmiş. Siz Sünniler kılmak zorundasınız.

Hüseyin işi espriye vurdukça ortalık da yatıştı, en azından insanların yüzüne bir tebessüm geldi. Bunu fark eden Hüseyin işi biraz daha ileriye götürdü:

– Bana gelin, kurtarayım sizi namazdan, yezidler... Yoksa işte görüyorsunuz size orada kızgın sacın üstünde namaz kıldıracaklar. Allah namazdan vazgeçmiyorsa kılacaksınız oğlum. Ya da Ali'yi ve evlad-ı resulü seveceksiniz. Sizin bileceğiniz...

Hüseyin sonra da her zaman yaptığı gibi Hacı'yı dürterek;

– Değil mi lan, dedi.

Hacı bozuldu:

– Ben Sünniyim oğlum, dedi.

– Ulan senin neren Sünni? Sende farz yok ki sünnet olsun! Şahmerdana yemin olsun sen sünnetli bile değilsin, dedi ve ardından güya Hacı'nın eteğine bakacak gibi yaptı.

Karakol kahkahadan kırıldı. Hüseyin hakikaten ortalığı yatıştırmıştı. O zaman onun ehlibeyt bir Alevi olabileceğini düşünmüştüm. Çünkü ehlibeytten gelenler, hangi hâl üzere olurlarsa olsunlar dine ve Peygambere karşı hürmetli olurlardı. Nitekim sonradan öğrendim ki Hüseyin hakikaten ehlibeytten geliyormuş... Yoksa sünneti farzı nereden bilsindi!

Hüseyin hakikaten ilginç biriydi. Günahlarını anlatmaktan sakınmazdı ama karakolda sahipsiz kalan işleri hemen o üstlenir ve yapardı. Aynı zamanda yardım etmeyi de severdi.

Halil, bir müddet sonra gözlerinden ateş çıkıp gidip karşısındaki kadınların vücuduna yapışan erkekler ve kendi etlerini yiyen insanlar görmüştü. Onlarla da buluşacaktı ama hâzin ayrılma vaktinin geldiğini söylemişti.

Halil vedalaşmadı, cehennemden ayrıldığına dair de bir şey söylemedi. Oradan ayrılma vakti geldiği kendisine söylendikten sonra Halil sessizliğe büründü. Sadece nefes aldığını görebiliyorduk.

Nedense ağız kapısından girmişti cehenneme ama işi namazla kapatmıştı. O gün çoğu jandarma erken dağılmıştı. Başında sadece ben ve Denizlili kalmıştık. Halil uzun süre konuşmadan öylece uzandı. Ve sonra da ayılma emareleri gösterince biz de yatağımıza döndük.

Eğer Allah, insanların her yaptığını hemen cezalandıracak olsaydı, yerkürenin sırtında iki ayağı üzerinde dolaşacak bir canlı kalmazdı...

FATIR SURESİ, 45

On Dört ve On Beşinci Gün

Halil on dört ve on beşinci günde yine düşüp bayıldı ama o iki geceyi sadece uyku hâliyle geçirdi. Zaman zaman ağladığına, zaman zaman sevindiğine şahit olduk ama o iki gün bizlerin duyacağı şekilde sesli konuşmadı. Oysa ben iki gündür ağız kapısından girdiği cehennemlik hâllerle namaz arasındaki münasebeti öğrenmek istiyordum.

Halil'in bu iki gün boyunca gördüklerini ve yaşadıklarını bize neden anlatmadığını anlayamadım. Ama muhtemeldir ki o günlerde çok hususi bazı hâlleri kendine gösterildi ve annesine ettiği ricası da kabul gördü ve bu hâlleri biz bilmeyelim diye bizden saklandı. Tabii bu benim tahminim.

Bir başka tahminim de Halil'in namaz ile ilgili söyledikleri hükûmetin men ettiği işler hilafına olduğu için, belki de onu unutturmak ve gözden kaçırmak istemişti annesi. Çünkü o günlerde de Halil ezan ile birlikte bayılmıştı... Sadece konuşmamıştı veya konuştuklarını dışarıdakilere aktarmamıştı. Yoksa yine bir muhasebeden geçirilmişti. Sıkıntıları ve sevinçleri yüzüne yansıyordu o kadar...

Mümin erkeklere söyle, gözlerini haramdan sakınsınlar ve iffetlerini korusunlar. Bu onlar için daha arındırıcıdır. Allah onların bütün yaptıklarından haberdardır.

NUR SURESİ, 30

On Altıncı Gün

Halil, ceviz parasını çaycıya verdiğim günden itibaren, o paralar bitene dek çay içmedi. Yanıma uğradığında ısmarladığım çaya dokunmuyordu. Acaba ağız kapısında bu yeme içme işlerinden sorguya çekildi de iyice titizleniyor mu diye aklıma geldi. Halil artık bizimle bulunduğu ortamdan kopmuştu. İlk günlerdekinden dahi beterdi. Kimseye bir yanlışlık yapmamak için titizleniyordu. Kim ne derse hemen gider yapardı.

O günlerde Hüseyin'e takılırdı zaman zaman. Hüseyin onbaşı idi. Ailesi yoksuldu ama çok sevecen ve kendiyle de barışık biriydi. O da hep bir küfür cümlesi eklerdi konuşmasının arkasına. Cömertti. Onu zengin sanırdık. Halil sık sık onunla konuşurdu, onu sevdiğini açık ederdi. Hüseyin de ona karşı çok merhametli hâle gelmişti. En azından eskisi gibi dalga geçmiyordu. Onu eleştirip küçümseyenlere de "Mazlum bir adam Halil, dokunmayın len!" der, eleştirileri bertaraf ederdi.

O gün Hüseyin bir şey sormak için yazıhaneye geldi. Sonra tam çıkacağı zaman;

– Ya tertip, dedi. Senin bu adam bana takmış. Gelip gelip yanıma oturuyor ve ısrarla namaz kılmamı söylüyor. "Oğlum ben nasıl namaz kılayım, beni tefe koyarlar lan!" diyorsam da anlamıyor. Adam bana takmış, benden vazgeçmiyor. Bazen sinirime o kadar dokunuyor ki bir iki çakasım geliyor. Fakat o kadar saygılı ki kıyamıyorum da herife. Bana "Sen iyi bir insansın, cehenneme gitmene gönlüm razı değil." diyor. Seninle arası iyi, söyle de fazla üstüme gelmesin.

– E sen de kıl, adam senden zararına olan bir şey istemiyor ki...

– La tertip tam da dede babam gibi konuşuyorsun.

– Baban dede mi?

– Öyle ama biz ona yakışacak evlat değiliz.

Hüseyin gerçekten duygulanmış ve biraz da utanmıştı galiba.

– Ya tertip, geç bunları, Halil seni dinler, söyle ona gelmesin üstüme, dedi ve gitti.

Akşam baktım Halil'i dinlemek isteyenler arasında o da var. Tabii Halil'in ne konuşacağını hiçbirimiz bilmiyoruz.

O gün Halil'in öte taraftaki adamları tekmil gelmişlerdi. Anladık ki yine işkence veya bir günahı itiraf ettirme işi var:

– Aleykümselam anne.

– ??

– Aleykümselam hocaefendi. Ne o şişler, getirmişsin kebap mı yapacaksınız?

– Hımm, gözümü tedavi edeceksiniz.

– Nesi varmış gözümün? Şişlerle gözlerin ne alakası var?

– Hımm, biraz sonra anlarım.

Halil tam o sırada doktora seslendi:

– Doktor kurbanın olayım nerdesin? Bu hocanın bugün niyeti çok kötü, şiş miş getirmiş, gözümü tedavi edecekmiş.

Halil, hocanın ona söylediği bir şey üzerine:

– Hadi canım. O şişleri dağlayıp gözüme mi sokacaksınız?

– ??

– Canlı canlı! İnan hocam seni sevmek için çok gayret ediyorum. Ama, seni sevmeme fırsat vermiyorsun...

Halil bu arada telaşla bir kere daha doktora bakındı. Onu ortalıkta göremeyince annesine seslendi:

– Anne doktor niye gelmedi?

– Hımm, gelmek üzeredir.

– Ne yapacak mıyım doktoru? Sizin hışmınızdan beni korumasına ihtiyacım olacak sanırım.

– Hımm, siz asıl beni benden korumak için uğraşıyorsunuz.

– Ne? Elin mahrem karılarını mı dikizlemişim? O neymiş ki?

– Hımm, bana haram olan kadınların vücudunun orasına burasına bakıp kendime yazık etmişim.

– Bu da mı günah? Güzele bakmak sevap değil mi?

– Hımm, kim mi demiş?

– Herkes öyle diyor.

– Hımm, ben herkesin dediğine değil Allah'ın ne dediğine bakacağım.

– Tamam da ne yapmışım! İnsan illa da etrafına bakar.

– Hımm, tabii ki bakar. Ama harama bakmak için bu gözler bana verilmedi.

– Ben bunları bilmiyorum ki? Neye bakarsam helal, neye bakarsam haram?

– Hımm, bilmem gerekiyor. Allah kitapta "Erkeklere söyle harama bakmasınlar." buyurmadı mı?

– Ben bilmiyorum.

– Bilmemek seni kurtarmaz. Bilmen gerekiyor. Allah'ın sana güzellikleri ve hikmetleri göresin diye verdiği gözü, başkalarının mahremini dikizleyen bir gavata çevirdin.

– Ben böyle bir şey yapmadım.

– ??

Halil hakikaten hatırlamıyor muydu, yoksa inkâr mı ediyordu bilemedik. Onu bilmeye fırsat kalmadan Halil bir anda, iki elini iki gözüne götürdü, gözleri akmış bir insanın can havliyle yatağın içinde öyle bir feryat etti ki hepimiz yerimizden hopladık. Biz ne ondan öyle bir ses çıkacağını beklerdik, ne de o kadar ani bir hareketle ellerini gözlerine götürüp yatağın içinde iki büklüm olacağını...

Halil'in gözlerine o an mil çekilmişti. Aman ya Rabbi öyle bir feryat, öyle bir telaş, öyle bir şaşkınlık olamazdı. Halil o acılar içinde sanki avucuna dökülmüş gözlerine bakıyordu. Bir yandan da "Yandım doktor, yandım doktor!" diye inliyordu. Bu hâl beş on dakika sürdü. Doktor ortalıkta yoktu anlaşılan. Ta nihayet doktor gelmiş olacak ki doktora:

– Doktorum bu gözlerim yeniden görecek mi?

– Hımm, şu anda da görüyorum zaten.

– Bu nasıl oluyor, gözlerim aktı ama görüyorum?

– Hımm, gören ruhtur. Göz onun dünyadaki bir penceresidir. Sen onu kötüye kullandığın için ıslah edilmesi gerekiyordu.

– Ya doktor bir kadına bakmak niye bu kadar kötü ki? Zaten onlar da kendilerine bakalım diye takıp takıştırmıyorlar mı?

– Hımm, herkes kendi fiilinden sorulacak. Eğer, ahiret hayatında, bütün uzuvlarımı tam olarak istiyorsam, onları günahlarla bulandırmamalıyım. Beş duyum tastamam bana verilsin!

– Nasıl yani?

– Hımm, her bir uzuv işlediğim günahlar nispetinde zayıflıyor, salih ameller ile güçleniyor. Yeniden diriltildiğimde kör yaratılmak istemiyorsam, iyi görmek istiyorsam, gözlerimi haramdan çekmeliyim.

– Bu ne demek doktor? Yani Allah bizi yeniden dirilteceği zaman uzuvlarımızı burada yaptıklarımıza göre mi yaratacak? İnsan tekmil yaratılmayacak mı?

– Hımm, Allah Allah, ben böyle bilmiyordum. Nasıl ana rahminde bir çocuk sakat gelebiliyor, gözsüz veya kolsuz doğabiliyor -çünkü anne onları eksik bırakacak bir şey yapmıştır- ahirette de öyle olabilir, diyorsun.

– Ama bu adil değil ki?

– Hımm, bu imtihan dünyası, ateşimi de cennetimi de burada hazırlıyorum.

Doktor ile Halil arasında geçen bu konuşma, karakolda yine ağır bir münakaşaya sebep olmuştu. Çoğu jandarma küfrederek izliyordu. Ama yine de kimse ayrılmak istemiyordu. Kimisi Halil'in anlattıklarına zırva diyordu, kimisi güzele bakmak sevaptır diyordu, kimisi böyle şey mi olur ya, diyordu, kimisi Allah niye bir karıya baktım diye beni gözsüz yaratsın ki, diyordu.

Hüseyin yerinde bir laf etti:

– Güzele bakmak sevaptır ama bizim karımıza bakarlarsa gözlerini çıkarırız. Ama biz elin karısına bakarız.

Bir tek Denizlili Mehmet:

– Ben birinden duymuştum, Allah günahkârları kör sağır yaratabilirmiş. Kur'an'da geçiyormuş, 'zırta' mıydı 'zırka' mıydı, öyle bir şey.

Babam bunu her anlattığında gülerdi, "Denizlili "zurka" demek istiyormuş, sonradan öğrendim." derdi.

Hüseyin atıldı:

– Ne demek zırka oğlum? Ben böyle bir şey duymadım.

– Yani gözü yok, ağzı yok, kulağı yok...

– Hadi len böyle şey mi olur?

Bu arada doktor Halil'in gözlerini tedavi etmişti. Halil gözleriyle ellerine baktı, vücuduna baktı, bir taraftan da vücudunu elleriyle yokluyordu.

Hoca söze girmişti:

– İtiraf etmesi ve sağlam bir tövbe etmesi hâlinde dikizlediği ve ardından gidip kendini elle boşalttığı günahlarından sorgulanmayacak.

Halil defalarca;

– Estağfirullah, bir daha harama bakmayacağım, diye söz verdi.

– Hımm, istemeden gözüm ilişebilir, bakabilirim. Ama bunu kasıtlı şekilde sürdürmemeliyim.

İtiraf etmeliyim ki bu ikaz da benim içindi. Çünkü diğer günahlara ve zaaflara karşı toktum ama güzel kadın görünce kendimi kontrol edemiyordum, illa da bakmak gelirdi içimden. İstemesem de bakardım, bakmak isterdim.

Halil'in o hâlini görünce artık ben de kararımı vermiştim. "Asla bana ait olmayan kadının vücut hatlarına, hâl ve hareketlerine bakmayacağım ya Rabbi beni de affet! İtiraf ediyorum. Beni de bağışla ya Rabbi! Gücümün tamamını kullanarak bu işten gözlerimi uzak tutacağım." diye söz vermiştim.

Ben babamın, o gün verdiği o sözünde durduğunun işaretlerini hayatımda gördüm. Bizim köyden Almanya'ya giden iki genç, hanımlarını babama emanet etmişlerdi. Birisi bizde kaldı üç yıl boyunca. O dönemler bizim evde hayat çok zordu. Biri de kendi evinde kalıyordu. Evi bize çok yakındı; gece bizde kalır, gündüz evine giderdi. Dışarıdan bir ihtiyacı oldu mu babam ona yardım ederdi.

Halil:

– Hoca, şerefim üzerine söz veriyorum artık elin karılarına, kızlarına bakmayacağım. Şu milleri ortadan kaldır. Onları görünce vücudum titriyor.

– Hımm, bu miller bir şey değil, diyorsun. Eğer bu işi sürdürürsem cehennemde, gözlerimden ateş çıkacak. O ateş, kendilerini izlememden zevk alan kadınların bedenlerini yakacak sonra dönüp tekrar beni yakacak.

– Bunlar nasıl işkenceler böyle hocam ya?

– Hımm, bunlar işkence değil, insanı günahlarından temizleme ameliyesi. Bir tür merhamet!

– Allah Allah, nasıl merhamet?

– Hımm, cehennem, mümini cennete layık olmayan hâllerinden temizlemek içindir, kâfire ise cezasını vermek için var. Biz Rabbimizi bilsek ve onun tavsiyelerine uysak cehennem bize bir şey yapmaz. Cehennem mümini yaptıklarından temizler.

Halil yine sessizliğe bürünmüştü. Öylece uzun kaldı. Sonra tam uyanacağını sandığımız bir anda, hoca, ertesi gün onu yine cehenneme götüreceğini söyledi.

Halil:

– Hımm, bugünlük bu kadar yeter diyorsun.

Halil'in bu sözü üzerine biz de dağıldık. Halil yine umduğumuzdan daha erken uyanmıştı.

Gel gör ki haksızlık edenler, bilgisizce kötü arzularına uydular.
Allah'ın saptırdığını kim doğru yola eriştirebilir?
Onlar için herhangi bir yardımcı yoktur.
Rum Suresi, 29

On Yedinci Gün

Halil o gün gözünü cehennemde açtı. Ağlıyordu. Onu izleyenleri bıktıracak kadar ağladı. Sadece ağlıyordu. Sanki tek başınaydı ve şaşkındı.

Etrafına bakıyordu. Sık sık elini gözüne perde ediyor ateşten va hararetten sakınıyor gibi o yana bu yana bakınıyordu. Garibi olduğu bir diyarda kaybolmuş ve bir yön sorabileceği birini arar gibiydi. Sanki gözleri de tam görmüyor gibi, etrafına dikkatli dikkatli bakınıyordu. Ta sonra:

– Aleykümselam dedi ve aynı anda yüzünde tebessüm ve sevinç emareleri belirdi. Karşısındakine sordu:

– Siz de hâzin misiniz?

Halil cehennem görevlilerine hep hâzin efendi diye hitap ediyordu:

– Hımm, siz de hâzinsiniz.

– Şekliniz ve kıyafetleriniz farklı ama?

– Hımm, cehennemin her bölümünün kendine uygun hizmetlileri var. Hangi işi yapıyorsanız ona göre kıyafet giydiriyorlar.

– Sizin de mi amirleriniz var?

– Hımm, demek sizin de görev dağıtıcınız var.

– ??

– Burası cehennemin hangi bölümü?

– Günahkâr müminlerin kusurlarından temizlendikleri, gözlerinin tedavi edildiği bölümü.

– ??

– Hımm, burada insanlar gözle yapılan günahlarından arınıyorlar.

– Arınmak?

– Hımm, tedavi olmak.

– Siz azabı tedavi olarak mı görüyorsunuz?

– Hımm, azap kâfir ve zalim içindir.

– Mümine azap edilmez mi?

– Hımm, mümin de günah işlemişse nefsine zulmetmiştir ve zalimdir. Buraya gelir, Allah'ın dilediği kadar burada kalır ve arınıp temizlenir.

– Ama biz cehennemi sadece azap yeri biliyoruz?

– Hımm, zalimler için öyledir ama, o dahi Allah'ın size merhametidir. Yoksa sizi yok ederdi veya hiç diriltmezdi.

– Cehenneme girmektense hiç diriltilmemek daha iyi olmaz mı?

– Hımm, bu dahi ancak insanların yapabileceği bir nankörlüktür! Hayat nimetini küçümsemek, ne kadar büyük bir nankörlük!

– Nasıl yani?

– Hımm, dünya hayatı, ne kadar da kısa bir süre. Bu vakitte kendinize hâkim olsanız ve sizi cehenneme götürecek hâllerden sakınsanız sonsuz bir hayatta ebedi bir saadet kazanacaksınız. Orada nefsinize uymaktan dolayı pişman olacağınıza, keşke beni diriltmeseydi diyorsunuz ve Rabbinizi üzüyorsunuz.

– Hâzin efendi, ben bu işleri tam anlamıyorum. Biz insanız. İstemesek de kötü işler yapabiliyoruz. Kendini hep kontrol edemezsin ki?

Halil çok sakindi. Hâzin ile sohbet ediyordu. Bir ara bir sessizlik oldu. Hüseyin atıldı:

– Ben giderek bu oğlanı daha seviyorum ya! Bak sana şimdi de cehennem görevlisi ile tartışıyor. İnsanları azaptan kurtarmak için. Sanki onun elinden bir şey gelirmiş gibi.

Bunun üzerine birileri;

– Oğlum sen görmüyorsun. Halil hep iyi bir arkadaştı. Kime ne zararı oldu ki! Arasıra küfrederdi, şimdi onu da yapmıyor, görüyorsun. Küfretmede sen ona rahmet okutursun, dedi. Hüseyin bu söz üzerine ondan beklenmeyecek bir tepki verdi:

– Oğlum günahımızı böyle açık etme! Onu bunu da şahit tutma hâlimize!

Oysa Hüseyin günahlarını anlatmaktan keyif alırdı. Hiç de gizlemek gibi bir derdi yoktu. Şimdi böyle bir cümle sarfedince herkes Hüseyin'in yüzüne baktı. Hatta son zamanlardaki en çok takıldığı arkadaşı Hacı takıldı:

– Hah, şöyle! Gâvur imana geliyor galiba.

Hacı bir yol açmış, herkes, buradan ilerlemeye başlamıştı sanki:

– İmana gelir gelmesine de onu görmek için ömrümüz yeter mi bilmem, dedi bir başkası. Arkalardan biri de,

– La Hüseyin'i cehennemin ateşi bile caydırmaz, deyince Hüseyin:

– Höst lan o kadar da değil oğlum! Ben de Allah'a inanıyorum. Sadece siz Yezitlerin cennete gitmesi zoruma gidiyor. Cehenneme gitmek de işime gelmiyor, yok sayıyorum, dedi ama şaka yaptığını da hissettirdi.

Bu arada Halil de yeniden hâzin ile sohbete koyulmuştu:

– Hımm, mesele kendimize hâkim olup olmamamız değil. Çoğumuz böyle bir gün ile karşılaşacağımıza inanmıyoruz.

– Yani inansak, kendimize de hâkim oluruz, diyorsun.

– Hımm, gerçek bir imana sahip olmak mühimdir. Öyle olmadığı için de kendimizi cennete yakışmayan hâllerle kirletiyoruz.

Halil cehennemin gözle işlenen günahlarının temizlendiği kısmında olduğunu anlayınca:

– Benim de gözüm bugün çok zayıf. Nerede ise göremeyecek gibiyim. Bundan mıdır, diye sordu.

– Hımm, ben günahlarımla gözümün ferini soldurmuşum, ondandır diyorsun.

– ??

– Gözün ferinin güçlü olması için ne yapmam lazım peki?

– Hımm, harama bakmamam lazım. Bir de namazı hakkıyla kılmam lazım. Namaz gözlerin görme kuvvetini arttırıyor demek.

– Hâzin efendi beni yalnız bırakmamanıza çok sevindim. Kendimi bugün burada aciz ve kimsesiz hissetmiştim. Beni kendi hâlime bıraktığınızı sandım. Bir garip oldum.

– Hımm, insan bilse hiçbir yerde yalnız olmadığını görecek.

– Nasıl?

– Hımm, Allah, hiçbir zaman kulunu terk etmiyor ki yalnız olayım. Ama ben bundan habersizsem, gözetilmekten, yardım görmekten, yol gösterilmekten kendimi mahrum zannederim.

– Ya hâzin efendi, insan Allah'ın her yerde olduğunu biliyor ama işte her zaman onun insanı gördüğünü, gözettiğini, kolladığını düşünemiyor.

– Hımm, bizden Allah'ın beklediği tek şey de bu. Göz kulak, hayat vermiş. İnsan bunu biraz düşünse bunların tesadüfen olmayacağını da anlayacak ve o zaman Rabbini de bilecek. Kendini de bu hâllere düşürmeyecek.

– ??

Halil bir süre etrafına bakındı. Gördüğü şeyi anlamaya çalışan bir insanın tavrıyla... Halil'in eli yine kaşlarının üstünde idi ve yürüyordu. Bu hâlde epey yürüdüler.

Sonra bir yere geldiler. Halil duyduğu çığlıklardan, feryatlardan ve manzaralardan ne yapacağını şaşırmış gibiydi. Bir gözünü kapatıyor, bir kulağını tıkıyor bir yüzünü çeviriyor ve feryadı çıktığı kadar "Aman ya Rabbi, aman ya Rabbi!" diye ağlıyordu. Ve sonra yarı ağlamaklı bir sesle hâzine sordu:

– Bunlar ne yapıyorlar?

– Hımm, gözleriyle yaptıkları tecavüzün bedelini ödüyorlar.

Halil'in aktardıklarından anladığımız kadarıyla, çırılçıplak erkekler ve kadınlar vardı. Erkeklerin gözünden ateş topları çıkıyor; gidiyor kadınların bedenine yapışıyor ve bedenleri tutuşuyordu. Sonra oradan bir ateş geliyor erkeklerin kasığından girip içini yaka yaka yukarı çıkıyor ve gözlerinden çıkıp tekrar kadınların bedenini tutuşturuyordu.

Tabii bu manzaraları aktarırken Halil'in hâli içler acısıydı. Ne yapacağını bilmez hâldeydi. Bir gözünü kapatıyor, sonra duyduğu çığlıklardan dolayı kulağını tıkıyordu.

Hem bakmak istiyor hem de görmek istemiyor gibi bir hâldeydi. Halil onların hâline acımıştı. Birisine yanaştı ve sordu:

– Hemşerim bu ne hâldir? Bu nasıl bir ceza böyle?

– Hımm, siz dünyada gözlerinizle kadınların bedenini süzerdiniz.

– E peki kadınların bunda ne suçu var?

– Hımm, onlar da kendilerine bakılmasından haz alıyorlardı. Erkekler kendilerine baksınlar diye oralarını buralarını açıyorlardı.

– Ya hemşerim insan insana illa da bakar. Bu nasıl bir ceza böyle?

– Hımm, siz şehvetle bakardınız.

– Bu yüzden mi sizin gözünüzden çıkan ateş topları gidiyor kadınların bedenine yapışıyor; onların içini dışını yaktıktan sonra onların bedenlerinden çıkıp sizin kasıklarınıza giriyor?

– ??

– E peki ne kadar sürecek bu azabınız böyle?

– Hımm, bilmiyorsun.

– ??

– Hım bir de dikizleme suçlarınız var. İnsanların mahremlerini, onların izni olmadan tarassut etmek...

Biz kendi kendimize Halil yine adamın defterini isteyecek diye düşünürken Halil:

– Hemşerim kendinize yazık etmişsiniz yahu! Bu hâlden tövbe de etmedin herhâlde ki böyle burada çekiyorsun?

– Hımm, size, güzele bakmak sevaptır demişlerdi. Bilmediniz, ağır vebali varmış meğer.

– Hemşerim, ben bir kere böyle bir şey yaptım diye benim de gözüme mil çektiler.

– Hımm, keşke senin gözüne de dünyada kurşun dökselerdi de bu azaptan kurtulsaydın...

Halil sonra bedeni alevler içinde yanan bir kadınla konuşmaya başladı:

– Hemşerim senin azabın ve bu ateşin dayanılır gibi değil. Bu ne hâldir böyle? Ne yaptın ki böyle ağır bir bedelin var?

– Hımm, sen erkekler için raksediyordun. Haa, zina etmedin amma vücudunu erkeklerin nazarına sundun.

Bu arada Halil hâzine zina ile ilgili bir şey sordu ve hâzin de ona bu kadınların zina ehli olmadığını söyledi. Halil bunun üzerine:

– Hımm, zina edenlerin hâli hâl değil. Bunlar zina eden taife değil, vücutlarını erkeklerin bakışlarına sundukları için bu azabı çekiyorlar.

Halil kadına sordu:

– Zina ettin mi?

– Hımm, etmedin. Zina etmediğin için buradasın.

Halil bu arada tekrar hâzin ile konuştu ve burada azap çekenlerin dikizleme ve mahrem olmayana kasıtlı bakma cezası olarak burada bulunduklarını söyledi. Halil:

– Demek annem, buralara düşmeyeyim diye gözüme mil çektirdi.

Halil yattığı yerden yine annesine dua etmeye başladı.

Halil'in başında onu izleyen ve dinleyenler, artık Halil'in ne konuştuğunu duymuyorlardı bile. Aksine böyle ceza mı olur, güzele baktın diye böyle azap mı edilir diye tartışıyorlardı.

Denizlili Mehmet:

– Arkadaşlar, Halil'in anlattıkları, bir kadını gözlerle taciz etme suçudur. Allah Kur'an'da da erkekleri, kadına bakmamaları için uyarıyor. Ben bir zaman bizim köyün hocasından işitmiştim. Harama bakmak, insanın ahirette kör olmasına bile sebep olabilirmiş, deyince bir ikisi;

– Ne saçma ya tertip, hurafe bunlar kardeşim! Kim gitmiş de gelmiş, dedi.

Ben de,

– İşte adam oradan haber veriyor, kim gitmiş gelmiş diyorsun, işte gözünün önünde adam haber veriyor, daha nasıl inanacaksın, diye sordum.

Bir başkası itiraz etti:

- Bunlar boş işler tertip ya! Eğlence olsun diye izliyoruz işte. O kadar da ciddiye almaya gerek yok. Geliyoruz, yaşıyoruz ve toprak oluyoruz. Allah bizimle mi uğraşacak? Hem bu nasıl Allah, her önüne gelene azap ediyor?

Hacı atıldı:

- Lan oğlum, azap çekenlerin hiçbirinin "Ben bu işi yapmadım, ben haksız yere buradayım!" dediğini duydun mu? Bak Halil kiminle konuşuyorsa hepsi suçunu itiraf ediyor. Demek ki yalan yok, azap da boşuna değil.

Hüseyin istemeye istemeye yorum yaptı:

- Lan oğlum ölümü öldüremiyorsan, ölümün sonrası için bir tedbirin olmalı! Ya diyeceksin ki yoktur benim gibi, ya da eğer varsa, hepimiz .... yedik!

Hüseyin'in bu sıradan sözü, herkesi susturdu.

Halil sessizliğe gömülmüştü, derin iç çekişlerle ağlıyordu. Sonra tamamen sessizliğe büründü. Biz uyanacağını anladık. Etrafından dağıldık.

İnkâr edenler ateşe sunuldukları gün, (onlara şöyle denir:)
"Dünyadaki hayatınızda güzelliklerinizi bitirdiniz,
onların zevkini sürdünüz (....)
Ahkaf Suresi, 20

On Sekizinci Gün

Halil her gece uykuya geçince bu hâlleri yaşıyordu. Biz de galiba onun bu hâline alışmıştık. Bu sebepten olsa gerek belli bir vakitten sonra konuşulanları ilk günlerdeki kadar detaylı kaydetmiyordu zihnim.

Galiba detayı ile hatırladıklarım benim de yapıp ettiğim hatalarımı içerenlerdi. Bahse konu meseleler benim de günahlarımı içeriyorsa Halil'in hoca, doktor, annesi ve cehennem halkı arasındaki konuşmaları tüm teferruatı ile zihnime yazılıyordu. Diğer günlerse sadece hafızamda genel hatları ile kalabilmişti. Zaman konuşmaların çoğunu silmişti sanki.

Üstelik bir vakitten sonra Halil'in bu durumu bizim gözümüzde artık sıradanlaşmıştı. Sanki askerlik hep devam edecek, Halil hep bu hâllere girip öbür tarafa geçip oranın hâllerinden bahsedecek gibi gelmeye başlamıştı. Sanırım bu düşüncem de olayların detaylarını tam hatırlamama mani olmuş olabilir.

Halil on sekizinci günde annesiyle buluşmuştu:

– Selamünaleyküm anne.

– ??

– Beni cehenneme götürdüğünüzde orada azap görenlere böyle selam vermeyeyim mi? Allah Allah, niye ki? Selam Allah'ın kelamı değil mi?

– Hımm, selam vermek ve esenlik dilemek cennet halkına ait bir âdet. O yüzden cehennem halkına selam verilmezmiş. Çünkü onlar kahır ehli. Onlara başka türlü hitap etmek icap eder.

– Anladım anne, demiş ve bundan sonra da dünya hayatındaki talep ve duaları ile ilgili konuşmuşlardı. O günden hatırladığım en mühim şey Allah'ın, "Ben dünyada insanın her arzu ettiğini vereceğim diye ona bir söz vermedim." şeklindeki sözdü... O bana çok ilginç gelmişti.

Annesi Halil'e bazı şeyleri istemekte ısrar etmemesi gerektiğini söylüyordu. Bağ bahçe veya erkek çocukla ilgili bir talebiydi sanırım. Annesi ona çok gereksiz yere ısrar ettiğini, Allah'ın takdirine razı olmasını öğütlüyordu. Halil ise o arzusunun gerçekleşmesi için Allah'a çok yalvardığını söylemişti.

Annesi insanın her arzusunun dünyada iken gerçekleşmesinin esasında insanın hiç de lehine olmadığını hatırlatıp durdu. Öyle ki Halil bir ara:

– Madem ki vermeyecekti, neden Allah insanı talep etmekte ve istemekte serbest bıraktı? Bizi hayvanlar gibi kendi hâline razı yaratsaydı ya! Bulduğumuzla sevinir giderdik, deyince annesi ona kızdı:

– Sen hayvan mı olmak istiyorsun, sana insan olma şerefi verildiği hâlde? Bir talebin olmadı diye, sana bahşedilen tüm nimetlerden kendini mahrum mu etmek istiyorsun?

Hoca da benim hiç unutmadığım bir şey söylemişti:

– İnsan kendisine takdir edilmiş tüm nimetleri burada alır ve bitirirse ahirette kendisine verilecek bir şey kalmaz. Allah öylelerinin varacağı yer cehennemdir der.

Esasında ben de tüm iyiliklerini burada bitirmenin ne manaya geldiğini tam anlamamıştım. Ama sanıyorum, işin altında insanın Allah'ın takdirine razı olması vardı. Allah kulunun kusurlarını ayıklamayı, onu temizlemeyi, daha doğrusu onu cehenneme gitmekten alıkoymayı murat ettiğinden ona yine hak ettikleri üzerinden ya hastalık, ya fakirlik ya da bir başka sıkıntı vererek onu temizliyordu. Kulunu dünyada cezalandırıyordu ki ateşe girmekten alıkoysun.

Kul bunu anlamaz ve bu takdire itiraz ederse başına yeni işler açıyordu. Allah bizim dünya hayatını yegâne hayat var sayıp her talep ettiğimizin hemen verilmesini akıbetimiz için uygun bulmuyordu. Taleplerimiz verilmediğinde Allah'ın bize haksızlık yaptığını zannedip isyan etmemiz, verilen diğer nimetleri küçümsememiz veya onların Allah tarafından verildiğini inkâr etmemizi istemiyordu. Böyle davranmakla ebedi hayatın güzelliklerini kaybediyorduk. Halil ile annesi bu minvalde uzun uzadıya konuşmuşlardı.

Eğer dünyada da huzurlu yaşamak istiyorsan, sana verilene razı olacaksın, "şunu da isterim, şunu da isterim" diye şımarıklık etmeyeceksin. Sen burada misafirsin, misafir ev sahibinin ikramına razı olur. Her gördüğünü istemez, istese de verilmez zaten. Sadece yüzsüzlük yapmakla kalır.

Halil'in annesi oğluna o gün uzun uzadıya öğüt de vermişti:

– Kulun vazifesi dua etmektir. Rabbine karşı aczini bil. İhtiyaçlarını Allah'tan iste. Ona dua et, hâlini arz et, yaptıklarından dolayı seni bağışlamasını um ama sonuçlarına karışma. Bırak Allah kendi zatına yakışanı yapsın. Dua etmek, bir şeyi istemekten çok, bir vazifedir mümin için. İstediğini vermedi diye kızma. Vereceğini geciktirdi diye telaş etme, sonuç senin istediğin gibi olmadı diye öfkeye kapılma. Rabbin senin mevlandır. Ben bile O'nun seni sevdiği kadar sevmem, sevemem. İnsan kendisine verilen hayat nimetinin teşekkürünü bile yapamazken ha bire yeni şeyler ister. Allah hep verir hep verir. Bir kere de vermeyince veya hikmeti gereği geciktirince hemen Rabbini itham eder. Sen öyle yapma oğlum...

Babam bu günü anlattığında karısı zengin olmak isteyen bir dervişin hikâyesini de beraberinde anlatırdı. Halil Akbaş'ın o günkü yaşadıklarının bir parçası mıydı yoksa babamın bir ilavesi miydi bilemiyorum ama Halil'in o günkü sorgulamasına da münasip bir hikâye idi...

Bir ermiş varmış, yaptığı dualar hemen kabul olurmuş. Ama o kendisi için hiçbir şey istemezmiş, hâline razı imiş. Etrafındakilere göre çok da fakirmiş.

Herkes gelip ondan bereket ve zenginlik için dua istermiş. O da dua edince onların hâli iyi yönde değişirmiş. Bir gün derviş Rabbine niyaz ederken hanımı huzuruna girmiş ve demiş ki; "Derviş efendi, sen herkese dua ediyorsun, kabul oluyor. Benim de bir talebim var. Bana da dua et, ben de zengin olayım."

Derviş talepte bulunanın karısı olduğunu biliyormuş ama içinden "Madem bu kadar dünyalık istiyor ona da dua edeyim." demiş ve içinden "Rabbim, benim bir talebim yoktur ama bizim bu hanımın sana itimadı az, dünyalık istiyor. Sen kerimsin, cömertsin, cömertliğini ondan esirgeme." diye dua etmiş.

Derviş büyük bir handa getir götür işleri yaparak elinin emeği ile geçinen biriymiş. Ertesi sabah hana; işine gitmiş. Evden çıkarken de "Ben bizim patrona söyledim, sana bir şeyler gönderecek." demiş.

Derviş gittikten kısa bir süre sonra, kadın günlük işlerine dalmışken kapısı çalınmış. "Hayırdır bu saatte kimdir?" diye gidip kapıyı açmış. Sağa bakmış kimse yok sola bakmış kimse yok. Korkmuş biraz da. Tam kapıyı kapatacakken bakmış ki orada bir bez torba var, kapının yan tarafına konmuş.

Kadın korkuyla bez torbayı eline alıp içini yoklamış. Bir de ne görsün! Kerpiç tuğla büyüklüğünde som bir külçe altın!

Kadın ne yapacağını şaşırmış ve hemen altını içeri almış. O anda da dervişin sözünü hatırlamış: "Ben bizim patrona söyledim sana bir şeyler gönderecek."

Kadın çok şaşırmış. Bir yandan da dervişe kızıyormuş: Madem patronu bu kadar zengin idiyse niçin bu zamana kadar bu sefaleti bize yaşattı? Bir sözü ile servet verebiliyorsa derviş niye bu sefalete razı oluyordu? Herkes gibi kendileri de rahat içinde yaşayabilirlerdi.

Kadının ayakları yerden kesilmiş, akşamı iple çekmiş dervişin boynuna sarılıp ona teşekkür etmek için.

Ama derviş o gün gelmemiş. Daha doğrusu her gün geldiği vakitte gelmemiş, biraz gecikmiş. Hanım telaşa düşmüş. Eşe dosta haber salmış, derviş eve gelmedi diye. Çünkü derviş, akşam evine gelmeyi hiç geciktirmezmiş. Gelir, yemeğini yer, hanımıyla biraz sohbet eder, sonra çekilip Rabbine niyaz edermiş. Hanımı, onun ne zaman yatıp kalktığını hiç görmezmiş. O yüzden telaş etmiş ki haklıdır. Çünkü onun eve geç gelmek gibi bir âdeti yokmuş.

Hanımı, dervişi sorup araştırsın diye peşinden gönderdiği komşusu, dönmüş gelmiş. Hanın kapalı olduğunu, dervişin de vaktinde handan çıkıp evine gittiğini söylediklerini aktarmış.

Meğerse derviş hakikaten de vaktinde çıkmış handan ve han sahibinin bir hizmeti için onun evine gitmiş. Yapılacak işler de uzun sürünce gecikmiş. Ta geç saatlerde eve dönmüş ama kadın, sabah yaşadığı olayı anlatmayı unutmuş. Kocasının eve sağ salim dönmesi her şeyi unutturmuş.

Kadın o gece bir rüya görmüş. Rüyasında ölmüş ve onu cennete götürmüşler. Ona öyle bir köşk vermişler ki bakmaya kıyamazsın, o kadar güzel. Som altından bir köşk. Halayıklar, cariyeler, hizmetliler fır dönüyormuş etrafında.

Kadın sevinçle köşke girmiş. Ama bakmış bir tuhaflık var. Hangi yöne baksa o taraftaki duvarda bir delik görüyor. Sanki duvarın bir tuğlası eksik bırakılmış ve orası delik.

Kadın köşkün hizmetlilerine sormuş; neden her duvarında bir delik bırakılmış diye. Çünkü bu durum cidden köşkün ihtişamını bozuyormuş.

Ona demişler ki "Hanımım, o tuğlayı sizin talebiniz üzerine Allah size dünya nimeti olarak gönderdi. Kapınıza bırakılan o som altın bu duvardan alındı!"

Kadın dehşetle uyanmış, telaş içinde dervişi de uyandırmış:

– Derviş kalk, demiş, patronuna söyle, dün gönderdiğini alsın; ben istemiyorum. Razıyım senin bu hayatına!

Derviş tebessüm etmiş. Tabii biliyor işin mahiyetini. Kadın uyanır uyanmaz gidip torbaya bakmış. Torbanın yerinde olmadığını görünce Rabbine hamdetmiş.

Babam bu kıssayı anlattıktan sonra kabul olmayan dileklerin insanın hayrına olduğunu söylerdi. "İnsan iyi ki her istediğine kavuşmuyor. Nice isteklerimiz vardır ki sonra başımıza bela oluyorlar... Allah bilir, kul bilmez." derdi.

Bilmediğin şeyin ardına düşme;
çünkü kulak, göz ve kalp sorguya çekilecektir!

Ve yeryüzünde kurumlanarak dolaşma;
çünkü sen ne yeri yarabilir ne de boyca dağlara ulaşabilirsin!

Bütün bunlar, Rabbinin katında asla hoş karşılanmayan şeylerdir.

İSRA SURESİ, 36-37-38

On Dokuzuncu Gün

Halil o gün yine erkenden yatmış. Ben yazıhane işlerini bitirmek için biraz gecikmiştim. Karakola döndüğümde yatsı çoktan okunmuştu. Ben geldiğimde Halil konuşmaya başlamıştı.

Denizlili Halil'in böbürlenmek, insanlara tepeden bakmak ve insanların hâl ve hareketlerini kınamaktan sorguya çekildiğini söyledi.

Geldiğimde annesi konuşuyordu. Annesi iki gündür Halil'e âdeta vaaz veriyordu:

– Bir mümin, kınadığı insanların hâline düşmeden, kınadığını yapmadan ölmez. İnsanı cehenneme götüren fiil ve davranışların en başında gururlanmak ve böbürlenmek gelir. Bir de yapmadığı şeyi yapmış gibi anlatmak, isterse şakadan yapsın karşısındakilere yapmadığı işleri yapmış gibi gösteren insanları Allah muhakkak cezalandırır. Bunlar insanın amellerinin boşa gitmesine sebep olur ve dünya hayatının tadının bozulmasına yol açar. Bir de günahların silinmesine mani olur kibir ve gurur. Ve tabii gıybet.

Halil gıybeti sorduğunda annesi:

– Birisini, yüzüne söyleyemeyeceğimiz sözlerle arkasından anlatmaktır gıybet. İsterse söylediklerin doğru olsun, demişti.

Bu söylediği çok ilginç gelmişti bana. Oysa biz "söylediklerim doğrudur" diye insanları arkasından hiç de razı olmayacakları sıfatlar ve kelimelerle anlatıyorduk.

– Birisinin dedikodusunu yapmak, onu küçümsemek, tepeden bakmak, gizli hâllerini araştırıp bulmak ve insanlara aktarmak, Allah'ı en çok gadaplandıran hâllerdir. Tabii bunlar duaların kabulüne de manidir, diyordu annesi.

Halil'in annesi o gün Allah'ın iki namaz arasında işlenen küçük günahları, kul bir sonraki namaza durduğunda sildiğini de müjdelemişti. Halil bunu duyduğunda çok sevinmişti. Ancak kibir ve dedikodu o günahların silinmesine mani oluyordu söylediğine göre.

– Kul bu hataları işlemezse Allah onun günahlarını her gün siliyor. İnsanın başına gelenler silinmeyen günahların cezası. İnsanın günlük işlediği ve silinmeyen cezaları da birikince başına kazalar, musibetler, talihsizlikler geliyor; bu hâl zamanla hastalıklara dahi yol açıyor.

Halil hastalık konusu her açıldığında annesi ile uzun uzadıya konuşuyor, durumu anlamaya çalışıyordu. Belki de kendisinin bu huy tutmasının sebebini kendi içinde çözmeye çalışıyordu.

– Hımm, başıma gelen kaza, bela, hastalık ve musibetlere sevinmeliyim!

– Niye sevinmeliyim anne?

– Hımm, o hastalıklar ve aksilikler; biriktiği takdirde insanı dinden imandan edecek, cehenneme götürecek günahların silinmesine vesile oluyor.

– ??

– Hımm, her insan günah işleyebilir, hata yapabilir. Mümin insanın vicdanı, kişi hata yapar yapmaz ikaz eder doğru bir iş yapmadın diye. Kişi anlar onun yanlış olduğunu!

– Peki o durumda ne yapmalıyım anne?

– Hımm, hemen Allah'ı hatırlamalı, O'nu içimde anmalı ve yaptığımdan pişman olmalıyım ki Allah da onu silsin.

– Yani bir kötülük yaptığımda hemen arkasından bir iyilik yapmalıyım diyorsun?

– Hımm, evet, kişi yaptığı hatayı, ya tövbe ile ya da Allah'ı çokça anıp o kötülüğün zıddı olan bir iyilik yaparak telafi etmeli.

– Ya telafi edemezse?

– Hımm, Allah kulunun tövbe etmesini bekler. O günahın onun amel defterine yazılmasını geciktirir. Çünkü günah bir kere deftere yazıldı mı silinmesi zordur. İşledikten hemen sonra pişman olursan hemen silinir.

– Yani başımıza gelen bütün olaylar bu yüzden mi?

– Hımm, evet. Başımıza gelen hoşlanmadığımız işlerin hepsi; hastalık, keder, mahrumluk, fırsat kaçırmak, şanssızlık dediğimiz işler kendi ellerimizle yaptıklarımızdandır.

– Buluğ çağına ermemiş çocukların başına gelenler de mi böyle!

– Hımm, onların büyük bir kısmı da geçmişlerinden tevarüstür. Bununla birlikte Allah sürekli günahlarımızı affettiği için hayatımızı sürdürebiliyoruz.

Esasında Halil'in annesinin neden bu kadar sık bu meseleleri açtığını, bu konuda tembihler yaptığını tam anlayamıyordum. Dedelerin, babaların, nenelerin yaptığı nasıl kaderimiz oluyordu veya başımıza türlü işlerin gelmesine sebep oluyordu, zihnim tam izah edemiyordu. Halil de anlamıyordu ki annesi dönüp dolaşıp bu konuları açıyordu.

Sonunda anlamıştım ki bir insanın en büyük şansı temiz, kimseye haksızlık yapmamış, kibirlenmemiş, hak yememiş anne-babalara sahip olmakmış. Bunun en güzel örneği de Halil'di. Halil'in annesi mübarek bir kadındı ki bak işte oğlunu daha dünyada iken kötü hallerinden sakındırıp onu cehenneme götürecek işlerden alıkoyuyordu...

Halil o gün hep dinleme makamındaydı. Annesi hep anlatıyor, Halil de bu uzun konuşmaları "Hımm," diyerek bize aktarıyordu.

Bu tür konular ve annesinin uzun uzadıya konuşmaları doğrusu koğuştakileri pek cezbetmiyordu. Onlar daha çok Halil'in yapıp ettikleri, oradakilerin günahlarının konuşulduğu sohbetleri seviyorlardı. Esasında herkeste bir parça var olan bu hâlleri kimse duymak istemiyordu. Ne de olsa insanda vicdan var, istemese de insanı düşünmeye zorluyor. Adam ya bir daha yapmayacak ya da çekip gidecekti. Çoğu arkadaş dinlemeyi bırakmıştı.

Halil o gün de erken uyandı. Son zamanlarda Halil'in nöbette kalma vakitleri giderek kısalıyordu. Ayrıca Halil'in özel hâlleri de daha az ortaya dökülmeye başlamıştı. İlk başlarda dört beş saat süren bu konuşmalar son zamanlarda iki üç saat bile sürmüyordu. Bugün, yatsı namazından en fazla kırk kırk beş dakika geçmişti ki Halil uyanma emareleri gösterdi. Biz de etrafından dağıldık...

Allah'ın lütuf ve merhameti olmasaydı
ve Allah çok şefkatli ve merhametli olmasaydı (hâliniz nice olurdu)!

Nur Suresi, 20

Yirminci Gün

O gün Halil bayıldığında yanında idim. Akşam ezanına az bir vakit kalmıştı. Sohbet ediyorduk. Hafiften titremeye başladı.

– Ben yatağıma gideyim, dedi tebessüm ederek. Sonra da her şeyden haberdarmış gibi:

– Bakalım bugün nasibimizde ne var, dedi.

– Seni izlediğimizi biliyor musun, diye sordum.

Halil evet, hayır demedi; bakışları evet diyordu.

– Başlangıçta her şeyimin arkadaşlarımın önünde dökülmesi çok zoruma gitmişti ama sonra düşündüm ki Allah'ın huzurunda herkesin izlediği büyük bir mahkemede rezil olmaktansa arkadaşların önünde rezil olmak daha iyidir dedim.

– Kimse öyle bakmıyor, merak etme. Senin söylediklerin ve yaşadıkların hepimizde olduğu için, biz kendi derdimize düşüyoruz seni izlerken, dedim. Güldü.

– Bana yaşatılanların bir gayesi de sanırım odur. Ben acı çekiyorum ama mesaj size de geliyor.

O zaman anladım ki Halil her şeyin farkında.

– Her gördüğünü, her gösterileni, konuşulanı aktarıyor musun, diye sorunca manalı manalı yüzüme baktı. Epey sessiz kaldı. Sonra:

– Hepsini değil, dedi. Sizlerle ilgili hâller de görüyorum. O zamanlar genelde sessizlik içinde izliyorum.

– Yani sana bizim hâllerimizle ilgili şeyler de gösteriliyor mu?

– Sayılır. Benim sorgulandığım hâl, sizin hanginizde varsa o da bana gösteriliyor. Hatta bana söylenenlerin bir kısmı da ona söyleniyor...

Fırsat bu fırsat, kendimi sordum, acaba benimle ilgili neler gösterildi diye.

Tebessüm etti. Hiçbir şey demedi. Ta sonra:

– Kadınlara olan meylini dizginleyebilirsen yükün hafif ede, dedi.

Ben de ona en büyük imtihanımın o olduğunu itiraf ettim.

Bu safhada babam bana itirafta bulunmuştu:

– Gerçekten de evladım, nefsimin karşı koymakta en çok zorlandığım talebi, kadına olan meylidir. Haa aklına bir şey gelmesin, bugüne kadar onu zaptetmişimdir elhamdülillah. Bundan sonra da Allah'ın beni korumasını umuyorum.

Ben bu işi asla yapmam diye iddia etmiyorum. Sen de etme. Allah'a sığın. O insana yardım etmezse insanın her meyli kişiyi cehenneme götürmeye yeter. Yusuf olsan dayanamayabilirsin, Allah yardım etmezse...

Ben de o anda ilk defa, imtihanımın en çetin kısmının o olduğunu fark ettim. Benimki belki babamınkinden biraz farklıydı. Dişiliğe değildi benim meylim. Kadın hâlinde tezahür etmiş güzelliğin, Allah'ın dünyada yarattığı en latif nimet olduğunu düşünür; Zülcemal Allah'ın tebellür eden ilahî lütfu görürüm. O yüzden Peygamber Efendimiz'in "Bana dünyanızdan üç şey sevdirildi; güzel koku, kadın ve gözümün nuru namaz." sözü muhteşem bir beşerî itiraf gibi gelmiştir ilahi nimetlerin yüceliği karşısında!

Halil, benim mahiyetimden haberdarmış gibi tebessüm etti. Sonra müsaade istedi.

– Ben bir yerlere düşmeden önce gidip yatağıma uzanayım, dedi. Hem nasıl olsa akşam namazını yatsı ile birleştirmek itiyat oldu. İnşallah bir gün bunlar biter ve akşamı da vaktinde kılma keyfine ererim.

– İnşallah.

Halil yerine geçmişken ben de aradaki sessizlik zamanında bir iki şahsi işimi halletmeye niyetlendim. Birkaç parça çamaşırım vardı yıkanacak. Ama artık hava kararmıştı. Sonra yaparım diye bıraktım.

Halil konuşmaya başladığında başucunda idim. O gün bir iki kişi idik. Tam hatırlamıyorum ama sanırım Denizlili ve Hacı vardı.

– Aleykümselam anne!

– Aleykümselam hocam. Bugün sevimli görünüyorsun.

– Hımm, alet edevat ile gelmediğin içindir.

– Evet ya hocam, alet edevat geldi mi kendimi kurt ile aynı kafese sokulmuş kuzu gibi görüyorum. Aletleri görünce vücudum titriyor korkudan. Bir şey yapmasan bile.

– ??

– Efendim anne?

– Hımm, hocayla iyi geçineyim. Beraberimdekileri gönderdiğinizde o benimle kalacak.

– Biliyorum. Doktor da beni sıkı sıkı tembih etmişti.

– Hımm, insanoğlu bir konuda defalarca tembih edilir ama o yine de unutur.

– Tamam ben aklımda tutacağım. Anne bu varlıklar dediğin, yani bana şu günahları işleten varlıklar çok mu fazla ki say say bitmiyor?

– Hımm, işlediğim günahlar miktarınca kanımı ateşten varlıklar istila etmiş. Onlar da kendilerine düşeni yapıyorlar. Onların bedenime girmesine ben müsaade etmişim. Yoksa Allah'ın kuluna bir garezi yok.

– Yandım desene!

– Hımm, etrafındaki herkes cayır cayır yanıyor da henüz farkında değiller. Allah size boşuna demedi karınlarınıza ateş dolduruyorsunuz diye...

– Haram yemekle mi insanın kanına giriyor bu habis varlıklar?

– Hım sadece yemekle değil. Günahlarımız, Allah'a, anne-babaya isyanlarımız, şirk, nankörlük, iftira, haksızlık, birisine zorla bir şeyler yaptırmak, atalarımızın işlediklerinin bir kısmı, murdar yiyecekler...

– Ne kadar da çokmuş.

– Hımm, inancım sağlam olsa, iş çok kolay. Hem inanıyoruz, hem de canımızın çektiği gibi hareket ediyoruz. O zaman her fiilimizin sorgulanması icap ediyor. Sorgulanmaya sebep olan hareketlerimiz, onların da bedenimize girmesine bir müsaadedir.

– Bir şeyin kaderimize yazılması böyle mi oluyor?

Annesi Halil'in bu soruyu sormasından hoşnut oldu ki Halil keyiflendi. Yüzüne bir tebessüm hâkim oldu. Kendi kendine "Aferin bana değil mi anne?" diye mırıldandı. Sonra tekrar sordu:

– Ne garip. Bunu insanlar bilmiyor anne. İnan bilmiyorlar! Şimdi insanlara çok acıdım. Ne yapmak lazım anne bu habis ateşlerin vücudumuza girmemeleri için?

– Hımm, esas olan insanı incitmemektir, günah işlememektir. Yapmışsa da hemen tövbe etmektir. Bir günah işlenmişse hemen pişman olup bir iyilikle onu savmaktır.

– Hakikaten acıdım insanlara!

– Hımm, acımalıyım. Allah da kendi cinsine acıyan insana merhamet eder. O yüzden de kusurlarınızın bir kısmını hastalığa dönüştürüp dünyada size verir ki cehennem ateşine düşmeyesiniz.

– Hastalıklar bunun için mi?

– Hımm, hastalıklar dahi çoğu kere, içimize girmelerine müsaade ettiğimiz o habis varlıkların eseridir.

– Peki pişman olursak yaptığımızdan?

– Hımm, derhâl vücudumuzu terk ederler ve haberimiz bile olmaz.

– O zaman sürekli istiğfar ve tövbe etmek lazım.

– Hımm, tövbe ve istiğfar iyi bir silicidir. Eğer onların bedenimizden atmamışsak onlar da vakti gelince Allah'ın emriyle harekete geçerler ve o yaptığımızı bize ödetirler.

– Hastalıklara tahammül etmemiz söyleniyor. Neden?

– Hımm, isyan etmeden o hastalıklara tahammül edersek, hastalık, hem bizi o habislerden temizler, hem de ahiret için büyük sevap kazandırır.

– Valla anne ben hastalıklarımı sevdim. Bu huy tutmalarım da öyle mi?

– Hımm, öyle. Babalarımdan, dedelerimden bize intikal etmiş ve üç kardeşimi de yakalamış büyük bir vebalin izleri. Sen bundan kurtulacaksın. Abin de idare eder ama küçük kardeşin dayanamadı... Ondaki bedel daha ağırdı. İnşallah kendisine ait olmayan bir hak edişten öldüğü için Allah onu bağışlar.

– Bendeki bu varlıklar ne zaman temizlenecek?

– Hımm, daha var. Ama temizlenecekler.

– Onlar gidince beni nöbet tutmayacak mı?

– Hımm, evet. Belki nadiren olur. Ama hoca benimle kalacağı için bana zarar gelmeyecek.

– Bu günahlardan temizlenince ne olacak?

– Hımm, cennete göndereceksiniz beni. Orayı da göreceğim. Gerisi bana kalmış.

– Nasıl gerisi bana kalmış?

– Hım, siz beni kendi tercihimle yaptığım günahlarımın sonucu olmayan musallatlardan temizleyeceksiniz. Beni, içimdeki kötü saiklerden kurtarıyorsunuz. Onlar temizlenince ben irademle baş başa kalacağım. Kendi irademle günaha meyledersem ceremesi de ağır ve kalıcı olur.

– Bu habis varlıkların insanın kanına girmesine en çok ne sebep oluyor?

– Hımm, iddia, kınama, iftira, büyü, dinin emrettiklerine itaatsizlik, yasaklara aşırı düşkünlük, bidatlara taraftarlık, tepeden bakma, eleştirme, yapmadıklarımı yapmış gibi anlatma...

– E insan illa da bunlardan birini yapıyor...

– Hımm, o yüzden de hepimiz hastayız, huzursuzuz, her nimetimiz varken mutsuzuz.

– Mutsuzluk da mı günahlarımızın sonucu?

– Hımm, başka ne olacak? Allah, "Kalplerinizi benimle yatıştırın" demiyor mu?

– Yani biz Allah'ı zikretsek mutsuz olmaz mıyız?

– Hımm, öyle dilinde Allah Allah demek zikir yetmez, kastedilen yalnızca bu değildir. Allah'ın yap dediğini yapmak, yapma dediğini yapmamaktır asıl zikir. O zaman kalbin yatışır, verilenle yetinir, kaybınla üzülmezsin, mutlu olursun.

– Sen mutlu muydun anne?

– Hımm, babam aksi bir adamdı ama Allah'tan korkan bir tarafı da vardı. İdare ettiniz.

– Ben mutlu olacak mıyım?

– Hımm, "Halanın kızı iyi bir insan. Ama herkesin sabra ve istiğfara ihtiyacı var. Sen kızlarına iyi örnek ol!" diyorsun.

– Kızlarıma!?

Halil'in annesiyle bu konuşması hepimizi çok yakından ilgilendirmişti. Söylediklerini kafamız tam almasa da şunu anlıyorduk ki insan hata yapabilir. Esas olan ondan pişman olmaktır. Ve kötülüğü bir iyilik ile savmaktır. Eğer insan yaptıklarına -başkasına zarar veren her türlü yaptıklarına- pişman olmazsa bir gün gelir onun cezasını öder. Ya dünyada ya ahirette. Yaptığımız hatalar dünyada bela ve musibet ve hastalığa; ahirette ise ateşe dönüşüyordu.

Halil'i dinleyen herkes bunu anlamıştı. İnanmak inanmamak ise başka bir mesele. Büyük bir kısmı bu mevzular derin işler deyip kendi bildikleri gibi hareket etmeyi sürdürüyordu. Etkilenen ise ben ve Denizlili idik. Biraz da Hüseyin. Onun da tabiatı müsaitti etkilenmeye.

Halil'e artık fazla işkence etmiyorlardı. Daha ziyade, annesi onunla sohbet ediyordu. Onu iyi bir insan olmaya sevk edecek nasihatlerde bulunuyordu çoğu kere. Evet zaman zaman küçük günahları için ceza tatbik ediliyordu ama bunlar Halil'in avazını karakolun çatısından taşıracak cinsten değildi. Ya artık Halil dayanıyordu veya -bizim düşüncemiz oydu- eskisi kadar Halil'e ağır cezalar tatbik edilmiyordu. Onun yerine günahlar anlatılıyor, sonra Halil cehenneme götürülüyor, orada o tür günahları işleyip de tövbe etmeden ölenlerin hâli gösteriliyordu.

Halil o günü de yattığı yerden bazen yüzü düşerek, bazen gülerek annesiyle uzun uzun sohbet etti. Anlattıkları koğuşta tartışılıp durdu. Dinleyenler artık iyice seyrelmişti. Azap işkence, çağırtı bağırtı olmadığı günlerde birkaç kişi ya olur ya olmazdık. Ama yine de tartışırdık. Hele Hüseyin varsa, Halil'in annesinden aktardığı her söz illa ki müspet ya da menfi bir tepkiyle karşılık bulurdu. Çünkü onun aktardığı, kendisi için azap çekilen günahlar hepimizde vardı ve aramızda hiç kimse Halil kadar bile masum değildi.

O gün de herkes kendi derdine düşmüştü Halil'i dinlerken. Halil tam olarak sustuğunda Hüseyin'in şöyle dediğini duydum:

– Tertip, ben şunu anladım. Allah merhamet etmezse hepimiz ... yemişiz!

Ondan sonra neler oldu tam hatırlamıyorum. Zaten bir müddet sonra da uyanmıştı.

Ve gerçek şu ki biz Adem'le daha önceden ahitleştik; fakat o unuttu. Yazık ki sözünde duracak azmi gösteremedi.

TAHA SURESİ, 115

Yirmi Birinci Gün

Halil böyle her gün konuştukça günler de birbirine karışmaya başlamıştı artık. Hangi gün tam olarak ne konuştuğunu ilk günlerdeki kadar sıralı takip edemiyordum. Sonraki zamanlarda da ancak bir mevzu açılınca o günkü konuşulanlar bazen pat diye onun anlattığı şekliyle aklıma geliyordu.

Yani artık tam olarak diyemiyorum, yirminci günde şunu anlattı yirmi birinci günde bunu anlattı. Ancak konuşmalarının belli bir seyri vardı; önce o konuyla ilgili kendi işlediği bir günahından sorguya çekiliyor, azap görüyor, ardından da o günahı işleyen başkalarının hâllerine şahit oluyordu. Sonrasında ise annesi ona uzun uzun nasihat ediyordu. Bu seyri takip edince hangi gün ne konuşulduğunun bir çetelesini de tutabiliyordum işte.

Yirmi dördüncü günden itibaren de onu dinleyememiştim. Çünkü bir firariyi Silivri'ye götürmemiz icap etmişti. Hem o zaman yaşadıklarımızı ciddiye alacak, bir gün gelecek onları hayatımın temel prensipleri yapabileceğimi düşünecek şuurda değildim. Üstelik de onlar konuşulurken ben sürekli kendi nefsimi esas alarak dinlediğim hâlde. Zaman içinde çoğu şey silinip gidiyor işte. Esasında Allah'ın dilediğinden başkası kalmıyor. Yazsaydım bile, Allah dilemeseydi yine giderdi.

Esasında onun söyledikleri zaten Kur'an ve sünnetin bize telkin ettiği şeylerin neticelerinden ibaretmiş. Ben bunu bilmiştim. Halil'in yaşadıkları, beni şahsen, Kur'an ve sünneti ciddiye almaya sevk etmişti. Halil yeni bir din vaz etmiyordu. Onun yaşadıkları ve ona yaşatılanlar, bana şunu hissettirmişti: Kur'an'ın söyledikleri,

Peygamber Efendimizin haber verdikleri hakmış, hakikatmiş, hayal değilmiş.

Onun yaşadıkları bana gösterdi ki namaz kılmazsan tehlike var...

Haram yersen tehlike var.

Zulmedersen, dünyada olmasa da ahirette yaptıklarının bedelini daha ağır ödersin.

İftira edersen iftiraya uğrarsın; cana kıyarsan bedelini ödersin... kaçış yok, yok.

Halil'in yaşadıkları bana kaçış olmadığını öğretti. Ya Allah'a ve Resulüne uyacaksın ya uyacaksın. Benim iyi olmam, Allah'ın Allahlığını arttırmıyor, Peygambere uyarsam peygambere bir şey vermiş olmuyordum. Bunlar ancak, Allah'ın bana daha da merhamet etmesine yarıyor. Meseleye öyle bakınca Halil'in anlatmadıklarını da keşfetmeye başlıyordu zihnim.

Yani ister inanalım ister inanmayalım hepimiz yaptıklarımızla karşılaşacaktık. Hepsi bir gün önümüze gelecekti. Cehennem var, cennet var, insanı kandıran ve günaha sevk eden varlıklar var ama Allah'ın merhameti de var. İstiğfar edersek, tövbe edersek ve gücümüzün yettiği kadar sözümüzde durursak, Allah zaten çoğu yaptığımızı sormuyordu bile, siliyordu.

Daha önce de söylediğim gibi Halil artık eskisi kadar sorguya çekilmiyordu. Zaten çekilse de hemen itiraf ediyor ve verilecek ceza ilk günlerdeki gibi şiddetlenmiyordu. Halil, hocayla çekişmeyi bırakınca üzerinde yapılan tatbikatlar da azalmıştı. O yüzden de ya annesi ona nasihat ediyordu ya da onu cehenneme götürüyorlar, hangi günaha ne tür azaplar edildiğini yerinde görüyordu.

Annesi o gün de gıybetin, dedikodunun ve iftiranın neticelerini anlatmaya devam etmişti. Bir mecliste oturan biri oradan kalktıktan sonra onun ardından konuşulması hakkında nasihat etmişti:

– Malum bizim insanımız birlikte oturup sohbet etmeyi sever. Sonra biri meclisten ayrılınca herkes onun hakkında yüzüne söylemeyecekleri şeyleri ardından konuşurlar. Sen böyle yapmaktan sakın oğlum. Yüzüne söylemediğini, o kalkıp gittikten sonra

söylersen o adamın günahları, kötü amelleri sana yazılır, senin iyi amellerin ona gider.

Halil öyle şeyler yaptığını itiraf edip tövbe etmiş; bir daha da insanın yüzüne söylemediği şeyi arkasından söylemeyeceğine söz vermişti. Onunla birlikte ben de "Bir daha kimsenin arkasından konuşmayacağım, birileri konuştuğu zaman da ya konuşturmayacağım, gücüm yetmezse de o meclisten kalkıp gideceğim." diye söz vermiştim.

Ben aklım erdikten sonra babamın o hâllerine çok şahit oldum. Köylerde genelde bu tür şeyler çok olur. Bir mecliste birlikte otururlar. Sonra biri kalkıp gider, biri onunla ilgili bir şey anlatınca o adamın bütün yapıp ettiklerini anlatır durur. Tabii kınayarak...

Bir gün beş altı kişilik bir sohbet grubu vardı. Kır bekçisi de orada idi. O kalkıp gidince meclistekilerden biri onunla ilgili ağır bir ithamda bulundu. Tam bir başkası da bir şey söyleyecekti ki babam birden hiddetlendi: "Ulan ş.... Sen tam bir bozguncusun. Madem böyle yiğitsin, neden o varken bunu yüzüne söylemedin?" diye çıkıştı. Ben babamın hayatta böyle bir laf söyleyeceğini düşünmemiştim. Çünkü bekçinin o işi yaptığını ben de duymuştum ve doğruydu. Şaşkınlıkla "Baba ne diyorsun sen?" diye sordum. Kendine geldi, "Özür dilerim oğlum" dedi ve oradan kalktık. Babama:

– Ama baba bekçi o işi yapmış, dedim.

– Biliyorum evladım. O bu işi yapmadı diye kızmadım. Yüzüne söylemediğini o kalktıktan sonra söylemesine kızdım. Bekçi mecliste iken onunla en samimi konuşan da oydu. Kalktıktan sonra hemen onun aleyhine konuşması münafıklıktır.

Hakikaten de köylüler babamın yanında birilerinin arkasından konuşmak istemezlerdi. Çünkü babam ya bozardı ya da çoğu kere yaptığı gibi kalkıp giderdi.

O günün ertesinde Halil'i cehenneme götürmüşlerdi ve o tür günahları işleyip tövbe etmeden ölenlerin hâllerini göstermişlerdi.

Ey iman edenler! Zannın çoğundan kaçının.
Çünkü zannın bir kısmı günahtır. Birbirinizin kusurunu araştırmayın.
Biriniz diğerinizi arkasından çekiştirmesin. Biriniz, ölmüş kardeşinin etini
yemekten hoşlanır mı? İşte bundan tiksindiniz. O hâlde Allah'tan korkun.
Şüphesiz Allah, tevbeyi çok kabul edendir, çok esirgeyicidir.

HUCURAT SURESİ, 12

Yirmi İkinci Gün

Halil'in o günkü ziyaretçisi annesi ve hoca idi. Annesi ona kısa bir nasihat etmiş; sonra Halil, hoca ile birlikte cehenneme gitmişti. O gün de dil kapısından girmişlerdi cehenneme.

Halil uzun bir sessizlikten sonra birilerine selam verdi. Esasında selam da vermemişti, sadece merhaba demişti. Annesinin birkaç gün önceki uyarısından sonra Halil cehennem halkını "Merhaba hemşerim!" diye selamlıyordu.

– Merhaba hemşerim?

– ??

– Ne yapıyorsun böyle?

– Hımm, kendi etini yiyorsun.

– Allah Allah neden ki, yeme!

– Hımm, elinde değil.

– Neden elinde değil, iradeni kullan yeme kendini?

– Hımm, iradeni dünyada kullanacaktın, kullandın ve insanları arkalarından çekiştirdin.

– Bunun için mi böyle pazularını dişleyip dişleyip yiyorsun.

Halil'in adamla yaptığı sohbetten anladık ki adam kolundan bacağından büyükçe bir ısırıkla kendi vücudundan bir parça koparıyor, o parça koptuktan sonra adamın ağzında ateşe dönüşüyor ve boğazını yaka yaka midesine ulaşıyor ve aleve dönüşüp makatından çıkıyor. Daha bu iş tamamlanmadan adam bir kere daha vücudundan bir ısırık alıyor. Ve tuhaf bir şekilde vücudundan ısırıp kopardığı parça, hemen yerine ekleniyor. Böyle bitimsiz bir şekilde adam sürekli kendi etini, dişleriyle koparıyor ve yiyor; her seferinde de aynı acıyı hissediyordu.

Halil adamın avazını duymamak için kulaklarını kapatıyor, gözünü çeviriyordu.

Bu hâli bir süre izleyen Halil cehennem görevlisine sordu:

– Hâzin efendi, bu adamın çığlıklarını duymuyor musunuz?

– Hımm, duymuyorsunuz.

– Ama beni işitiyorsun!

– Hımm, seni duymam ile onu işitmem ayrı şey. Onun çığlığını ve acısını Allah bize işittirmiyor. Cehennemde olan o, biz görevimizi yapıyoruz.

Halil böyle anlattıkça ben de kendi kendime düşünüyordum, ya Rabbi bunlar nasıl azaplar diye. İnsan bin yıl düşünse böyle bir azap şeklini hayal edemez. Ama insanlar yapıp ettikleriyle kendi azap şekillerini de tayin ediyorlardı.

Halil adama yine sordu:

– Hemşerim sen ne yaptın ki bu hâle düştün?

– Hımm, bir kimse oturduğum meclisten kalkıp gittikten sonra içimden onun aleyhine olacak bir şey bulur, söylerdim. Bunun yanlış olduğunu bana söylediler, ama bir türlü bu huyumu terk etmedim.

– Ölürken de mi tövbe etmek aklına gelmedi?

– Hımm, gelmedi.

– Sen namaz kılar mıydın?

– Hımm, demek namaz kılsaydın, Allah sana tövbe etmeyi de nasip ederdi.

– Ya hemşerim, azap çekenlerden kime sorsam, namazı hakkıyla kılmış namazın hakkını vermiş kimse bulamadım. Neden namazı kılmadın?

– Hımm, böyle bir günle karşılaşacağına tam emin olamadığın için!

– Allah'ın varlığına mı inanmadın, sözüne mi?

– Hımm, Allah'a inandın, sözünü de hak bildin ama "Allah'ın benim namazıma ne ihtiyacı var?" diye düşündün...

– Ya hemşerim, sana "Bu şeytanı lain, insanı en çok Allah'ın merhametine güvendirmekle kandırır." diye söylemediler mi?

– Hımm, sen duymadın. Zaten şeytana da inanmıyordun, öyle mi?

– Peki yaptığının kötü bir şey olduğunu da mı düşünmedin? İnsan ne diye mecliste birlikte oturduğu adamın ardından atıp tutar? Bunu yapmayı nasıl kendine yakıştırdın?

– ??

– Peki bu azap ne kadar sürecek?

– Hımm, bilmiyorsun.

– Pişman mısın?

– Hımm, herkes pişman ama artık dönüş yok.

Sonra Halil'in gözü, adamın çok kabarık defterine ilişmiş olacak ki sordu:

– Hemşerim defterin de çok kabarık, hiç mi güzel işler yapmadın?

– Hımm, diyorsun ki amelim de çoktu. Ben cömert de bilinirdim. Ama, hepsi benden silinip aleyhlerine konuştuklarıma verildi. Onların da ağır günahları bana yüklendi. Orada binlerce kötü amel yazılı ama ben yapmadım. Onların yaptığını da ben çekeceğim...

Halil kendinden geçmişçesine "Allahu ekber, Allahu ekber" dedi. Ve defalarca tekrar etti. Allahu ekber Allahu ekber... Halil dakikalarca hıçkıra hıçkıra ağladı...

Ta nihayet sakinleşti:

– Vay be! Annemin dediklerinin hepsi hakmış. Hep, birinin dedikodusunu yaparsan onun günahları sana gelir, senin sevapların ona gider, derdi. Tam da öyle imiş.

Sonra Halil onun için dua etmek istedi. Dua etmeye de başladı ve bir anda eli çok sıcak bir şeye değmiş gibi elini duadan çekti... Sonra adama sordu:

– Hemşerim, sen ne kadardır buradasın?

– Hımm, çok uzun zamandır buradasın demek.

– Ne kadar zamandır ölüsün?

– Dünya zamanıyla yüz elli seneden fazla.

– Yani ardından sana dua edecek kimsen kalmadı, öyle mi?

– Hımm, torunlarının torunlarının torunları var ama kimse seni hatırlamaz bile.

– Onların içinde de namaz kılan yok mu?

– Hımm, sen hayırla anılacak bir hatıra bırakmadın ki seni ansınlar!

Halil sustu. Uzun süre ağladı. Adama acıyordu ama yapacak bir şey bulamıyordu.

Ben kendi kendime Halil yine adres isteyecek herhâlde diye düşündüm ama adamın ailesinden onu hatırlayacak kimse kalmamıştı. Halil'in gidip onun adına helallikler talep etme veya ailesini bulup dedikodusunu yaptığı insanların çocuklarından helallik talep etme imkânı kalmamıştı. Olabilecek şey onun neslinden mümin ve ahiret kaygısı olan torunları olup olmadığını öğrenmekti. Adamın hiçbir irtibatı kalmamıştı. Artık anılır bir hatırası yoktu dünyadakiler arasında ki birileri onun için dua etsin, istiğfar etsindi.

Adamın o hâli beni de çoook derinden etkilemişti. Bir gün hepimiz unutulup gidecektik. Kimse bizim için dua etmeyecek, bizi hatırlamayacaktı. Öyleyse ben Allah'ın rahmetini celbedecek şeyleri yapmalıyım ki kimse beni hatırlamadığı zamanlarda beni hatırlayacak Rabbim bana merhamet etsin. O gün karar vermiştim, Allah'ın dilsiz damaksız, savunmasız mahlûklarına iyilik yapacaktım. Hayvanlara merhamet edecek; onların gönlünü kazanmaya çalışacaktım Allah için.

> Babamın bunu yaptığına defalarca şahit oldum. Çocukluğumda kapan kurup yakaladığımız kuşları bizden parayla satın alıp saldığını, hizmetli veya seyip ne kadar hayvan varsa onları gözettiğini, bizim erkek eşeğimizi, her ilkbaharda ve sonbaharda serbest bırakıp dişilerle buluşmasını sağladığını biliyorum. Yük yüklediği eşeğe binmezdi. Buzağının, oğlağın süt hakkının tecavüz edilmesine, yani sütün çoğunun sağılmasına müsaade etmezdi.

Halil adamdan ayrılırken hâlâ ağlıyordu. Mamafih, Halil cehenneme düşmüş herkese acır ve onlar için dua ederdi. Bununla birlikte onun, şaşırdığım bir hâli vardı.

Ben kendi kendime şöyle düşünüyordum: Bir insan bu hâli gördükten sonra arkadaşlarına müdahale etmesi lazım... Etrafındakilere "Bunu yapma, bunu etme, bu seni cehenneme götürür." diye uyarması lazım.

Halil, normal hayatta, hiç bunu yapmıyordu. Kimseyi uyarmıyordu. Bütün yaptığı bir kere Hüseyin'e "namaz kıl" demişti. Diğerlerine bir şey söylemiyordu. Ama kendisi kimseyi üzmemek, incitmemek için âdeta iradesiz hâle gelmişti.

Halil sonra adama veda etti. Veda ederken:

– Yahu hemşerim keşke senin için bir şey yapabilseydim, dedi. Sonra da ekledi:

– Sen artık Allah'ın merhamet edeceği vakte kalmışsın. İnşallah seni de affettirecek bir hayrın, hayra meylin vardır defterinde. Allah'ın rahmeti sonsuzdur, ümidini kesmeden ona yalvarmaya devam et, dedi.

Sonra cehennem görevlisine döndü. Adama bir umut vermek için:

– Burası önünde sonunda boşalacak değil mi, diye sordu.

O da "evet" demiş olacak ki Halil adama;

– Allah'ın rahmetinden umudunu kesme hemşerim. O her şeye kadirdir, dedi.

Sonra sessizlik oldu. Biz anladık Halil uyanacak. Diğerleri dağıldı. Ben yanında kaldım. Acıyarak yüzüne bakıyordum. "Ne kadar da merhametli bir insan hâline geldi bu çocuk." diye. Aniden uyanıp da benim yüzüne baktığımı görünce, tebessüm etti:

– Adama çok acıdım be ede, dedi.

Ben de bir baş hareketiyle onu anladığımı söyledim. Sonra kalkıp abdest almaya gitti.

Ya Rabbi!
Unuttuklarımızdan veya yanıldıklarımızdan dolayı bizi sorumlu tutma.
Ya Rabbi! Bize, bizden öncekilere yüklediğin gibi ağır yük yükleme.
Ya Rabbi! Gücümüzün yetmeyeceği yükü bize yükleme, bizi affet.
Bizi bağışla. Bizi esirge. Sen bizim Mevlamızsın,
kâfirler topluluğuna karşı bize yardım et.
BAKARA SURESİ, 286

Yirmi Üçüncü Gün

Halil o gün selam faslından sonra annesine çok yorgun olduğunu söyledi:

– Ben artık hayattan lezzet almıyorum, keşke ölsem diye dua ediyorum, dedi

Annesi onun bu hâlini beğenmemişti "Bu hâl hiç iyi bir hâl değildir. Çünkü ancak Allah'tan umudunu kesmiş yahut kendisine verilen nimetin kıymetini bilmeyenler bu hâle düşerler." demişti.

Esasında Halil bu yaşadıklarından sonra derin bir sessizliğe bürünmüştü. Tek tesellisi vardı hayatta, o da sigara! Onu da bırakmıştı. Tutkularını, tiryakiliklerini tek tek terk ediyordu. Bu da sanırım onu hayattan koparıyordu.

O gün annesiyle yaptığı konuşma, hayat ışığının sönmesi üzerineydi:

– Anne ölmeyi istemek günah mıdır?

– Hımm, bu şartlara göre değişir.

– Nasıl yani?

– Hımm, eğer bir insan kendisini Allah'a ve peygamberine karşı utandıracak bir hâl içine düşmüşse ölümü isteyebilir. Ama yine de tövbe etmesi şartıyla...

– Ama anne dünyada o kadar çok acı var ki bazen insan dayanamıyor ve kendisini öldürmek istiyor.

– Hımm, Allah hiç kimseye dayanamayacağı, taşıyamayacağı bir kader yazmadı. Allah, kulunu senin aklının alamayacağı kadar sever, ona zulmetmez.

– E peki bu kadar acı zulüm, çaresizlikler nasıl oluyor anne? Bak şimdi koca bir savaş var. Gücü yeten gücünün yettiğini öldürüyor, bir bomba ile bir anda binlerce insan ölüyor. Bu felaket ve acılarda hayatını kaybedenlerin çoğu masum. Savaşın çıkmasında hiç de kusurları yok. Ama ölüyorlar, öldürüyorlar.

– Hımm, bunların çoğu insanın hırsının ve tamahkârlığının eseridir. Allah birbirinizle iyilikte yarışasınız diye sizi farklı farklı yarattı. İnsan kendi hırsıyla bunu başkalarını ezmeye hizmet ettiriyor.

– Peki masumlar?

– Hımm, eğer gerçekten masum iseler, Allah'tan alacakları ücret, onların bu acılarını hiçe indirir.

– ??

– Hımm, ben cehennemi gördüm, oradaki azaplardan kurtulmak için, dünyanın hangi felaketini göze almam?

– Valla anne, dünyanın hiçbir azabı cehennem azaplarının en küçüğüyle bile boy ölçüşemez. Dünyada azap ne kadar ağır olsa da sonunda ölüp kurtuluyorsun. Cehennemde ölmek de yok.

Halil'in bu tavrını annesi beğenmiş ve sanırım ona hakikati kavradığını söylemişti ki Halil şöyle cevap verdi gülerek:

– Dersimi almışım değil mi anne?

– Hımm, bu umumi savaşlarda acı çekenler veya hayatını kaybedenler eğer masum iseler, günahları ne kadar büyük olursa olsun bu musibet onlar için bir tür şehitlik olduğundan aldıkları mükâfat onlara o acıyı sevdirir bile.

– Ama bu savaşı çıkaranlar hep gâvurlar anne?

– Hımm, onlar cezalarını hakkıyla bulacaklar.

– Ama onların da bir yığın çoluk çocuğu telef oluyor, zahirde bu da zulüm değil mi? Allah'ın adaletine nasıl sığar bu?

– Hımm, onların buluğ çağına ermemiş olanları cennet halkı olurlar, eğer bir yaratıcıya ve ahiretin varlığına inanıyorlarsa, masum yaşlıları için Allah'ın büyük mükâfatları olur.

– Allah öyle yapacağına, sadece zalimleri cezalandırsa olmaz mı?

– Hımm, olmaz. Bu durum, inanmak istemeyenleri de inanmaya mecbur eder. Hâlbuki Allah insanın kendi ihtiyarıyla iman etmeyi seçmesini istiyor. Dileyen inansın dileyen inanmasın istiyor. Musibetlerde sadece cezayı hak edenler ceza çekse, imtihanın gereği kalmaz. Herkes görecek ki kötü cezalandırılıyor, o zaman istemeden inanacak, istemediği hâlde iyi olacak. O zaman da aklın ve iradenin bir değeri kalmaz.

– Keşke öyle olsaydı?

– Hımm, ben davar gibi olmak istiyorum.

– Hayır anne ben insan olmanın ne kadar kıymetli bir şey olduğunu artık biliyorum.

– Hımm, o zaman insan gibi davranayım ve kendimi ahiret için hazırlayayım. Karşıma çıkan sıkıntıları da gözümde büyütmeyeyim ki onlar, beni cehennem azabından kurtarmaya vesiledirler.

Halil'in annesiyle yaptığı bu uzun konuşmadan aklımda kalanlar bunlardı. Aslında ben dâhil hiçbirimiz tam olarak anlayamamıştık. Sadece bir arkadaşımız, "Ya insanın, keşke savaş buralara da gelseydi diyesi geliyor. Savaşta ölmek ne kadar güzel bir şeymiş, yırtıyorsun her günahtan." dedi. Hacı da ona "Adam gibi adam ol, kendi çabanla cenneti kazan, bence o daha büyük bir başarıdır. Seninkisi kaçmak..." diye çıkıştı.

O zaman anladım ki pek aldırmıyormuş gibi görünen Hacı da işin farkına varmaya başlamış, hatta benden bile daha iyi anlamış şu meseleyi. Çünkü biz musibetlerden ve belalardan hep Allah'a sığınırız ve onu Allah'ın bir imtihanı sayarız. Şimdi anlıyordum insanların zalim olanlarının eliyle gelen bela ve musibetler, mazlumlar için kurtuluş çaresi bile oluyormuş. Biz Allah'ın imtihanı diyerek çok hikmetlerin üstünü kapatıyormuşuz. Zalim zulmünü yapıyor, mazlum bir hikmetle o işten acı çekiyor ama sonunda Allah zalime ceza, masuma nimet veriyor. Ve anlıyordum ki insanın zulmünün nihayeti yokmuş ve Allah'ın insan iradesine tanıdığı tesir nerede ise sınırsızmış. Bilhassa şerde, şer yapmada.

Hüseyin de Hacı'yı destekler manada;

– İyi insan olmayı başarmak, bir musibetle helak edilme kolaycılığından daha şereflidir. Sonuçta şu veya bu şekilde sen müstahak olacaksın ki zalimin zulmü seni de kuşatsın. Sen onu hak ediyorsun ki o bela gelip seni buluyor, deyince benim kafamda mesele tam oturmuştu.

Çünkü Halil annesine, en başta "Ölmeyi istemek neden günahtır?" diye sormuştu. Annesi de "Bu, şartlara göre değişir." demişti. Demek ki insan için en önemli mesele imanını muhafaza edebilmekti. Kişi imanını kaybetmek veya isyan etmekle karşı karşıya ise ölmesi onun lehinedir. O gün ve o saatte ahiretin insan için ne anlama geldiğini idrak ettim diyebilirim. Kendi gayreti ve eksik ameliyle cennet yüzü göremeyecek bir yığın insan, belki de zalimlerin eliyle içine düşürüldükleri musibetler yüzünden Allah'ın affına mazhar oluyorlardı.

Öyleyse kâfir yaşamaktansa iman hâlinde iken ölmeyi dileyebilirdi insan. İmandan ve iman ile ölmekten daha mühim bir meselesi yoktu şu dünyada. İman en büyük nimetti. Ondan daha büyük bir nimet var idiyse o da var olmak ve insan olarak dünyaya gelmek şerefiydi. Eğer iman etmemişseniz, insanın keşke toprak olsaydım da bu azaptan kurtulsaydım, diyeceği acılar onu bekliyordu.

Biz kendi aramızda bu mevzuları konuşurken Halil de annesiyle konuşmasını sürdürüyordu:

– Ama ben yine de Allah'ın, ben herkese ancak taşıyabileceği kadar yük verdim demesini aklıma sığdıramıyorum anne.

Hüseyin atıldı:

– Dinime imanıma asıl soru bu. Ben de sığdıramıyorum. Ben dedemizden işitmiştim. Kur'an'da Allah diyormuş ki "Ben hiçbir insana taşıyamadığı yükü yüklemedim." Sonra da insana "Allah'ım bize eski kavimlere yüklediğin gibi ağır yükler yükleme!" diye dua edin diyormuş. Dedem bunu söyleyince ben ona sormuştum: "Dede bu ihtilaf değil mi? Madem Allah bize taşıyamadığımız yükü yüklemedi, neden bir yığın insan yükünün ağırlığına, kaderinin ağırlığına dayanamayıp kendi canına kıyıyor, ağır hastalıklar altında inliyor? Sabi sübyan çocuk ne yapmış ki başına ağır belalar geliyor?"

Dedem de "Allah murat etmedi, ama insan haddini bilmez hırsı ve haddini bilmez nefsiyle, başına bela olanı da ister. İşte Allah onu hatırlatıyor. Siz aslını astarını bilmeden, ısrarla bir şeyler istiyorsunuz. Sonunda Allah da onu veriyor. Çünkü seni isteme hususunda muhayyer bırakmış. İstersin, verilmez, istersin verilmez. Israr edersin verilir ve o zaman neticesine de katlanırsın. Küçük çocuklara gelen musibetler de o haddini bilmez nefislerin meyvesi oldukları için o ağır taleplerin ceremesi altında eziliyorlar!"

Hüseyin dedesinin bu izahını anlatırken Halil annesine sordu:

– Her canına kıyan kâfir mi oluyor anne?

– Hımm, hayır ama Rabbinin merhametini itham ettiği için büyük bir vebaldir.

– İntihar edenlerin hepsi bu şekilde mi?

– Hımm, hayır. İnsanın fiillerinin hepsi kendi iradelerinin neticesi değildir. İnsanın fiillerinin açığa çıkmasının çok değişik sebepleri var.

– Nasıl yani anne?

– Hımm, insan fiillerinin bir kısmını da onlara musallat olmuş varlıkların etkisi altında yapar. Cinnet getirip cinayet işleyen, intihar eden, cinnet getirip katliam yapan bir yığın insan var. O cinnet hâli geçtikten sonra hiç de hatırlamaz yaptığını. Derin bir hüzün ve pişmanlık duyar. Çünkü gerçekte yapan kendisi değildir.

– Yani masum mu?

– Hımm, tam da masum diyemeyiz. Çünkü o varlıklar, ancak onun kendi ihmalleri, yanlışlıkları, ilahî emir ve yasaklara aykırı hareketleri sonucu ona musallat olduklarına göre kendi sorumluluğu da var. Fakat Allah yine de kuluna kendi rahmetiyle muamele eder. Dilerse onu bağışlar.

– Biz bunu nasıl bileceğiz?

– Hımm, onların bize telkin ettiği işin içinde nefsimizin de payı varsa onun ceremesini çekeriz.

– Ya anne, bunlar insanın içinden çıkabileceği şeyler değil ki! Kızacaksın ama insanın keşke dünyaya gelmeseydim diyesi geliyor. Ben bu namussuzları göremiyorum, bilemiyorum ama onlar beni görüyor, içime giriyor, kanımda dolaşıyor, aklımla oynuyor ve bana türlü türlü işler yaptırıyorlar. Dışarıdan bakan da onları benim yaptığımı sanıyor. Sonra cehenneme gidip yanan benim... Bu nasıl bir şey?

– Hımm, Allah beni habersiz olduğum şeylerden mesul tutmuyor. Bilmem gereken şeyleri, cehaleti seçerek bilmemezlik yolunu seçmişsem, onun cezasını çekerim!

– ??

– Hımm, çocuk yakacağını bilmeden eline köz alsa yanmaz mı?

– Yanar. Ama anne benim bunlardan cidden haberim yok!

– Hımm, Allah bana şeytandan haber verdi. Onun insanın en büyük düşmanı olduğunu söyledi. Bununla da kalmadı bana kitap ve elçi göndererek hangi hareketlerin beni cehenneme götüreceğini tek tek saydı. Ben daha neyi mi bilmek istiyorum?

– Onu görmek isterdim.

– Hımm, o hiçbir şeyi değiştirmezdi. Adem de Havva da onu gördüler ama nefislerine yenilip ona uymaktan kendilerini alıkoyamadılar.

– Ama anne ben sanıyordum ki tüm cezalar öldükten sonraya bırakılacak...

– Hımm, eğer Allah öyle yapsaydı, cennete gidecek kimse kalmazdı. Yaptıklarımızın büyük bir kısmını Allah merhametinden, burada bize dert, hastalık ve bela olarak veriyor. Eğer katlanabilirsek günahlarımızı siliyor; üstüne de mükâfat veriyor. İsyan edersek, çektiklerimizle kalıyoruz.

– İnsanlar bunu bilseler, kimse kimseye haksızlık yapmaz ki! Adam öbür tarafta görecek ki küçük torunu kendi yüzünden arabanın altında kalmış, ne büyük pişmanlık!

– Hımm, öyle.

– Günahlarımızdan dolayı bize musallat olan bu varlıkların başımıza dert açtıklarını, talihsizliklerimizin, şanssızlıklarımızın, olmayan işlerimizin müsebbibinin, biraz da bu varlıklar olduğunu bilse, herhâlde Allah'ın emrinden bir gıdım şaşmazlardı. Niye bunu bize açık açık söylemediler?

– Hımm, Allah bize faiz yerseniz, haram yerseniz, içinize ateş almış olursunuz demedi mi? İşte bunlar ateşten varlıklar. Biz yaptıklarımızla onları içimize buyur ediyoruz. Onlar da Allah'ın onlara verdiği izin ile içimize giriyorlar ve niyetimize göre işler yaptırıyorlar bize.

– Nasıl yani?

– Hımm, Allah bize haram yeme diyor, biz yiyoruz. Allah şu fiilleri yapmayın diyor, biz yapıyoruz. O zaman da o yaptıklarımızın cezalarını dünyada da görmemizi sağlayacak o varlıkların kanımıza girmelerine müsaade ediyor.

– ??

– Hımm, bu yine de bir merhamet.

– Nasıl bir merhamet bu?

– Hımm, onlar bize o acıları o sıkıntıları yaşatmazlarsa biz yaptığımız kötü işlerden dönmek için çare aramayacağız. Allah onları bize saldırtarak yaptığımız kötülüklerden vazgeçmemizi istiyor.

– Haram yemek de mi öyle?

– Hımm, evet. Yediğimiz her lokmanın gıda olarak tadını oluşturan bir manası; o nimeti var eden esmadan müteşekkil bir mümessili ve o nimetin bütününü oluşturan bir müekkeli, yani bir tür melek veya habis ruhlu varlığı var.

– Hımm, şimdi anladım anne. Yani her bir nimetin kendi varlıkları, onu mesken tutmuş sekeneleri var. Helal gıdalarda iyileri, haram gıdalarda ise kötüleri buyur ediyoruz demek. Onu yediğimizde onlar kendiliğinden içimize doluşuyorlar. Allah Allah, Allah Allah! Anlaşılması ne kadar zor işler anne? Ama kimse bunu böyle bilmez ki?

– Hımm, o yüzden de Allah günahlarımızın çoğunu siliyor.

Bu arada ayakta duran Hüseyin elindeki elmadan bir ısırık aldı ve dikkatlice elmaya baktı:

– Yani şimdi ben bunu yerken, içime mahlûkat da mı tepiyorum? Ya git ya? Böyle iş mi olur? Bu adam bize kafayı yedirecek. İşte altı üstü bir elma. Len bunun içinde cin olsa ne yazar iblis olsa ne yazar! Elma işte.

Hacı atıldı:

– Oğlum demek ki çoğalınca topluca bir şey yapıyorlar. Bir mikrop içine girse bir şey yapamaz. Ama çok mikrop içine girince seni yatağa düşürmüyor mu? Öyle düşünsene!

Hüseyin durdu ve onu doğrular şekilde:

– Vallahi doğru, dedi. Sonra elindeki elmaya baktı. Sağa sola çevirdi.

– Şimdi bunun kokusunu, tadını yapan... Durdu. Sonra da:

– Yok ya bu adamı dinlemek ziyandır. Ya bu Halil bizde ne ayar bıraktı ne kafa. Her gün beynimizin içine ediyor. Yok elmanın içinde sekeneler varmış. Yok şöyle yok böyle.

Hüseyin böyle dedikten sonra ısırdığı elmayı Hacı'nın burnunun dibine kadar uzatarak:

– Sen burada bir şey görüyon mu la?

Hacı eliyle Hüseyin'in elini itti:

– Len oğlum sen gözlerinle görsen bile bildiğinden vazgeçmezsin. Cin şeytan sana gelip ne yapsın oğlum, o senden kaçar!

Hüseyin en son bana döndü:

– Tertip sen cidden bu şeylere inanıyor musun? Yani elma elmadır. Haram da yesen helal de yesen elma elmadır. Ben de ona:

– Ben olabileceğine inanıyorum. Elma haram ise muhakkak onda insana zarar verecek bir şey vardır. O yüzden de Allah bir kısım şeylere haram, bir kısım şeylere helal demiş. Davar bile her şeyi yemiyor, zararlısını seçiyor. Niye olmasın? Demek ki haram denilen şeylerde bizim bilmediğimiz bir şey var ki insana zarar veriyor veya o insanın insanlıktan çıkmasına sebep oluyor.

Hüseyin bir türlü ikna olmamıştı. "Benim aklım almıyor..." demek yerine dudak büktü, kafasını salladı.

Halil annesiyle konuşmasını tamamlamıştı. Hoca ile cehenneme gitme hazırlığı içine girince her kafadan bir ses çıkmaya başlamıştı. Çoğu da işin ciddiyetinde değildi. Hüseyin elmasının son lokmasını da ağzına atınca karnını şişirdi ve Hacı'ya döndü:

– La oğlum şu karnımın içini bir dinlesene, ne yapıyorlar?

Hacı lafı tam gediğine koydu:

– Senin karnında mahlûkat bile barınamaz oğlum. Senin kenef çukuru gibi olan karnında cin bile barınamaz. Senin iflahın yok oğlum. Seni ancak cehennem ateşi temizler, git başımdan.

Hüseyin kahkahayı bastı ve gitti. Ben uyuyacağım, dedi. Ardından da ekledi:

– Şu adamı bağırttırmayın da rahat bir uyku uyuyalım!

Halil'in o günkü cehennem ziyareti çok uzun sürmemişti. Karşılaştığı bir kadınla sohbet etmişti.

Kadın kocasının baskıları ve tahkirleri sonucu beşinci kız çocuğunu doğurduktan sonra önce çocuğunu öldürmüş, sonra da kendi canına kıymıştı.

Ben Halil'in o günkü kadar üzüldüğünü, ağladığını hiç duymamıştım. Hüseyin sanki bilerek "Bu adamı ağlatmayın, bağırtmayın da biraz uyuyayım..." demişti. Nitekim Halil'in ağlamaları ve acılarına dayanamadı; kalktı ve geldi, dinlemeye başladı. Izdırap gören kadının kocasına da etmedik küfürler bırakmadı.

Kocası ona, bir kere daha kız çocuğu doğurursan, seni de çocuğunu da .... çukuruna gömerim demiş. Kadın da o onu yapmadan kendisi intihar etmiş.

Kadının hâlini anlatmaktan aciz kalmıştı Halil. Sürekli;

– Ne yapmışsın be anacığım, ne yapmışsın! Keşke adam seni öldürseydi de sen canına kıymasaydın. O zaman bu acıları o yaşayacak, sen de mazlum bir şehit olacaktın, deyip durdu. Kadın intihar ettiği için ne kadar azap çekeceğini bilmiyordu. Zihni o anın içine hapsolmuştu. Çocuğunun ölümüne sebebiyet vermekten dolayı da ayrıca azap çekecekti.

Halil kadınla konuşurken o gün ilk defa bir ifade kullandı: "Hafifletici sebep!" Allah kadını, intihara sürükleyen şartlarından dolayı, ebedi cehenneme değil, bu geçici cehenneme attırmıştı. Allah hafifletici sebeplerinden dolayı ona merhamet etmişti. Ama kadın ilginç bir şey söylemişti:

– Ben hata ettim. Allah'ın takdirine rıza göstermedim. Kocasından azar işiten ve beş çocuk doğuran her kadın intihar etmiyor ki...

Ben o an, hiçbir sebebin mutlak olmadığını; esasında sebeplerin etkisinin insandan insana değiştiğini anlamıştım. Yani hiçbir sebep mutlak değildi. Aynı şartlarda olan bir başka kadın pekâlâ duruma rıza gösterip hayatını sürdürebiliyordu. Demek ki hiçbir şart, mutlak intihar sebebi değildi. Eğer sebebin mutlak bir etkisi olsaydı, o hâle düşen her kadının mutlaka intihar etmesi lazımdı. Kişilerin hadiseler karşısındaki tutumları şahsi idi. Sebepler zorunlu ve zorlayıcı değildi...

Kadın kadere rıza göstermemişti, takdiri kendi iradesiyle değiştirebileceğini sanmış, hata etmişti. Yapabileceği birçok şeyden en yanlış olanını seçmişti. Cehenneme gelmesinin sebebi de buydu. Bununla birlikte intihara kalkışmasındaki tüm şartlar kendisine ait olmadığı, başka zorlayıcı sebepler de olduğu için Allah onu bağışlamıştı.

O günkü kadar kafamın karıştığı hiçbir gün olmamıştı. Çünkü biz biliyorduk ki her intihar eden ebedi cehennemdedir. Ama Halil'in konuştuğu kadının cezasında âdeta indirim yapılmış, kadının ebedi cehenneme gitmesine Allah müsaade etmemişti. Mücbir sebep ifadesi çok dikkatimi çekmişti. Biz jandarma olduğumuz için o tür tabirlerin ne anlama geldiğini biliyorduk.

Ben bunları düşünürken Halil tekrar annesi ile konuşmaya başlamıştı:

– Hımm, arkadaşlarım beni dinliyor, onlar da iç muhasebe yapıyorlar demek.

– Arkadaşım ede İstanbul'a mı gidecek anne? Hayırdır niye ki...

Halil böyle deyince tüm gözler bana çevrilmişti... Ben de şaşkındım. Acaba ne ola ki diye düşünürken Halil devam etti:

– Hımm, demek onun için hayırlı bir sefer olacak...

Hüseyin takıldı:

– Hayırdır tertip, nedir bu hayırlı iş? Yoksa bizden bir şey mi gizliyorsun?

– Valla benim bir şeyden haberim yok, dedim. Ben de meraklanmıştım.

Benim İstanbul'a gideceğimi ve bunun benim için çok hayırlı bir sefer olacağını söylemişti annesi ona. O zaman daha firari olayı yoktu.

Ertesi gün ben Halil ile konuşmayı düşünmüştüm. Görüp bize anlatmadıkları, işitip de bize aktarmadığı başka neler vardı diye. Fakat yazık ki ertesi gün o kadar meşgul olacaktım ki Halil ile konuşmaya hiç vaktim olmayacaktı...

Rabbim!
Beni ve soyumdan gelen salih kimseleri,
namazını dosdoğru kılanlardan eyle!
Rabbim! Duamı kabul eyle!
Rabbim! Herkesin hesaba çekileceği günde,
beni, anamı, babamı ve bütün müminleri affet.
İBRAHİM SURESİ, 40-41

Yirmi Dördüncü Gün ve Sonrası

Yirmi üçüncü günün ertesinde komutan beni yanına çağırdı. Halil haklı çıkmıştı; komutan İstanbul'a gideceğim bir görev verdi. Firarî bir eri götürüp Silivri'deki bölüğüne teslim edecektik. Yanıma bir jandarma daha verildi ve biz iki kişi o firariyi götürecektik. Dört gündüz beş gece sürecek bir görev idi bu. Vazife tanzim kâğıdını ben hazırladım ve komutanıma imzalattım. Görevimiz orada tanımlıydı.

İstanbul'u göreceğim diye çok sevinmiştim. Çünkü Silivri'nin İstanbul'a bağlı bir kaza olduğunu söylemişti komutanımız. Silivri yolu İstanbul'un içinden geçiyormuş.

İstanbul'u görmek o zamanlar Anadolu'da yaşayan bir genç için gerçekleşmesi çook uzak bir düş gibiydi. Tahsile gitmiyorsan İstanbul'a gidip gelmek çok para isterdi. Bu herkese nasip olmazdı. Nadiren duyardık, bir ağanın çocuğu İstanbul'a gitmiş. Dönünce de dünyayı görmüş de gelmiş gibi kıymet verirlerdi. Şimdi ben de görecektim. Ne güzel. Esasında o iş, komutanımın bana bir kıyağı oldu. Ne de olsa ben bir yazıcı idim, o görev hiç de bana verilmeyebilirdi.

Ama bana verdi. İstanbul'u görmek, görgümü geliştirir, ufkumu açarmış. Ufkumun açılmasının ne anlama geldiğini tam idrak edememiştim, ama görgümün gelişmesini istemesi komutanımın bana verdiği değeri gösteriyordu. Yani benim bir şehirli gibi davranmamı istiyordu sanırım. Çünkü ne de olsa ben bir köylü idim. Her ne kadar o zaman köylü milletin efendisidir diyorlar idiyse de köylü köylüydü. Efendiden çok şehirlilerin hizmetlisi idi. Ben de bir köylü idim, ama komutanıma karşı çok edepli davranıyordum. Bu onun çok hoşuna giderdi. Evine bir şeyler alınmak icap ettiğinde genellikle beni görevlendirirdi.

Komutanımız çok iyi bir adamdı. Hakiki bir askerdi. Tahsilini de asker olarak yapmıştı. İstanbul'da okumuştu. Seviyordu İstanbul'u, dolayısıyla oraya gitme işi çıkınca beni göndermek istemişti, bir kere de olsa göreyim diye... "İsmail, sana bir fırsat çıktı, git İstanbul'u gör." demişti.

Görevin ne olduğunu bilmeden, "Baş üstüne komutanım" deyip çakı gibi selama durunca tebessüm etti. Sonra da "Bir firari var. Onun götürülüp Silivri'deki karargâhına teslim edilmesi gerekiyor. Birtakım yazışma evrakı da var. Onları da al git ve onu bölüğüne teslim et. Beraberine filanca eri de al." dedi.

Komutanımız, kendisi harp okulunu bitirdikten sonra jandarma olmuş. Bir süre de İzmit'te kalmış. İstanbul'u iyi biliyordu ve herkesin ömründe bir kere de olsa İstanbul'u görmesi gerektiğini söylüyordu. Talebeliğinde İstanbul'da çok gezmiş.

Bana filanı da al demeseydi, ben büyük ihtimalle, medeni cesareti yüksek olan Hüseyin'i yanıma alırdım ama o benimle kimin gitmesi gerektiğini de söylemişti. İyi ki de söylemiş. Çünkü o olmasaydı, firari benim saflığımdan yararlanıp yeniden kaçabilirdi. Zaten daha önce de iki defa bölüğüne götürülürken refakatindeki jandarmaları atlatıp kaçmış.

Nereli olduğunu hatırlamıyorum ama adı Refik'ti yol arkadaşımın. Gözü açık mı açık bir çocuktu. Daha önce de bir iki kere firari teslim etme işini yaptığı için onun tekrar kaçabileceğini düşünerek uyuduğu zamanlarda firari eri hep kendi bileğine kelepçeledi. Bu bana işkence gibi gelmişti. Ancak yaptığının ne kadar doğru bir iş olduğunu, İzmit'te, garda, trenin uzun bir mola verdiği zamanda, tuvalete gitme bahanesiyle yeniden kaçmaya teşebbüs etmesinde anladım. Refik işinin ehli bir jandarmaydı. İstanbul'da akrabaları da varmış, onları da ziyaret ederim bari, diyordu. Komutan bilerek onu tercih etmişmiş. İyi olmuştu yani. Zaten bizim komutan çok sevilen biriydi.

Fakat firariyi teslim edip dönmek için sadece beş gece dört gündüzlük vaktimiz vardı. Bu süre başlangıçta bir hafta gibi gelmişti bana ama İstanbul'un tren ile hemen hemen bir gündüz ve bir gece sürdüğünü görünce anladım ki dört gündüz ve beş gece gezmek için fazla bir vakit bırakmayacaktı. Çünkü İstanbul'dan Silivri'ye gitmek de nerede ise bir günümüzü almıştı.

Tren Malatya'dan hareket ettikten sonra en uzun molayı Ankara'da verdi. Ankara'dan akşam saatlerinde ayrıldık.

Tren ikinci uzun molayı İzmit'te verdi. Herkes trenden indi, hava almak için biz de indik. Oranın neresi olduğunu gardaki istasyonun adından bilmiştik. Herkes tren içindeki yolculara bir şeyler satmaya çalışıyordu. Biz de balık ekmek satan birinden balık ekmek almak istedik. Firari bize "Bunlar sahtekârdır, balık taze olmayabilir." dedi ama biz yine de aldık.

Balık taze miydi bayat mıydı tam anlamamıştım ama içi kılçık doluydu. O zamana kadar hiç deniz balığı yememiştim. Deniz balığının tadı nasıl olur diye merak ettiğimden almıştım ama bitiremedim. Yarısından biraz fazlasını yedim, midem kalkınca diğer yarısını bıraktım. Tren hareket ettiğinde anladım ki midemi de bozmuş. Firari bir kaşarlı tost yemişti. Refik ise içine peynir ve domates konulmuş ekmekten yedi.

Haydarpaşa'ya kadar kıvrana kıvrana geldim. Tabii oranın Haydarpaşa olduğunu da oraya varınca öğrendim. Trenin nereye gittiğini ancak istasyonun tabelasını görünce biliyordum. Çünkü İslahiye, Antakya ve Mersin'den başka bir yer görmemiştim.

Midemin sancısı yatıştığında Haydarpaşa'ya gelmiştik. O ne kadar yüksek bir istasyon binası idi öyle. Ben hayatımda ondan daha yüksek bina ne görmüş ne de işitmiştim. İnsan onun azameti karşısında karınca gibi kalıyor. Dakikalarca o çatının nasıl o kadar yüksek yapıldığını anlamaya çalıştım. Diğer ikisi pek aldırmıyorlardı. Sanırım ikisi de daha önce en az bir iki kere Haydarpaşa'yı görmüşlerdi.

Benim binanın büyüklüğünden çok etkilendiğimi gören Refik güldü:

– Bu da bir şey mi! Şu az ileride Selimiye Kışlası var. O kadar büyük o kadar büyük ki insan içinde kayboluyor, dedi.

Anlattığına göre kışla o kadar büyükmüş ki iki kardeş yıllarca orada askerlik yapsa birbiri ile karşılaşamayabilirlermiş. Hatta Birinci Cihan Harbi'nde iki kardeş o kışlada kalmışlar da iki yıl boyunca birbirleriyle hiç karşılaşmamışlar.

Refik'in anlattığını firari de tasdik etti. Bizim firari hakikaten birçok yeri ve işleri biliyordu. Yolda sorduğumuz her yerin adını biliyordu.

Haydarpaşa'da çoğu insan trenden indi. Tren boşaldı desem abartmış olmam. Çok az insan kalmıştı trende. Biz de kalmıştık, Sirkeci'ye geçecek olanlar inmesin demişlerdi. Öyle bekledik bir süre trende. Çünkü oradan öteye tren gidemiyordu. Denizden tren nasıl gitsin! Vapura bindireceklermiş treni. Bizim firari;

– Şimdi vapur gelecek, treni vapura bindirecekler, karşı tarafa geçeceğiz, dedi.

Bu sözüne o kadar şaşırdım ki biri masal anlatıyor sandım. Hakikaten de bir süre sonra vapur geldi, sahile yanaştı ve trenleri ikişer üçer vagon hâlinde vapura bindirdiler.

Sonra aldı beni bir korku, bir telaş. Ya vapur batarsa diye! Yanımdakilere belli etmiyordum ama çok korkmuştum. Vapura da ilk defa biniyordum. Bizim bildiğimiz su, göldü. Ona da girer, çimerdik. Şimdi koskoca bir gemiyle üstünden geçecektik!

Karşı kıyıya ulaşıncaya kadar bildiğim her duayı ettim. Bütün yaptıklarımdan tövbe ettim, bir daha yapmamaya karar verdim ama sonra onlardan da pişman oldum. İnsan o durumda iken çok ağır sözler veriyor; sonra hayat o sözleri bozduruyor.

Oradan geçtik karşı tarafa. Orası Sirkeci imiş. Sirkeci Garı imiş. Komutanımızın söylediği gibi biz orada trenden indik. Orada treni vapurdan indirip yeniden birbirine eklediler.

Silivri'ye karayoluyla gidecektik. Binbir zahmetle ve sora sora nihayet Silivri'ye gidecek bir araç bulduk. Aynı gün içerisinde bizim firariyi evraklarıyla bölüğüne teslim ettik. Bizim derdimiz, bir an önce İstanbul'a dönmekti.

Silivri'den İstanbul'a döndüğümüzde akşam olmak üzereydi. Ben Sirkeci'de, askerleri kabul ettikleri bir otelde kaldım. Ucuz bir oteldi. Tabii o zamanlar bizim gözümüz öyle şeylerden yılmıyor. Yatacak bir yer bulsak kâfi idi. Öyle oldu. Zaten savaş zamanı, kimse kimsenin umurunda değil. İstanbul'da da sefalet ve açlık vardı.

Büyük şehirlerde açlık ve sefalet çok daha kötü sonuçlar verirmiş. Öyle demişlerdi. Küçük yerlerde insanlar ellerindekini konu komşuyla, eşi dostuyla paylaşabiliyorlardı ama büyük şehirlerde öyle bir âdet yokmuş. Kadınlar kendilerini bir lokma için satabiliyorlarmış. Sefalet ve açlık her tarafta hâkim. Biz jandarma olduğumuz için itibar görüyoruz. Ama ben Halil'in anlattıklarından sonra bir şey yapmayı aklımdan bile geçirmeye cesaret edemiyordum. Bir lokmaya muhtaç bir kadının çaresizliğinden kendini başkalarına sunuyor olması ağır bir şeydi ama öyle durumdaki bir kadının aczinden istifade etmeye kalkışmak daha büyük bir adilikti!

Refik, akrabalarına gidecekti. Samatya diye bir semt varmış orada oturuyorlarmış.

– Bulabilecek misin bari, diye sorduğumda;

– Merak etme, bir kere daha gitmiştim. Rahat bulurum. Hem Eminönü buraya yakın, oradan her semte giden otobüsler var. Üstelik ucuz da. Ona binip giderim, yarın sabah da erkenden gelirim. Sirkeci Garının önünde buluşuruz. Biraz gezeriz, dedi ve çıktı.

En çok görmek istediğimiz yer, İstanbul'un o zamanlardaki en önemli camii Sultanahmet. Komutanım Sultanahmet'i ve Kapalıçarşı'yı mutlaka gör demişti. Tabii sadece isimlerini biliyordum. Nerede ler, nasıl giderim ben bilmiyordum ama Refik biliyordu. Kapalıçarşı ve Bayezid Meydanı yanyana imişler. Oraları görmeyi çok arzu ediyordum. Niçin önemli idiler bilmiyorum. Komutanım, "önemlidir onları görmek" demişse önemlidir. Hem bir emir de olabilirdi. Gittiğimde komutanım "gördün mü" diye sorsa ve ben "görmedim" desem bu bir emre itaatsizlik olmaz mıydı? Olurdu. Öyleyse görecektim; bu bir emirdi!

Öyle de yaptık. Ertesi sabah Refik cidden erken geldi. Oradan yaya yürüdük, yukarıya doğru. Cağaloğlu imiş orası. Haa bir şey daha... Orada da Osmanlı'dan kalma acayip acayip binalar vardı. Osmanlı'nın ne kadar büyük bir devlet olduğunu gösteren en iyi işaretler onlardı benim için. O dev binaları, o güzel güzel duvarları nasıl yapmışlardı!

Refik beni Gülhane Parkı diye bir yere götürdü. Etrafındaki duvarları minare yüksekliğinde idi. Bizi içeriye almadılar. Sadece duvarlarını görmüştüm. Duvarları bile bu kadar ihtişamlı ise kim bilir içerisi nasıldı! Padişahların evi o bahçenin içinde imiş. Bitişiğindeki Ayasofya Camii'ni de gördük ama o da müzeydi o zamanlar ve içeriye girememiştik. Zaten o zaman askerleri her yere almıyorlardı. Askerin her yere girmesine müsaade etmiyorlardı. Çok üzülmüştüm, ama öyleydi işte.

Oradan yürüdük Kapalıçarşı'ya. Önce büyük bir caminin avlusuna geldik.. Caminin içini gördük. Osmaniye Camii idi. Onun avlusundan geçerek Kapalıçarşı'ya giriyorsunuz. Kapalıçarşı çok güzeldi. Oraya girmemize kimse bir şey demedi.

Kapalıçarşı'nın öbür kapısından çıkınca başka bir caminin avlusuna geçiyordunuz. Caminin avlusuna bitişik bir yer vardı ki her taraf kitaptı. O çarşının hepsi kitaptı. Çok ilginç kıyafetli adamlar gördüm. Allah Allah, o kadar kitabı kim yazmıştı, kim okuyacaktı? Her taraf ama her taraf kitaptı. Raflara koymuşlardı, yerlere yığmışlardı.

Kapalıçarşı çok güzeldi. Orada çok farklı, değişik değişik giyinmiş kadınlar, erkekler vardı. Kızların bir kısmı huri gibiydi. Onların turist olduğunu söylediler. Oradaki zenginlerinin çoğu Yahudi ve Rum imiş. Müslümanlar o kadar zengin değildi o zamanlar.

O kapıdan çıkınca gördüğümüz caminin adı Bayezid Camii imiş. Onun karşısında çoook büyük bir kapı vardı. Kapının heybeti ihtişamı karşısında insan âdeta kendini kaybediyordu.

Çok tuhafıma gitmişti. Sadece kapı yapmışlar. O kapının azametinde bir bina ne Malatya'da vardı, ne Mersin'de ne de Antakya'da. Antakya'da kilise ve camiler vardı ama bu kadar büyüğünü hiç görmemiştim.

Sonra Refik onun Osmanlı Harp Dairesi Karargâhı'nın avlusuna giriş kapısı olduğunu söyledi. Düşünebiliyor musunuz, avluya giriş kapısı!

O zaman anladım Osmanlı ne kadar büyükmüş! Kapıya bakmaya doyamadım. Çok güzeldi. Çok heybetli idi. Eskiden Osmanlı Erkânı Harp Dairesi imiş. Türkiye Devleti kurulunca orayı üniversite yapmışlar. Onun önünde çok vakit geçirdim. Bizim yaşlarda ve bizden biraz ufak gençler girip çıkıyorlardı o kapıdan. Ben o gün bir kere daha kendimi daha aşağı tabakada bir insan gibi görmüştüm. Bu duyguyu, ilk defa onu götürüp Osmaniye'de bir ağanın oğluyla evlendirdikleri zaman yaşamıştım.

Orada yaptığım dualar artık kendimle alakalı değildi. Allah'tan çok istemiştim, benim çocuklarım da gelsinler burada okusunlar diye...

Babamın duası kabul görmüş ki ben İstanbul Üniversitesi'nde okudum. Ve her gün o kapıdan girer çıkardık, en azından yemekhaneye gitmek için. 1980 yılında, İstanbul'a beni ziyarete geldiğinde babamı oraya götürmüştüm. "Burası benim üniversitem." dediğimde sevinçten ağlamıştı. Ağlaması da şükrandı Rabbine. Duasının kabul olduğunu görmekten...

Akşama kadar gezdik, gezebileceğimiz kadar. O gece Refik de benimle kaldı. Ertesi sabah Sirkeci'den trene binip Malatya'ya dönecektik.

İşte böylece Halil'in beş gece neler yaşadığına şahit olamadım.

Eğer Allah,
insanları zulümleri yüzünden hemen cezalandırsaydı,
yeryüzünde hiçbir canlı bırakmazdı.
Fakat onları belirli bir süreye kadar erteler.
Ecelleri geldiği zaman ise ne bir an geri kalabilirler
ne de öne geçebilirler.

NAHL SURESİ, 61

Yirmi Dokuzuncu Gün

Döndüğümde Halil'in neler yaşadığını arkadaşlara sordum. Dinleyeni azalmıştı Halil'in. Daha çok annesiyle sohbet ettiğini söylediler. Öyle detaylı bir şeyler anlatan çıkmadı.

O akşam heyecanlıydım. Beş gündür her yatsı ezanı okunduğunda acaba Halil bugün neler yaşadı diye düşünmüştüm.

Halil yine annesini selamlayarak başladı. Ardından ilginç bir şey oldu. Benim İstanbul'a gideceğimi önceden haber vermişti. Bu sefer de Hacı ile ilgili bir uyarısı oldu:

– Ne dedin anne? Demek birkaç gün sonra bir eşkıya ile ilgili bir ihbar gelecek. İşin takibini bizim karakol yapacak ve çatışma çıkacak, öyle mi?

– Arkadaşın Hacı'ya söyle o gitmesin diyorsun... Eğer Hacı da o jandarma ekibinin içinde olursa vurulacak!

Bugün dinleyenler arasında Hacı yoktu...

– Neden vurulacak anne?

– Onun dedesi de jandarma idi ve hiç yere bir firari adamı vurmuştu. O bedel duruyor. Hacı çatışmaya girerse o bedeli ödemek ona düşebilir. Büyükçe bir sadaka versin ki Allah onu esirgesin!

O gün dinleyenler arasında Hacı yoktu ama güvenebileceği bir arkadaşı vardı. "Ben söylerim." dedi.

Halil bu konuşmadan sonra cehenneme götürülmüştü. Kedi yakan bir jandarma ile karşılaşmıştı cehennemde.

Silivri'ye gitmeden önceleri Halil'e yapılan azap ve işkenceler azalmıştı. Günahlarının bir kısmının cezasını ilk günlerde çekmişti. Bazı günahları vardı ki onları da kıyamet günündeki hesap gününe bırakmışlardı. Bazı günahlarına kesilecek cezalara onlar karışamıyordu. Dipçik ile dövdüğü ihtiyarın hesabı gibi kusurları, büyük hesap gününde görüşülecekti. Halil'in annesiyle ve hocayla yaptığı sohbetlerden bunu anlamıştık.

Annesi Halil'e artık, kendileri tarafından cezası kesilecek günahlarının azaldığını, diğer bazı günahlarının ise büyük mahkemede görüleceğini söylemişti. Halil bu söz üzerine yine çok ağlamıştı.

Annesi ona:

– Sen insanlara iyi davran ki insanlar seni Allah'a emanet etsinler. Eğer seni Allah'a havale ederlerse, hâlin çok zor. İnsanlara iyi davran ki Allah da sana kıyamet günü merhamet etsin, her yaptığından sorgulamasın, demişti.

Hem Halil'in defterinde yazılı her günahı görebilmeye izinli değillerdi:

– Seni her günahından temizleyemem. Kulun en büyük sevinç günü Allah'ın affına mazhar olduğu gündür. O gün hiç kimse hiç kimseye fayda sağlayamaz.

Halil artık sona yaklaşıldığını hissediyordu ama daha ne kadar bu iş devam edecekti onu söylemiyorlardı.

– Artık beni cennete de gönderin, dedi o gün. Hoca, henüz cennete girecek kadar temiz olmadığını söyledi.

Halil o gün de hocanın refakatinde cehenneme gitmişti. Her zamanki gibi hoca kapıdan içeri girmemişti. Halil o gün cehennemde, askerliğinin acemilik döneminde kısa bir süre beraber kaldıkları bir jandarma arkadaşıyla karşılaşmıştı.

Konuşmalarından arkadaşının Karslı olduğunu anladık. Kaldıkları karakolda yemekhane sorumlusu imiş. Jandarmanın yemeğini yaparmış. Halil'in ilk jandarma olduğu yer büyükçe bir köy karakolu imiş. On beş yirmi kişilermiş toplam. Bir de mutfakçıları varmış.

Nasıl olmuşsa köyden bir kedi karakolun mutfağına dadanmış. Önceleri kendileri yemek veriyorlarmış ama sonra kendilerinden bir jandarma yüzünden onu kovmuşlar. Kedi yine de gelmeye devam etmiş. Pencereyi açık bıraktıkları bir gün kedi yine mutfağa girmiş ve masanın üstündeki etten biraz almış. Mutfakçı da bunu görmüş. Kendince kediye bir ders vermek istemiş.

Ertesi gün kasten kapıyı açık bırakmış ve kedinin gelip içeri girmesini beklemiş. Kedi içeri girince de kapıyı kapatıp kedinin üzerine gaz yağı dökmüş ve kibritle kediyi ateşe vermiş. Bir anda ateş topuna dönen kedi can havliyle kendini pencereden dışarı atmak istemiş. Cam hafif açıkmış; dışarıya çıkmış ve iki yüz üç yüz metre ilerideki dereye gidip atlamış.

Kedi yaşlı bir kadının imiş. Bir iki gün ortalıkta görünmeyen kedi nihayet evine dönmüş. Kadın kedinin yandığını, sağ yanının tamamen açılıp iç organları görülecek hâle geldiğini görünce bu işi yapanın peşine düşmüş.

Biri ona demiş ki;

– Üç gün önce karakolun penceresinden bir ateş topu fırladı ve çaya kadar koştu. Tam anlamadım ama galiba bir kediydi. Hızla çaya doğru koşuyordu. Sor, belki de senin kediydi.

Kadın işin peşine düşmüş ve kedisinin başına ne geldiğini öğrenmiş. İçi yanmış yanmasına ama yapacak bir şey yokmuş. Yapan jandarma. Jandarmaya ne denilebilir ki... Jandarma kral. Jandarmadaki yetki kaymakamda bile yok!

Kadın karakolun önünde elini açıp onu yapan jandarmaya "Ocağın yansın, domdom kurşununa gidesin!" diye beddua etmiş. "Keşke vurup öldürseydin, şimdi ben bu zavallıyı ne yapayım?"

Kedinin derisi yandığından neredeyse iç organları görülüyormuş. Kadın kendi bildiği yöntemlerle kedisini tedavi etmiş. Ama bir tarafı tamamen çıplak ve tüysüz kaldığı için en ufak bir dövüşte, kedilerle giriştiği kapışmada fena vaziyette kan revan içinde kalıyormuş. Kadın da kedisine elbiseler dikmiş ama nafile... Zavallı kedi üç sene daha öyle yaşadıktan sonra ölmüş.

Bu hadiseden sonra köyde jandarmaya karşı bir husumet başlamış. Komutanı da onu başka bir yere göndermiş ki başına bir iş gelmesin. O dönemlerde Halil de o karakolda imiş. Cehennemde işte bu arkadaşıyla karşılaşınca dehşetle;

– Tertip sen burada ne arıyorsun, ne zaman öldün, diye sordu.

Halil'in aktardığına göre jandarma, karakoldan ayrıldıktan kısa bir müddet sonra gittiği yeni karakolda, arkadaşlarından biri mavzerini temizlerken nasıl olduysa mavzeri ateş almış ve kurşun göğsünden girip sırtından çıkmış. İşte onu alevler içinde görünce dehşete kapılmıştı Halil.

Cehennem zebanileri Halil'in bu arkadaşı üzerine lav gibi bir eriyik döküyorlar, adamın sağ yanı tutuşuyor ve eriyor, içinden barsakları dökülüyor ve ardından iyileşiyor; bir daha ve bir daha ve bir daha bu işkence devam ediyordu. Halil'in ikide bir kulaklarını tıkamak istemesinden anlıyorduk ki arkadaşının çığlıklarını duymak istemiyordu. Halil onun yanından âdeta kaçarcasına uzaklaştı.

Halil o arkadaşını cehennemde görünce doğrusu hâline çok acıdık. O kadar ağladı ve ona o kadar yandı ki acısını ve ağlamasını nasıl dindiririz bilemedik. Allah'tan uyanması uzun sürmedi. Uyandıktan sonra da uzun süre ağladı. İlk defa hemen kalkıp abdest almaya gitmedi.

... Yanılarak yaptıklarınızda size vebal yok;
fakat kalplerinizin bile bile yöneldiğinde günah vardır.
Allah bağışlayandır, esirgeyendir.
AHZÂB SURESİ, 5

Otuzuncu Gün

Tanıdığı biriyle cehennemde karşılaşması Halil'i derinden etkilemişti. Sabah uyandığımda yatağının başında ağlıyordu. Kalktım, yanına oturdum. İçini çekti:

– Gözümün önünden gitmiyor İsmail ede, dedi.

Teselli etmeye çalıştım ama ne denirdi ki... Eski Halil'den eser kalmamıştı. Âdeta ışığı sönmüştü. Ben onun bu hâlini normal görmüyordum. İki dünya arasındaki dengesi tekrardan kaybolmuştu. Orada yaşadıklarının etkisiyle bu âlemde de acı çekiyordu.

Cehenneme gide gele bütün insanların cehennemlik olduklarını düşünüyordu:

– Dayanamazlar İsmail ede, dayanamazlar. Dayanılacak gibi değil. Orada kendisi için azap çekilen fiiller hepimizde var. Hepinizde var. Başa geleceği söylenenler yalan değil, hayal değil İsmail ede. Vallah o taraftakiler bizden daha canlılar, dedi.

Yazıhaneye geçtiğimde Hüseyin de yanıma uğramıştı. Endişeli bir hâli vardı:

– Tertip, ya bu adamın dediklerini kabul edeceğim, bütün hayatımı değiştireceğim, ki bu mümkün değil. Ya da bütün dediklerini yok sayacağım ki rahat edeyim.

Hüseyin yaşananlara, anlatılanlara artık inanmak istemiyordu. Çünkü Halil'in şahit olduğu her günah, kendisinde de mevcuttu. Onlardan tövbe edip vazgeçmek yerine cehennemin varlığını yok saymayı daha kolay buluyordu. Onu uyardım:

– Ya Halil'in anlattıkları gerçekten var ve biz onunla karşılaşacaksak? Bak bugün Hacı ile ilgili bir haber verdi. Adam niye olmayacak şeyleri söylesin. Bizimle alakalı söyledikleri de çıkıyor bak.

– Büyük Allah'ın benim günahlarımla uğraşacağını düşünmüyorum. Ben Allah'ı affedici biliyorum. Sonunda hepimizi affeder.

– Bence de Allah affedicidir. Bu kadar küstahlığımıza rağmen hâlâ bizi bağışlayan birine karşı biraz daha edepli olmak gerekmez mi? Hem ben sanmıyorum ki, insanın yaptığı haltlar yanına kâr kalsın!

– Bu işleri fazla düşünmek istemiyorum tertip, hadi bana eyvallah deyip yanımdan ayrıldı.

Öğlen yemekte Hacı'yı gördüm, arkadaşı da gelmişti. Dün gece Halil'in söylediklerini anlattık.

Hacı o gün cebindeki tüm parasını ve bir iki arkadaşından topladığı üç beş kuruşu da ekleyerek birine sadaka verdi. O zamanlar jandarmanın cebinde para yok. Ağaların bile cebinde para yok. Ama o bütün harçlığını bir fakire vermişti.

O akşam Halil'in misafirleri yine tekmil gelmişlerdi.

Her zamanki gibi annesini selamlamakla başladı:

– Aleykümselam anne.

– ??

– Aleykümselam hocaefendi. Bugün şık giyinmişsin, hayırdır?

– Hımm, demek bugün cennete gitme ihtimalimiz var.

Halil annesine baktı. Doğru mu der gibi. Ama pek umutlanmadı sanırım annesinin söylediklerinden.

Bu arada doktor gelmişti:

– Aleykümselam doktor bey.

Doktorun alet edevatları yanında olmalı ki Halil sordu:

– Yine tatbikat mı var?

– Hımm, azap mı var demediğime şaşırdın...

– Ya doktor, cehennem hâllerini göre göre sizin bana ne büyük bir iyilik yaptığınızı anladım artık. Burada makasla derimi doğrasanız yine de cehennemde yaşananlar yanında az kalır.

– Bu hükme nasıl mı vardım?

– Buradaki azaplar sonludur ve ölünce diniyorlar. Oradaki azabın sonu yok ve her dem dirisiniz. Azap sizi öldürmüyor ve azaba alışma da yok...

– Hımm, o kadar da değil. Allah'ın merhameti cehennemi de kuşatmıştır. O bizim Mevlamızdır. Kulunun azap çekmesine razı değildir. Bir müddet sonra bir tür alışmak var eder!

– Nasıl alışmak!

– Hımm, mesela kerih kokulu bir yere oturduğunuzda bir müddet sonra o kokuya alıştığımız gibi Allah da böyle bir merhametle acıyı dindirir.

Halil kendinden geçercesine sevinç tezahürü gösterdi:

– Vay sana kurban olayım Rabbim! Hay sana kurban olayım Rabbim! Can sana kurban olsun Rabbim... deyip durdu.

Halil bir müddet sonra hocayla konuşmaya başladı:

– Bugün ne var hocam?

– Hımm, Allah'ın dilsiz damaksız halkına karşı işlediğim zulüm, aldatma ve vurdumduymazlık.

– O nasıl bir şey?

– Hımm, hayvanlarla ilgili günahlarım var sırada.

– Hocam ben zulmetmedim hayvanlara?

– Hımm, onların bana sundukları hizmetlerine yakışır bir teşekkürle de karşılık vermedim. Sen kediyi diri diri yakan arkadaşını görmedin mi?

– Hocam ne olur onu bana hatırlatma. Ben bir hadiseden dolayı bu kadar üzüleceğimi düşünmemiştim.

Halil epey sessiz kaldı. İçini çeke çeke bir süre ağladı. Sonra hoca ona;

– Öyle bir azaptan kurtulmak için sen ne yapardın diye sormuş olacak ki Halil:

– Dünyanın tamamı benim olsa onu verir ve kurtulmak isterdim.

– Hımm, o zaman sana uygulayacağımız azaba da sesin çıkmaz diyorsun?

– Niye ki?

– Hımm, ben de bir kedinin ölümüne sebebiyet vermişim.

Halil ya hatırlamadı veya hatırlamak istemedi. Bir anda yüzü simsiyah oldu:

– Allah Allah o kedi ölmüş mü, diye sordu.

Halil sık sık gelip bir şeyler isteyen, mutfağa dalan mahalle kedilerinden birine bir gün kızmış ve ona bir sopa ile ağır bir darbe indirmiş. Kedi o anda can havliyle kaçmış ama sonraki bir iki gün içinde o darbesiyle ölmüş.

Halil bunu duyunca üzüldü. Bana ne işkence ederseniz edin, revadır dedi. Hoca ona:

– Hımm, böyle demekle kurtulamam. Ben hayvanlara karşı duyarsızdım. Onların çaresizliklerine çare olmadım. Bana zarar vermedikleri hâlde bir yığın hayvan öldürmüşüm.

Halil epey düşündü:

– Biz köylüyüz hocam. Hayvanlarla haşir neşir yaşadık. Onlar bizim hayatımızın bir parçası. Onlarla iç içe yaşadık, ihmal ettiğimiz, bilmeyerek haksızlık ettiğimiz olmuştur.

– Hımm, onlar bizim tasarrufumuz altına verildikleri için, istediklerimizi istemeseler de yaptılar. Ama biz hiç insaf etmedik.

Bu arada Halil şaşkınlık içinde etrafına bakınıyordu bunlar da nereden çıktı der gibi.

Taş atıp bacağını kırdığı keçi, önlerine bir tas su, bir çanak yemek koymadığı için açlıktan ve susuzluktan helak olmuş hayvanlar, meyve ağaçlarına atılan ilaçtan dolayı ölen sinekler ve haşerat, kapana girdikten sonra şişleyerek öldürdüğü fareler, bahçede gereksiz yere öldürdüğü yılan, fazla yük taşıttığı eşek, gereğinden fazla sağılıp yavrusuna sütü bırakılmayan inek ve buzağı, üzerine kondukları için öldürdüğü sinekler... Hepsi gelmişti ve hepsi davacıydı.

Halil bütün o mahlûkları görünce:

– Vay be hocam, ben ne yapmışım böyle? Allah beni ebediyen cehennemde tutsa haktır.

– Hımm, Allah kuluna merhametlidir. Sizin her yaptığınızdan sorgulasaydı hiçbir beni beşer cennet yüzü görmezdi.

– Hocam çoğu insan bunun idrakinde değil ki?

– Hımm, zaten Allah mahlûkata bilmeden yaptığınız eziyetleri siliyor. Eğer mümin iseniz. Yaptığınız her iyilik, sayısız günah ve hak edişi sizden siliyor. Faturanızı hafifletiyor.

– Allah Allah!

– Hımm, şimdi anladım. Ben iman ehli isem onların hizmetleri bana helaldir. Eğer inanmamışsam, onların her hizmeti bana haram oluyor. Çünkü onları hizmetimize verene karşı nankör oluyoruz.

– Bu çok ilginç hocam! Ben hiç böyle düşünmemiştim!

– Hımm, bedava değildi onların hizmeti, diyorsun. Karşılığında onları bize musahhar eden Yaratıcı'ya teşekkür etmeliydik. Çoğumuz etmedik. Zaten çoğu da iman etmedi. Bir Yaratıcısının olduğunu kabul etmedi. Her şeyi abes bildi, sahipsiz bildi.

– Ne kadar büyük bir nankörlük!

– Hımm, daha ötesi, cinayet. Allah'ın mahlûklarını sahipsiz saymak büyük bir cinayettir. Ondan dolayıdır ki inanmayana ebediyen ateşte kalma hakkı veriliyor. Aksi takdirde imha edilir, hiç yaratılmamış sayılır.

– Bu daha ağır bir ceza değil mi?

– Hımm, bilen için öyle.

Halil bu arada etrafa bakındı, bir şey arıyor gibiydi. Sonra doktora seslendi.

– Doktorum kaybolma. Hocamın bugün niyeti fena. Eğer şu mahlûkatın hesabını sormaya kalkışırsa, ben bir daha dünyaya dönmeye fırsat bulamam sanırım!

– Hımm, demek hoca bana iyilik yapıyor. Ömrümün daha uzun kısmı arkada. Onu bir mümin ve Müslüman gibi geçireyim diye... Eğer onu başarırsam daha önce yaptıklarım da benden affolur, öyle mi?

– Sen ne diyorsun doktorum! Eğer Rabbim izin verirse, artık bir mahlûkat mı incitirim! Haksızlık mı yaparım, başkasının sırasını mı kaparım, emeğimin eseri olmayan bir lokma mı yerim, minnet altına mı girerim. Herkesin yemeğini mi yerim...

Tam o anda annesi müdahale etmiş olacak ki;

– Hımm, öyle büyük konuşmayayım. Büyük konuşursam, Allah beni o söz ile sınar. Dikkatli olayım ağzımdan çıkana diyorsun. Söz vermeyeyim, ama öyle olmak için ciddi gayret edeyim.

– Neden söz vermeyeyim anne!

– Hımm, çünkü kul yüreğinin katıldığı bir söz verirse onu yapmaya davet edilir. Ve çoğu kere de yapamaz. O zaman da azap müstahak olur.

– Peki ne yapmalıyım?

– Hımm, öyle olmanın niyetine gireyim ve öyle olmak için Allah'tan yardım isteyeyim.

– Eyvallah anneciğim, öyle yapacağım inşallah.

Halil, o gün hayvanlara karşı kasten yaptığı ihmaller ve zulümler sebebiyle çok sopa yedi. Ama gıkını çıkarmadı. Vücudunda yer yer yanık izleri ve çürümeler oluştuğunu hepimiz gördük. Bedeni âdeta yanıyordu. Ama dişlerini sıkıp kıvranıyordu. Eziyet gördükçe;

– Beni affeyle Allah'ım. Sen kulunu seversin, beni de affeyle Allah'ım, deyip durdu.

İşkence bittikten sonra da Halil, bütün o hayvanlardan ve haşerattan dolayı Allah'tan af dileyip durdu.

Babamın hayvanlarla ilgili bu hesaplaşmadan tekmil bir ders aldığına hayatım boyunca hep şahit oldum. Bindiği bir aracın camına yapışan sinekler ve o aracın istemeden çarptığı hayvanlar için bile sadaka verirdi. Bilmeden bastığı karıncalar için, bağını ilaçladıktan sonra muhtemel ölümlerden dolayı çok sadaka verdiğini biliyordum. Bağdan elde ettiği paranın hemen yüzde yirmisini tasadduk ederdi. Eşeğine nasıl davrandığını anlatmıştım. Buzağısı ve oğlağı olan davarların tam sağılmasını istemezdi.

Babam vefat ettiğinde, cenazesi kılındıktan sonra imam;

– Bu zatı nasıl bilirsiniz, diye sormuştu. Cenaze namazına iştirak etmeden kenarda oturan bir meczup şöyle demişti:

– Hoca sen bu adamı insanlara sorma. Şu seyip hayvanlar bile bu adam iyidir derler.

O gün o sözü duyduğumda sevincimden hüznümü bile unutmuştum. Allah babama da Halil Akbaş'a da merhamet etsin, mekânlarını cennet etsin... Babam güzel bir insandı. Halil Akbaş ise yaşadıklarıyla ona güzel bir muallim olmuştu. Umarım cennette de birbirlerinin "ede"si olurlar...

Halil bir süre sessizlik içinde kalınca uyanacağını bildik. Diğerleri dağıldı. Ben başucunda kaldım. Uyandığında henüz geç değildi. Kendine geldiğinde, beni yanı başında bulunca tebessüm etti. Sonra kalktı ve abdest almaya gitti. Sanki bağışlandığının farkında idi. O günden sonra yavaş yavaş yeniden eski neşesine dönmeye başlamıştı. Annesinin yakında cennete gideceklerini müjdelemesi ona iyi gelmişti galiba.

Onlardan gücünün yettiğinin ayağını çağrınla kaydır.
Atlıların ve yayalarınla onların üzerine yürü.
Onların mallarına ve evlatlarına ortak ol.
Onlara vaadlerde bulun...

İSRA SURESİ, 64

Otuz Birinci Gün

O günü iyi hatırlıyorum. Nasıl unuturum ki... Duyduklarım dudak uçuklatacak cinstendi. Halil'in cennete gönderileceği günleri sayarken annesi yine uzun uzun nasihat etmişti Halil'e. Son zamanlarda öyle yapıyordu. Hepimizi çok yakından ilgilendirecek konuları açıyor; âdeta onun üzerinden bize nasihat ediyordu.

Hepimiz gençtik, ölüm aklımıza gelmiyordu. Hepimiz bir an önce teskeremizi alıp hayata katılmak, yuva kurmak, bir düzen kurmak peşinde idik ama dünyanın gidişatı çok parlak gelmiyordu bize. Türkiye'nin savaşa girmemiş olması, ülkeyi savaşın acılarından, yoksulluklarından, sıkıntılarından kurtaramamıştı. Hepimiz karamsardık ama neticede gençtik. Ahiret düşüncesinin henüz bizde oluşmadığı bir dönemdeydik. Gençtik ve taşkınlık da yapıyorduk ister istemez. Hiçbirimizin aklına gelmezdi zulmettiğimiz adamın hesabının bir gün sorulacağı. Eden bulur denilirdi ama henüz o kavramların hakikatini bilecek çağda değildik. Üstümüzdeki elbisenin bize verdiği yetkiyi sorumsuzca kullandığımız da olurdu. Ne de olsa devlet adına hareket ediyorduk. Bir üstümüzün bizden istediği bir işi yaparken bunun hesabını Allah da bizden sorar diye bir şey aklımıza gelmezdi. İşte Halil'in annesi bu tür konuları açmıştı.

O gün annesi Halil ile kadın kız ilişkilerini de açmış, uzun uzadıya nasihat etmişti oğluna. O yüzden iyi hatırlıyorum. Çünkü benim kendi adıma derin dersler çıkardığım ve kararlar aldığım bir gündü.

Annesi Halil'i sıkı sıkı tembihlemişti:

– Şakadan bile olsa söylediğin bir söz karşındakinde "Bu beni seviyor" hissi uyandırırsa ondan sorumlu tutulursun!

Halil'in annesinin o gün, evleneceğimiz kız ile ilgili söyledikleri, benim evlilikle ilgili tüm düşüncelerimi yerle bir etmişti. Çünkü bir kadının mahremlerinin görünmesi, birilerinin onun vücudundan etkilenmesi sadece günah değildi aynı zamanda "ondan doğacak çocukta, başkalarının payının olmasına" sebep oluyordu. Öyle demişti, "O çocuk tam tamına senin çocuğun olmaz!" Ne korkunç bir şeydi. İliklerime kadar irkilmiştim.

O cümlelerden etkilenmiş olanlardan biri de Denizlili Mehmet idi:

– Vay anasını yetmiş yaşındaki nenemin hâlâ erkeklerden aşırı derecede sakınmasının hikmetini şimdi daha iyi anlıyorum!

Hacı da benzer şeyler söylemişti.

Annesi Halil'e;

– Bak oğlum, demişti. Karınla beraber olacağın zaman karınla beraber ol. Başka kadınları düşünme. Tohumunun ana rahminde karar kılmasını istiyorsan buna dikkat et. Karınla beraber olacağın zaman eşinden başkasını hayal edersen, Allah o tohumu yeşertmez, yeşertse dalda tutmaz. Şükret ki öyle yapıyor.

Halil'in de annesinin söylediklerinden çok etkilendiğini görebiliyorduk. Annesi Halil ile o kadar açık konuşuyordu ki normal insanlar bu mevzuları kendi aralarında böyle konuşamazlardı. Onu dinleyen bizlerin bile zaman zaman yüzü kızardı diyebilirim. Ve oğluna sormuştu:

– O karakolda sevdiğin kızı hâlâ özlüyor musun?

– Bazen...

– Karın mı daha çok aklına geliyor, o kız mı?

Halil bu soruya cevap vermek istememişti:

– Birini sevdim, öbürü benim akrabam ve karım. Tabii kız çok daha fazla aklıma geliyor. Ben onu çok sevmiştim anne!

– Peki evladım yarın memleketine döndüğünde bu hâl devam edecek mi?

– Bilmiyorum anne.

– Bileceksin!

– Bilemiyorum anne!

– Oğlum sakın sakın, o kıza duyduğun muhabbeti karının yatağına taşıma. Madem nikâh yapmadın, onu kendine helal kılmadın, o zaman unut. Onu sil ki bir yatakta iki kadınla beraber olmayasın!

– ??

– Bu hâl, bozuk tabiatlı çocuklarının olmasına sebep olur. Ya da Allah sana merhamet eder de o tohuma döl tutturmaz. Bu dahi iyidir, rahmettir. Bazen de Allah o meyveyi olgunlaştırmaz ve daldan düşürür. 'Karım düşük yapıyor." dersin, suçu da o zavallıya atarsın! Hâlbuki Allah sana merhamet etmiştir.

– ??

– Başka bir kadının arzusu nefsini taşırmışken tohumlarını karına yükleme. Nefsin seni zorlar ise git hanımınla birlikte ol ama o ateşte çocuk pişirme!

Halil'in, o gün annesinin cümleleriyle bize aktardığı o şeyleri anlayacak tecrübe ve izan hiçbirimizde yoktu. Çok ilginç şeyler söylüyordu.

Benim de diğerleri gibi aklım allak bullak olmuştu. Ama hayat içinde çözemediğim bir yığın düşük, erken çocuk ölümleri, çocuğunun olmaması hâllerini âdeta zihnimde çözmüştüm. Tabii onun anlattıkları tek sebep olmayabilirdi ama anlattıkları hiçbir kitapta yazmıyordu... Hepimiz şaşkınlıkla dinliyorduk.

Halil'in de aklının karıştığını görebiliyorduk.

Babam, tam bu noktada Halil'in hikâyesini anlatmayı bıraktı. Bana döndü ve şöyle dedi:

– Evladım, diyebilirim ki o gün sanırım o sözlerden benden daha fazla etkilenmiş kimse olmadı. Tam da o anda, sevdiğim kızla evlenemediğim için içimde taşıdığım hüzün ve keder bir anda yok olup gitti. Ve annenizle evlenmeye de tam o anda karar verdim.

O konuşma biter bitmez, Mahek amcama bir mektup yazdım. Ona Ömer amcamla konuş Fatma'yı kimseye vermesin. Ben talep ediyorum, demiştim. Mahek amcam bu işlerde maharetliydi, bilirsin. Hemen gidip konuşmuş tabii kardeşiyle. O da hele bir askerden gelsin görüşürüz, demiş. Amcam durumu daha sonra bana mektupla bildirdi. Sonra askerden döndüğümde annenle evlendik.

Ona:

– Annemle evlenmekle beklediğini buldun mu, diye sordum.

Babam, bu sorumdan "Sevdiğin diğer kızı unuttun mu yani?" sorusunu da sormuşum gibi yüzüme baktı ve tebessüm etti:

– Her şey unutulur. Ama güzel dostluk ve ahlak kalıcıdır. Sonra da gülerek:

– Senin gibi bir evlat kaç aşk eder bilir misin, dedi.

Bir insanın -kadın veya erkek- kalbiyle oynamanın Allah'ın arşıyla oynamak gibi olduğunu söylerdi babam. "Ya sevdim deme, ya o sözün arkasında dur. Bir insana güven verdiysen onu boşa çıkarırsan, muhakkak sorguya çekilirsin. Hem de daha dünyada. Ahı seni tutar. Hele mutlu bir evlilik yapmamışsa... Ahiret azabı da başka!" derdi.

Halil annesine söz vermişti, o kızı unutmak için çabalayacağı konusunda. Annesi ona bir de müjde vermişti. Yarın eğer hesabı temizlenirse artık cennete gönderilebileceği sözünü vermişti.

Halil o heyecanla ağır ve sağlam bir söz verdi annesine:

– O kızı unutacağım, söz!

Fakat hoca onu derhâl uyardı:

– Unuttun mu annen sana demişti ağır sözler verme diye. Bak yine ağır söz verdin, yapamazsan ceremesini çekersin.

– Ne demeliydim hocam?

– Hımm, inşallah unutmaya çalışacağım demeliydim. O zaman Allah o işi başarmanı sağlardı büyük ihtimalle.

Halil elini çenesine götürmüş düşünüyordu:

– Şimdi inşallah desem olmaz mı hocam?

– Hımm, kader kalemi yazdı. İşi kendi irademe havale ettirdim.

– Allah Allah hocam ya, inan insan sizin huzurunuzda ne diyeceğini şaşırıyor!

– Hımm, Allah'ın izni ve yardımı olmadan hayır olan bir işi gerçekleştirmek imkânsız gibidir.

– ??

– Hımm, şer kolaydır, onu insan yapabilir; ama hayırlı bir işi yapmak için illa da Rabbimizin bize yardım etmesi lazım!

Halil sessiz kaldı. Bir süre sonra yine hoca konuştu:

– Annen, yaşamın boyunca benim sana refakat etmemi istiyor. Eğer ben seninle kalacaksam, bu kaideleri bileceksin.

– Tamam hocam, ne dersen uyarım inşallah!

– Hımm, şimdi oldu. Allah peygamberin bile "inşallah" dememesine içerledi. Çünkü her şey O'nun olduğu gibi her hareket de ancak O'nun izni ve gücüyle olabilir.

– Anladım hocam. Yani biz şu işi illa yapacağız veya asla yapmayacağız dersek başımıza iş mi açarız?

– Hımm, Rabbimizin yardımı olmadan yalnız irade ile işlerimizin üstesinden gelmemiz zor.

– Yani?

– Hımm, yani o kıza olan sevgimi ve arzumu, Rabbimin izniyle inşallah hafifletirim ve unuturum desen daha iyi olurdu.

– Aha şimdi öyle diyorum.

– Hımm, geçti. Ben önce irademi ileri sürdüm Rabbim de kabul etti. İşin zor ama yapmalısın, başarmalısın.

– Ben artık ağır söz vermeyeceğim!

– Hımm, yine ağır söz vermiş oldum öyle mi? İnşallah demedim.

– Allah Allah! Allah bana merhamet etsin.

Halil hakikaten de sonraki zamanlarda hiç o kızdan bahsetmedi. Kendi kendine telkinde bulunurdu sanırım benim halamın kızı bir tanedir diye!

Unuttu mu hakikaten bilmiyorum, zaten teskerelerimizi aldıktan sonra bir daha irtibatımız olmadı.

Hayır! Doğrusu siz yetime ikram etmiyorsunuz,
yoksulu yedirmeye birbirinizi teşvik etmiyorsunuz.
Haram helâl demeden mirası yiyorsunuz.
Malı aşırı biçimde seviyorsunuz.
FECR SURESİ, 17-20

Otuz İkinci Gün

Halil ertesi gün çok neşeliydi. Herkese takılıyor, şakalar yapıyordu. Bir ara yazıhaneye de geldi:

– Ede ben artık iyiyim, bana iş buyurabilirsin, dedi.

– Ben yazıcıyım, sana iş buyuramam... Komutanların verdiği vazifeyi yazıya geçiririm o kadar, dedim, birlikte gülüştük. Ta baştaki Halil gelmişti, tabii ki artık arada dağlar kadar fark vardı.

O gün ben paydos edinceye kadar yanımda oturdu. Ama hâlâ ısmarladığım çayı içmiyordu. Belli ki ceviz parasıyla alınan çay henüz tükenmemişti. Tam kapıdan çıkıyordu ki döndü:

– Ede yakında bu hâllerden kurtulacağım, dedi.

Anlamamış gibi yaptım:

– Hangi hâllerden?

Güldü:

– Biliyorsun işte dedi ve ekledi:

– Ben de akşamları sizinle birlikte olacağım.

– E hadi bakalım, inşallah dedim.

O gidince beni bir hüzün sardı. Biz alışmıştık Halil'in bayılmalarına ve o bayılmalar arasında öğrendiğimiz şeylere. Biz et derdindeydik, Halil can derdinde. O bir an önce bu hâllerden ve ona o sıkıntıları çektiren varlıklardan kurtulmak istiyordu, bizse onun o hâlinin devam etmesini istiyorduk. Çünkü o bir mektep olmuştu bizim için. En azından benim için.

Halil'in "Yakında bu hâllerden kurtulacağım." sözü, bir elçinin "Artık sizi terk ediyorum." demesi gibi gelmişti. İçime bir keder çöktü. Tabii ki o hâller, dünyanın diğer her şeyi gibi değişecekti. Bir gün her şey sona erecekti.

O an kendime "Sen ne kadar bencilsin İsmail!" diye kızdım. "Şimdi teskeren gelse, Halil'in bu hâllerini izlemek, annesinin nasihatlerini dinlemek için evine gitmemezlik eder misin?" diye gönlüme sordum. Büyük bir sevinçle gitmekten yana tavır aldı ama gönlümün bir yanı da "Elimde olsa kalırım..." diyordu.

Mamafih askerliği o kadar kanıksamıştık ki bir daha evlerimize dönebileceğimiz aklımıza bile gelmiyordu.

Ama işte bir gün her şeyin sonu gelecekti. Halil yanımdan ayrılırken heyecanlıydı. "Yakında bu hâllerden kurtulacağım..." diyordu.

Arkasından bakakaldım. Sanki bugün o hâli yaşamayacakmış gibi sevinçliydi.

O gün Halil'in annesinin Hacı ile ilgili verdiği haber de çıkmıştı! Civar köylerden birinden çok vukuatı bulunan eski bir eşkıya ile ilgili bir ihbar geldi. Komutan beni çağırdı; takibe gidecek jandarmaların listesini yaptı. Baktım içinde Hacı yok. Oysa Hacı, o tür takip işlerinde çok tecrübeli idi. İşte o zaman sadakanın ne büyük bir şey olduğunu anlamıştım...

Benim bildiğim komutan, Hacı'yı o ekibe dâhil ederdi. Çünkü Hacı iz sürmede ve bu tür takiplerde tecrübeli idi. Demek Hacı'nın sadakası kabul görmüştü ki komutanımız onu ekibe katmamıştı.

Görevli jandarmaları çağırıp komutanın emrini bildirdikten sonra Hacı'yı da çağırdım...

– Halil haklı çıktı tertip... Bak ihbar geldi. Ama komutanın listesinde sen yoksun, dedim.

Hacı şaşkındı. Derin bir nefes aldı...

O akşamdan itibaren Hacı da Halil'in müdavimleri arasına girdi. Halil'in söylediklerini daha ciddi dinlemeye başlamıştı.

Akşam ezanı okununca Halil tekrar düşmüştü. Ben koğuşta idim. Vaktinde gidip yatağına yatmıştı. Tabii abdestini almıştı yine.

Sözlerinin ilki yine annesinin selamını almak oldu:

– Aleykümselam anne!

– Bugün gönderecek misiniz beni inşallah?

– Hımm, bakacaksınız.

– Neye bakacaksınız?

– Hımm, cennete girecek kadar temizlenip temizlenmediğime.

– Onu nasıl bileceğiz?

– Hımm, defterimdeki günahlarımdan temizlenmişsem gönderebileceksiniz.

Hoca defteri okuyunca annesi Halil'in bir kez daha cehenneme gönderileceğini söyledi:

– Hımm, demek daha bitmemiş hesabım. Temizlenmem için tatbikata devam edilecek. Bir kez daha cehenneme gönderilmem icap ediyor, öyle mi?

Halil cennete gitme hevesiyle akşamı etmişti. Bir kere daha cehenneme göndermelerine canı sıkılmıştı ama yapacağı bir şey de yoktu.

– Bugün beni göndermeseniz anne, deyip durdu ama talebi kabul görmedi.

– Hımm, benimkine benzer hâllerden dolayı cehennemde azap çekenler var. Gidip onları da görmem gerekiyor. Onları görürsem can u gönülden tövbe etmem kolaylaşır, diyorsunuz. Eh ne diyelim. Boynumuz kıldan ince hocaefendi.

Halil gönülsüz gönülsüz kabul etti. Sonra sessizliğe gömüldü. Biz onun yataktaki hâlinden bir yere doğru yürüdüğünü anlıyorduk.

Epeyce yürüdü. Sonra selam verdi. Anladık ki cehenneme gelmiş.

– Selam hâzin efendi. Beni yine gönderdiler.

Halil'in konuştuğu hâzin büyük ihtimalle kapıdaki melekler olacaktı ki onun içeriye alınmasını sorguluyordu.

– Hımm, defterim yanımda mı, diyorsun.

Halil buna tam cevap veremedi ama o bir şeyler yaptı ve tamam dedi. Onun refakatine birini verip gönderdi.

Halil'in sessizliği epey devam etti. Sonra birileriyle karşılaştı. Halil şaşkın şaşkın baktı ve sonra;

– Ahmet emmi senin burada ne işin var, diye çığlık attı.

Sonra konuşmalarından anladık ki Ahmet emmi gerçek emmisi değildi. Yakın köylülerden biriymiş. Kasaplık da yapıyormuş.

Ona yaklaştı ve sordu:

– Hayırdır hangi günahın seni buraya attı?

Halil bu arada adamın defterine bakıyordu. Yüzü buruştu, canı sıkıldı:

– Sen de hakikaten adiymişsin, dedi.

Adamın en küçük günahı, mazlum bir köylünün otuz koyununu iç etmekmiş. Koyunları almış; sonra da almadım diye inkâr etmiş. Adam da onu Allah'a havale etmiş. Sonradan pişman olmuş ama bir türlü gidip koyunlarını gasp ettiği adamdan helallik almamış. Tövbe de etmemiş. Ölüm onu o hâliyle yakalamış.

Halil defteri okudukça kızıyordu:

– Sen hayvanlara karşı ne kadar da zalimmişsin! Hem kasaplık yapmışsın, hem eziyet!

– Hımm, demek sen eziyet etmedin. Sen sadece hayvan alıp keser ve et satardın. O günahların hepsi koyunlarını aldığın adamındı. Hepsini sana yüklediler.

– Hayırdır, bu günahları sana niye yüklediler ki?

– Hımm, demek yediğin hakla birlikte günahlar da gelip seni buldu.

– Sana ne kadar hüküm verildi? Ne kadar kalacaksın cehennemde?

– Hımm, bilmiyorsun.

– Neden tövbe etmedin hemşerim?

– Hımm, aklına gelmedi, ölümün öyle ansızın geleceğini nereden bilecektin ki?

– Hemşerim işin zor. İnan sana dua etmek de içimden gelmiyor. Namazın niyazın yok muydu? Ardından adamın hakkını verecek kimsen yok muydu?

– Hımm, kimseye söylemedin. Zaten söyleseydin de çocukların helallik almak derdine düşmezlerdi.

– Malın mülkün kaldı mı?

– Hımm, keşke kalmaz olaydı. Çocukların o haram mal yüzünden birbirlerine düştüler. Bir de onların rezilliklerinin hesabını çekeceksin...

Halil ilk defa birine acımamıştı. Oradan ayrıldı ve başka bir yere vardı:

– Hayırdır hanımlar... Neden beşiniz birden hem yanıyorsunuz hem de bu adamın üzerinden böyle erimiş ateş döküyorsunuz?

Belli ki bir yandan da feryat ediyorlardı; Halil sık sık kulaklarını tıkıyordu:

– Hımm, siz kardeştiniz!

– E kardeş kardeşe bunu yapar mı?

– Hımm, elinizde değil.

Halil hayretler içinde onları izliyordu. Sonra azap görenlerin yanlarındaki hâzinden müsaade istedi ve onlarla konuşmaya başladı.

– Peki niye böyle yapıyorsunuz? Derdiniz nedir?

– Hımm, büyük taslarla üzerine alevli ateş eriyiği döktüğünüz bu adam abiniz demek. Babanızın malından size hiç pay vermedi, gönlünüzü de almadı. Onun için böyle ceza çekiyor. Cezası bitinceye kadar ona bu işkenceyi yapacaksınız demek.

– E peki siz niye buradasınız?

– Hımm, babamız, bize hayattayken hiçbir mal mülk vermedi. Ne var ne yok hep ağabeyimize bıraktı. Bir gün bize sahip çıkmadı. Biz de ona ilenip lanet okuduk. Şimdi onun için buradayız.

– İnsan babasına lanet eder mi?

– Hımm, bilmediniz ettiniz. Hak helalliği de almadınız.

– Kaç kardeştiniz?

– Hımm, yedi kardeştiniz.

– Diğer kardeşiniz nerede? O da mı cehennemde?

– Hımm, bilmiyorsunuz. Ama o babanıza ilenmezdi. Namaz kılar ve ona çok dua ederdi. Babanızdan hak helalliği de aldı.

– Siz niye helallik almadınız ve namaz kılmadınız?

– Hımm, babanız güya dindardı ama size çok haksızlık yapıyordu. Nesi varsa hep oğluna veriyordu. Sanki siz çocukları değildiniz. Siz de kızdınız; onun gibi dindar olmaktansa olmamayı tercih ettiniz.

– Babanızdan haberiniz var mı?

– Hımm, onu da bilmiyorsunuz.

– Desene siz inat ve namazsızlık yüzünden buradasınız. Peki Allah'ın adaletine itimat etmediniz mi?

– Hımm, biz Allah'a inanıyorduk ama emirlerini yapmadık işte.

– Yani itiraf ediyorsunuz ki bu ceza size müstahak!

– Hımm, öyle!

Halil "Allah kurtarsın!" dedi ve hızla oradan uzaklaştı.

Halil eskiden böyle ağır azaplar çekenleri gördüğünde azaplarının hafiflemesi için çabalardı. Artık öyle bir şey yapmıyordu. Ama cehennemdekilere, orada niçin bulunduklarını itiraf ettiriyordu.

Yine öyle yaptı. Âdeta kendisini dinleyen bizlere, "Sizde de aynı hâller varsa şimdiden tövbe edin, istiğfar edin ki bu hâllere düşmeyesiniz." demeye getirmişti.

Ben o gün kendime bir söz daha vermiştim, "Malım mülküm olursa din nasıl emrediyorsa çocuklarıma öyle bölüştüreceğim..." diye.

Babam miras paylaşımında vasiyet hakkını kullandı. Kızları önceledi. Ben de diğer kardeşlerim de babamın bu takdirini memnuniyetle karşıladık.

Vefatına bir ay kala "Baba bağlarını, bahçelerini ne yapacağını düşündün mü, bir vasiyetin olacak mı?" diye sordum. "Evet var." dedi.

Bunun üzerine ben telefonumun ses kaydını açtım. Yanımızda da büyük dedemizin yeğenlerinden Halil Dönmez abimiz vardı. Onun da şahit olacağını söyledim. Ve konuşmaya başladı.

– Filanca bağı şuna, filanca bağı filanla feşmekana, filanca bağı seninle filana... Tek tek saydı nereyi kime vermek istediğini. Bana, "Bir itirazın var mı?" deyince "Baba" dedim, "mülk senin, dilediğine dilediğin gibi verirsin. Ben sadece kaydediyorum, vakti geldiğinde de çocuklarının önüne koyacağım."

Tebessüm etti. "Bana hakkını helal ediyor musun?" diye sordum. "Tabii ki bütün çocuklarıma hakkımı helal etmişim, sizden razıyım." dedi. Sonra "Sen de benden razı mısın?" diye sorunca ağlamak tuttu beni...

Ama şunu da belirteyim ki babam Halil'in anlattıklarından o kadar etkilenmişti ki kızların hak hukukuna daha çok riayet etti. Mülkün iyisini kızlarına vermeyi tercih etti. Bunda da haklıydı, çünkü üç bacımız da babamıza krallar gibi baktılar ve biz erkeklere fazlaca bir iş bırakmadılar! Tabii ki biz erkek kardeşler de hiçbir zaman ellerimizi üstlerinden çekmedik. Her türlü maddi manevi yardımlarına koştuk. Ama bu zamanda erkek evlatlar fıtri farzları olan anne-babaya bakma vazifelerini hakkıyla yapamıyorlar veya yaptıramıyorlar.

Esasında artık Halil ne olup bittiğinin farkındaydı. Bizim için de sıradanlaşıyordu anlatılanlar...

Ama ilginç şeyler yaşanacaktı önümüzdeki günlerde...

Şüphe yok ki Allah zerre kadar haksızlık etmez.
İyilik olursa onu katlar, kendinden de büyük mükâfat verir.

NİSA SURESİ, 40

Otuz Üçüncü Gün

Halil o gün akşamın olmasını iple çekiyordu. Bugün cennete gönderecekler beni, cenneti de göreceğim inşallah, diyordu.

Gün boyunca onu gözlemledim, büyük bir heyecan içindeydi. Yavuklusunu bekleyen âşık gibi sık sık saati soruyordu. Saat kimsede yok. Duvarda bir saatimiz vardı o da sık sık arıza yapardı. Bir komutanımızda saat vardı varsa... Başka kimsede olduğunu bilmiyordum. Vakti daha ziyade ezana göre ayarlıyorduk...

Halil o gün üç kere gelip saati sormuştu. Esasında günler de çok kısaydı. Kış zamanıydı, günlerin nasıl geçtiğini anlamıyorduk bile. Halil çaktırmıyordu fakat heyecanlı idi. Gerçi ben biliyordum ama herkesin de bildiğinden habersizdi sanırım.

Halil'in beklediği saat gelmişti, erkenden gidip yatağına uzanmıştı. O gün dinleyicileri de çoktu. Çünkü bir iki arkadaş, herkese söylemişti, bugün Halil cennete gidecek, onu cennete gönderecekler diye... Hacı, kendisi ile ilgili o haberden sonra artık müdavimler arasındaydı. Konuşmaları hiç kaçırmadan sonuna kadar dikkatle takip ediyordu.

O gün herkeste ayrı bir merak vardı. O yüzden bekliyordum ki Hüseyin de gelebilir. Çünkü son birkaç gündür kasten gelmiyordu, Halil kafamı karıştırıyor diye.

O gün o da koğuştaydı. Erken gelmişti. Bu maksatla gelmiş görünmemek için başka şeylerle meşgul gibiydi ama belli ki Halil'i dinlemek için gelmişti, çaktırmıyordu.

Halil o gün konuşmak için fazla beklemedi. En fazla yarım saat kırk dakika sonra konuşmaya başlamıştı.

Her zamanki gibi selam faslı ile açılışı yapmıştı:

– Aleykümselam anne.

– Aleykümselam hocaefendi.

– Aleykümselam doktor.

Üçü de gelmişlerdi. "Annem ve şürekası" diyordu Halil onlar için. Birkaç gün önce yanıma geldiğinde "Ede annem orada çok forslu bir kadın. Ya insan ne yapıp etmeli, iman ile ve kendisinden razı olunarak gitmeye bakmalı. Orası burası gibi değil. İstediğini istediğin zaman yapabiliyorsun, istediğin hemen oluyor... İnanmayacaksın ama taş bile canlı... Bitkileri insan gibi insanı işitiyorlar, konuşuyorlar." demişti.

Halil heyecanla sordu:

– Anne bugün beni göndereceksiniz değil mi?

Annesinin cevabı üzerine yüzü değişti, bir insanın mutlak olacak sandığı bir şeyin olmadığını görüp dağıldığı gibi Halil'in de suratı düştü, yüzündeki tebessüm söndü ve sessizliğe büründü.

Merakla bekleyen bizler de üzülmüştük. Halil ta sonra tekrar konuştu:

– Hımm, bakacaksınız. Eğer cennete mani bir hâlim kalmamışsa!

– Kim bilecek onu?

– Hımm, defterim gösterir.

Halil bunu duyunca sevinçle hocaya döndü:

– Hocam bu iş yine sana bakıyor. Ne dersin!

Hoca sanki elindeki defteri incelemiş ve gitmesine mani bir hâli yok demiş olacak ki annesi, hocaya;

– Abdurrahman'ı getirtebilir misiniz, diye sordu.

– Demek yeğenim Abdurrahman'ı göreceğim. Ne de özlemişim keratayı... Aman Allah'ım... Demek gençliğinin baharında öldüğü için böyle cennetlik oldu...

– Hımm, annemin talebi üzerine bana refakat etmesi için Abdurrahman geldi demek. Sağ olasın anne... Hakkını nasıl öderim bilmem...

Halil gibi biz de heyecanla Abdurrahman'ın gelmesini bekliyorduk... Bizim saatimizle en az beş dakika filan bekledik. Ta nihayet, Halil'de âdeta bir sevinç patlaması oldu. Kesinlikle nasıl davranacağını, ne yapacağını bilemez hâlde idi.

Biz baştan bilemedik bu sevinç ve hayretin kaynağını.

Meğerse Halil, Abdurrahman'ın kullandığı bineğe hayret etmişti. Dakikalarca onu tarif etmeye çalıştı. Önce bisiklet dedi. Bu tarif ona yeterli gelmemiş olacak ki bu sefer de motorlu bisiklet dedi. Sonra uçan motorlu bisiklet dedi. Bu arada sürekli "Allah Allah bu nasıl bir şey!" deyip duruyordu.

Ta sonra:

– Vay anasını, bu suda da mı gidiyor?

Halil uzun süre Abdurrahman'ın bineğini izah etmeye çalıştı. Benzin falan istemiyormuş, canlı imiş kendisi aynı zamanda. Lazım olduğunda uçuyor, lazım olduğunda suda yüzüyor ama bisiklet, motorlu bisiklet.

Çok sonraki yıllarda babam motorsikleti görünce çok hayret etmiş ve sevmişti. Bana bir keresinde "Halil'in tarif ettiği binek bunun gibi bir şeydi işte..." demişti.

Gençliğimde bizim oralarda motorsiklet çok revaçta idi. Sonra birileri ona sepet taktı ve önde bir teker arkada iki teker olacak şekilde bir tür küçük bir taşıta dönüştürdü. Bizim taraflarda, Osmaniye, Adana ve İslahiye'de hâlâ çok sayıda üç tekerli motorlu bisikletler çalışır.

Babam sepetli motorsikleti görünce çok özenmişti. Kardeşlerimden birine motorsiklet kullanmayı öğretti. Sonraki zamanlarda artık hep o "Abdurrahman'ın bineği" dediği sepetli motorsikletle bağa gider gelirdi. Onun tabiriyle artık eşeğe de zahmet vermeyecekti. Eşeğini de "Üzmeyecek, incitmeyecek, ağır yük bindirmeyeceksin..." sıkı tembihiyle dağ köylerindeki bir akrabamıza vermişti.

Uzun süre ne diyeceğini bilemedi Halil. Sonra;

– Bunu satıyorlar mı, diye sordu.

– Hımm, satılmıyor. İhtiyacı olana bundan ve daha iyilerinden veriliyor.

– Cennette herkesin bineği var mı?

– Hımm, bineğe ihtiyacınız yok ama dilediğiniz zaman binek de alabiliyorsunuz.

– Bu ne güzel bir şey böyle. Ayakta durması için bir şey yapmana da gerek yok.

Sonra biraz sustu:

– Bunun üç ayağı var, dedi.

Halil artık yeğeni ile konuşuyordu:

– Hımm, demek ihtiyaca göre öyle de olur böyle de olur, Ben bu araç iki teker üstünde nasıl düşmeden gidecek diye düşündüğüm için o da üçüncü bir tekeri/ayağı çıkardı ki korkmayayım!

– Vay anasını bu nasıl bir şey böyle ya? Bunu dünyadakiler görse bunun için dünya para verirler...

Bu arada Halil bir an önce gitmek istiyordu:

– Gidebilir miyiz anne, diye sordu.

Halil, annesinden beklediği cevap gecikince bu sefer de Abdurrahman'a:

– Binebilir miyim, diye sordu.

Sonra yine annesine baktı, annesi biraz sabırlı olmasını söylemiş olmalı ki;

– Tamam anne sabırlı olacağım, dedi Halil.

Sonra hoca ve annesi bir süre sohbet ettiler. Biz onu Halil'in kafa hareketlerinden anlıyorduk. Bir sağa dönüyor dinliyordu, bir sola dönüp dinliyordu. Yüzünün rengi de hâlden hâle giriyordu. Sonra yüzüne tebessüm yayıldı; anladık ki Halil artık cennete gönderilecek.

Ve sonunda Halil Abdurrahman'ın terkisine, o motorlu bisiklete bindi. Müthiş bir heyecan ve sevinç içindeydi...

Hani çok hızlı giden bir araca bindiğinde saçların savrulur, yanakların sarsılır ya... Halil'in hâli de öyle idi. Tabii saçı yoktu ki savrulsun ama yanaklarının kas hareketlerinden anlıyorduk ki araç uçuyor. Mamafih biraz sonra da Halil hayretle;

– Nasıl uçuyoruz böyle, diye sordu.

Halil:

– Ya Abdurrahman sen de bana yardım et. Ben de bir an önce buraya geleyim. Derken Abdurrahman, Halil'i ikaz etti:

– Hımm, gözlerini kapat, cehennemin üstünden geçeceğiz. Göreceğin manzaralara dayanamazsın, diyorsun...

Halil iki elini yüzüne götürüp gözlerini kapattı. Sonra bir ara iki parmağının arasını açtı gözünü kapat dediğin bir çocuğun çaktırmadan birine bakmaya çalışması gibi o da cehenneme bakmaya çalıştı.

Parmaklarının aralığından cehenneme bakmasıyla çığlık atması bir oldu:

– Abdurrahman hızlı geç!

– Ne oldu?

– Cehennemin alevleri içinde filanı gördüm.

– Ben sana gözünü açma demedim mi?

– Dedin ama açtım işte, açtım. Keşke açmaz olaydım, filanı gördüm filanı.

Söylediği kendi köyünden biriydi. Abdurrahman'a da hatırlatmaya, tanımasını sağlamaya çalıştı ama Abdurrahman onu hatırlamadığını söyledi. Halil, "Vay anasını vay anasını" deyip durdu. Hâlbuki bu cümleyi, ta ilk günlerde söylemekten vazgeçmişti Halil. Şaşırdık doğrusu.

Hatta Hüseyin ile Hacı takıldılar:

– Len, adam cenneti garanti edince eski ayarlarına döndü. Denizlili:

– Eee tertip insanoğlu olmak kolay değil. Nimeti görünce şaşabiliyor.

Hakikaten ben de hayret etmiştim, Halil en az iki üç kere "vay anasını" demişti. Sonra düşündüm ki adamın sevinç ifade edebileceği başka kelimeleri yok. Hayreti, şaşkınlığı ve sevinci bir arada ifade edebilmek için bildiği tek cümle buydu.

Nihayet cennetin kapısına ulaşmışlardı.

Kapıda cennet bekçilerine selam verdiler. Benim tahmin ettiğime göre -ki Halil o anda tam bir sessizlik içindeydi ama kapalı gözleri göz kapaklarının altında fıldır fıldır oynuyordu- Abdurrahman cennet bekçilerine durumu izah ediyordu.

En yukarıda oturan ve duruma hâkim olan bir bekçi sert bir şekilde Abdurrahman'ı beraberinde getirdiği kişi hakkında uyardı:

– Hımm, bu adam hâlâ pis kokuyor ve cehennem kirleriyle dolu...Bu hâliyle bu adam cennete giremez...

– Abdurrahman ne diyor bunlar? Anlatsana... Hoca gönderdi desene...

Abdurrahman bu esnada konuşuyordu galiba ama cennet bekçilerini ikna edememişlerdi.

– Demek üzerimde asla cennete girmeyecek kokular ve kirler var. Götür onu temizlesinler, öyle mi getirsinler diyor? Bir aydan daha fazla oldu beni işkence ile temizliyorlar Abdurrahman... Daha ne kiri kalmış ki...

Halil büyük bir hüsran yaşamıştı ve Abdurrahman ona yeniden aldığı yere getirmişti.

Halil çok üzgündü ve çok sürmeden de uyanma emareleri gösterdi. Nitekim kısa bir süre sonra uyandı. Hiçbir şey demeden kalkıp abdest almaya gitti. Namazını kıldıktan sonra gelip yatağına uzandı ve yorganı başına çekip uzun uzun ağladı.

Ben o arada dalmışım. Uyandığımda Halil yatağında değildi, erken uyanmıştı.

Bil ki Allah'tan başka tanrı yoktur.
Kendi günahın için, erkek kadın müminler için Allah'tan af dile.
Ne yapacağınızı ve yerinizin neresi olacağını Allah bilir.
MUHAMMED SURESİ, 19

Otuz Dördüncü Gün

O gün Halil söze sitemle başladı. Selam faslından sonra hocaya hitaben:

– Hocam, hani ben temizlenmiştim? Cennete girmeye mani hâllerim kalmamıştı?

– Ne mi oldu?

– Beni cennetin kapısından kovdular. Rezil ettiler beni. Kapıya bile yaklaştırmadılar. "Sende cehennemlik kokular var, git onları temizle gel!" dediler.

– Hımm, demek gözünüzden kaçmış günahlarım var. Günah, bedenin ve nefesin kötü kokmasına yol açar. Ben duyamam ama cennet halkı ondan çok rahatsız olur. O koku ile cennete girilmez.

– Hocam o zaman bak şu deftere de neymiş bunlar görelim?

Hoca Halil'in amel defterini karıştırırken Halil de onu göz ucuyla izliyordu.

– ??

– Ne!! Daha günahlarım mı varmış?

– Nasıl olur?

– Hımm, olmuş işte. Sayfa bükülmüş, gözünüzden kaçmış.

– Allah Allah sayfa bükülmüş de iki günahımı görmemişsiniz.

– Neymiş onlar?

– Hımm, onun bunun bahçesinden meyve koparmışım.

– ??

– Hımm, bir arkadaşımın bilinmemesi gereken bir hâlini millete anlatıp onun üzülmesine sebep olmuşum.

– Ya hocam bunların ikisi de gençlik, cahillik hâlimin işleri. Ben sonra öyle şeyler yapmadım. Sonra arkadaşın hâline de çok üzüldüm.

– Hımm, ondan helallik aldım mı diyorsun?

– Almadım.

– ??

– Hayır, meyvelerini kopardıklarımdan da helallik almadım.

– Yani şimdi sopa zamanı mı?

– Hımm, o kadar kolay değil. Bu tür işlerde sopa kurtarmaz.

– E ne yapacağız peki?

– Hımm, kabul edilmiş birtakım amellerimi onlara aktaracaksınız, onların birtakım günahlarını da bana aktaracaksınız. Eğer kalan amellerim hâlâ cennete girmeme yeterse olur!

– E ne var benim yediğim meyveleri onların hayrına yazsınlar!

– Hımm, ben o niyetle almamışım, hırsızlık yapmışım. Sonradan karşılaştığımda sahiplerine hatırlatıp onlara teşekkür etseydim olurdu.

Halil başladı o bağ bahçe sahiplerine dua etmeye, o sırrını faş ettiği arkadaşı için de dua etti. "Allah'ım o arkadaşımı o kadar sevindir o kadar sevindir ki, benim ona yaptığım aklına bile gelmesin."

Öylece dakikalarca Halil dua etti durdu.

Bu arada hoca Halil'in sevapları ve günahlarının denkleştirilmesiyle uğraşırken onlara bir pusula geldi. Hoca gelen pusulayı okudu. Halil onu merakla izliyordu. Sonra hoca Halil'e müjdeyi verdi:

– Kalk bakalım Halil. Rabbin sonraki iyi hâllerine binaen gençlik ve çocukluk dönemine ait birçok günahını affetmiş.

Allah'ın onun bazı günahlarını affettiği bilgisi gelince Halil sevinçten ağladı. Öyle böyle değil. Avazı çıktığı kadar ağladı, sevinçten. Halil'in söylediklerinden anladık ki annesi de sevinçten ağlamış.

Tabii bu, Halil'in cennete gitmesi için izninin çıktığı anlamına geliyordu. Yine Abdurrahman'ı çağırmışlardı. Halil tekrar Abdurrahman'ı görünce çok sevinmişti. Annesine ve hocaya uzun uzun dualar etti. Bundan böyle kimsenin sırrını açmayacağına, kimsenin bağından bahçesinden onların izni olmadan asla bir şey yemeyeceğine dair ağır sözler verdi ve her seferinde de *inşallah, Allah'ın yardımıyla* diyerek...

Halil cennete gitmek için sabırsızlanıyordu. Nihayet hızla akıp cennetin kapısına vardılar. Bu sefer kapıya yanaşmalarına bir şey diyen olmadı. Abdurrahman birileriyle konuşurken o da izledi.

Sonra içeri girmelerine müsaade edildi.

Halil kapıcıya öyle bir şey söyledi ki ben dâhil başında onu dinleyenlerin hepsini hayrete düşürdü. Hiç yeni Halil'den umulacak bir söz değildi. Eski Halil'in ağzıyla:

– ..... yiyorsa şimdi de alma beni hadi, dedi.

Abdurrahman'ın onu uyardığını ve eliyle ağzını kapattığını Halil'in hareketlerinden ve "Niye ağzımı kapatıyorsun Abdurrahman?" diye sormasından anladık.

Halil böylelikle cennete girdi. Ancak bu sefer de başka bir aksilik olmuştu:

– Abdurrahman buna ne oldu, niye gitmiyor bu?

– Hımm, demek bozuldu. Allah Allah! Burada da araçlar bozuluyor mu ki böyle?

– ??

– Demek burada da böyle hâller oluyor. E şimdi ne yapacağız peki?

Abdurrahman cevap vermiş olacak ki Halil Akbaş şaşkınlıkla onun dediklerini aktardı:

– Hımm, demek eskisini götürürsen yenisini alırsın...

– Dükkânlar mı var ki burada?

– ??

– Hımm, demek burada çarşı pazar yok!

– Peki siz ihtiyaçlarınızı nasıl karşılıyorsunuz?

– ??

– Ya! Demek meyveler gibi ağaçlardan alıyorsunuz. Allah Allah! Nasıl oluyor bu böyle?

Birlikte bir yere gitmiş olmalılar ki Halil tekrar sordu:

– Bu ağaç mı?

Halil'in yüzünden ne kadar şaşkın olduğunu anlıyorduk. Hali, nefes alış verişi heyecanını gösteriyordu:

– Vay anasını Abdurrahman! Ya bu öncekinin aynısı!

Bu arada sanki aracı inceliyordu. Sağından solundan bakıyor; ağaçtan onun nasıl çıktığını merak ediyordu.

– Vay anasını...

Şaşkınlığını öyle kaba saba kelimelerle dile getirince Abdurrahman onu tekrar uyarmış olacak ki,

– Hımm, peki böyle kaba ve kötü kelimeler kullanmayayım... Burada o kelimeler yok. Burada öyle can sıkıcı bir kelime yok. İnsanları üzmeyeyim sözlerimle...

Halil, ellerini ağzına götürdü ve ağzını kapattı. Artık araçlarını da almışlardı. Bir ağacın meyve verir gibi ve hem de istediğin zaman bir araç vermesi, Halil'i kendinden geçirmişti...

Artık cennette birlikte dolaşıyorlardı. Gördükleri karşısında biz Halil'in aklını yitirdiğini sandık. Ağzından çıkan cümleler hep şöyleydi:

– Abdurrahman şuna bak, Abdurrahman şuna bak! Aman ya Rabbim ne güzel, Aman ya Rabbim ne büyük. Aman ya Rabbim ne güzelsin.

Gördüğü ağaçları, gülleri, çiçekleri, kuşları tarifte zorlanıyordu. Her hareketine bir musikinin eşlik ettiğini görünce şaşırıyor ve kendinden geçiyordu.

Kendini tutamıyor, sanki havayı tarıyormuş gibi elini sağa sola hareket ettiriyordu. Hızlandırıyor, yavaşlatıyor ve çığlık çığlığa Abdurrahman'a yaptığı her işin güzelliğini anlatıyordu.

– Bak ellerimin hareketi nasıl ses çıkarıyor! Sanki tellere dokunuyorum. Bu nasıl oluyor böyle Abdurrahman? Burası nasıl bir yer böyle?

Halil son derece meraklı ve oyuncak düşkünü, dev bir oyuncak mağazasına girmiş gibi neye bakacağını, neyi alacağını bilmeyen acemi bir çocuk şaşkınlığı içindeydi...

– Bak bak bak Abdurrahman! Şu güle bak. Benim koklamam için nasıl da eğiliyor!

Halil bir gülü, bir çiçeği koklamak istediği zaman o gülün o çiçeğin kendisine doğru eğildiğini defalarca söyledi.

– Bak Abdurrahman, bak! Ben koklamak isteyince gül bana doğru eğiliyor, bak bir daha yapacağım, bak.

Belli ki Abdurrahman onun heyecanını anlıyor ama onun kadar şaşkın değildi. Onun şaşırmamasına Halil şaşırıyor; neden kendisi kadar coşkulu olmadığına âdeta kızıyordu.

Sonunda Halil burasının hangi cennet olduğunu sordu ve Abdurrahman cevap verdi:

– Ne? Daha burası giriş öyle mi? Cennetin en alt katı demek.

– Aman ya Rabbi kim bilir yukarı katlar nasıldır?

– Hımm, amelim müsait ise beni oralara da götüreceksin.

– Herkes her yere giremez mi cennette?

– Hımm, öyle sayılır.

– Ne demek öyle sayılır?

– Hımm, güzel amellerim yeterli değilse ve beş duyumu cennetin yüksek nimetlerini tadacak kadar geliştirmemişsem, oralara gitsem bile orada oturanlar kadar keyif alamam.

– Neden?

– Hımm, cennete girmek iman iledir. Nimetlerinden faydalanmak ise amellerimiz miktarıncadır. Sevaplarımız ve güzel amellerimiz cennetin nimetlerinden istifade etmek veya etmemekte büyük pay sahibidir.

– Ben öyle bilmiyordum. Cennete giren her yerine girip çıkabilir.

– Hımm, yine öyledir. Her mümin cennetin her yerine girip çıkabilir. Bir kuş bir köyün her bahçesine giremez mi?

– Girer.

– Hımm, girer, kimse ona bu ağaca konmazsın veya bu bahçeye giremezsin demez. Ama bülbül değilsen gül bahçesi sana bir şey vermez ki! Öyle değil mi?

– Şimdi anladım Abdurrahman. Demek ne yapıp edip amellerimizi çoğaltmamız lazım.

– Hımm, evet. Cennetin her yerinden istediği gibi yararlanabilenlerin makamı ve amelleri çok çok yüksek.

– ??

– Hımm, bir de hakiki şehitler.

– Hakiki şehitler?

– Hımm, demek Allah yolunda cehdederken ölenler hakiki şehit oluyor. Onlara burada neler verildiğini insanlar görse herkes şehit olmak ister!

Halil sessizleşmişti. Ama göz kapaklarının altında gözlerinin fıldır fıldır döndüğünü görebiliyorduk.

Abdurrahman artık gitmeliyiz dedikçe Halil:

– Biraz daha kalalım, biraz daha kalalım, diye yalvarıyordu.

Son ayrılacağı zaman,

– Müsaade et de şu gülü bir daha koklayayım, dedi ve kokladı. Sonra da:

– Valla Abdurrahman sadece bu gülü öbür tarafa götürebilsem, bütün dünya bunun kokusuyla sarhoş olur, dedi.

Halil terk etmek istemiyordu ama ayrılacaklardı artık. Halil Abdurrahman'ın dediğini bize de söyledikten sonra uyanma emareleri gösterdi:

– Hımm diyorsun ki sen daha ölmedin ki burada kalabilesin. Artık ayrılık vakti.

Halil o gün çok tuhaf uyandı. Çok sevinçli uyandı ama sevdiği bir şeyden zorla koparılmış olmanın hüznü içindeydi sanki.

Göz göze geldik o abdest almak için kalktığında. Benim olayı bildiğimi bilir gibi sonra anlatırım inşallah dedi ve kalktı yürüdü...

O an ve işte orada herkes geçmişte yapıp ettiğiyle sorgulanacak; herkes Allah'a, O yüceler yücesi gerçek sahibine döndürülecek; onların boş hayalleri kendilerini yüzüstü bırakacaktır.

YUNUS SURESİ, 30

Otuz Beşinci Gün

Halil o gün selam faslından sonra konuşmayı yalvarma ile açmıştı.

Selam faslından sonra annesi ona aramızdan birisi ile ilgili bir şeyler söylemişti. Halil baştan açık etmedi. Sonra annesine yalvarmaya başladı:

– Anne, vallahi o iyi bir çocuk. Ne olur, Allah'a yalvar, öyle bir şey olmasın!

Biz hepimiz merak etmeye başladık. Aksi gibi o gün Halil'in başı çok kalabalıktı.

Bir önceki gün Halil'in cennete gittiği ve ilginç şeyler aktardığı koğuşta yayılmıştı. Herkes duymuş; bugün de cennete gider mi, acaba neler anlatır diye dinlemeye gelenler çoğalmıştı. Hatta bir arkadaşımız vardı Haydar, hiç ama hiç ilgi duymamıştı bugüne kadar, o bile gelmişti.

Birkaç kere "Toplanıp bir kaçığın hezeyanlarını dinliyorsunuz. Bunun sebebi de hepinizin yağcılık yapmakta yarıştığınız yazıcı. O olmasa hanginiz gider dinlersiniz o kaçığı?" diye söylediğini bana da ulaştırmışlardı.

Ben yüzüne vurmadım, ilgilenmedim de... Herkesin beni sevmesi gerekmiyordu. Vazifesini yapıyorsa kim ne diyecek! Mamafih iyi bir jandarmaydı Haydar! Malatyalıydı. Nasıl oraya düşmüştü bilemiyorum. Er arkadaşların çoğu ya Karadenizli, ya Egeli ya da benim gibi güneyliydi. Haydar Malatya'nın bir ilçesindendi.

O gün Hüseyin de gelmişti.

Halil sürekli yalvarıyordu:

– Anne ne olur olmasın, vallahi iyi bir arkadaştır... Hem ben onu çok severim... Bir çare düşünün ne olur...

– Hımm, yapabileceğiniz bir şey yok, sizin elinizde olan bir şey değil...

Bu arada herkes meraktan çatlayacak hâlde pür dikkat dinliyordu Halil'i:

– Peki kim yapabilir anne?

– Hımm, kimsenin yapabileceği bir şey değil.

Halil uzun süren bir sessizlikten ve yaşadığı yüzünden anlaşılan çaresizlikten sonra yeniden konuşmaya başladı:

– Demek Hüseyin Onbaşı'nın teskeresi gelecek ha... Sonra da memleketine gitmek için trene binecek. Trende onu şişleyecekler. Yazık vallahi yazık anne ya!

– Efendim?

– Hımm, fakir olduğundan biz onun için para toplayacağız.

– O parası için mi şişleyecekler?

– Hımm, parasını alacaklar ama para için değil. Durup dururken ona çatacaklar.

– Allah Allah! Allah Allah! Bu zamanda teskere de nereden çıktı?

Halil, bir dostunu kaybeden bir insan gibi zar edip ağlamaya başladı. Zaten ortalık soğuktu ama bu dediğiyle koğuş bir anda buz kesmişti. Kimseden çıt çıkmıyordu. Koca koğuşta Halil'in için için ağlamasından başka bir şey duyulmuyordu. Hüseyin ayakta bir süre sessizlik içinde kaldı. Telaşını hissettirmemeye çalışıyordu. Ta sonra:

– Ne diyor bu ya? .... herifi, ne diyor ya? Ben size demedim mi bu adam sahtekâr? Geçen gün söylediklerine küfrettim diye bugün böyle şeyler uyduruyor... Hem savaşın içindeyiz. Bizi niye bıraksınlar, niye teskere versinler?

Hüseyin bunları sayıp dökerken Halil hâlâ annesine yalvarıyor, kararın değişmesi için bir şeyler yapmasını istiyordu. Ondan umudunu kesince hocaya yöneldi. Hoca da "elinden bir şey gelmediğini" söyleyince Halil bu kere de doktora yalvardı:

– Doktor bu arkadaş çok iyi bir arkadaş. Kimseye zararı yok. Ne olur bu mukadderatı değiştirecek birini bulalım!

Doktor da ona yapabilecek bir şey olmadığın söyleyince Halil'in ağlamaları bütün koğuşta yankılanmaya başladı.

Bu arada birileri Hüseyin'e;

– Sen adama haksızlık ediyorsun. Görmüyor musun adam kendini yırtıyor senin için, deyince Hüseyin daha da hiddetlendi ve çıkıştı:

– Nereden bilecek lan bu? Allah mı?

Küfrede ede koğuştan çıktı, sigara içmeye gitti.

Halil uzun ağladı. Sonunda sakinleşti. Sonra annesine:

– Anne bugün müsaade edin, yine yeğenim Abdurrahman ile gezmeye gidelim dedi. Halil'e izin verildiğini sevincinden anladık:

– Yaşa anne, demek müsaade ediyorsun!

Sonra hocaya sordu:

– Onu nasıl çağıracağız?

– Hımm, demek onu yoğun bir şekilde düşünürsem gelir... Allah Allah nasıl olacak bu iş böyle?

Halil biraz sessiz kaldı. Yüzü bir noktaya teksif olmuş birinin çehresi gibiydi. Kısa bir süre geçtikten sonra Halil birdenbire sevinç çığlıkları attı:

– Allah Allah, hayret bir şey! Yani şimdi sen beni duydun da mı geldin?

– Hımm, demek evet.

Halil Abdurrahman'ın terkisine bindi. Uzun bir sessizlikten sonra Abdurrahman yine ona "Gözlerini kapat!" demişti ki Halil iki eliyle yüzünü iyice kapattı. Her iki elinin orta parmağı gözlerine baskı yapıyordu. Bu sefer bakmamaya kararlıydı.

Bir süre sonra Halil terlemeye başladı. Öyle böyle değil. Başından boynundan göğsünden âdeta ter boşalıyordu. Bir ara:

– Öff ne sıcak böyle, çatlayacağım sıcaktan Abdurrahman!

– Hımm, demek cehennemin üstünden geçiyoruz.

Halil yine yalvarmaya başladı Abdurrahman'a;

– Ya Abdurrahman merakımı yenemiyorum. Gözümü açıp bir bakmak istiyorum cehenneme!

– Hımm, dayanamam.

– Evet dayanamayabilirim ama bakmak istiyorum! Sen yine de biraz yavaşla bir kere bakayım…

– Artık geçtik!

– Hımm, geçtik demek. Zaten sıcaklık azalmıştı tevekkeli.

– Şimdi neredeyiz? Gözlerimi açabilir miyim?

Ve Halil gözlerini açtı. İnsanların, kuvvetli bir rüzgârda savrulan başaklar gibi oradan oraya savrulduklarını, bir cennet tarafına koşuşturduklarını, bir cehennem tarafına koşuşturdukları bir yerdi.

Halil sordu:

– Abdurrahman burası neresi?

– Hımm, demek burası araf!

– Ne demek araf?

– Hımm, cennete girecek kadar amelleri ve cehennemi hak edecek kadar cezaları olmayan insanların toplandığı yer.

– Bunlar hep böyle mi kalacaklar?

– Hımm, Allah onlar hakkında sonra karar verecek. Ama benim bildiğim kıyamete kadar onlar orada öyle bir o yana bir bu yana koşturup duracaklar.

– Ne zor bir durum...

– Hımm, bu yine de onlar için cehennemden iyidir, diyorsun.

Bu arada Halil bir çığlık attı. Öyle ki ödümüz koptu:

– Dur, dur Abdurrahman, dur. Dur hele! Sanki onu gördüm!

– Kimi?

– Sen tanımazsın.

Halil bir daha gözünü açtı. Fakat belli ki geçmişlerdi, aynı manzarayı göremedi.

– Aman ya Rabbi! İnşallah o değildir. Ya Rabbi ona merhamet et, ona acı ya Rabbi, diye yalvarmaya başladı.

Abdurrahman ısrar edince;

– Ya benim bir asker arkadaşım var Hüseyin, sanki ona benzettim oradakilerden birini!

Sonra Halil sessizliğe büründü. Belli ki hâlâ gidiyorlardı. Bu arada tüm koğuşa da anlamlı ve gerilimli bir sessizlik hâkim olmuştu. İstisnasız hepimiz Hüseyin'le ilgili habere üzülmüştük. Ben ise "Keşke Halil böyle bir şeyi aktarmasaydı, şimdi yarın bir gün teskere gelmezse, Halil tam bir maskara olacak!" diye düşünüyordum. Diğer bir yanım da "Merak etme yarın veya bir güne teskere ilmühaberi gelir." diyordu.

Halil'in bu sözlerinden sonra koğuş ciddi ciddi birbirine girdi, karıştı. Birileri o anda Halil'e bir şeyler yapabilirdi. Hatta biri arkalardan bağırdı:

– ……edin len bu geri zekâlıyı. Sevmediklerini cehenneme, arafa gönderiyor. Kim lan bu! Biz şimdi kaçık bir ruh hastasına mı inanacağız? Neredeyse öfkesinden elindeki bıçağı Halil'in böğrüne saplayacaktı.

Bu itiraz üzerine, başındakilerin çoğu dağılmıştı. Ben ve Denizlili Mehmet kalmıştık başucunda. Ben cidden endişelenmiştim. Biraz da o yüzden uyanıncaya kadar yanından ayrılmadım.

Zaten cennet hallerini de anlatmamıştı bugün.

Sonra uyandı. Üzgündü, hiç konuşmadı. Kalktı, abdest almaya geçti.

Bir haksızlık yapıp da sonra
kötülüğü iyiliğe çeviren kimse için de korku yok!
Çünkü, çok acıyıp esirgeyen gerçek bağışlayıcı Benim, Ben!
NEML SURESİ, 11

Otuz Altıncı Gün

Ben dün gece biraz meraktan biraz da endişeden uyuyamamıştım. Halil, kendini büyük bir zan altında bırakmıştı. Çünkü öyle bir zamanda idik ki birilerinin teskeresinin gelmesi hemen hemen imkânsızdı. Çok büyük bir hâl olacaktı ki birine teskeresi verilsin.

Bu açıdan biraz da annesine kızmıştım. Böyle bir bilgiyi vermenin ne manası vardı? Kendi kendimize bir dünya kurmuştuk şuracıkta. Halil, cehenneme gidiyor, cennete gidiyor, bir şeyler anlatıyordu. Ne doğruluğunu ne yanlışlığını ispat edemeceğimiz bir şeyler anlatıp duruyordu. Biz de kendimizce ondan ya ibret alıyorduk, ya da aman böyle şey de olmaz deyip geçiyorduk. Benim İstanbul'a gideceğimi, Hacı'nın eşkıyaları yakalamaya gitmeyeceğini de söylemişti gerçi ama bunlar Hüseyin'inki gibi büyük bir iddia değildi. Ama şimdi annesi öyle bir bilgi vermişti ki eğer bu dediği bir iki gün içinde tahakkuk etmezse Halil'in tüm anlattıkları masal ve hezeyan olacaktı.

Hadi ben ona inanmaya devam edeyim. Diğerlerinin hiç birisi bu anlatılanlardan -ki sadece Halil'in uydurmaları bile olsa son derece faydalı bilgilerdi- bir ders çıkarmayacak, her şey bir anda bir zırvaya dönüşecekti...

O gece nerede ise gözüme uyku girmedi. Halil ise gelip yatağına uzanır uzanmaz uyudu. Derin bir uykuya daldı. Ben uyuyamadım. Uyursam uyandığımda sabah olmuş olacaktı. Bir aydan uzun bir zamandır içimde kurduğum ve âdeta kendi kendimi eğitmeye vasıta kıldığım o mektep yıkılıp gidecekti. Hiçbir mezun vermeden yıkılıp kapanacaktı. Bu bana derin bir hüzün veriyordu.

O gecenin sabahında ilk defa, müezzinin "Tanrı uludur, Tanrı uludur..." sözleri bana sevimli gelmişti. Çünkü sabah olmuştu. Geçmeyen, uzun ve ertesinde büyük bir hüsran yaşayacağımı sandığım bir gece idi.

Ertesi günün, benim için unutulmayacak bir gün olacağını hiç düşünmemiştim. Benim için o mesele, imanımın bir tasdiki ve sağlaması olacaktı.

Sabah karışık duygular içindeydim. Bir yandan "İnşallah Halil'in dedikleri doğrudur, Hüseyin'in teskeresi gelir." diye dua ederken bir yandan da hüzün ve keder içinde "Aman Allah'ım sen koru. Aman ya Rabbi Hüseyin'i öyle bir akıbetten sen muhafaza et!" diye içimden dualar ve temennilerle kapıyı açıp yazıhaneye girdim.

Ortalığı toplamaya, etrafı düzenlemeye çalıştım. Sanki o gün hayatımın son günüydü. Çok üzgündüm. İçimden, "Be anacığım şu meselelere niçin girersin? Anlattıklarınla ne güzel oyalanıp gidiyorduk. Şimdi söylediklerin çıkmazsa ne yapacağız? Oğlunun başına büyük iş açtın. Benim de, kendi içimde kurduğum güzel dünyamın altına dinamit koydun!" diyordum.

Bir taraftan da "Keşke o anda Halil'in ağzını kapatsaydım da onları söyletmeseydim!" diye düşünüyordum.

Tuhaftır benim de aklıma söylenenlerin hak olabileceği gelmiyordu. Askerliği o kadar kanıksamıştık ki ne buraya ne zaman geldiğimizi hatırlıyorduk, ne de bir gün askerliğin biteceğine dair bir umudumuz kalmıştı. Sanki hayat bu karakoldan ve dünya orada yaşayan arkadaşlardan ibaretti. Hepimiz birbirimizin düşü içindeydik ve kaygımız herkes içindi. Birinin başına bir iş geldiğinde hepimizin başına gelmiş oluyordu. İnançlarımız, farklılıklarımız kalmamıştı. Kimse kimsenin ne olduğuna bakmazdı. Hepimiz jandarma idik işte. Başımızda komutanımız vardı, onun dediğini yapıp emrini yerine getirdiğimizde mutlu oluyorduk. Ara sıra da mektuplar geldiğinde aynı heyecanı yaşıyorduk, o kadar.

Mektupları topluca dağıtırdım, isim isim okuyarak... Onun çok farklı bir tadı vardı. Kendisine mektup gelmeyenler üzülürdü. Adı okunanlar ise vav diye bağırırdı. Biz de onlara gelen mektuptan, sanki bizim anne babamızdan gelmiş gibi okurduk. Zaten asker mektuplarının hepsi birbirine benzerdi. Çoğu kere de gönderen kendisi yazmış olmazdı. Ya komşuya, ya eski bir zabite, ya da köyün, mahallenin öğretmenine yazdırılırdı. Yavuklumuzdan gelen mektupların bile çoğu kere başkasına yazdırıldığını bilirdik. O yüzden de o zamanlar, özel meselelerin ve özel duyguların mektupla aktarılması ayıp sayılırdı. Öyle olunca da tüm mektuplar birbirine benzerdi. Herhangi birimizin anne-babasının oğluna yazdığı mektubu, her askere kendi anne-babasından gelmiş gibi okuyabilirdin. O da kendine gelmiş gibi haz alırdı.

İşte bu duygular içinde kendimi yeni yeni toparlamıştım ki posta geldi. Postacı her geldiğinde kendince şakalar yapardı ve bizi şevklendirirdi. Adı da zaten Şevki idi. Kim neyi bekliyor, kimin ne beklentisi var bilirdi sanki. Mesela "Hadi Denizlilinin gözü aydın, beklediği mektubu geldi..." veya "Hacı'ya bu hafta da mektup yok..." veya "Had İsmail iyisin, babandan mektup var..." diyerek takılır, kendince şakalar yapardı. Hepimizi tek tek tanırdı. Biraz yaşlıca bir amcaydı. Her geldiğinde emekliliğine ne kadar zaman kaldığını söylerdi. Ben ona ara sıra bahşiş de verirdim. Çok sevinirdi. Yaz kış üzerindeki kıyafeti aynı olurdu. Sanki hiç üşümezdi. Ve hep güleçti. Onun gelip mektup veya evrak bıraktığı gün benim için haftanın en sevimli günü olurdu.

Tabii o zamanlar genciz, ölüm dışında hiçbir haber bizi üzmüyor. Kiminin sevgilisinden veya eşinden gelen, "yanaklarından öperim" gibi son derece masum haberleri büyütür büyütür; sanki o geceyi onunla geçirmiş gibi keyif vasıtası kılardık. O yüzden de postacının gelmesi, her seferinde bize, çok güzel temennilerin yazılı olduğu bir şans kutusundan bir fal çekmeye benzerdi. Tavşan daima bizi sevindirecek, hoşumuza gidecek falı çekerdi.

O gün daha içeri girerken gülerek müjdeyi verdi:

– Hadi gözünüz aydın, teskereler açılıyor. Zaten Amerikalılar her yerde galip gelmeye başlamışlar. Bakarsın savaş biter ve teskereler verilir... Yakında evlerinize dönersiniz!

– Hayırdır Şevki amca! Nereden çıkarıyorsun?

– Valla bilmiyorum kimedir amma bir teskere ilmühaberi var!

O öyle der demez, ben elimi cebime attım. Bize verilen tayınatı çıkarıp ona verdim. Çok az bir şeydi ama yokluk zamanında paranın da kıymeti büyüyor. Sevindi ve hemen cebine attı.

Heyecandan diğer evrak ve mektuplara bakmadım bile! Hemen teskere alındısını açtım ve "Allahu ekber!" demekten kendimi alamadım. Tabii Allahu ekber dedim ama ekberi bir ben duydum. O zamanlar böyle şeyler kullanmak yasak. Tanrımız uludur diyeceksiniz. Ben boş bulundum, "Allahu ekber" dedim. Evet ekberi içimden söylemiştim ama gün görmüş Şevki abi ne demek istediğimi anlamıştı! Gözünü kırptı ve benim, o heyecan ânında söylediğim sözü benimsediğini hissettirdi.

Acele ile açtım. Hakikaten de Hüseyin'in teskeresi gelmişti!

Hüseyinler de Haliller gibi üç erkek kardeşmiş ve hepsi de o anda askerde bulunuyorlarmış. Babaları, Ankara'ya Genelkurmay Başkanlığı'na halini arzeden bir istida göndermiş ve hepsi aynı anda askerlik hizmetini gören üç çocuğundan birinin terhis edilmesini istemiş ve istidası kabul görmüş. O yüzden de çocuklarından en uzun süredir askerde bulunan Hüseyin'e teskere verilmesine karar verilmiş.

Bir arkadaş gönderdim, Hüseyin'i yazıhaneye çağırdım. Vereceğim şeyin müjde mi kara haber mi olduğunu bilemeden teskereyi eline tutuşturdum.

Hüseyin teskereyi eline alınca nerede ise yere yığılacaktı. Kendisini zor sandalyeye bıraktı:

– Vay senin ....! Teskeremin gelmesine bu kadar üzüleceğimi hiç düşünmemiştim.

Öylece kaldı bir süre ama içinden envai küfürler etmeye devam ediyordu... En son kaderine küfretti.

Tabii ben o anda ne halt ettiğimi anladım ama iş işten geçmişti. Komutanın o teskere ilmühaberini tebliğ etmesi lazımdı. Benim yaptığım doğru değildi. Tedbirsizlik yapmıştım. Teskeresinin geldiğini komutanın bildirmesi gerekiyordu. Ama ben, Halil'in dediklerinin çıktığını görmenin heyecanıyla bu tedbirsizliği yapmıştım. Telaşla;

– Tertip, sana bunu okutmamam gerekirdi. Sen de duymamış ol. Ben komutana ileteceğim, o da sana... Usul böyle... Senden tek ricam, ilk defa o zaman duymuş gibi yaparsan bana büyük bir iyilik edersin!

Cevap vermedi. Bir ölü gibiydi. Sandalyeden kalkıp gitti. Yürüyüşü bile değişmişti. Bütün bir kalıpmış gibi yürüyordu.

Ona teskereyi verdikten sonra dakikalarca ağladım. Hem kendi hatama, hem de onun başına gelebileceği söylenen hâllere yandım.

Ben teskereyi ve bir iki görülmesi gereken evrakı komutanıma götürdüm. Teskereden Hüseyin'i haberdar ettiğimi söyleyip söylememekte çok tereddüt geçirdim. Sonunda söylememeyi tercih ettim. Artık Hüseyin'in tavrına havale etmiştim kaderimi. Eğer o komutana ben İsmail'den öğrendim derse, komutan ya beni yazıcılıktan alır ya da iyi bir disiplin cezası verirdi.

Hüseyin teskeresini komutandan almıştı. Hüseyin, tam da ondan beklediğim hâl ile davranmıştı. Sevinç göstermişti komutanın yanında, teskere haberini yeni almış gibi sevinmişti. Ben onun o yiğitliğini hiç unutmadım. Kumaşı sağlam insanın ne olduğunu o zaman bir kere daha anlamıştım. Hüseyin bir dedenin oğluydu. Uzun bir geçmişi olan temiz bir soydan geliyordu. Ailenin kendine has bir adabı ve ismi vardı. Babası bir "dede" idi ne de olsa. Şu veya bu şekilde Hüseyin'e, bir bilgelik ve insan erdemine yakışır bir mana yüklenmişti. Çok küfrederdi, günahlarını da aleni yapardı ve anlatırdı. Gerçi Halil'i dinledikten sonra o huyunu da terk etmişti ama ahiretle ilgili kaygılarını aşabilmiş değildi.

Tam anlamıyla şemli dağılmıştı Hüseyin'in. Teskeresi gerçekten gelmişti, Halil'in başucunda ona etmedik hakaret ve annesine etmedik küfür bırakmamıştı. "Bu müneccim mi lan, böyle şeyler söylüyor!" diyerek etrafına bir yığın da taraftar toplamıştı Halil ve onun söyledikleri aleyhine.

Sonradan öğrendim ki o gün öğleden sonra gidip Halil'i bulmuş ve ondan hak helallik istemiş.

Artık Hüseyin olmayacaktı. Hüseyin karakolun neşesiydi. Onun gidiş haberiyle karakola ağır bir hüzün çökmüştü. Tabii bunda Halil'in bir akşam önce verdiği haberlerin de etkisi büyüktü.

Hüseyin gerçekten de sadece trenle gidebilecek durumdaydı memleketine. Ya da yaya gidecekti ve aktarım yapacaktı oradan oraya oradan oraya. Yine de yolun bir kısmını yürüyerek gitmesi icap ediyordu. O zamanlar yol ne gezer! Büyük illerin bile birçoğunun yolu kervan yoluydu. Ama Akçadağ istasyonundan binerse yarım gün sonra memleketinde olacaktı.

...

O gün gerçekten akşam olsun istemedim. İki şey için:

Biri, ya Halil başka biri hakkında da böyle bir şey söylerse diye.

İkincisi de ertesi gün Hüseyin'i uğurlamak zorundaydık. Çok üzgündüm, çok üzülüyordum. Ya başına o söylenenler gerçekten gelecekse... Teskerenin ne manası kaldı ki. Bu nasıl bir sevinç ki seni derin bir hüzne sevk ediyor...

İşte o demlerde insan olmanın ne kadar ağır bir iş olduğunu, diğer varlıklara emanetin neden yüklenmediğini de anlamıştım.

İnsan ne ilginç bir varlıktı. Bazen sevinç ona acı verir, bazen keder onu diriltir. Bazen de nimetin kendisi azap olur. "Herhâlde imtihan budur" diye düşündüm. Çünkü hiçbir şey senin sandığın gibi değildi. Başarı sandığın şey yenilgi olarak tecelli edebiliyor, yenilgi sandığın şey başarıya dönüşebiliyordu. Âşık olduğun, kendisi için hayatını bile harcayacağın kadın sana geldiğinde bir müddet sonra tüm acılarının, tüm kederlerinin kaynağı olabiliyordu. Bazen de ummadığın, beklemediğin, hatta istemediğin bir durum, bir iş, bir nimet ve cennetin olabiliyordu. Gerçek imtihan bu olsa gerek, diye geçirdim içimden. Hiçbir şeyin önü, arkasını tam olarak göstermiyor. Sen ve şansın. Veya sen ve kaderin... İşte insan bu hâlleri aşabilen ve hep daha iyinin gelebileceğine dair umudunu koruyan bir varlık...

Ben de teskere dışında söylenenlerin olamayabileceğini umarak Allah'a çokça dua ettim içimden. Hüseyin'in parasının olmadığını biliyordum. Gerçi o zamanlar kimsede para yoktu. Ama ben en azından evine gittikten sonra ona bir ay kadar yetecek bir para toplamanın iyi olabileceğini düşündüm. Öyle de yaptık. On beş liraya yakın para toplamıştık. -ki on lirasını komutanlarımız vermişti.- Bu olabilecek bir şey değildi. Hüseyin'den başkası için bu para toplanamazdı. O zamanlar bu kadar para için bir insan şişlenirdi de öldürülebilirdi de...

Ertesi gün Hüseyin'i çağırdım, paranın miktarını kendisine de söylemedim, ta ki belli etmesin diye. İki buçuk lirasını yanına verdim, diğerini de sarıp kemerine koymasını sağladım. İki lirayı da onun adına çay ve şeker için sadaka verdik ki bu bela ondan savsın!

Hüseyin teskeresinin gelmiş olmasına sevinmemişti. O zaman, kendimce "Neden Allah'ın gaybı bilmeyi men ettiğini" iyi anlamıştım. Ölümün vaktinin gizli olmasının ne büyük bir nimet olduğunu da...

O akşam, Halil'in başında pek kimse kalmamıştı. Halil yine uykuya dalmıştı tam vaktinde. Ve yine tam vaktinde de konuşmuştu. Annesi artık sona yaklaşıldığını ve artık kendisini toplamasını ve iyi bir insan olmak için çabalamasını söylemişti.

Hüseyin'in hüznünden olsa gerek o günün mevzularına dair aklımda pek bir şey kalmamış. O gün de Halil cennete gitmişti ve oradaki hâlleri yaşayıp anlatmıştı. Hüseyin'in hâli zihnimden çıkmadığından mıdır bilmem, Halil'in anlattıklarını sanki hafızama hiç kaydetmemişim!

Ey Rabbimiz! Biz kendimize zulmettik.
Eğer bizleri affetmezsen ve bizlere acımazsan
hüsrana uğrayanlardan oluruz.
ARAF SURESİ, 23

Otuz Yedinci Gün

O gün Halil, selam faslından sonra sözü hemen Hüseyin'e getirmişti:

– Anne biliyor musun, Hüseyin'in teskeresi geldi?

– Hımm, sen onu bir tahmin olarak söylememiştin. Allah'ın kitabında her şey zaten yazılıdır.

– Peki sana kim haber verdi?

– Hımm, sen o bilginin yazılı olduğu yerden okudun. Sen benim kitabımı okurken onunla ilgili o haşiyeye rastladın. O yüzden aktardın.

– Anne onu öldürecekler mi?

– Ben sana öldürülecek demedim, şişlenecek dedim. Dua edin onun için, sadaka verin, inşallah ölmesin.

– Böyle yaparsak kurtulur mu?

– Hımm, tam bilmiyorsun, Allah dilerse...

– Cennete mi gidecek, cehenneme mi?

– Hımm, onu da bilmiyorsun. Sana benimle ilgili izin verildi. Herkesin kitabını okumaya iznin yok! Hüseyin'in bu hâli benim defterimde de olduğundan haber verebildin.

– Bir mümin neden cehenneme gider?

– Hımm, cennet mutlak hayır ve temizlik yeridir. Zerre miktar kir, pas, zulüm, haksızlık ve dünya hırsı insanın üzerinde kalmışsa, o, onun cennete girmesine mani olur.

– Hımm, anladım. Allah cehennemi bunun için mi yarattı? Yani ölünceye kadar kendisini temizleyememiş ve yaptıklarından dolayı pişman olup tövbe etmemiş kullarını ateşle temizleyip cennete layık hâle getiriyor. Öyle mi anne?

– Hımm, Allah'a ve ahiret gününe inananlar için öyle.

– Peki ya inanmayanlar?

– Hımm, onların hâli başka. Bir kısmını Allah hiç diriltmeyecek, bir kısmını yalnızlık hapsinde tutacak. Ahiret hayatının var olduğunu bilip de ona uygun hiçbir hazırlık yapmayan, insanlara sürekli zulmeden, insanları Allah'ın yolundan alıkoyanlar cehennemde temizlenecek önce. Zaten büyük bir kısmını da daldan düşen, toprağa karılan ceviz hoppakları gibi toprak edecek.

– Anne ya bunları bilip de insanlara acımamak çok zor.

– Hımm, Allah her insana yeterince akıl ve idrak vermiştir. Kendisine acımayana acınmaz.

– E bilmiyorsa?

– Hımm, her insan menfaatini bilir oğlum diyorsun. Zaten bilgisizlikten kaynaklanan bir hatayı da Allah cezalandırmaz. Din, âkil ve bâliğ kimseleri mesul tutar. Aklı olmazsa hesabı da olmaz.

Halil bir süre sessizliğe gömüldü. Halil'in annesinin söylediklerinden anladım ki kâfirlerin cehennemiyle Müslümanların cehennemi ayrıdır. Hiç inanmayanlar dönüşü olmayan bir yere gidiyorlar. Cehennem onların kimisi için idam-ı ebedi, bir kısmı için yalnız başına içinde ebediyen kalacağı bir hapis, bazıları için de hiç yaratılmamış gibi yok edilmek veya yok sayılmak imiş.

Hayat nimetini tattıktan sonra hiç yaratılmamış gibi olmak insanın nefsine zor geliyor ama cehennemdeki azaplara muttali olunca kendi kendime "Ya Rabbi eğer cennetine almayacaksan beni de toprak eyle!" diye dua etmiştim. Tabii bunların hangisi daha hayırlı onu da bilmeden! Cenneti kazanamamış bir insanın toprağa dönüştürülmesi bana Allah'ın rahmetine daha yakışır gibi gelmişti o anda.

Artık aklıma net oturtmuştum, münkirlerin cehennemi ile Müslümanların cehennemi ayrıdır. Çünkü annesi, "İnkârcılar için hazırlanan cehenneme gidenlere cennet ebediyen haram kılınır."

demişti bir seferinde. Bu beni çok sevindirmişti. O gün defalarca Allah'a hamdetmiştim, beni Müslüman bir anne-babanın çocuğu yaptığı ve kendisini bildirdiği için!

Bir taraftan da gâvur çocuğu olarak doğanların cehennemlik olmasına içten içe nefsim itiraz ediyordu. Ama ben kendi kendime "Allah benden daha iyi bilir, daha merhametlidir. O öyle takdir etmişse doğrudur, benim anlamamam benim eksikliğimdir..." diye kabul edip geçtim. Aklımla işin içinden çıkamamıştım zaten. Ama bir taraftan da onların aklını neden kullanmadıklarına hayret ediyordum. Nasıl oluyordu da bir akıl bu âlemin bir yaratıcısının olmamasını düşünebiliyordu veya kabul edebiliyordu? Üzerine oturdukları sandalyenin bile bir ustasının olması gerektiğini kabul ediyor; yine de bu koca âlemin kendiliğinden olduğuna nasıl inanabiliyorlardı, hiç anlamıyordum.

O gün Halil annesinin nasihatlerini anlatıp durdu. İnandığı hâlde bir mümini cehenneme götürecek hâlleri detaylıca anlatmıştı... ben hepsini aklımda tutamamıştım.

O gün tam da o sırada, kendi kendime şöyle düşünmüştüm. Yarın Halil'e derim, annenle konuş da, inanan bir kimsenin hangi huyunun onu cehenneme götüreceğini tek tek anlatsın. Acaba olur muydu?

Denemeye karar verdim. Halil de aktarmaya devam ediyordu. O ana kadar içimde kendi kendimle böyle konuşmaktan can kulağıyla dinleyemiyordum. Bir taraftan da Hüseyin aklımdan çıkmıyordu.

Fakat ne zaman ki annesi "Sigaranın kendisi haram olmasa da insanda bıraktığı koku cennete giremez..." deyince dikkat kesildim; ama Halil'in de artık susacağı tutmuştu.

O gün Halil'in annesi, insanın tövbe etmediği takdirde, kendisini cehenneme götürecek hâlleri anlatmıştı. Dörderli gruplar hâlinde anlatmıştı. Tabii zihnim böylesine karmakarışık iken ne o tasnifi tam takip edebildim, ne de söylediklerini... Dediklerinin çoğunu kaçırdım. Sigaranın kokusunu, dördüncü grubun içinde birinci veya ikinci sırada anmıştı.

O günden aklımda kalan en önemli husus bu idi: Sigaranın kokusu cennete giremez!

Babam ömrü boyunca hiç sigara içmedi. İçen arkadaşlarına ses çıkarmazdı, sorduklarında "Bu sigaranın kokusu üzerinde varken cennete giremezsin!" derdi.

Fakat biz çocuklarına o konuda o kadar titizlenirdi ki zerre miktar taviz vermezdi. Çocukluğumda aksi gibi bizim dükkânın tam karşısında tütüncü dükkânı vardı. Kele Seneme(Senemin kel oğlu!) derlerdi tütüncü Ahmet amcaya. Gerçekten de keldi. Babamdan daha yaşlıydı ama dinçti. Çok yardımsever bir insandı. Çocukluk ve ilk gençlik yıllarımın en iyi arkadaşıydı diyebilirim. Kendisi hiç tütün kullanmazdı. Ama aynı titizliği başkalarının çocuklarına göstermezdi. Babam onu sıkı sıkı tembih edermiş, "Şu veya bu şekilde Mehmet Ali veya çocuklarımdan biri sigara içerse ben seni mesul tutarım ve sana hakkımı helal etmem!" diye. Yıllar sonra bana söylemişti.

Bir gün babam,

– Hele Ahmet amcandan bir sigara iste, ne yapacak göreyim, demişti. İstedim. Birkaç dakika gerçekten sigara isteyip istemediğimi anlamaya çalıştı. Ta sonra,

– Sana sigara yok. Babana yemin verdim. Git başkasından al, dedi. "İçme bu zıkkımı!" demedi.

Babam ona çok yardım ederdi para pul konusunda. Esasında o kapının kapanmasını istemezdi Ahmet amca. İki hanımı ve on beş kadar da çocuğu vardı. Ancak yetiştirebiliyordu.

Uzun kış günlerinde dükkânın darebesini/kepenklerini yarı kapatır, sürekli tüten bir mangalın başında dükkân beklerdik. Bana o günler kayıp bir masalsı ülkenin yitik zamanları gibi gelir. Ama hepsi taptaze ve canlı. Çok masal, hikâye dinledim; tecrübe edindim ondan. Allah rahmet eylesin.

Rahmetli annem de bu sigaraya hiç dayanamazdı. Tütünün insanda bıraktığı kokudan bayılırdı. Bize çok misafir gelirdi. Annemin kendine has bir postu vardı ve sigara içenlere rica ederdi ki o postta namaz kılmasınlar.

Mahe Hino dedikleri bir Mehmet amcamız vardı. Deli tütün içerdi ve sigara elinden hiç düşmezdi. Babamın da en iyi arkadaşlarındandı. Adil, hakkaniyetli, sadık bir dosttu. O yüzden onu çok severdi babam. Sigarasına aldırmazdı. Bir gün bizde namaz kılmış ve yanlışlıkla da annemin postunda kılmış. Sonra yine soba yanan odaya döndü. Kış günü, soba yanıyor ve oturuyoruz. Ablam korku ve telaşla içeri girdi, "Annem bayıldı baba!" dedi.

Hemen koştuk. Annem postun üstünde bayılmış. Secdeye varınca o koku bayıltmış. Mahe Hino, onu görünce o kadar üzüldü o kadar üzüldü ki âdeta bir çocuk gibi büzüldü. Beş on dakika sonra annem kendine geldi ve Mahe Hino'ya döndü:

– Allah ocağını şen kılsın, ben sana kaç kere dedim benim postumda namaz kılma, diye çıkıştı.

Mehmet amca, annemin bu çıkışmasına hiç itiraz etmedi. Ne diyeceğini bilemedi, utancından âdeta yıkıldı. O an benim yüreğimde bir çıtırtı oldu. Kendi kendime demiştim ki "Eyvah annem sınırı geçti ve kendi çocuklarının kaderine sigara içme haşiyesi düşürdü." Çünkü bir mümin, bir Müslüman, kınadığı müminin hâline düşmedikçe gitmez, diye duymuştum.

Yıllar sonra o haşiyenin kaderine düşürüldüğü çocuğun ben olduğumu anlayacaktım. Hayatımın baharıydı. İçine düştüğüm bir hâlden çıkamamıştım. Gidip bir Bafra sigarası almıştım. Neden Bafra bilmiyorum. Bildiğim sert sigara içicileri hep onu içerlerdi, herhâlde o yüzden. Bir kibritle sekiz sigara içmiştim. Kendimden geçmiştim. Uyandığımda nerede ise nikotin zehirlemesi yaşamıştım.

Bir gün babama söylemeye karar verdim sigara içtiğimi. Benden değil de başkasından duyarsa iyice yıkılır diye düşündüm.

Köye gitmiştim. Mutlu olduğu bir anında söyleyecektim. Dışarıda ayakta duruyordu. Ona güya usulünce sigara içtiğimi söyledim. Şöyle bir yüzüme baktı. Öylece kaldı. Sonra duvarın dibine yere çömeldi. Sanki gözünün önünde ben idam edilmiştim ve hiçbir şey elinden gelmiyormuş gibi öylece yüzüme bakıyordu. Söylediğime çok pişman olmuştum ama artık söylemiştim. Epey bir sessizlikten sonra:

– Keşke bana içki içtiğini söyleseydin, dedi.

Şaşırdım. Tütün mekruhtu, içki haram. Öyle biliyordum. Şimdi ise babam, "Keşke içki içiyorum deseydin, bu kadar üzülmezdim!" diyordu.

Tam bunu anlamaya çalışırken babam:

– Çünkü birinin tövbesi var, diğerini tövbesi yok, dedi. Birinden tövbe etsen Allah senden ceremeyi kaldırır. Ama sigarayı bıraksan bile o kokusu da senden izale olmadıkça, yanmadan kurtulamazsın, demişti.

Yıllar sonra sigarayı bırakmaya karar verdiğimde, babamın bu sözü aklıma geldi. O zamanlar pipo da içiyordum ara sıra. Nasıl koktuğunu bilirsiniz. O kokuyu nasıl izale edebilirim diye sayısız denemeler yaptım. Alkolden sirkeye ve ispirtoya ve idrara kadar pipoyu koyup bekletmediğim sıvı kalmadı. Hiçbiri kokunun gitmesini sağlamamıştı. Sonra bir mum yaktım ve usul usul, içinden yakmaya başladım. Uzun sürdü. Ta nihayet koku azalmaya başlamıştı ki bir baktım piponun dibinden de duman çıkıyor, delinmiş! O an anladım ki bu kokunun insandan izale edilmesi çetin bir süreç. Sonra sigarayı bıraktım elhamdülillah. Bilmiyorum, kokusu izale oldu mu... İnşallah silinmiştir!

Başka nelerin cennete giremeyeceğini öğrenmek için ertesi günü bekleyecektik. Tabii bilmiyorum, Halil o tarafa geçtiğinde burada kendisine tembih edilenleri hatırlıyor muydu? Bunu da denemiş olacaktım kendimce...

Nitekim de öyle oldu. Halil uyanma emareleri gösterince onu kendi hâline bıraktık.

Ve onlar ki, Allah'ın riayet edilmesini emrettiği şeye riayet ederler, Rablerine saygı gösterirler ve hesabın kötülüğünden korkarlar. Rablerinin rızasını kazanmak arzusuyla sabrederler, namazı dosdoğru kılarlar, kendilerine verdiğimiz rızıklardan gizli ve açıkça Allah yolunda harcarlar, çirkinlikleri güzelliklerle yok ederler. Bu dünya yurdunun en iyi sonucu işte bunlar içindir.

RAD SURESİ, 21-22

Otuz Sekizinci Gün

Halil her günkü gibi folluğuna erkenden yerleşen tavuk misali gelip yatağına uzanmıştı.

Bilmiyorum ben istediğim için miydi, bilmiyorum artık Halil'in uyumaları sona ereceğinden miydi, gerçekten de o gün annesi, cehennem ve cennet hâllerinden bahsetmişti Halil'e.

Selam kelamdan sonra annesi başladı:

– Seni cehenneme götürecek şey, şehvetin ve arzularındır; nefsine kolay gelendir. Sen hayatın içinde daima meşakkatli olanı seç. Çünkü rahat, seni cehenneme götürür.

Cenneti anlatırken de;

– Sen nefsine zor geleni tercih edersen, cennete girmen kolaylaşır, demişti.

– Bu ne demek anne?

– Hımm, işlenmesi nefse meşakkat veren, yapılması nefse zor gelen işlerdir.

– Nasıl yani?

– Hımm, şiddetli soğukta taharet almak gibi. Sana emrolunan şeyleri yapmanın zorlaştığı anda onları terk etmemek gibi...

– Yani sabredeceğim zorluğa, öyle mi?

– Hımm, evet, sabır insanı cennete götürür. İbadetleri yaparken meşakkate sabır, nefsin çok sevdiği bir şeyi kaybetmeye sabır. Helal rızkın az olmasına sabır, sana meşakkat veren hastalığa ve işe sabır. Sevdiğin evladını veya birini kaybetmeye sabır, düşman ve nefsin saldırısına karşı sabır. Allah'tan gelen dert ve meşakkatlere sabır.

– ??

– Hımm, başa gelen o tür şeyler insanın tabiatındaki bazı maraz ve arazları temizlemek içindir. Onlara sabredersem, Allah beni, cennete girmeme mani olan gizli ve açık kirlerimden temizler. Fakirlik en iyi temizleyicidir.

– Yani fakir mi olmalıyım?

– Hımm, hayır, aksine ondan kurtulmak için canla başla çabalamalıyım. Fakir isem isyan etmeyeyim; ondan kurtulmak için çabalayayım ama o hâle isyan etmeyeyim. O zaman cennetin yolunu açarım!

– Hımm, anladım anne! Fakirane yaşayacağım, kibirden uzak duracağım.

– Hımm, Allah cennetle cehennemi yaratınca onları birbiriyle konuşturmuş. Cennet demiş ki "Bana, fakirler ve alçakgönüllüler girer." Cehennem de demiş ki, "Bana azgınlar ve gururlular girer!"

Halil anladığını söylese de sormaktan kendini alamadı:

– Peki hangi fiiller insanı cehenneme götürür anne?

Aklımda kaldığı kadarıyla annesi şöyle bir sıralama yapmıştı:

– Şirk, kibir, gurur, kendimi üstün, başkasını hakir görme. Anne-babaya layık bir evlatlık yapmama, kendisi için ter dökmediğim para (faiz) yeme, dünyanın lezzetlerini çok sevme, küçük bile olsa edindiğim kötü alışkanlıktan vazgeçmeme, haram veya mekruh olduğunu bildiğim bir işi yapmada ısrar etme.

– Yani dünyayı sevme diyorsun?

– Hımm, tabii ki dünyayı seveceğim. Allah'ın isimlerinin ve rahmetinin sergilendiği bir yerdir burası. Elbette seveceğim.

– Vay be! Ben böyle bilmiyordum anne.

– Hımm, bileceğim, bilmem gerekiyor. Çünkü dünya hayatı aynı zamanda ahiret hayatı için lazım olan şeyleri topladığımız bir yerdir, kıymetini bileceğim ki vaktimi boşa geçirmeyeyim. Burada boşa geçirdiğim her dakika aleyhimedir.

– E peki hocalar niye hep dünyanın aleyhine konuşuyorlar?

– Hımm, insanlar, dünya nimetlerini elde etme uğruna ahiret hizmetlerini terk ettikleri için. Hocalar, işin aslını bilelim diye dünyayı kötülüyorlar. Dünya gereksiz olsaydı Allah insanı niye buraya göndersindi?

– Öyle ya! Burada yaptıklarımız bizi cehennemlik veya cennetlik edeceğini göre dünya çok önemli bir yer!

– Hımm, evet, dünya çok önemlidir çünkü cennetimizi burada yaptıklarımızla kazanırız. Dünya çok kötüdür, çünkü bizi cehenneme götürecek tüm günahları onu elde etme adına yükleniyoruz.

– Ne zor bir şeymiş anne?

– Hımm, o kadar da değil. Bizim işi zorlaştırmamız, onu ebedi kalacağımız bir yer gibi görmemizden kaynaklanıyor. Onu geçimliğimizi elde edeceğimiz geçici bir mevsim olduğunu bilsek, ona göre davransak, o bizi cennete götüren vesile olur.

– Anladım anne. Hiç ölmeyecekmişim gibi hayatımı onu elde etmeye vakfetmeyeceğim. Dünyada geçici olduğumu bileceğim. Ona o kadar önem vereceğim! E bu iş kolay anne?

– Hımm, kolay olsaydı insanların ekserisi cennete giderdi. Hâlbuki cennetlikler insanların ancak üçte biridir. Üçte ikisi, hırslarıyla, kolayı tercih etmeleriyle, nefsine uymalarıyla kendilerini cehennem halkı yapıyorlar.

– Şunu diyebilir miyim anne: Cenneti kolaylaştıran, yaşadığımız güçlükler ve sabırdır. Cehenneme gitmemize sebep olanlar nefsimizin arzularının peşinde gitmektir.

Halil bu sözünden sonra annesinden aferin aldığı için dakikalarca keyifle güldü. Ta nihayet;

– Anlamışım değil mi anne! İnşallah ben de cennete giderim ölünce.

– Hımm, istiğfar etmeyi ve tövbe etmeyi asla ihmal etmemeliyim...

– İstiğfar nedir anne?

– Hımm, bilmeden veya bilerek yaptığım hatalardan dolayı Allah'tan özür dilemem ve bir daha onu yapmama niyetine girmemdir. O zaman Allah bana o günahlarımın bedelini yaşatmaz.

– Tövbe ile istiğfar arasında ne fark var?

– Hımm, demek istiğfar henüz gelmemiş bela ve musibetleri savar. Tövbe ise yaptığımız hatalardan hakkıyla vazgeçmemiz hâlidir.

– Demek Hüseyin istiğfar etse o dediğin bela gelip onu bulmayabilir...

– ??

– Çok teşekkür ederim anne. Ben bunlara uyacağım. Başka neler var, insanı cehenneme gitmeye mecbur eden?

– Hımm, cennette olmayacak sıfatları yüklenmişsem, onlardan temizlenmedikçe cennete giremem.

– Nedir onlar?

– Hımm, kin, nefret, haset, dedikodu, insanların gizli hâllerini araştırmak, insanların ayıplarını açığa çıkarmak, cimrilik, kötü ahlak, insanları bezdirmek, haksızlık, zorbalık, hayâsızlık, kirlilik, pis koku, dine ve Allah'a karşı lakayıtlık...

– Hımm, işin başı ciddiyet. Ciddi olacağım, dine, Kur'an'a, peygambere ve Allah'a karşı ciddi olacağım.

– Ohoo. O zaman kimse cennet yüzü göremez ki...

– Hımm, öyle değil işte. Gördün cennet ne demişti, bana fakirler ve mütevazı olanlar girer dedi.

– Fakirlik zor bir şey be anne!

– Hımm, sen bana fakir ol demiyorsun. Eğer imkânlarım az ise ondan dolayı isyan etmemeliyim, harama gitmemeliyim diyorsun. Tabii ki çalışıp zekât verecek kadar zengin olmam lazım. Zekât vermek emredilmiş. Alan yerine veren olsam daha iyi olmaz mı?

– İyi işte, ben de onu diyorum. Neden hep fakirlik tavsiye ediliyor?

– Hımm, çünkü zenginlik insanı gurura, gurur da insanı cehenneme götürüyor. Yoksa mütevazı ve elindeki nimeti insanlarla paylaşan bir zengin, kıyamet günü peygamberlerin yanında duracak...

– Ne güzel bir iş.

– Hımm, böyle olmayı başarabileceksem ben de zengin olayım!

Babam bu günü bana anlattığı bir seferinde ben ona bir hadis rivayeti aktarmıştım. Hadiste şöyle deniyordu: Bir gün Peygamber Efendimiz (s.a.v.) hutbede şöyle buyurdu:

Ehli cennet üç sınıftır. Bir; adaletli çok sadaka veren, halkı doğru yola sevk eden hükümdar (yönetici).

İki; merhametli, özellikle akrabaya karşı ince kalpli kimse.

Üç; iyâli fazla olduğu hâlde, (geçindirmekle yükümlü olduğu ailesi kalabalık olduğu hâlde) haramdan sakınan, namuslu kimsedir.

Bir başka hadiste de "Size cennet ehli olanları haber vereyim mi? Düşkün ve halkın zayıf addettiği (küçümsediği) kimselerdir. Böyle biri yemin etse Allah, ona ikram olsun diye o işi onun yemini üzere halk eder." buyurdu. Sonra da "Dikkat edin, size cehennem halkından haber vereyim mi? Çok mal toplayıp sadaka vermeyen, hayır yapmayan ve büyüklenen yobazdır!" buyurdu, demiştim. Uzun süre ağlamıştı. Babam Halil'in aktardıklarının Kur'an ve sünnetteki yerini öğrendiği zaman çok sevinirdi. Böylece onun dediklerinin hak ve doğruluğunu tasdik eder; onu ciddiye almış olmasının boşa gitmediğini bilmenin keyfini yaşardı.

Sonra annesi, insanı cehenneme götürecek hâlleri dörderli gruplar hâlinde Halil'e aktarmıştı. Doğrusu bu tasnif tamı tamına aklımda kalmadı. Halil'in annesi artık o güne kadar gösterdikleri hâlleri derleyip toparlıyor; oğluna ve bize hayat düsturları şeklinde nasihat ediyordu. O gün de altı yedi tane dörderli grup günah saydı:

– Bunlar bu zamanın büyük günahlarıdır, onlardan uzak kalırsan, kurtarırsın, dedi.

Şimdi çoğunu hatırlamıyorum. Ama askerden dönünce bu dediklerine tamı tamına riayet ederek hayatımı tanzim ettim. Aradan altmış seneden fazla geçti. İlk zamanlar hafızam taze idi. Bunları bir bir hatırlardım. Her yıl biraz silindi, her yıl biraz silindi ve artık öyle anlattığı gibi madde madde hatırlamıyorum. İnsan hafızası işte, sana aitmiş görünse de sen kontrol edemiyorsun her şeyi.

O zamanlar öğrendiklerimizin dine uygun olup olmadığını araştırmanın peşine düşmemiştim. Benim için bunlar hak bilgilerdi ve tatbikatı mühimdi. Öyle de yaptım. Sonra sonra kitaplardan da okudukça gördüm ki dediklerinde kitapla çelişir bir şey yoktu. Halil'in annesinin orada saydığı bazı şeyleri de hiçbir kitapta görmedim doğrusu. O gün saydıkları arasında "İnsanları dünya sevgisine yönlendirmek, bidatlara taraftarlık, büyük günahtır. Bu, insana laubaliliğin kapısını aralar, laubalilik de insanı cehenneme götüren edepsizliğe dönüşür." demişti. Ben böyle bir bilgiye kitaplarda rastlamadım. Ve yine demişti ki, sigaranın kokusu cennete girmez. Bunu da görmemiştim bir yerde. Hem her şey anlatıldığı gibi dosdoğrudur diyecek kadar âlim biri de değildim ben. Hayatıma tatbik ettiklerimden hep fayda gördüm. Hayrıma olduğunu anladım.

Halil o gün her zamankinden çok erken uyanmıştı. Uyandığında başında toplanmıştık. İlk defa o gün,

– Böyle her gün başıma toplanıp utanılacak hâllerime şahitlik ediyorsunuz değil mi, deyip gülümsemişti.

Musa şöyle dedi:
"Rabbim, kendi katından kimin hidayet rehberi getirdiğini
ve hayırlı akıbetin kime nasip olacağını en iyi bilendir. ..."
KASAS SURESİ, 37

Otuz Dokuzuncu Gün

O gün Halil'i dinleyecek zamanım olmamıştı. Ertesi gün, komutanımızla beraber Malatya'ya karargâha gidecektim. Onu karargâha çağırmışlardı, o da benden birtakım evrakları hazır etmemi istemişti. Halil'i dinleseydim, dosyayı sabaha yetiştiremezdim. Ben de Denizlili Mehmet'e tembih ettim o geceyi iyi dinlemesi için. Sonra bana anlatacaktı.

Ama Denizlili Mehmet, izlediklerini, işittiklerini anlatacak kadar iyi değilmiş. Bir şeyi anlatırken heyecanlanan ve ne anlatacağını unutan tipler biliyordum. Denizlili Mehmet'in de öyle olduğunu iki gün sonra Malatya'dan döndükten sonra anlamıştım. Ben annesinin nasihatlerini beklerken o, vakaları aklında tutmuştu. Annesinin konuştuklarını pek hatırlayamamıştı. Hatırlasa da istediğim gibi anlatamamıştı. "Yine cennete gitti, yine şöyle yaptı, böyle yaptı..." gibi bir iki kelimeden öteye gitmeyen vaka aktarımlarıydı.

Halil zaten yaşadıklarını pek anlatmadığı için bugünün hadiseleri böyle geçip gitmişti. Kısmet...

Ve kim Rahman'ın zikrinden yüz çevirirse,
şeytanı ona musallat ederiz.
Böylece o, onun yakın arkadaşı olur.
ZUHRUF SURESİ, 36

Kırkıncı ve Kırk Birinci Gün

Bu iki gün komutanımla birlikte Malatya'da idik. Birinci gün beni her an içeriye çağırabilir diye akşama kadar karargâhta toplantı yapılan salonun kapısında bekledim.

Ertesi gün bana izin vermişti git biraz Malatya'yı gez diye. Daha önce de bir iki kere kısa süreli görmüştüm Malatya'yı. Komutanım bana izin verince canım kelle paça içmek istedi. Merkeze indim. Üzerimizde asker elbisesi var. Kimi çekiniyor, kimi sevmiyor. Çekine çekine derme çatma bir çorbacıya girdim. Mercimek çorbası da vardı. Onu da çok severdim. Ama nedense mercimek çorbası bazen beni rahatsız ederdi.

O yüzden bir kelle paça içtim. Bizimki kadar olmasa da Malatyalılar da yemekleri güzel yapardı. İslahiye'de esnaflık yaptığım zamanlarda bir Kadir usta vardı. Onun üzerine kelle paça yapan görmedim. Mercimek çorbasını da en iyi Çiçek lokantasında Hasan usta yapardı. Çok lezzetli yapardı. Ama bulgur pilavının en iyisini Malatya'da yedim diyebilirim. Akşama doğru da bulgur pilavı ve kuru fasulye yemiştim.

Malatya'da cami çoktu. Hepsini gezemedim. Zaten büyük bir kısmı da kapalıydı o zaman. Hepsi perperişan ve toz toprak içindeydi. Camiye çok az insan giderdi. Ben de o zaman beş vakti tam kılamıyordum. Askerden dönünce artık hiç kaçırmamak üzere niyetlenmiştim. Taşhan'a gittim, Bedesten'e gittim, Kapalıçarşı'yı dolaştım. Eski şehirleri, insanların ihtiyaç duydukları şeyleri bir arada bulabilmeleri için çok güzel tanzim etmişler. Hamamlar, bedestenler, kapalıçarşılar çok ve bir arada. Bir askerin gezebileceği mekânlar da çok değildi o zamanlar. İstanbul'da bir buçuk günde ancak bir semti gezebilmiştim. Malatya ufaktı, bir günde her tarafını dolaştım. Böylece iki gün iki gece Malatya'da kalmıştık. Ben karargâhta misafirhanede gecelemiştim. Komutanımızın bir yakını varmış Malatya'da, o, onun evinde kalmıştı. Üçüncü gün öğleden sonra komutanımızın jipiyle tekrar Akçadağ'a döndük. Biz döndüğümüzde gün de bitmişti.

Malatya güzel bir beldeydi ama o zamanlar şehirler çok harap, çok yıkık döküktü. Malatya da öyle idi. Bir de o zaman Türkiye çok fakirdi. Şehirliler de fakirdi. İnsanlar kendilerine bakmaktan şehirlerine bakacak durumda değillerdi. Bir de insanlar birbirinden çekiniyorlardı. Tüm bunları göre göre hüzünle dolaşmıştım Malatya'yı. Şimdilerde nasıldır bilmiyorum ama herhâlde güzelleşmiştir. Askerden sonra bir daha da gidip görmek nasip olmadı.

O gün akşama doğru Akçadağ'a dönmüştük. Gün bitmişti ama ben günü kaçırmamıştım; Halil'i dinleyebilecektim. Üç gündür onu dinlemekten mahrum kalmıştım.

Akşama epey zaman vardı. Halil'i aradım, baktım çayhanede oturuyor. Biraz sohbet ettik:

– Nasılsın ede?

– Allah'ın keremine şükür.

– Sağlığın sıhhatin nasıl?

– İyi.

Ben asıl ona neler gördün, neler konuştun demek istiyordum ama o bu konuyu hiç açmıyordu. Baktım ondan hayır yok, dayanamadım, sordum:

– Hâlâ devam ediyor mu gece uyumaların?

Güldü:

– Yani huy tutmam devam ediyor mu demek istiyorsun, değil mi?

Ben evet hayır demedim ama hâlim ona evet demişti. Yine güldü:

– Yakında bitecek ede inşallah. Dışarıdan bakınca kolay gelebilir ama bu hâller zor ve acı. Allah kimseye vermesin. İçindeki o varlıklar sana ne huzur veriyor ne de sen olmana, sen kalmana müsaade ediyorlar.

Yine sustu. Ta nihayet:

- Annemin dediğine göre iki üç gün içinde bu iş bitecek inşallah. O varlıkların hepsini üstümden alacaklar. Ben de kendi iradem kullanma hürriyetine kavuşacakmışım.

- Anlamadım, nasıl? Kendi iradeni kullanmıyor muydun bugüne kadar?

- Öyleymiş ede ya. Ben de bilmiyordum. Yaptıklarımın çoğunu içimdeki varlıkların zoruyla yapıyormuşum.

Sonra epey sustuktan sonra:

- Ya ede biliyor musun biraz da korkuyorum. Düşünebiliyor musun o varlıklar beni terk ettikten sonra ben bunu yapmadım, ben şöyleydim, böyleydim diye bir bahanem de kalmayacak. O vakit her yaptığın senin çaban ve senin nefsinin talebi olacak. O zaman hiçbir günahına karşı mazeret gösteremeyeceksin de. Esasında Allah'ın kurduğu düzen çok daha güzel. Sorgulanırken içinde bulunduğun hâle de bakıyorlar. Sen o işi hangi saikle yapmışsın diye. O saikler senin iraden dışında olduğunda cezanın hafifletilmesine vesile oluyor.

Tabii Halil'in o anda anlattıkları bana tuhaf gelmişti. Çok sonra Kur'an'da Kaf suresinde görmüştüm, Allah *"O gün her nefis sâik ve şâhidiyle huzuruma getirilir..."* buyuruyordu. O ayetin mealini okuyunca o zaman anlamıştım Halil'in o gün bana anlatmaya çalıştığı şey neymiş!

Halil hakikaten de son günlerine gelmiş olmalıydı. Artık konuşma zamanlarını çok kısa tutuyordu. O gün de öyle olmuştu. Ama o gün kimse gelmemişti. Halil bir süre onları beklemiş, sonra da uyanmıştı.

Ben bu hâli, kendimce, artık bu maceranın kapanacağına işaret saymıştım. Hakikaten de birkaç gün sonra bitecekti. Halil'i bir daha hiç huy tutmayacaktı. O hâlleri bittikten sonra. En azından askerde iken biz bir daha onu huy tuttuğunu görmeyecektik.

Gerçek şu ki, bugün cennet halkı,
'sevinç ve mutluluk dolu' bir meşguliyet içindedir.
YASİN SURESİ, 55

Kırk İkinci Gün

Üç gün Halil'i dinleyememiştim. Ondan mıdır yoksa anlattığı hadiselerin ilginçliğinden midir o günün konuşmasını çok net hatırlıyordum. O gün Halil yine cennete gitmişti. Abdurrahman onu cennette bir çarşıya götürmüştü. Orada görüp anlattıkları o kadar ilginç gelmişti ki unutmak mümkün değildi. Zaten bir yeri gezip gördüklerini anlattığı günler, konuşmanın tüm teferruatı zihnimde yer ediyordu.

Halil konuşmaya her zamanki gibi selam ile başlamıştı:

– Aleykümselam anne.

– ??

– Aleykümselam hocam.

– ??

Bugün doktor gelmediğini göre bana hayırlı haberleriniz var, dedi ve sonra ekledi:

– Dün sizi bekledim hiçbiriniz gelmediniz.

– Hımm, geldiniz.

– Peki ben sizi niye görmedim?

– Hımm, siz kendinizi benden gizlediniz.

– Neden ki?

– Hımm, kendi başıma ne yapacağımı görmek istediniz.

– Gözlemlemeniz amacına varmıştır inşallah.

– Hımm, artık kendi başıma yapabileceğime, karar verebileceğime inandınız.

– Ben bir şey yapmadım ki anne! Biraz bekledim sonra biraz daha bekledim, baktım gelmiyorsunuz, ben de dönmek istedim.

– Hımm, görmek istediğiniz tam da oydu. Kendi başıma karar verip vermeyeceğimi, eskisi gibi hemen sinirlenip etrafa saldırıp saldırmayacağıma, küfredip etmeyeceğime baktınız.

– Başardım mı yani? Bu neden mühim ki?

– Hımm, artık beni kendi hâlime bırakacaksınız. O yüzden de kendi kendimi idare edip edemeyeceğimi, varsa hâlâ üstümde o varlıkların etkisi, açığa çıksın istediniz.

– Var mıymış etkileri?

– Hımm, yok veya azalmış. Eğer eski günahlarıma dönmezsem onlar da gelip beni rahatsız etmeyecekler.

– İnşallah. Yani ben artık temizlenmiş miyim?

– Hımm, evet

– Çok şükür.

Halil bir müddet sustu. Sonra annesine:

– Bugün bana ne yapacaksınız anne?

– Hımm, beni cennete göndereceksiniz.

– Abdurrahman gelecek mi, diye sorarken Abdurrahman gelmiş olacak ki ona da selam verdi:

– Aleykümselam Abdurrahman.

Halil Abdurrahman'ın yüzünün biraz daha aydınlandığını, biraz daha güzelleştiğini farketti:

– Ya Abdurrahman! Senin güzelliğin giderek daha da artıyor, bu nasıl oluyor? Abdurrahman:

– Cennette bir çarşı var. Her gün oraya gidiyorum, cennetin daha üst katlarında oturanlar gelip orada sohbet ediyorlar. Onların sohbetlerine katılınca onlardaki güzellik oturup onları dinleyenlere de yansıyor.

– Deme yahu? Peki beni de oraya götürebilir misin?

– Bilmiyorum o kadarlık izin verirler mi? Deneriz. Verirlerse gideriz.

Halil annesinden müsaade istedi. Belli ki epey gittiler. Halil'in hâllerinden anladık ki yine uçarak gidiyorlardı.

Nihayet bir yere indiler. Halil gördüğü ağaçlar, meyveler ve manzaralar karşısında nerede ise aklını yitirecekti.

En çok da gökte duran köşklerden etkilenmişti. Güya Abdurrahman'a gösteriyordu, güya onunla konuşuyordu ama kullandığı ifadeler, yaşadığı heyecan, kullandığı sözlerden anlıyorduk ki Halil gördüklerini tarif etmekten bile acizdi:

– Bak bak bak Abdurrahman! Bak şu köşke bak! Havada duruyor, dinime imanıma Allah'ıma havada duruyor. Aman ya Rabbi bu nasıl bir şey? Ya Abdurrahman bu nasıl bir şey, bu nasıl havada duruyor böyle?

Dakikalarca havada duran o köşkü tarif etti. Merdiveninin olmadığını, nasıl da güzel ve ihtişamlı olduğunu, renginin nasıl hava şartlarına göre değiştiğini anlattı durdu. Ta nihayet:

– Ya Abdurrahman, bu köşk de insanlar için mi?

– Hımm, insanlar için.

– Peki orada yaşayanlar oraya nasıl inip çıkıyorlar ki?

– Hımm, kuşların dallara konup inmesi gibi.

Halil iyice şaşırmıştı. Tam o anda birinin uçarak o eve girdiğini görmüş olacak ki:

– Ya Abdurrahman yemin ediyorum burada olan şeyleri ben dünyada anlatsam sen kafayı yemişsin derler. Ya baksana adam, kuşun yuvasına uçup girdiği gibi uçup evine giriyor. Ya sen görmüyor musun? Neden bir şey demiyorsun?

– Hımm, cennette bunlar normal.

– Nasıl normal yahu?

Tam bunu söylerken Halil bir başka fevkaladelik görmüş olacak ki öyle seyre dalmıştı. Sonra:

– Ya Abdurrahman, şu sarmaşığın kökü gökte mi? Ya baksana Allah'ını seversen ya! Kökü boşlukta duruyor bulutlar gibi. Nasıl duruyor bu böyle?

– Hımm, burası cennet işte, diyorsun!

Halil o gün gördüklerini anlata anlata bitiremedi. Ta sonunda, hatırladı ve sordu:

– Hani sen beni bir çarşıya götürecektin?

Abdurrahman o gün onu çarşıya götürmedi ama Halil'i cennetin birçok yerinde gezdirdi. Halil âdeta sarhoş olmuştu. Şaşkınlık içinde bir o yana bir bu yana dönüyordu. Öyle ki gülmekten ve sevinmekten helak olacaktı.

Herkesin her yere girmesine rağmen kimsenin kimseye mani olmadığını gördükçe hayretten hayrete düşüyordu.

Sonra dönüşe geçtiler. Halil'in dudaklarının o gün tekrar ettiği son cümle:

– Ne yapıp edip buraya gelebilmeyi başarmak lazım Abdurrahman. İnsanın bundan daha mühim gayesi olmaz.

Sonra kendi kendine:

– Deme yahu! Bundan daha büyük gaye de mi var?

– Hımm, demek cennetin bazı kısımlarında oturanlar Allah'ın rü'yetine mazhar oluyorlar. Asıl oraya ulaşmak lazım.

– Cennetin de mi merhaleleri var?

– Hımm, evet.

– Nasıl yani? Bir insan cennete girince her yerine gidebilir demiştin!

– Hımm, gider ama oradaki nimetlerin hepsini tadamaz, hatta anlayamaz.

– Niye öyle?

– Hımm, buradaki güzellikler, nimetler, kişinin dünyada yaptığı salih ameller, güzel işler nispetindedir.

– Deme yahu!

– Hımm, ben gözümü haramlardan yeterince koruyamamışsam, cennetin her güzelliğini göremem. Dilimi, damağımı haramdan yeterince uzak tutamamışsam, her nimetin lezzetini tadamam, yesem bile gerçek lezzetine eremem.

– Allah Allah. Peki bu mertebeyi hak etmek için ne yapmak gerekiyor?

– Hımm, Kur'an'ın ve Peygamberimizin söylediklerinin içinde kalarak insanın tüm istidadını açabilmesi, kendisine verilen her şeyi dünyada iken cennete layık hâle getirebilmesi lazım.

– Ben gerçekten bunu anlamıyorum. Ne demek istidadını geliştirmek?

– Hımm, sen de bilemedin, çünkü erken öldün.

– ??

– Hımm, demek sen erken öldüğün için mes'ul tutulmadın ve burada böyle serbest cevelan edebiliyorsun.

Bu arada Halil kafasını biraz daha arkaya attı ve gökyüzüne bakıyormuş gibi seyre daldı. Taa sonra:

– Ya Abdurrahman, buranın kuşları ne ilginç! Bak bizi izliyor.

– Hımm, onlar sadece kuş değil.

– Ya ne?

– Hımm, onlar aynı zamanda birilerinin tayyareleri.

– Nasıl yani?

– Hımm, bildiğim tayyare işte. Cennetin üst katlarında oturanların bir kısmı onların içine girip böyle cenneti temaşa ederler, gezerler.

– ??

– Hımm, herhâlde ölmediğim hâlde nasıl buraya gelebildiğimi merak ettiler diyorsun. Benim gibi bir dünyalıyı izliyorlar.

– Bunlar ne garip işler Abdurrahman ya...

– Hımm, daha bunlar ne ki diyorsun.

Bu arada Halil, cennetin nimetinden tadıp tadamayacağını sordu. Abdurrahman da onu görevlilere sorması icap ettiğini söyledi. Tam Abdurrahman böyle derken yanı başlarında bir görevli belirmiş olacak ki Abdurrahman'a ona bir meyve verebileceğini söyledi:

– Sana bir meyve verilecek... Hangi meyveyi seversin!

– Elmayı severim! Eriği severim!

Tam o anda, Halil, yatakta sanki bir o tarafa bir bu tarafa dönmeye başladı. Baştan anlamadık, sonra anladık ki kendisine verilen meyveyi yiyor. Halil'in o anda aldığı lezzetin ondaki yansımasını anlamak için onu görmek gerekirdi! Bunu ben tarif edemem! Halil sanki bir elma yemiyor, bütün vücudunu derin bir hazzın kuşattığı bir iksir içiyordu.

Halil cennetten bir elma yemişti. Kısa bir müddet sonra da uyanma emareleri gösterdi. O gün Halil'in toplam uyku vakti bir buçuk saat sürmüştü. Uyandı. Uyandığında bile o haz ve lezzet üzerinde idi. Keyifli bir hâlden çıkmış gibiydi.

Orada ne bir boş söz işitirler ne de bir yalan...
NEBE SURESİ, 35

Kırk Üçüncü Gün

Halil o gün de gözünü cennette açtı. En azından bize aktardıklarından biz öyle hissettik.

Abdurrahman onu o gün cennette bir çarşıya götürmüştü. Halil herhâlde içinde bulunduğu ortamdan dolayı fısıltıyla konuşuyordu. Çok saygılıydı. Öyle ki iki elini namazdaki gibi göbeğinin üstünde kavuşturmuş ve tebessüm içinde izliyordu.

Yüzünün gerçekten aydınlandığını biz bile izleyebiliyorduk.

Anlattıklarından anladığımız kadarıyla, cennetteki tek alışveriş insanların birbirlerine feyizlerini ve güzelliklerini aktarmaları imiş. Bunu da cennet halkının çarşı dedikleri yerde yapıyorlarmış.

Cennetin yüksek katlarında oturanlar, zaman zaman emriilahî ile bu çarşıya gelir, sohbet ederlermiş. Onu dinleyenler, ondan feyiz, kemal ve nur kaparlar, kendilerini manen ikmal ederler ve eşlerine daha bir hoş, daha bir güzel dönerlermiş.

Abdurrahman ona bir şeyler söyledi ki fısıltıyla anlattı:

– Hımm, demek bu zat dün benim gördüğüm o kuşlar var ya, onların içindeki biriymiş. Beni merak etmiş öyle mi? Tamam Abdurrahman, yaklaşayım ve onunla sohbet edeyim...

Halil de kendisinden istenileni yaptı. Sanki o anda karanlığın içinden biri Halil'in yüzüne ışık tutmuş gibi, yüzü aydınlandı. Halil'in yüzü bir güzelleşti, bir masumlaştı... çok sevimli bir çocuğun yüzü gibi taze ve sevimli oldu. Hepimiz bu hâline şaşmıştık.

Halil o günün tamamını o çarşıda geçirdi. Çarşıda ne konuşulduğunu anlatmadı. Zaten çok az ve hep fısıltı ile konuşuyordu. Hiç ayrılmak istemiyordu. Abdurrahman ona gidelim artık dedikçe o biraz daha kalsak, biraz daha kalsak deyip durdu.

Ama o neticede hâlâ bir ölümlüydü ve dünyaya dönmesi gerekiyordu. Nitekim uyandığında gerçekten Halil bir başka hâl almıştı.

Bu bahsi anlattığında babama sormuştum:

– Halil hep o hâl üzere kalmış olamaz, değil mi?

– Askerde beraberken öyle idi. Ama tabii ki insandır, nefsi vardır ve illa da harama günaha bulaşacaktı, eminim ona da bulaşmıştır dünya. O da hâlini değiştirmiş olabilir.

– Sen askerlikten sonra onunla hiç görüşmedin mi?

– Hayır görüşmedim, görüşemedim. Askerlikten döndükten sonra hepimiz ailevi gailelere girdik. O zaten evliydi. Ben de dönünce evlendim. O zaman fakirlik diz boyu idi, bir yıl çalışsan elde ettiğinle ancak üç beş ay geçinebilirdin. Gerçi ben dükkâncı idim. Dükkân açabilirdim. Askerde iken bizimkiler sürdürememişler. Sonra ben tekrar bir çabaya girdim. Dedenin bir şeyi yoktu. Kardeşler de evlendikçe herkes kendi derdine düştü. Ben yazları elcilik yapardım. Sonra verem oldum, biliyorsun. Dört sene de onunla uğraştım. İki ablan vardı ama sen daha olmamıştın. Sen benim hastalık dönemimin meyvesisin. Bir iki kere gidip bulayım, ziyaret edeyim, hâli nicedir bileyim istedim ama kısmet olmadı.

– İnsan merak eder baba ya?

– Merak etmedim değil, onun da hâlini bozmuş olabileceğinden korktum. Ne de olsa insanız işte. Bozulduğunu veya yeniden huy tuttuğunu öğrenseydim, ondan işittiklerim, bende değer kaybederdi. O yüzden de aklımda kaldığı gibi kalsın istedim.

Babamın bu endişesinin haklı bir endişe olduğunu, çok sonra öğrenecektim. Onunla ilgili bilgileri almak için ziyaret ettiğim damadı ve abisinin oğlu Dursun Akbaş -ki o da ben onu bulup kendisiyle konuştuktan bir iki ay sonra Rabbine kavuştu, Rabbim rahmet eylesin- zaman zaman huy tutardı deyince babamın şu tereddüdünün ne kadar yerinde olduğunu anlamıştım. Çünkü onların gözünde Halil Akbaş, "Güpçü Halil emmi" idi. Eriş diye bir adamı vardı (Onu dinlerken ben kendi kendime, demek ki hoca cidden onu terk etmemiş demiştim) görünmez, onunla konuşan garip bir adamdı.

Babam gerçekten dostlarına çok vefalı idi. İnanın ben babamın çeyrek vefasında olmayı isterdim. Buna rağmen Halil Akbaş'ın ardına düşmemiş olmasını garipserdim. Çünkü kendisine yazıcılığını devreden Hacı Davut amcayı kardeşlerinden öte tutardı. Bir tane Murat amca vardı Kırıkhan'da. Kilis'te, Gaziantep'te dostları vardı. Her yıl vakit ayırır, birer ikişer gün yanlarında zaman geçirmek için giderdi. Ama onda derin kırılmalar meydana getiren Halil edesini görmeye gitmemişti. Bilmiyorum çok uzak olduğu için mi bilmiyorum o içindeki tereddütlerden dolayı mı... Kim bilir... Belki de gidip de Halil'in dünya işlerine daldığını görme ihtimali ona ağır gelmiş olabilir.

Velhasıl babam ile Halil Akbaş askerden sonra bir daha hiç görüşmemişlerdi...

Hani Lokman da oğluna demişti, ona vazediyordu;
Yavrum, Allah'a şirk koşma, çünkü şirk çok büyük bir zulümdür.
LOKMAN SURESİ, 13

Kırk Dördüncü Gün

Halil o gün sadece annesinin selamını aldı. Sanırım ne hoca gelmişti, ne de doktor.

– Aleykümselam anne.

Biraz etrafına bakındıktan sonra sordu:

– Bugün hoca gelmeyecek mi anne?

– Hımm, gelmeyecek demek. Bugün benimle sen sohbet edeceksin, öyle mi?

– Tamam.

– Hımm, bana bugün Allah'ın sevdiği ve sevmediği şeyleri anlatacaksın.

– Çok sevinirim anne. Hiçbir şey bildiğim yok çünkü.

Sonra biraz durdu ve tekrar sordu:

– Anne Allah'ın bir şeyi sevmesi ne demek?

– Hımm, Allah her şeyden müstağnidir. Ne birilerinin onu sevmesine muhtaçtır ne de onun birilerini sevmesine...

– Peki o zaman, Allah'ın birini sevmesi ne demek?

– Hımm, kalbinin yatışması, mutlu olması, korkusunun, muhtaçlığının kalmaması... dünyayı bile cennet tadında yaşaması demektir.

– Ya sevmemesi?

– Hımm, huzursuzluk, bela, musibet, tedirginlik, hiçbir şeyden mutlu olmaması, hep güvensizlik içinde kararsız kalması...

– Hasta olanları, başına iş gelenleri Allah sevmiyor mu?

– Hımm, Allah o hâlleri değil, sizi o hâllere düşmeye götüren hâllerinizi sevmez diyorsun.

– ??

– Hımm, Allah kişinin çok yemesini sevmez. Çünkü çok yediğimizde midemiz ifsat olur ve o da bizi hasta eder. Ben hasta oldum diye Allah beni sevmemezlik etmez. Ama beni hasta edecek hâlleri bildiği için, o hâlleri sevmediğini bana bildirerek onlardan uzak durmamı ister.

– Hımm, anladım. Allah hasta olmamı istemediği için "Çok yemeyi sevmem." diyerek beni ondan sakındırıyor. Ta ki hep mutlu ve huzurlu yaşayayım...

– Hımm, öyle denilebilir. Allah, kulunu ne maksatla yarattı ise kulun onu gerçekleştirmesini ister. Kulunun mutlu olmasını, başarılı olmasını, dünya ve ahiretini güzel donatması için iyi kullanmasını sever. Bunları yapmasına mani olan hâllerini ve hareketlerini de sevmez.

– O zaman Allah'ın sevdiği şey benim hayrıma, benim yararıma olan şeylerdir diyebilir miyim?

– Hımm, ta kendisi!

– Peki ben Allah'ı nasıl sevebilirim?

– Hımm, eğer düşünsem, kendimi, nefsimi, varlığımı... Bütün bunların kimin eseri olduğunu, kim tarafından verildiğini bilsem, iman etsem, bir saniyem şükürsüz geçmez.

– Ama anne insan biliyor her şeyin Allah tarafından kendisine verildiğini... Ama yine de yapmıyor.

– Hımm, bilmek inanmaya yetmez. İman etmek gerekiyor ki nefis itaati kabul etsin. Nefis kabul etmedikçe, bildiğin hâlde yapamazsın.

– Nefis niye kabul etmiyor?

– Hımm, nefis mağrur ve bencil yaratılmış da ondan.

– Niye böyle?

– Hımm, insanın cehd ve gayret göstermesi için. Cennet ucuz değil.

– ??

– Hımm, ben cennetin ve cehennemin hâllerini gördüğüm hâlde, hâlâ bile nefsime uyuyorum...

– Gerçekten anne ya! Neden?

– Hımm, samimiyetimi ve gerçekten neye taraftar olduğumu göstermem lazım. Onun için de nefsimin ve onu aldatan şeytanın oyunlarına gelmemem lazım. Cehennem lüzumsuz değil.

– Ne demek, cehennem lüzumsuz değil.

– Bütün güzellikler, nimetler Allah'tan olduğu hâlde, kişi iblisin ve nefsin peşine düşüyorsa, onun hırsını ve o kasıtlı ihmalkârlığını ancak cehennem temizler de ondan!

– Peki Allah'ın en çok sevdiği şey nedir?

– Hımm, hakiki imandır!

– Hakiki iman nasıl olur?

– Hımm, Allah'ın varlığını, eşyayı gördüğün gibi görüp tasdik etmen ve içinde onu yaşatmandır.

– Ama görmüyorsun anne?

– Hımm, görmüyorum ama var. Öyle değil mi? O inandığım şeyi görüyormuş gibi bilip uysam gerçek imana ulaşırım. Komutanımın huzuruna çıktığım gibi, Allah'ın huzuruna durabilsem cennetin en üst katı bana ikram edilir ve o zaman Rabbimi de görürüm.

O gün Halil'in annesiyle sohbeti çok uzun sürdü. Günlerin sonuna geldiklerinin farkındaymışçasına annesi aktarabileceği ne varsa onları Halil'e anlatmak istiyordu. Sohbetleri uzun uzun devam etti. Belki dört saate yakın hep annesi konuştu, Halil de "Hımm," deyip deyip bize aktardı. Âdeta vaaz gibiydi. Allah neleri sever, neleri sevmez konularını anlattı ve onlardan misaller getirdi:

– Senin Allah'ı sevmen, ancak hâlini Kur'an'daki güzel vasıflara uydurmanla mümkündür. Bunu başarırsan Allah da seni sever. Allah seni sevince dünya ahiret işlerin âsân olur.

– En birinci çaban, hayatını, Kur'an'da beyan edilen, "Allah bunları sever." denilen hâl ve hareketlerle süslemek olmalı. Kur'an'ın hükümlerine ve Peygamberimizin sünnetine uyarsan, cehennem azabından kendini kurtarırsın oğlum. Aksi takdirde hiç kimse seni cehenneme düşmekten kurtaramaz.

– Kur'an'daki o Allah'ın sevdiği ifade edilen hâlleri öğrenmeli ve kendine bir elbise gibi giymelisin. Hayatının her adımında onlar senin üzerinde olmalı.

Sonra da eklemişti:

– Halil'im, Allah, mümini sever. İman ehli ol. Çünkü Allah mümini sever. Allah en çok da O'nu görüyormuş gibi ibadet eden kulunu sever. Sen bu hâle ulaştığında günlük işlerini bile Rabbine arz edebilirsin... O da sana hemen cevap verir!

– Sık tövbe et. Ama samimi olarak. Hangi kötü fiilinden tövbe ediyorsan onu aklına getir. Ezbere tövbe olmaz; estağfirullah demek tövbe değildir. Sen öyle yapma. Önce kendisinden utandığın o hâlini hatırla, sonra ondan pişman olduğunu ruhunla Allah'a arz et. Bağışlanırsın.

– Üstüne başına elbiselerinin temizliğine çok dikkat et. Bedenin içini de dışını da temiz tut. Bedeninin içini ancak uzun oruçlarla temizleyebilirsin. Allah sık tövbe edenleri ve temiz olanları sever. Allah Peygamberini bile *"Elbiseni temiz tut! Her türlü pisliği bedeninden uzaklaştır!"* diye uyardı evladım! Bu da Allah'ın sevgisini üzerine çeker.

– Allah'a ve Peygambere saygılı ol. Peygamberi cidden sev. O aklına geldiğinde sevgilin aklına gelmiş gibi yüzün tebessüm etsin. Onu sevmek, Allah'ın seni sevmesinin en birinci şartıdır. Elinden geldiği kadar, hatta daha da fazla sünnetlere uy ki Allah'ın sevgisine mazhar olasın.

– Allah'tan hakikaten sakın. Düşün ki O senin Yaratıcın. Bir anda seni imha edebilir. Sana küçücük bir yardımda bulunan kimsenin önünde iki büklüm eğiliyorsun. Allah sendeki her şeyin sahibidir. O'ndan sakınmalı, korkmalı ve O'na saygı duymalısın.

– Muttaki ol evladım.

Halil tam da burada sormuştu:

– Anne muttaki ne demek!

– Muttaki, Allah'ın hakkını, Peygamberin hakkını, eşyanın hukukunu, kulların hukukunu gözetendir. Bu âlem Allah'ın seni davet ettiği ve ziyafet verdiği bir saray. Onun içindeki her şeye saygılı olmalısın. Yeryüzünde edeple, tevazuyla ve huşu ile gezmelisin.

– Asla zalim olma, mazlum ol. Gücün yeterse kendine zulmettirme. Ama sen asla zalim olma. Allah zalimi sevmez, mazlumu sever.

– Başına bir iş gelince sabret. Allah sabredenleri de çok sever. Sabırlı adam, manen demiş oluyor ki Allah'ım ben senin takdiratına razıyım. Sen de razı ol başına gelen hâllere.

– İyi ol, iyiliği sürdürmede sabırlı ol. Bilhassa ibadetlerin zorluklarına karşı sabret. Meşakkatten dolayı onları terk etme!

– Fakir olmamak için çok çalış. Ama yine de kazancın yetmezse sabret. Allah o hâli çok sever.

– Kimse hakkında hüküm verecek makama gelmemeye bak. Ama sen öyle bir makama getirilirsen muhakkak adil ol. Allah adil kimseyi kıyamet günü asla üzmez ve onu gölgelerde barındırır.

– Mert ol, cömert ol. Allah cömertleri çok sever. Hele yaptığın iyiliği başa kakmazsan... Belki sadece bu hâlinle bile seni cennetine alır.

– Bir karar verirsen veya birine bir söz verirsen kararında ve sözünde dur. Allah sözünün eri insanları sever.

– Sen sana düşeni yaptıktan sonra Allah'a güven. Allah, işleri konusunda O'na güvenen kulunu sever ve hiç mahcup etmez.

– Allah vefalıdır oğlum. Vefalı kullarını sever. Vefalı ol, dostlarını ihmal etme. O zaman sen de sevilirsin, vefa görürsün.

– Allah güzeldir, güzel olan şeyleri sever. Kerih olanı sevmez. Elbiseni de bedenini de fiillerini de temiz tutmalısın. Bir iş yapıyorsan onu en iyi şekilde yap.

– Selam ver ve al, o huzur nimetinin şükrüdür. Seni barış içinde tutar.

Annesi Halil'e Allah'ın sevdiği hâlleri böyle uzun uzun sayarken Halil de sanki onları iyice aklına gönlüne yazmak istercesine, parmaklarıyla sayıp onları tekrar edip durdu. Uzun uzun aktardı Allah şunu sever, Allah bunu sevmez. Aklımda kalanlar bunlar. Onun aktardıkları muhakkak ki daha fazla idi...

Bu fasıldan sonra annesi Halil'e Allah'ın sevmedikleri fiilleri de sıraladı:

– Allah kâfiri sevmez, Allah münkiri sevmez, münafığı sevmez. Çünkü Allah kuluna acır. Hâlbuki bu hâller kulun kendisini cehenneme gitmeye mecbur ettiği hâllerdir...

– Allah'a şirk koşma. Allah bir tek müşriki affetmez. Dünyada da ahirette de başına gelecek istemediğin hâller, Allah'a gizli açık şirk koşman yüzündendir.

Halil bunu ilk anlatıldığında da sormuştu, yine sordu:

– Anne şirk şirk diyorsun, ben anlamıyorum, insan nasıl şirk koşar?

– Kişi kendisine ulaşan bir iyiliği veya kötülüğü karşısındakinden bilirse şirk koşar. Hâlbuki Allah kendi mülkünde ve varlıklarında kıskançtır. Sana bir menfaat gelmişse o Allah izin verdiği içindir. Sana bir kötülük gelmişse de Allah izin verdiği içindir. Şerrin sana ulaşmasında nefsinin payı vardır ama bu pay sadece o belanın başına gelmesine zemin hazırlar. Onu yaratan ve başına getiren Allah'tır. Başının ağrısını giderenin hap olduğuna inanırsan şirk koşarsın. Senin için en ince iş budur. Bunu kavradığında âlemin tüm işleri düzene girer.

Babam bu mevzuyu anlatırken o zamanlar kendisinin de bu meseleyi tam anlayamadığını itiraf etmişti:

– Annesinin bu izahatına rağmen ben Halil'in hâlinden onun bu meseleyi yine de tam anlamadığını bilmiştim. Çünkü tam olarak ben de anlamamıştım. Bunu anlayabilmem için, hasta olmam gerekmişti. Askerden dönüp de verem olunca bunu anlamıştım. O zaman beş arkadaştık bizim köyde verem hastası. Bize aynı doktor baktı, aynı ilaçları verdi, aynı perhizi verdi. Biz iki kişi hastalığı atlattık, üçü öldü. Oysa aynı ilaçlardı içtiğimiz. Eğer şifa o ilaçlarda olsaydı, o diğer üç arkadaşımız da yaşardı. Demek ki şifa bulmayı sağlayan ve ona veren Allah'tır. Bu hâli yaşadığımda annesinin Halil'e ne demek istediğini de tam anlamıştım.

– Oğlum hiçbir konuda aşırıya gitme, Allah aşırıya gidenleri sevmez. Sen her işte müstakim ol. Herkesin içinde bir kes ol! Çünkü Allah, aşırı gidenleri sevmez.

– İnsanların arasını bozacak, onları birbirine düşürecek işler yapma. Sen insanların arasını bul, düzelt. Çünkü Allah bozucuları sevmez. Sen daima yapıcı ol ki kendini cehennem ateşinden koruyasın.

– İnsan günah işlemez değil oğlum. Sen günahlarında ısrarcı olma. Çünkü Allah kötü ahlakını ve günahını ısrarla sürdürenleri sevmez.

– Nankör olma. Sana yapılan iyiliğe daha iyisiyle karşılık ver. Yapamıyorsan minnet duy. Ama asıl nimet sahibinin Allah olduğunu unutma.

– Başkasının sırtından geçinme. Allah faiz alanları sevmez. Faiz nedir bilir misin oğlum, başkasının sırtından geçinmektir. Sen onu yapma. O da tövbe edilip terk edilmezse insanın dünyasını ve ahiretini helak eden hâllerdendir.

– Allah zalimleri de sevmez. Evladım zalim illa da birine zulmeden değildir. Bir varlığa, bir şeye layık olmadığı şekilde davranmak da zulümdür.

– Peygamberi sev. Onu sevmek Allah'ın emirleri arasındadır. Kişinin Allah'ı sevdiğinin işareti, onun Peygamberi sevip sevmediği ile anlaşılır. İnsan din konusunda allame bile olsa, o bilgiye münasip tarzda Hz. Peygamberi sevmiyorsa ilmi de yalandır, dindarlığı da... Dindarlık demek Peygamberi sevmek ve onun emirlerine uymaktır. Allah ona uymayanları, onun emirlerine itaat etmeyenleri sevmez. İmanları onları cennete götürse bile, onu sevmemenin, ona itaat etmemiş olmanın mahcubiyetini ve utancını hep hissederler.

– Şımarıkları da sevmez Allah. Şımarık kimse, Allah'ın malını kendisinin sanan edepsizdir. Öyle olma.

– Kimseye tepeden bakma, kimseyi küçümseme. Herkesi kendinden üstün bil. Kaybetmezsin. Kendini beğenmen seni kibre ve böbürlenmeye götürür. Kendisini beğeneni Allah sevmez.

– Küçük dağları da büyük dağları da yaratan Allah'tır. Sen insanlara kendini farklı göstermek için başını dikip yürüme. Mütevazı ol. Allah haddini bilenleri edepsizlere üstün kılmıştır.

– Hainlik, kişinin, fiillerini Allah'tan gizleyebildiğini sanmakla başlar. Allah her şeyi görür. Bir kötülük yapacağın zaman, düşün ki Allah seni görüyor. Hainlik Allah'ın asla sevmediği bir şeydir. Allah hainleri ve günah işlerken utanmayanları sevmez.

– Müsrif de olma. İsraf eden, nimetin kıymetini bilmeyendir. Nimeti kendi malı sanandır. Hâlbuki canın gibi hayatın ve onu sürdürmek için gelen nimetler de O'nundur. İsraf eden asla abad olmaz. Müsrif dünyada da ahirette de rezil olur.

– Cömertlik ile israfı karıştırma. Cömertlik Allah için yapılandır. İsraf nefis ve şeref için yapılır. Düğünlerde para saçılır. Hiç hayır işlerinde para saçıldığını gördün mü? İşte israf öyledir. Cömertlik ise Allah için yapılır. Ailene, anana, babana, yakınlarına, fakirlere yolda kalmışlara karşı cömert ol. Elinin altındaki insanlara ve hayvanlara cömert ol. Ama merhametini Allah'tan ileriye götürme. Sana Halil cömert insandır desinler diye cömertlik yapma. Sen Allah için ver.

– Allah kendisini kadına benzeten erkeği ve erkeğe benzemeye çalışan kadını da sevmez. Öyle bir vakit gelecek ki üzerinize erkek erkek gibi olmayacak, kadın kadın gibi. Peygamberimiz bunları lanetlemiştir oğlum. Sakın ha sakın, kadınsı hâller sergileme.

– Çocuklarına, anne-babaya saygıyı öğret. Gittikleri kapının da anne-babasına saygı göstersinler. Anne-babasına isyan eden kulu Allah dünyada da abad etmez, ahirette de nasipleri ateştir!

– Livata dehşetli bir habistir oğlum. Livatanın zina gibi bir "had" cezası yoktur. O cezayı vererek, onu yaptığı fiilin uhrevi akıbetinden kurtaramazsınız. İlla tam bir pişmanlıkla tevbe etmesi ve bir daha o fiile dönmemesi lazım. Yoksa diriltilmeye bile değer olmaz! Sakın ha sakın bir oğlana şehvetle bakma. Yanarsın. Seni Allah'ın hışmından kurtaramaz!

– Ahiret hakkında ileri geri konuşanların yanında oturma. İşte gördün, en hafifi bile insanı helak etmeye yeten cehennem hakkında kim gitmiş kim gelmiş diyecekler, duyarsın. Zerre miktar kalbin onlardan yana kaysa, şeytanın içini işgal etmesine izin vermiş olursun. Sakın evladım! Cehennem haktır, gördün; cennet haktır, gördün!

– Bir şey daha var. Dinin hiçbir hükmüyle alay etme, küçümseme. Allah hakında bilmediğin hiçbir şey söyleme. Kur'an ne diyorsa ona uy. Bu da birçok insanı helak eden bir hâldir.

– Kimse hakkında kötü zan sahibi olma. Sen insanlarda gördüğün kötü hâllerinden dolayı tövbe et ve onlar için dua et.

– İşte bunları yapabildiğinde oğlum, gördüğün o cehennem alevlerinden kendini kurtarır, cennetin o yüksek nimetlerine kavuşursun... Allah'ın izniyle... Bunların hepsini yapabileceğini sanmıyorum. Ama hepsini yapamadın diye hepsinden vazgeçme. Ne kadar yapabilirsen o kadarını yap. Yeter ki ciddi ol!

Halil o gün çok keyifli uyanmıştı yine. Sanki bunları öğrenince aynı zamanda bunları yapmış gibiydi. Hem annesi ona "Yarın seni üzen bu varlıkların hepsini üstünden alacağız ve onları bir mağaraya hapsedeceğiz." demişti. Bunun mutluluğu da vardı üzerinde. Halil bir daha nöbet geçirmeyeceği, huy tutmayacağı için çok seviniyordu.

Oysa ben kara kara düşünüyordum. Bunları yapmayı başarmak pek de kolay değil diye. Annesinin son uyarısı üzerine ben de sağlam bir niyete girmiştim. Ciddi olacaktım. Allah'ın sevmediklerinden uzak durmaya çalışacaktım.

Babam sözünü bitirince bana döndü...

– İşte Halil'in hikâyesi böyle böyle evladım... Ben de Halil'e denilenleri ömrüm boyunca yapmaya çalıştım. Gücümün yettiği, aklımın erdiğince Allah'ın sevmediği işlerden uzak durdum. Bazen haddimizi de aştık. Titizlenirken insanları bezdirdiğim olmuştur. Allah affetsin. Bazen helal bir şeyi bile kendimize haram kıldık.

– Bilmedik evladım. Ben ne de olsa cahildim. Sizleri koruyalım derken belki hakkınıza da tecavüz ettik. Orta yolu bulmak her insana göre değildir. O peygamberlere hastır. Her fiillerinde her işlerinde Allah'ın razı olduğu hâli yakalamak kolay değildir...

Ben de ona o gün kendisinden çok razı olduğumu, bir evlat olarak hakkımı helal ettiğimi söylemiştim. Çünkü bana göre de bazı yanlışlıklar yapmış, sert davranmıştı, özellikle ilk erkek evlat olarak bana karşı. Benden sonra gelenlere numune olmamı istediğinden her hâl önce bana tatbik edilmişti!

– Ben sana hakkımı helal ediyorum, dediğim zaman çok duygulanmıştı:

– Bak işte böyledir bilmek. Evladın da baba üzerinde hakkı var. Biz bilmiyorduk. Hep sanıyorduk ki babanın hakkı var, demişti ve eklemişti:

– Ben de sana hakkımı helal ediyorum.

Kim, kendisine Rabbinin ayetleri hatırlatılıp da onlardan yüz çeviren ve elleriyle yaptığını unutandan daha zalimdir...

Kehf Suresi, 57

Kırk Beşinci Gün

O gün, benim için çok hüzünlü bir gündü. Esasında sonraki günlerde, Halil de o buluşmaların sona ermesinden üzüntü duyduğunu söyleyecekti. O benden daha beter bir boşluğa düşecekti ki bu da normaldi. Kişinin her gün alıştığı, hayatına anlam katan işi bir anda kaybetmesi insanı cidden bir boşluğa atıyordu. Halil de öyle olacaktı sonraki zamanlarda. O yüzden de sonraki zamanlarında ona her gün oyalanacağı işler veriyor, uzak nöbetlere gönderiyordum.

Ama o gün hepimiz heyecanlı idik. Halil o günden sonra akşam namazını artık vaktinde kılacaktı. Huy tutmayacak, biz onun başında birikmeyecek ve çoğu için artık eğlence olmaya başlamış konuşmalar ve gülüşmeler olmayacaktı.

Bir daha Halil uyumayacaktı. Annesi öyle demişti. Bu, benim için çok önemli bir şeydi. Çünkü eğer böyle dendiği hâlde Halil tekrar nöbet geçirecek ve o hâle düşecek olsa benim yanımdaki kayıtların hepsi silinecek ve altın diye biriktirdiklerim pula dönecekti!

Acaba ne olacaktı? Halil'e ne yapacaklardı ki böyle bir nöbet hâli bir daha gelmeyecekti? Bizim oralarda da böyle sara nöbetleri tutan insanlar vardı. Ama onlar pek konuşmazdı. Böyle huy tuttuktan sonra gezen, olayları anlatan hiç duymamıştım. Bana sorarsanız, Halil cidden o yerlere gidip görmüştü. Halil hasta falan değildi. Ama bunu insanlara nasıl inandıracaktınız?

Eğer bu bir hastalık ise annesi ne yapacaktı ki bu hâli bir anda geçecekti? Böyle huy tutanlar, baygınlık geçirenler için büyük bir umut ve çare olabilirdi. Ben biraz da işin o tarafını da düşünüyordum. Eğer Halil'e yapılacak ve onu huy tutmaktan kurtaracak söz veya işlemleri iyi öğrenirsem, ben de başkalarının o hâllerine çare olacak bir şeyler yapabilirdim.

Ama umduğum gibi olmamıştı.

O gün Halil'in dostları tekmil geldi. Halil olup biteni tamı tamına aktarmadı ama anlattıklarından, orada başkalarının da bulunduğunu anladık. Bütün o kalabalık Halil ile birlikte istiğfar etmeye ve Halil'in tövbe ve istiğfarına amin demeye gelmişti sanki.

O gün annesi, hayatımda duymadığım, benzerine rastlamadığım bir şekilde Halil'e istiğfar ve tövbe yaptırdı.

Eskiden bizim köylerde, çocukluğumda yani, imamlar, perşembe gecesi yatsı namazına gelen cemaate tecdidi iman ve tövbe istiğfar yaptırırlardı. Namazdan ve duadan sonra imam, "Gelin cümle günahlarımız için diyelim, estağfirullah, estağfirullah..." Sonra *amentü* tekrarlanır ve kısa bir istiğfar yapılırdı... Bir de ardından evliler için nikâhların tazelenmesi niyetiyle nikâh tazelemesi yaptırırdı.

Ama annesinin Halil'e yaptırdığı istiğfar bizi bıktıracak kadar uzundu. Hiç de şimdiye kadar duyduklarıma benzemiyordu. İnsanın bütün bedeninin ve bütün uzuvlarının adıyla bir istiğfar yaptırmıştı Halil'e.

– Allah'ım! Senin azabını hak edecek günahlar işledim. Gaffar isminin hakkı için beni bağışla.

– Allah'ım beni affet. Sen affetmezsen dünyam ve ahiretim helak olur. Bugüne kadar hayatımı boş ve gaflet içinde geçirdim. Bundan sonra da böyle devam etmeme müsaade etme. Beni benden ve nefsimden koru. Şeytanın şerrinden koru! Senin isimlerine sığınıyorum şeytandan ve nefsimden.

– Allah'ım, hakkıyla sana inanmayı ve sana iyi bir kul olmayı bana nasip et. Zürriyetimden gelenleri de sana emanet ediyorum. Beni de onları da iman üzere yaşat ya Rabbi!

– Allah'ım! Akrabalarım, dostlarım, tanıdıklarım, komşularım ile ilgili gıybet yaptım, arkalarından konuştum, onları kınadım. Şimdi onları yapmış olmaktan pişmanım. Tövbe ediyorum. Ne olur affedici isimlerin hakkı için tövbemi kabul et.

... Bu şekilde devam eden, çoğu kısmı aklımda kalmamış uzun bir tövbe ve istiğfardı. Halil'e başındaki saçları, gözleri, elleri, ayakları, dili, ağzı bedeni, hatta vücudundaki kıllarından dolayı istiğfar ettirdi. Bunların kıymetini bilmemekten dolayı insanın başına gelen ve ona musallat olan varlıklardan temizlenmesi için de tövbe ettirdi.

Öyle ki hiçbirimizin aklına bile gelmeyen şeyler için de tövbe etti. Çalışmalarından habersiz olduğumuz, hiç düşünmediğimiz iç organlarımızın tıkır tıkır çalışmaları sebebiyle bile Halil'e hamd ve şükür yaptırmış ve sonra da onların o çalışmalarından gafil olduğu ve onun kıymetini bilmediği için uzun uzun istiğfar ve tövbe ettirmişti.

Halil de her seferinde abartılı bir şekilde defalarca Estağfirullah, Ya Gaffar, tövbe ya Rabbi deyip durdu.

Halil'in istiğfarı ve tövbesi tamamlandıktan sonra -ki bu nerede ise bir saate yakın sürmüştü-

– Ben dua edeceğim, siz de amin diyeceksiniz. Böylece Halil'e musallat olan ve ona türlü türlü işler yaptıran şu habis varlıkları bir mağaraya hapsedeceğiz, dedi.

Nitekim o iş de nerede ise yarım saat sürdü. Halil'in aktardığına göre sonunda o varlıkların hepsi bir mağaraya hapsedilmiş, mağaranın önü de kapatılmış ve sıvanmıştı.

Halil annesine sordu:

– Şimdi bitti mi her şey anne?

– Hımm, bitti. Ama biraz da bana bağlı.

– Nasıl bana bağlı?

– Hımm, ben eski günahlarıma dönersem, bu kapı Allah'ın izniyle yıkılır. Bu varlıklar, daha büyük bir kin ve hırsla bana tekrar musallat olurlar. Hem de birkaç kat artarak gelirler.

– ??

– Ne demek eski günahlarıma dönmek?

– Hımm, tövbe ettiğim ve bir daha yapmayacağıma söz verdiğim şeyleri yapmaya dönersem, o duvar yıkılır ve kapı açılır.

Halil korkmuştu. Dehşetle ve annesine yalvarırcasına:

– Sakın ha anne! Vallah billah söz. Hakiki manada söz inşallah, o günahlara hiç dönmemek için elimden ne gelirse yapacağım, Allah'ın yardımı ve izniyle. O kulunu sever. Değil mi anne?

– ??

– Anne! Sen ne büyük kadınmışsın be anne! Vay eşek kafam! Senin kıymetini bilemedim. Senin iyi bir kadın olduğuna herkes inanırdı ama bu kadar forslu olacağını hiç düşünmemiştim. Allah katında nasıl bu kadar itibar kazandın?

– Hımm, demek asla haram yemedin ve namahrem yerlerini kimseye göstermedin.

– Haram yememem ve mahrem yerlerini kimseye göstermemek bu kadar önemli ha!..

– Vay bu zamane kadınlarının başına geleceklere!

– ??

– Hımm, ondan önemlisi de var ha!

– O ne peki?

– Hımm, kul hakkı. Vay be! Demek kul hakkı Allah hakkından önce sorulacak. Yahu ben ne yapacağım anne! Ben yandım desene!

– Hımm, bu yaptıklarınız yanmayayım diyeydi. Şimdi gerçekten günahlarım silindi mi?

– ??

– Yaşşa be anacığım! Ver senin elini öpeyim...

Annesinin ardından veda sırası doktora gelmişti:

– Ya doktor, sen olmasan benim hâlim nice olurdu? Allah seni eksik etmesin.

– Hımm, demek bir daha görüşmeyeceğiz seninle... E madem öyle, şu merhemlerinden bir parça versen de lazım olduğunda kullansam...

– Hımm, onlar bu tarafa ait şifalar. Dünyadaki şifam annemin dediklerini yapmamla diyorsun. Eh öyle olsun...

Halil sonra hocaya döndü:

– Ya hocam, güzel hocam senin hakkını ödeyemem. Şimdi bir de bu gereksiz adama ömrüm boyunca refakat ve rehberlik edeceksin ha! Allah sana yardım etsin.

– Hımm, yardıma muhtaç olan ben olduğum için Allah'ın izniyle sen bana yâr oldun. Her imdat ettiğimde imdadıma ***erişesin*** diye!

Halil vedalaşmayı bitirmişti. Belli ki uyanacaktı. Herkes dağılmıştı ama ben ayrılamamıştım başından. Sanki ben de orada idim, ben de vedalaşmıştım. Bunları bir daha duyamayacak olmak içimi hüzünle doldurdu.

İşte bunda ibret almasını bilenler için işaretler vardır.

Hicr Suresi, 75

Kırk Altıncı Gün ve Sonrası

O gün Halil uyumadı.

Ertesi gün de uyumadı.

Ve ertesi gün de...

Halil'in artık gerçekten huyu tutmadı. Teskeresini alıncaya kadar da bir daha hiç huy tutması olmadı.

Ceviz paraları ile alınan çayın bittiğini öğrenince odama gelip "Hadi bana bir çay ısmarla ede." dedi ve mutad olarak her gün odama uğrayıp ısmarladığım çayı içmeyi terhis olana dek sürdürdü.

MEHMET ALİ BULUT
AHİRETTE
45 GÜN
Yaşanmış Gerçeküstü Bir Hadise
- MİSTİK ROMAN -
Hayat

MEHMET ALİ BULUT
CAN
BOĞAZDAN ÇIKAR
KAN GRUPLARINA GÖRE BESLENME
Bir gün gelir yedikleri insanın tuzağı olur.
Hayat

MEHMET ALİ BULUT
ELFABE
EL VE YÜZ ÇİZGİLERİNİN ANLAMI
Hayat

MEHMET ALİ BULUT
RUHUN
DEŞİFRESİ
Yeteneklerimizi kısıtlayan
duygularımızın esiri olmamak için...
43
Duygu aklın esiridir,
fakat bil ki akıl da ruhun esiridir.
Hayat

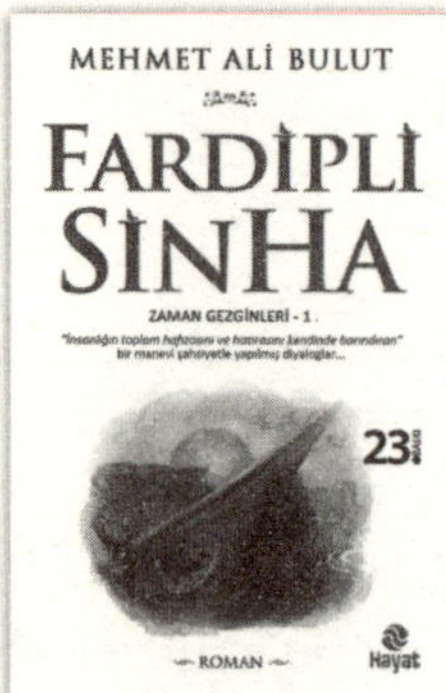
MEHMET ALİ BULUT
FARDİPLİ
SİNHA
ZAMAN GEZGİNLERİ - 1
23
ROMAN
Hayat

MEHMET ALİ BULUT
DERVİŞ
VE
SİNHA
ZAMAN GEZGİNLERİ - 2
13
ROMAN
Hayat

MEHMET ALİ BULUT
aklımıza takılan, zihnimizi kurcalayan
GİZEMLİ
SORULAR
16
Hayat

MEHMET ALİ BULUT
AHKÂMSIZ
HÜKÜMLER
Hayat

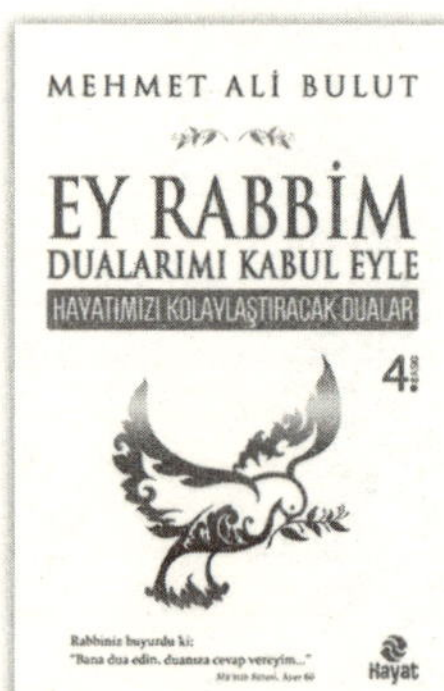
MEHMET ALİ BULUT
EY RABBİM
DUALARIMI KABUL EYLE
HAYATIMIZI KOLAYLAŞTIRACAK DUALAR
4
Hayat

MEHMET ALİ BULUT
SOFRA BAŞI
SAĞLIK
SOHBETLERİ
"AÇLIK" ŞİFANIN KAYNAĞIDIR
Hayat

MEHMET ALİ BULUT
ASYA'NIN
AYAK
SESLERİ
DOĞU MEDENİYETİNİN YENİDEN YÜKSELİŞİ
3
Hayat

MEHMET ALİ BULUT
İSRAİL
NEREYE
KOŞUYOR?
Vadedilmiş Topraklar ve İsrail'in Geleceği
3
Hayat